DERNIER BATTEMENT DE CIL

Caulaincourt
mai 2020

MARK BILLINGHAM

Dernier battement de cil

TRADUIT DE L'ANGLAIS PAR PHILIPPE LOUBAT-DELRANC

ÉDITIONS DU MASQUE

Titre original :

SLEEPY HEAD
Publié par Little, Brown and Company
Grande-Bretagne

© Mark Billingham, 2001.
© Éditions du Masque, département des éditions Jean-Claude Lattès,
2004, pour la traduction française.
ISBN : 2-253-11307-7 - 1re publication - LGF
ISBN : 978-2-253-11307-2 - 1re publication - LGF

Pour Claire. Pour tout. Tu me fais fondre.

Prologue

Roger Thomas — Expert médico-légal

Dr Angela Wilson
Coroner de Sa Majesté
Southwark

26 juin 2000

Chère Angela,

Suite à notre récente conversation téléphonique, je vous adresse ci-après le résumé de certaines préoccupations que vous jugerez peut-être opportun d'inclure en addenda à mon rapport d'autopsie (RA2698/RT) de Mlle Susan Carlish, vingt-six ans, victime d'une attaque cérébrale, découverte à son domicile le 15 juin dernier.

L'autopsie a été pratiquée à l'hôpital St Thomas le 17 juin. La défunte est décédée des suites d'une ischémie cérébrale due à une thrombose de l'artère basilaire causée, semble-t-il, par rupture spontanée d'une artère vertébrale. L'examen ayant eu lieu douze heures après le décès, il m'a été impossible d'effectuer les analyses de déficience en protéine C et protéine S. Hormis cela, et en tenant compte du fait que Mlle Carlish était une fumeuse occasionnelle, il demeure toutefois une absence de facteurs de risques conventionnels d'une attaque. J'ai également découvert des traumatismes mineurs dans la région cervicale, avec lésions ligamentaires au niveau des vertèbres C1 et C2, mais cela n'est pas incompatible avec un traumatisme ou une blessure sportive antérieure. Des traces de benzodiazépine ont été retrouvées dans le sang. Des investigations ont fait apparaître une prescription de Valium délivrée il y a dix-huit mois à la colocataire de Mlle Carlish.

Bien que la cause du décès ne fasse aucun doute pour moi, et que toutes les enquêtes de police n'aient rien donné, je me propose de consulter quelques confrères et d'envoyer copie de la présente à tous les services d'anatomopathologie et à tous les tribunaux de médecine légale du Grand Londres. Je serais vivement intéressé par la perspective de m'entretenir avec quiconque aurait examiné le corps d'une victime d'une attaque (notamment, de sexe féminin, entre vingt et trente ans) qui présenterait les caractéristiques suivantes :

Absence de facteurs de risques conventionnels
Torsion des ligaments cervicaux
Benzodiazépine dans le sang

Si vous souhaitez que nous discutions de mes conclusions, dans la perspective, peut-être, d'une deuxième autopsie, je serais ravi de bavarder à nouveau avec vous.

Bien cordialement,

Roger Thomas

Dr Roger Thomas, Expert médico-légal.

PS. L'état du corps (qui couinait comme une paire de bottes en caoutchouc fraîchement lavées) n'a pas, comme je vous l'ai dit, intéressé les autorités ; en revanche, il a enchanté les embaumeurs, mais il était, pour dire le moins, quelque peu déconcertant !

PREMIÈRE PARTIE

La procédure

« *Debout, belle endormie...* »

Des lumières, des voix, un masque, une douce bouffée d'oxygène frais dans mes narines...

Mais avant ?

Les copines et moi, on se prend par le bras pour chanter à pleins poumons I Will Survive, *et on fait flipper un max tous les Casanova de Camberwell à chaussettes blanches de la boîte...*

Après, je danse seule. Au distributeur de billets, bon Dieu ! Plus pétée que moi, tu meurs. Une nuit top.

Je bataille avec la clé pour l'enfoncer dans la serrure.

Puis je vois un homme en voiture. Il tient une bouteille de champagne. Que fête-t-il ? Un verre de plus, ça ne peut pas me faire de mal après un seau de tequila.

Puis nous voilà dans la cuisine. Je sens comme une odeur de savon. Et autre chose. De désespéré.

Puis l'homme est derrière moi. Je suis à genoux. S'il ne me retenait pas, je m'écroulerais par terre. Serais-je si soûle que ça ?

Puis ses mains sont sur ma tête, sur mon cou. Il est très doux. Il me dit de ne pas m'inquiéter.

Puis... plus rien...

1

Thorne n'aimait pas l'idée que les flics s'endurcissent. Un flic endurci, c'est comme de la peinture durcie : bon à jeter. Lui, il s'était juste... résigné. Au clochard au crâne fracturé avec le mot DÉCHET gravé au couteau sur la poitrine. Au groupe d'Éclaireuses décapitées avec les compliments d'un chauffeur de bus ivre et du parapet d'un pont. Et aux trucs plus durs encore. À voir les yeux d'une femme qui a perdu son fils s'embuer de larmes tandis qu'elle se mordille la lèvre inférieure et tend machinalement le bras vers la bouilloire. Thorne s'était résigné à tout cela. Comme il se résignait à Alison Willetts.

— Le coup de chance, chef, vraiment.

Il se résigna à penser que cette petite chose en forme de fille, emmaillotée dans cinq cents mètres de spaghettis médicaux, représentait une percée. Un heureux hasard. Un coup de chance. À peine si elle était encore là. La chance indéniablement, c'était qu'ils soient tombés sur elle.

— Alors, qui s'est planté ?

Le constable David Holland avait, certes, entendu parler de l'approche « direct à la jugulaire » de Thorne, mais il ne s'attendait pas à cette question dès son arrivée au chevet de la fille.

— Ben, pour être juste, elle ne correspond pas au profil. Elle pétait la forme, c'est vrai, et elle est très jeune.

— La troisième victime n'avait que vingt-six ans.

— Oui, je sais, mais regardez-la.

C'était ce qu'il faisait. Vingt-quatre ans, l'air aussi désemparé qu'une enfant.

— Donc, reprit Holland, c'était juste une disparition de personne jusqu'à ce que nos gars du coin remontent au petit ami.

Thorne haussa le sourcil.

Holland tendit machinalement la main vers son calepin.

— Heu... Tim Hinnegan. C'est son parent le plus proche, pour ainsi dire. J'ai une adresse. Il doit venir tout à l'heure. Il lui rend visite tous les jours, apparemment. Ils sont ensemble depuis un an et demi — elle est arrivée de Newcastle il y a deux ans pour travailler ici comme puéricultrice.

Holland referma son calepin et regarda son supérieur, qui ne quittait pas des yeux Alison Willetts, en se demandant s'il savait que le reste de l'équipe l'avait surnommé Culbuto. Facile de deviner pourquoi. Thorne mesurait... combien ? un mètre soixante-huit ? soixante-dix ? Mais son centre de gravité incliné vers le bas et la... largeur même de sa taille suggéraient qu'il en faudrait beaucoup pour le faire vaciller. Il avait un regard qui indiquait à Holland qu'il ne risquait pas de trébucher.

Son vieux avait connu des flics comme Thorne, mais c'était la première fois que lui-même bossait avec un type de cette trempe. Il jugea préférable de ne pas ranger son calepin tout de suite. Culbuto lui donnait l'impression d'avoir encore beaucoup de questions dans sa manche. Et cet enfoiré avait le chic de les poser en desserrant à peine les dents.

— Ouais, donc elle est rentrée chez elle à pied après une soirée entre filles célibataires... heu, mardi dernier... et elle a fini sur le seuil des urgences du Royal London.

Thorne tressaillit. Il connaissait cet hôpital. Le souvenir de sa douleur après son opération d'une hernie, six mois plus tôt, était encore atrocement vivace. Il tourna la tête vers une infirmière en blouse bleue qui venait d'entrebâiller la porte. Elle les regarda, puis vérifia l'heure à la pendule. Holland s'apprêta à brandir sa carte, mais elle était déjà repartie.

— À son admission, ils ont d'abord pensé qu'elle avait fait une overdose. Puis ils ont diagnostiqué ce coma bizarroïde, et ils l'ont transférée ici. Mais, même après avoir déterminé que c'était une attaque, ils n'ont pas fait le lien avec Boomerang. Ni jugé bon de rechercher de la benzo et encore moins de nous contacter.

Thorne baissa les yeux sur Alison Willetts. Elle devrait égaliser sa frange. Il vit ses yeux se révulser dans ses orbites. Avait-elle conscience de leur présence ? Les entendait-elle ? Se souvenait-elle ?

— Alors, si vous voulez mon avis, le seul qui se soit planté, c'est, ben, c'est l'assassin, en fait. Chef.

— Trouvez-nous une tasse de thé, Holland.

Thorne ne détachait pas les yeux d'Alison Willetts ; seuls le chuintement et le cliquetis de la porte lui signalèrent que le constable était sorti.

L'inspecteur Tom Thorne n'avait pas demandé à être affecté à l'Opération Boomerang, mais il se réjouissait de tout transfert l'éloignant de la nouvelle Section Crimes Graves. La restructuration compliquait les choses pour tout le monde, et Boomerang avait au moins le mérite d'être une bonne opération à l'ancienne. Pourtant, contrairement à d'autres auxquelles il pensait, il ne l'avait pas convoitée. Bien sûr, elle était de grande envergure, mais Thorne appartenait à cette étrange race de flics qui hésitaient à prendre une affaire s'ils n'étaient pas réellement sûrs de pouvoir la résoudre. Et celle-ci paraissait bizarre. Aucun doute là-dessus. Trois meurtres connus, chaque victime morte des suites d'une thrombose de l'artère basilaire. Un fou coinçait des femmes chez elles, les bourrait de somnifères et s'attaquait à elles.

Et leur provoquait une attaque.

Hendricks était un médecin légiste très chevronné, mais huit jours plus tôt, dans son labo, Thorne n'en menait pas large de sentir les mains moites de Hendricks sur sa tête et autour de son cou tandis qu'il lui faisait la démonstration de cette technique d'assassinat.

— Mais bon sang, à quoi tu joues, là, Phil ?

— Ton visage est lisse, Tom. Tu te laisses aller, tu es sous tranquillisants. Je peux te faire n'importe quoi. Je penche juste un peu ta tête sur le côté, comme ceci, et je fais pression sur ce point afin de te tordre l'artère. C'est une procédure délicate, il faut avoir une formation pointue... je ne sais pas. L'armée ? Les arts martiaux, peut-être ? Quoi qu'il en soit, ce salopard est intelligent. Aucune marque, pour ainsi dire. C'est quasi indétectable.

Quasi.

Christine Owen et Madeleine Vickery présentaient des facteurs de risques : l'une était d'âge moyen, l'autre une grosse fumeuse qui prenait la pilule. Toutes deux avaient été retrouvées mortes à leur domicile dans deux quartiers opposés de Londres. Leurs médecins légistes respectifs avaient noté qu'elles s'étaient récemment lavées avec du savon phéniqué, et même si le mari de Christine Owen et la colocataire de Madeleine Vickery avaient trouvé cela curieux, ni l'un ni l'autre ne pouvaient nier (ni justifier) la présence d'un pain de savon phéniqué dans la salle de bains. Des traces d'un tranquillisant furent trouvées chez les deux victimes, et attribuées, dans le cas d'Owen, à la prescription d'un antidépresseur, et dans celui de Vickery, à une consommation occasionnelle de drogue. Aucun lien entre ces deux morts tragiques, mais apparemment naturelles, n'avait été fait.

Mais Susan Carlish ne présentait pas de facteurs de risques d'attaque cérébrale généralement admis, et les tranquillisants retrouvés dans son studio de Waterloo, dans un flacon sans étiquette, représentaient une énigme à eux seuls. C'était grâce à la torsion des ligaments cervicaux et à un anatomopathologiste véritablement ingénieux qu'ils avaient levé le lièvre. Même Hendricks en était resté comme deux ronds de flan devant cette performance de médecine légale. Très fort.

Pas aussi fort que l'assassin, pourtant.

— Il joue au jeu des probabilités, Tom. Des tas de gens se baladent avec de forts risques d'attaque. Toi, pour commencer.

— Hein ?

— Tu as toujours un crédit illimité chez le caviste Threshers, non ?

Thorne avait failli protester, mais s'était ravisé. Il avait pris plus d'une cuite avec Hendricks.

— Il choisit trois quartiers de Londres en sachant qu'il n'y a pratiquement aucune chance qu'un lien soit établi entre les victimes. Il fait son affaire, ni vu ni connu.

À présent, Thorne écoutait le chuintement persistant

du respirateur d'Alison. Un locked-in syndrome, voilà son mal. Personne ne pouvait le certifier, mais il était probable qu'elle entendait, voyait et éprouvait des sensations. Alison avait certainement conscience de ce qui se passait autour d'elle. Et elle était entièrement paralysée, totalement incapable de bouger. Pas le moindre muscle.

Syndrome n'était pas le mot adéquat. Une sentence, plutôt. Quid du salaud qui l'avait rendue ? Un dingo des arts martiaux ? Des services spéciaux ? Ils n'avaient pas de meilleure idée. Ils n'avaient pas d'autres idées. Retour à la case Départ...

Trois quartiers de Londres. Quelle gabegie ! Trois commandants de police assis autour d'une table en train de jouer à « Qui a la plus grosse ? » et mettant sur pied l'Opération Boomerang.

L'équipe ne lui causait aucune inquiétude. Tughan était au moins efficace, et Frank Keable un bon inspecteur chef, quoique, par moments, un peu trop... prudent. Thorne allait devoir le briefer sur Holland et son calepin. Il ne se séparait jamais de ce foutu machin. Le service ne pouvait-il donc pas recruter un seul agent ayant plus de mémoire qu'un poisson rouge ?

— Chef ?

Poisson Rouge était de retour avec le thé.

— Qui nous a indiqué Alison Willetts ?

— Ça doit être le neurologue de l'hôpital, le Dr... heu...

Holland se racla la gorge et déglutit. Il tenait dans chaque main un gobelet en plastique empli de thé chaud, ce qui l'empêchait de sortir son calepin. Thorne décida de se montrer magnanime, il prit un gobelet. Holland fouilla ses poches et y pêcha son calepin.

— Le Dr Coburn. Anne Coburn. Elle donne un

cours au Royal Free aujourd'hui. Je vous ai pris un rendez-vous avec elle pour cet après-midi.

— Encore un médecin que nous devons remercier.

— Ouais, et un autre coup de chance, en fait. Son mec est expert médico-légal. David Higgins. Ça lui arrive de pratiquer des autopsies. Elle lui a dit pour Alison Willetts, et il lui a dit : « C'est curieux, parce que... »

— Il lui a dit, elle lui a dit... C'est quoi, ça, une causette à bâtons rompus post-coïtale ?

— Je ne sais pas, chef. Faudra que vous lui demandiez.

Se poussant pour permettre à une infirmière rousse de changer les perfusions nourricières d'Alison, Thorne décida qu'il ne servait à rien d'attendre. D'un geste brusque, il tendit son gobelet de thé, auquel il n'avait pas touché, à Holland.

— Vous restez ici, vous attendez l'arrivée de Hinnegan.

— Mais, chef, votre rendez-vous n'est pas avant quatre heures et demie.

— Dans ce cas, je serai en avance.

Il enfila d'un bon pas un dédale de couloirs aux linos rouges fendillés, en quête de la sortie la plus proche qui lui permettrait de fuir l'odeur, qu'à l'instar de toute personne saine d'esprit, il détestait tant. L'unité de soins intensifs se trouvait dans une aile toute neuve de l'Hôpital National de Neurologie et de Neurochirurgie, mais l'odeur y était néanmoins omniprésente. Du désinfectant, supposa-t-il. On utilisait un truc semblable dans les écoles, mais cela ne fit que raviver chez lui le souvenir d'un survêtement oublié et du supplice d'un cours de gym en slip. Cette odeur-là était différente.

Dialyse et mort.

Il prit l'ascenseur pour redescendre à l'Accueil dont l'imposante architecture victorienne offrait un contraste saisissant avec le style moderne et paysagé des nouvelles parties de l'hôpital. Sur les murs, les plaques en marbre et en bois poussiéreuses, gravées aux noms des chefs de service, dégageaient une impression de grandeur passée. Le pompon allait à un portrait en pied de Diana, princesse de Galles, ex-mécène de l'hôpital. Le tableau était plutôt réussi, contrairement au buste de la princesse posé sur une console à côté. Thorne se demanda s'il avait été sculpté par un patient.

Tandis qu'il approchait de la sortie, les jurons étouffés et les parapluies trempés qui venaient vers lui par la porte principale lui confirmèrent que l'été touchait à sa fin. Une semaine et demie après le début août, c'en était fini. Immobile sous le portique très ouvragé de l'hôpital, il plissa les yeux pour percer l'averse en direction de l'endroit où sa voiture était garée, tout contre les grilles de Queen Square. Des gens se pressaient, tête baissée, sous la pluie battante, à travers les jardins ou vers la station de métro de Russell Square. Combien d'entre eux étaient médecins ou faisaient partie du personnel soignant ? Il y avait une dizaine d'hôpitaux et d'unités de soins spécialisés à un kilomètre à la ronde. De là où il se trouvait, il apercevait l'hôpital pour enfants de Great Ormond Street.

Il remonta son col et se prépara à piquer un sprint.

Sur le coup, il crut que c'était une contravention et il l'arracha sans ménagement de sous le balai de l'essuie-glace. Mais quand il eut sorti la feuille de papier A4 du plastique et l'eut dépliée, il comprit qu'il s'agissait d'autre chose. Il la remit avec précaution dans son emballage protecteur, essuya la pluie et déchiffra le message dactylographié avec soin. Dès les premiers mots, il oublia les gouttes d'eau qui ruisselaient sur sa nuque.

> CHER INSPECTEUR THORNE. QUE VOULEZ-VOUS QUE JE VOUS DISE ? C'EST EN FORGEANT QU'ON DEVIENT FORGERON. ALORS ? NE LUI ENVIEZ-VOUS PAS SON PARFAIT... DÉTACHEMENT ? JE VOUS PROPOSE DE MÉDITER LE CONCEPT DE LIBERTÉ. DE VRAIE LIBERTÉ. Y AVEZ-VOUS DÉJÀ RÉFLÉCHI ? JE M'EN VEUX POUR LES AUTRES. FRANCHEMENT. JE NE FERAI PAS INSULTE À VOTRE INTELLIGENCE PAR DES PLATITUDES SUR LA FIN ET LES MOYENS, MAIS AVANCERAI À MA DÉCHARGE L'IDÉE QUE, SOUVENT, UNE OPÉRATION DE MASSE ENGENDRE UNE MARGE D'ERREURS AD HOC. LE TOUT, C'EST DE NE PAS CÉDER À LA PRESSION, INSPECTEUR THORNE, MAIS BON, VOUS SAVEZ DE QUOI JE PARLE. CELA ÉTANT DIT, SANS BLAGUER, TOM, JE VOUS TÉLÉPHONERAI PEUT-ÊTRE UN DE CES QUATRE.

La pression...
Thorne regarda autour de lui, le cœur battant. L'auteur du mot ne devait pas être très loin — la voiture était garée là depuis peu. Tout ce qu'il voyait, c'étaient des visages à l'air grave et dégoulinant de pluie, et Holland qui venait vers lui en évitant les flaques tandis qu'il traversait la rue à grandes enjambées.

— Chef, son petit ami vient d'arriver. Vous avez dû le croiser en sortant.

L'expression de Thorne lui coupa la chique.

— Alison, pas un plantage, Holland.

— Bien sûr que non, chef. Tout ce que j'en disais...

— Écoutez-moi. Ça, c'est ce qu'il veut, dit Thorne en montrant l'hôpital. Vous comprenez ?

Sa chemise s'était plaquée contre son dos. La pluie et la sueur. Lui-même avait du mal à comprendre. Du mal à croire ce qu'il avait toutes les peines du monde à concevoir. Holland le fixait, bouche bée, tandis qu'il prononçait les paroles qui lui coûteraient tant. Des paroles qui, au moment où elles se formaient sur ses lèvres, lui disaient qu'il n'aurait jamais dû accepter de se mêler de ça.

— Alison Willetts n'est pas sa première erreur. Elle est sa première réussite.

Tim a du mal à assumer la situation. Il avait une drôle de petite voix étranglée quand il parlait à Anne. Anne ? Je l'appelle par son prénom alors qu'on ne se connaît même pas. Elle a l'air sympa, cela dit. J'apprécie nos conversations du soir. Évidemment, c'est un peu unilatéral, mais au moins une personne se rend compte qu'il se passe quelque chose en moi. Qu'il y a encore quelqu'un en moi.

J'ai parlé des tests, au fait ? Archi-excellents, putain ! Enfin, certains. En gros, une sorte de kit, vraiment en kit dans une trousse spéciale, permet de tester si on est devenu un légume complet ou pas. De voir si on est en État Végétatif Permanent. EVP. Que je n'arrête pas de confondre avec VRP, sauf que EVP, c'est encore plus chiant, ce qui n'est pas peu dire. On teste tous vos sens. On cogne deux morceaux de bois l'un contre l'autre pour voir si vous entendez, si vous réagissez. Je ne sais pas trop comment je m'en suis tirée, mais ils paraissaient satisfaits. On aurait pu me faire grâce des coups d'épingle, et du tampon sous le nez qui sent aussi fort que ce qu'on inhale quand on a chopé une bonne crève. Mais le test de gustation a tout compensé. On m'a donné du whisky. Des gouttes de whisky sur la langue. Voilà mon genre d'hôpital !

C'est Anne qui a pratiqué ces tests. Elle est hyperséduisante pour une femme de son âge. Je ne la vois pas très distinctement, mais c'est l'image que j'ai d'elle. Je ne distingue même pas les formes, en fait. Plutôt des ombres de formes. Et certaines de ces ombres sont des policiers, j'en suis sûre. Tim avait l'air très nerveux quand il parlait avec l'un d'eux. Un type assez jeune, je crois.

L'homme à la bouteille de champagne devant chez moi m'a... m'a quoi ? A fait de moi une femme qui manque singulièrement de conversation, mais à part ça ? Il m'a fait mal, mais j'ai l'impression de n'avoir de blessure nulle part.

Et pourtant, il me semble avoir des cicatrices partout.

M'a-t-il touchée ? Sera-t-il le dernier homme qui me touchera ?

Hé, Tim ! Je suis vivante. Je suis toujours là. À peu de choses près. Tu craques, et c'est moi qui chante pour moi-même Girlfriend in a Coma[1]...

C'est sympa que Carol et Paul soient venus. Bon Dieu, j'espère que toute cette histoire n'aura pas foutu en l'air le mariage.

---

1. Chanson du groupe The Smiths. *(NdT)*

2

— Avons-nous affaire à un médecin ?
À peine avait-il posé cette question que Thorne devina ce que Holland devait penser. Indéniablement, Anne Coburn comptait parmi les médecins qui devaient attirer les regards de beaucoup d'hommes. Qui leur inspirait des blagues lamentables sur la froideur de ses mains et son comportement au chevet des malades. Elle était grande et mince. Classe, songea-t-il, comme l'actrice de *Chapeau melon et bottes de cuir* qui fait maintenant la vieille nympho dans l'autre sitcom. Thorne lui donnait la petite quarantaine. Elle devait avoir un ou deux ans de plus que lui. Ses yeux bleus laissaient penser qu'elle avait pu avoir les cheveux blonds, mais il les aimait bien ainsi : courts et gris. Perchée sur le rebord d'un petit bureau en désordre et buvant une tasse de café, elle paraissait presque détendue. Par rapport à la veille, en tout cas.

Elle l'avait envoyé balader quand il s'était présenté au Royal Free. Thorne entendait encore l'explosion des rires de la trentaine d'étudiants en médecine tandis qu'il rebroussait chemin à pas traînants dans le couloir. C'était manifestement le pied pour eux, cette courte pause entre deux scanographies du cerveau pour écouter leur prof remonter les bretelles d'un gradé de la police. Anne Coburn détestait être interrompue. Elle avait prié Thorne de l'excuser pour cet incident lorsqu'il lui avait téléphoné pour convenir d'un nouveau rendez-vous à Queen Square où elle travaillait. Où elle soignait Alison Willetts.

Elle but une autre gorgée de café et répéta la question de Thorne. Son élocution était nette, efficace et agréable à l'oreille. Sa voix pouvait certainement galvaniser des étudiants en médecine impressionnables ou intimider des policiers d'âge mûr.

— Avons-nous affaire à un médecin ? À quelqu'un qui a des connaissances certaines en médecine, en tout cas. Pour bloquer l'artère basilaire et provoquer une attaque, il faut un savoir-faire médical. Quant à provoquer la forme d'attaque qui induira un locked-in syndrome, c'est encore autre chose... Même si cette personne savait ce qu'elle faisait, il y a très peu de chances que cela marche. On peut essayer une dizaine de fois et ne jamais réussir. Tout se joue à quelques millimètres près.

Ces quelques millimètres avaient coûté la vie à trois femmes. Thorne eut la vision fugace d'Alison Willetts. Comptons quatre. Peut-être devraient-ils s'estimer heureux et remercier Dieu que ce taré ait des compétences. Ou plutôt s'inquiéter, à présent qu'il avait perfectionné sa technique, qu'il soit impatient de réessayer. Le Dr Coburn n'en avait pas terminé.

— En outre, bien entendu, il faut prendre en compte le transport.

Thorne approuva d'un signe de tête. Il avait déjà commencé à y réfléchir. Holland paraissait déconcerté.

— Si j'ai bien compris, vous supposez qu'Alison a fait son attaque chez elle, dans le sud-est de Londres, dit Coburn. Il aura fallu qu'il la maintienne en vie jusqu'au Royal London, qui se trouve au moins à...

— À huit kilomètres de là.

— Exact. En chemin, il sera passé devant plusieurs hôpitaux. Alors, pourquoi aller jusqu'au Royal London ?

Thorne n'en avait pas la moindre idée, mais il avait vérifié certains points.

— De Camberwell à Whitechapel, il sera passé devant trois grands centres hospitaliers, même par l'itinéraire le plus court. Comment aura-t-il fait pour la maintenir en vie ?

— Un masque à oxygène, c'est le moyen le plus évident. Il aura été obligé de s'arrêter à peu près toutes les dix minutes le temps d'appuyer cinq ou six fois sur le sac, mais ce n'est pas très compliqué.

— Donc, un médecin alors ?

— Je le pense, oui. Ou un étudiant en médecine qui a échoué, c'est possible — un chiropracteur, peut-être... un physiothérapeute, à la limite. Je ne vois pas du tout par où vous devez commencer.

Holland cessa de griffonner dans son calepin.

— Une aiguille hypodermique dans une botte de foin ?

L'expression de Coburn indiqua à Thorne qu'elle trouvait cela aussi drôle que lui.

— Alors, autant que vous commenciez à la chercher tout de suite, Holland, dit Thorne. À demain. Rentrez en taxi.

Chaque pas qui les rapprochait de la chambre d'Alison emplissait Thorne d'un sentiment proche de la terreur. C'était terrible, mais il pensait que cela aurait été plus facile pour lui si Alison avait été une « patiente » de Hendricks. Il ne pouvait s'empêcher de se demander si, pour Alison aussi, cela n'aurait pas été plus facile. Ils traversèrent l'aile Chandler et prirent l'ascenseur jusqu'au premier étage où se trouvaient les soins intensifs.

— Vous n'aimez pas les hôpitaux, n'est-ce pas, inspecteur ?

Une question étrange. Thorne avait du mal à concevoir qu'on puisse les apprécier.

— J'y ai passé trop de temps.
— Professionnellement ou... ?

Elle ne put achever sa question. Quels auraient été les mots justes ? « En amateur ? »

Thorne la regarda dans les yeux.

— J'ai subi une petite intervention l'année dernière.

Mais ce n'était pas tout.

— Et ma mère est restée longtemps à l'hôpital avant de mourir.

Coburn hocha la tête.

— Une attaque, dit-elle.
— Trois. Il y a dix-huit mois. Vous savez vraiment comment fonctionne le cerveau, vous, hein ?

Elle lui sourit. Il lui rendit son sourire. Ils sortirent de l'ascenseur.

— Moi, c'était pour une hernie, au fait.

Thorne était fasciné par les indications aux murs : Troubles Moteurs et de l'Équilibre ; Sénilité et Démence. Il y avait même un service Migraines et Céphalées. L'endroit était bondé, mais ceux qu'ils croisaient sur leur passage n'avaient rien des habituels blessés qui faisaient les cent pas. Il ne voyait ni sang, ni bandages, ni plâtres. Les couloirs et les salles d'attente paraissaient peuplés de gens qui évoluaient lentement, posément. Ils semblaient perdus, déroutés. Thorne se demanda quelle impression il leur donnait.

À peu près la même, très certainement.

Ils continuèrent de marcher en silence, passèrent devant une cantine qui résonnait de papotages que Thorne aurait associés à une grosse usine ou à un immeuble de bureaux. Il se demanda s'ils réussissaient tout de même à éviter que cette odeur n'imprègne la nourriture.

— Et qu'en est-il des médecins ? Sommes-nous sur votre liste noire ?

Un instant, il eut le ridicule de se demander si elle le provoquait. Puis il revit les visages de ces fichus étudiants en médecine. Il ne pouvait pas se livrer à des conjectures sur cette femme.

— Bah, pas pour le moment, en tout cas. Il y en a trop qui nous ont mis sur cette affaire. Vous, pour commencer.

— Je pense que mon mari peut s'en voir attribuer tout le mérite.

Elle s'exprimait d'un ton brusque, sans une once de fausse modestie.

Elle surprit le regard oblique de Thorne vers l'alliance qu'elle aurait dû porter.

— Mon futur ex-mari, devrais-je dire. Ce fut au hasard d'une remarque, vraiment. Un des rares moments de civilité lors d'une séance passablement chiatique de comment-allons-nous-gérer-le-divorce.

Thorne regarda droit devant lui et ne pipa mot.

Bon Dieu, ce qu'il pouvait être british !

— Que fait-on du service en porcelaine ? Qui garde le chat ? Tu as entendu parler du cinglé qui provoque des attaques cérébrales chez des femmes aux quatre coins de Londres ? Vous voyez, ce genre de choses...

Phobie. Mort. Divorce. Thorne se demanda s'ils devaient enchaîner avec la crise au Moyen-Orient.

— Quarante-huit heures après son admission, nous avons fait passer un scanner à Alison. Elle avait un œdème autour des ligaments cervicaux — des taches d'un blanc brillant sur l'image. On en voit chez les victimes de traumatismes cérébraux lors d'accidents de voiture, mais chez Alison j'ai trouvé cela inhabituel. Et comme mon mari m'avait dit...

— Et le Midazolam ?

— Sa benzodiazépine de prédilection ? C'est un choix très judicieux, en fait, surtout qu'il y avait toutes les chances qu'on lui administre ce même médicament aux urgences. Pas mal, pour brouiller les pistes, non ?

Thorne s'arrêta. Ils se trouvaient devant la chambre d'Alison.

— Pouvons-nous vérifier cela ?

— Je l'ai fait. Et c'est bien ce qui s'est passé. Je connais l'anesthésiste qui était de garde au Royal London cette nuit-là. Le rapport de toxicologie indique la présence de Midazolam dans le sang d'Alison, mais cela aurait été le cas de toute façon : c'est ce qui a été utilisé pour l'endormir aux urgences. Mais nous faisons aussi un prélèvement sanguin de routine lors de l'admission, alors j'ai vérifié. Du Midazolam était déjà présent dans cet échantillon. C'est à ce moment-là que j'ai décidé de contacter la police.

Thorne hocha la tête. Un médecin. Forcément.

— Où d'autre utilise-t-on du Midazolam ?

Elle réfléchit quelques secondes.

— C'est assez ciblé. Dans les unités de soins intensifs, aux urgences, pour les anesthésies, c'est à peu près tout.

— Où se le procure-t-il ? Dans les hôpitaux ? Peut-on obtenir ce genre de produit sur l'Internet ?

— Pas en de telles quantités.

Thorne savait que cela impliquait de devoir contacter tous les hôpitaux du pays pour vérifier les déclarations de vol de Midazolam. Mais jusqu'à quand faire remonter la recherche ? Six mois ? Deux ans ? Il risquait de pécher par excès de prudence. Cela dit, il était persuadé que Holland ne cracherait pas sur ces heures supplémentaires.

Coburn ouvrit la porte de la chambre.

— Elle nous entend ? demanda Thorne.

Elle repoussa les cheveux d'Alison, dégageant son visage, et sourit à Thorne d'un air empreint d'indulgence.

— En tout cas, si elle ne nous entend pas, ce n'est pas parce qu'elle est sourde.

Thorne se sentit rougir. Quel idiot ! Et pourquoi chuchote-t-on toujours au chevet des malades ?

— Pour être franche, je n'en suis pas sûre. Les premiers signes sont bons. Elle bat d'une paupière à des bruits agressifs, mais il reste encore plusieurs tests à faire. En tout cas, je lui parle. Elle sait déjà lequel de nos internes est alcoolique, et lequel de nos chefs de service couche avec trois de ses étudiantes.

Thorne haussa les sourcils d'un air interrogateur. Anne Coburn s'assit et prit la main d'Alison.

— Désolée, inspecteur, ça reste entre filles !

Thorne ne pouvait guère que regarder Alison parmi son embrouillamini de fils et de machines. Des fils et des machines avec une jeune femme en pièce jointe. Il écouta le chuintement de ses poumons sous respirateur, perçut les pulsations de son pouls informatisé, et songea à ce médecin, quelque part, il ne savait où, qui, lui, était indubitablement sur sa liste noire.

Assis dans le métro, il essayait de deviner combien de temps encore il restait à vivre à l'homme d'affaires en face de lui. Ce jeu l'amusait énormément.

Quel délicieux moment, la veille, lorsque Thorne l'avait regardé sans le voir. Cela n'avait duré qu'un dixième de seconde, il n'était alors qu'un passant encapuchonné parmi d'autres, mais quel charmant bonus. L'expression du policier lui avait indiqué qu'il avait compris le message. Désormais, il pouvait se détendre et jouir de ce qu'il allait faire. En arrivant chez lui, il s'étendrait dans un bain et repenserait à tout cela. Il repenserait au visage de Thorne. Puis il grappillerait quelques heures de sommeil. Il travaillait plus tard.

L'homme en face de lui avait les traits tirés. Encore une journée difficile au bureau. Il avait un teint de fumeur, pâle et marbré. La couperose de ses joues signalait sans doute une mauvaise circulation et une consommation excessive d'alcool. Les petites taches crémeuses à l'angle des paupières, le xanthélasma, indiquaient à coup sûr un taux de cholestérol bien trop élevé et des artères trop encombrées.

L'homme d'affaires grinça des dents tout en tournant une page de son journal.

Il lui donnait encore dix ans, tout au plus.

Tandis que sa Mondeo bleue mutilée de guerre se coulait aisément dans la circulation du début de matinée sur Marylebone Road, Thorne enfonça la cassette de Massive Attack dans le lecteur et se carra dans son siège. S'il avait voulu se détendre et décrocher, il aurait pioché Johnny Cash ou Gram Parsons, ou encore Hank

Williams, mais, pour se concentrer, il n'avait rien trouvé de mieux que les rythmes sourds, répétitifs et hypnotiques de cette musique pour laquelle il avait vingt-cinq ans de trop. Comme toujours, lorsque le tempo mécanique de *Unfinished Sympathy* sortit des haut-parleurs, il revit l'expression d'incrédulité du jeune disquaire. Ce petit merdeux l'avait regardé comme s'il était un vieux ringard qui cherchait à faire croire qu'il était toujours dans le coup.

Le visage boutonneux de l'ado se mua en celui, infiniment plus attirant, d'Anne Coburn. Il se demanda quel était son genre de musique. Classique, sans doute, mais avec un ou deux albums d'Hendrix planqués derrière les Mozart et Mendelssohn ? Comment considérerait-elle son penchant pour le trip-hop et le speed-garage ? Il conjectura qu'elle adopterait le raisonnement du petit merdeux. Il s'arrêta au feu et baissa sa vitre pour permettre au tempo de brailler en direction de la bourge au volant de la Saab à côté de lui. Thorne regardait droit devant. Lorsque le feu passa au vert, il se tourna vers elle, lui adressa un clin d'œil et redémarra en douceur.

Et à son retour au QG ? Il aurait droit au babillage convaincant de voix assurées, à des allers-retours de dossiers et aux sonneries et autres bips de fax et de modems. Thorne tapa du plat de la main en mesure sur le volant. Et, en toile de fond à cette procédure standard, il y aurait au mur le tableau noir détaillant les noms, les dates et les FAITS et, alignées au-dessus, les photos : Christine, Madeleine et Susan. Leurs visages lisses avaient en commun une vacuité blafarde, mais chacune, aux yeux de Thorne, semblait dégager l'instant ultime d'une émotion inhabituelle. Le désarroi. La terreur. Le regret. Pour toutes, *in extremis*. Il augmenta le volume de la stéréo. Dans les usines et les bureaux de Londres, des travailleurs se rinçaient l'œil à la dérobée sur des pin-up de calendriers — Sexy Sandra, Nina Nana, Wendy Oui-Oui. Pour Thorne, les jours, les semaines et les mois à venir défileraient sous l'air de reproche des visages de Christine DCD, Madeleine DCD et Susan DCD.

Alors, ça boume, Tommy ?

Christine Owen. Vingt-quatre ans. Retrouvée étendue au bas de son escalier...

Hé, secoue-leur les puces, Tom, bordel de merde !

Madeleine Vickery. Trente-sept ans. Morte sur le sol de sa cuisine. L'eau d'une casserole de spaghettis évaporée...

S'il te plaît, Tom...

Susan Carlish. Vingt-six ans. Son corps trouvé dans un fauteuil. Elle regardait la télévision...

Explique-nous comment tu vas t'y prendre, Tom.

Ils établiraient des listes, ça, c'était certain, de longues listes qu'ils compareraient à d'autres listes. Des constables poseraient les mêmes questions à des centaines de personnes et taperaient leurs notes, et des superintendants prendraient des dépositions, passeraient des coups de fil et taperaient *leurs* notes qui seraient collationnées, indexées et, peut-être, plusieurs milliers de champs et autant de semelles en cuir crottées de bouse plus tard, auraient-ils de la chance...

Navré, les filles, toujours rien pour le moment.

Ce gars, ils ne le coinceraient jamais en s'en tenant à la procédure habituelle. Thorne le sentait déjà. Ce n'était pas une intuition commode de flic d'écrivain de polars — il savait. Ils pouvaient arrêter le tueur. Oui, ils avaient une chance. Les profileurs et les experts psychiatriques pensaient que, en leur for intérieur, tous espéraient se faire choper. La prochaine fois qu'il verrait Anne Coburn, il lui demanderait son avis là-dessus. Et si cette occasion devait se présenter plus tôt qu'il ne le pensait, il serait le dernier à s'en plaindre.

Thorne engagea sa voiture dans le parking et coupa la musique. Il leva les yeux sur la façade marronnasse de la bâtisse où Boomerang avait pris ses quartiers. Cette vieille station de métro d'Edgware Road, dont on annonçait la fermeture depuis des mois, n'était pas encore tout à fait désertée, mais les bureaux vides à l'étage étaient parfaits pour une opération telle que Boomerang. Parfaits pour les sacrés veinards que rien n'obligeait à venir y travailler tous les jours. C'était une monstruosité paysagée — un gigantesque aquarium pour le menu fretin avec quelques bocaux plus petits ici et là réservés aux plus gros poissons.

Un bref instant, il eut viscéralement peur d'y entrer. Il descendit de voiture et s'adossa au capot le temps que ça lui passe.

Tandis qu'il gagnait la porte à pas traînants, il prit une décision. Il ne laisserait personne épingler au mur une photo d'Alison Willetts.

Quatorze heures plus tard, de retour chez lui, Thorne téléphonait à son père. Ils se parlaient aussi souvent que Thorne le pouvait et se voyaient beaucoup moins. Jim et Maureen Thorne avaient quitté le nord de Londres pour St Albans dix ans plus tôt, mais depuis la mort de sa mère, Tom sentait que la distance entre son père et lui ne cessait de croître. Désormais, tous deux étaient seuls et leurs conversations téléphoniques toujours atrocement banales. Le père n'avait de cesse de placer la dernière histoire salace ou blague de pub en date, et le fils était toujours ravi de les écouter. Il aimait permettre à son vieux de le faire rire — et aimait l'entendre rire. En dehors de la légèreté forcée de ces coups de fil, il soupçonnait son père de ne pas rire souvent. Son père savait pertinemment que *lui* ne riait guère.

— Je t'en raconte deux bonnes avant de te laisser, Tom.

— Vas-y, p'pa.

— Qui a une queue de cinq centimètres et la tête en bas ?

— Je ne sais pas.

— Une chauve-souris.

C'était loin d'être une de ses meilleures.

— Qui a une queue de vingt-deux centimètres et la tête ailleurs ?

— Aucune idée.

Son père raccrocha.

Il s'assit et, durant quelques minutes, ne dit rien. Puis il commença à parler à voix basse :

— En y repensant, peut-être que ce mot sur le pare-brise était un peu... tape-à-l'œil. Ça ne me correspond pas. Je ne suis pas de ce genre-là. Je suppose que je voulais juste exprimer mes regrets pour les autres. Bah, si je regarde la vérité en face, je dois reconnaître qu'une partie de moi avait un peu envie de frimer. Et je pense que Thorne est capable de comprendre à quel point je suis fier de ma réussite. La perfection, il n'y a que ça, non ? N'est-ce pas ce qu'on m'a enseigné ? Vous pouvez me croire. Et j'ai bien retenu la leçon... Ah, c'est une lutte, et je ne dis pas que je ne commettrai plus d'erreurs, mais ce que je fais me donne droit à l'échec, non ? La seule... frustration, c'est de seulement pouvoir imaginer ce que ça doit être bon d'être pris en charge par des machines. Risque zéro. Libre de se relaxer et de laisser divaguer son imagination. Pas d'impuretés. Et si je suis fier d'avoir libéré un corps de la tyrannie de la petitesse et de la putridité, je peux être condamné pour cela, c'est certain. C'est le dernier espace de liberté vraie pour lequel ça vaut encore la peine de se battre, je dirais. Être libéré de nos mouvements gauches dans l'espace. De nos meurtrissures. De notre... sensibilité. Délivré du train-train. Nourri et blanchi. Surveillé et soigné. Tous nos écoulements intempestifs pris en charge. Et, par-dessus tout, le *savoir*. Avoir conscience de ces miracles au fur et à mesure qu'ils se produisent. Que sait un mort de la toilette qu'on lui fait ? Savoir, sentir tout ça, ce doit être merveilleux... Bon Dieu, mais où ai-je la tête ? Excuse-moi. Ce n'est quand même pas à toi que je vais apprendre tout ça. N'est-ce pas, Alison ?

Sue et Kelly, du centre aéré, sont passées hier. Ma vision s'est déjà améliorée. Sue avait mis beaucoup trop d'eye-liner, comme d'hab. Les potins ne manquent pas. Évidemment, il y en a moins depuis que je suis ici, mais ils valent tout de même le coup. Mary, la directrice, gonfle tout le monde grave, assise sur le cul et corrigeant l'orthographe sur les tableaux de présence. Daniel est toujours un polisson. Il paraît qu'il m'a réclamée en pleurant la semaine dernière. Elles lui ont dit que j'étais partie en vacances en Espagne. Elles m'ont promis qu'à ma sortie on irait toutes là-bas et on se prendrait une supercuite, et qu'elles préféreraient être ici plutôt que de changer des couches merdeuses pour trois livres et soixante pence de l'heure...

Il ne s'est pas passé grand-chose d'autre après ça.

Et puis, enfin, un peu d'animation. Un bassin dont le bouchon a lâché. Je sais, ce n'est pas fracassant comme nouvelle, mais il y avait de l'eau partout, les infirmières pataugeaient et commençaient à péter un câble.

L'amusement est relatif, je suppose.

J'ai rêvé de ma mère. Elle était jeune, comme lorsque j'allais à l'école. Elle m'aidait à m'habiller et je refusais de mettre ce qu'elle voulait, et elle pleurait, pleurait...

Et j'ai rêvé de l'homme qui m'a fait ça. J'ai rêvé qu'il était ici, dans cette pièce, qu'il me parlait. Je reconnaissais tout de suite sa voix. Mais c'est une voix que j'ai aussi entendue après que c'est arrivé. Mon cerveau est en bouillie. Il s'asseyait à mon chevet, me prenait la main et essayait de m'expliquer pourquoi il m'avait fait ça. Mais je ne comprenais pas vraiment. Il m'expliquait pourquoi je devrais me réjouir. De cette voix qui m'avait dit de m'éclater en me tendant la bouteille de champagne, en m'engageant à boire une gorgée.

J'ai dû l'inviter à entrer. Forcément. Je suppose que la police l'a compris. Je me demande s'ils l'ont dit à Tim ?

À présent que les rêves sont ce qui me rapproche le plus de la sensation, ils sont devenus très vivants. Ce serait fantastique si l'on pouvait appuyer sur un bouton pour sélectionner le thème de ses rêves. Évidemment, il faudrait que quelqu'un le fasse pour moi, mais en sélectionnant des amis et des parents à l'esprit raisonnablement mal tourné, ça devrait aller.

Cela dit, quand on est bousillée à ce stade, une bonne baise, c'est vraiment le cadet de vos soucis, hein ?

3

Thorne s'était trompé au sujet de l'été : après deux semaines de relâche, il revenait, animé d'un désir de vengeance poisseux, et les appels d'urgence de la laverie automatique ne pouvaient plus le laisser indifférent. Assis, en nage, dans le bureau de Frank Keable, Thorne avait atrocement conscience de l'odeur qu'il dégageait.

— Nous concentrons nos efforts sur les médecins qui font actuellement des roulements dans Londres intra-muros, Frank.

Keable avait seulement un ou deux ans de plus que Thorne, mais il en paraissait cinquante. Cela tenait plus à un bug génétique qu'à une accumulation de stress. Les collègues estimaient qu'il avait dû commencer à se dégarnir vers la puberté, à voir combien la naissance de ses cheveux était proche de sa nuque. Le peu d'hormones capillaires qui lui restait avait, par quelque caprice de la nature, été dérouté vers ses sourcils qui couronnaient ses yeux bleu vif telles de grosses chenilles grises. Ils étaient hautement expressifs et lui conféraient un air de sagesse des plus, pour le dire gentiment, de bon aloi. Personne ne lui en voulait pour cette chance — c'était le moins qu'on puisse espérer lorsqu'on ressemblait à un hibou suralimenté atteint d'alopécie.

Keable mit une de ses chenilles à contribution, la haussant d'un air interrogateur.

— Ce serait peut-être mieux d'approfondir les recherches, Tom. Nous aurions assuré nos arrières, si le pire devait arriver. Nous ne sommes pas à court d'effectifs.

Thorne paraissait sceptique, mais Keable semblait sûr de son fait.

— C'est une affaire importante, Tom, vous le savez. Si vous avez besoin du gros des troupes pour élargir un peu les choses, je peux vous arranger ça.

— Mettons-les dessus, de toute façon, chef, c'est une liste énorme. Mais je suis sûr qu'il est du coin.

— Le mot ?

Thorne sentit de nouveau les lourdes gouttes de pluie s'insinuer sous son col de chemise et lui dégouliner entre les omoplates. Il avait encore la sensation du plastique entre ses doigts tandis qu'il lisait les phrases de l'assassin et que l'eau lui coulait dans les yeux, comme des larmes remontant à leur source.

L'assassin savait où Alison était soignée. Il suivait les progrès de près, assurément. Les leurs, tout comme ceux d'Alison.

— Oui, le mot. Et les lieux des crimes. Je pense qu'il voudra se trouver dans les parages pour garder l'œil sur la suite.

Pour contrôler son travail.

— Cela vaut-il la peine de mettre un homme en faction à l'hôpital ?

— Avec tout le respect que je vous dois, chef, l'endroit grouille de médecins... je n'en vois pas l'intérêt pour le moment.

Son regard glissa vers le calendrier sur le mur jaunâtre — des vues du Sud-Ouest. Keable était originaire de

Bristol... La chaleur ne facilitait pas la concentration. Thorne défit un autre bouton de sa chemise. En polyester. Pas très malin.

— Y a-t-il une chance que ce ventilateur se mette en route ?

— Oh, excusez-moi, Tom.

D'une chiquenaude, Keable enclencha l'appareil noir posé sur le bureau. Les pales se mirent à tourner dans un sens puis dans l'autre, offrant à Tom, toutes les trente secondes, un courant d'air frais des plus opportun. Keable se carra dans son fauteuil, gonfla les joues et poussa un gros soupir.

— Vous pensez que nous n'allons pas résoudre ça, hein, Tom ?

Thorne ferma les yeux tandis que le ventilateur se détournait de lui.

— Tom, c'est l'affaire Calvert qui vous travaille ?

Thorne regarda le calendrier. Deux semaines déjà qu'ils avaient trouvé Alison, et ils n'avaient abouti à rien. Deux semaines qu'ils se tapaient la tête contre un mur, et ne chopaient que des migraines.

De l'inquiétude — ou ce qui passait pour tel — teinta la voix de Keable.

— Avec une affaire comme celle-là, c'est parfaitement compréhensible...

— Ne soyez pas bête, Frank.

Keable inclina le buste en avant, très vite. En homme aux commandes.

— Je ne suis pas insensible aux... états d'âme, Tom. Cette affaire a un sale goût. Elle n'est pas... dans la norme. Même moi, je le sens.

Thorne rit. Ah, les vieux collègues.

— Même vous, Frank ?

— Je suis sérieux, Tom.

— Calvert, c'est de l'histoire ancienne.
— Je l'espère. J'ai besoin que vous soyez concentré — et concentration n'est pas compatible avec fixation.

Keable crut bien voir Thorne opiner de la tête.

— Je pense que cette affaire sera résolue et que nous arrêterons l'assassin, reprit ce dernier comme si cet échange n'avait pas eu lieu. Nous devrions pouvoir, par la frappe, remonter jusqu'à la machine à écrire.

Keable soupira et hocha la tête. La machine à écrire — un vieux modèle, c'était une chance — serait bien plus facile à identifier qu'une imprimante laser, mais ils devaient tout de même commencer par dégoter un suspect. Il s'était trouvé dans cette situation maintes fois. Difficile de paraître enthousiaste devant des preuves qui ne présentaient aucune utilité tant que personne n'était en garde à vue. Il fallait suivre la procédure, certes, mais au bout du compte, tout partait de l'arrestation. Keable savait que la procédure demeurait son point fort. C'était un bon médiateur. Cette haute conscience de lui-même lui avait permis de devancer d'autres policiers. Dont Thorne. Et elle lui assurait qu'ils ne nourrissaient pas de ressentiment à son égard. Il reconnaissait chez les autres les talents qui lui manquaient, et leur absence chez lui. Il savait forger l'esprit d'équipe. Il était apprécié. Il ne refusait jamais son aide à personne, et, en fin de journée, laissait son travail au vestiaire. Son sommeil était bon et son ménage heureux — contrairement à d'autres policiers. Dont Thorne.

— Il commettra une erreur, Tom. Quand on nous aura rencardés sur un vol de médicament, nous y verrons un peu plus clair.

Thorne se pencha vers le ventilateur.

— J'aimerais aller à Queen Square, si vous n'y

voyez pas d'inconvénient. Cela fait un moment, et j'aimerais savoir comment se porte Alison.

Keable approuva d'un signe de tête. Ce n'était pas là sa tentative la plus fructueuse de remonte-moral, mais, bon, il ne s'était pas attendu non plus à ce que Tom Thorne lui saute au cou en criant de joie. Il se racla la gorge tandis que Tom se levait et gagnait la porte. Là, il se retourna.

— Ce mot était impeccable, Frank. C'était le rapport d'autopsie le plus concis que j'aie lu. Et il ne fait pas la toilette des corps pour accomplir un rite. Il est juste très, très prudent.

Keable orienta le ventilateur vers lui. Il ne savait pas trop ce que Thorne avait envie d'entendre.

— Je me demandais si nous devions organiser une quête auprès des gars pour des fleurs ou autres. J'y réfléchissais, mais...

Thorne opina de la tête.

— Oui, chef, je sais. On se demande si ça vaut la peine.

— Il est vraiment très joli. C'est très gentil d'y avoir pensé.

Anne Coburn finit de disposer le bouquet, puis baissa le store de la chambre d'Alison. Le soleil qui entrait à flots empourprait un peu le visage de la jeune femme.

— J'aurais voulu venir avant, mais...

Elle hocha la tête d'un air compréhensif.

— Cela dit, vous auriez pu lui écrire pour la féliciter.

Thorne se tourna vers Alison et comprit. Cela ne sautait pas aux yeux, mais il manquait une machine parmi le fatras de matériel de maintien en vie. Elle respirait. Son souffle était léger, presque timide, mais c'était le sien. À présent, un tube, sous un masque à oxygène, s'enfonçait dans un trou pratiqué dans sa trachée.

— On a pu lui retirer le respirateur hier soir, et procéder à la trachéotomie.

Thorne fut impressionné.

— Une soirée mouvementée, dit-il.

— Oh, le mouvement, ici, c'est non-stop. Nous avons eu une petite inondation l'autre jour. Vous avez déjà vu des infirmières en bottes de caoutchouc ?

Il sourit.

— Il m'est arrivé de voir un ou deux films douteux...

Il entendit son rire pour la première fois. Gras.

Thorne fit un signe de tête vers les fleurs qu'il avait achetées dans une station-service en chemin. Elles n'étaient pas aussi jolies qu'Anne Coburn avait bien voulu le dire.

— Je me sentais tellement bête la dernière fois, vous savez, à chuchoter. J'ai pensé que, si elle entendait, elle pouvait aussi sans doute sentir, alors...

— Oh, elle les sentira.

Soudain, Thorne eut de nouveau conscience que ses aisselles étaient collantes. Il se retourna vers Alison.

— Puisque nous abordons ce sujet... vous m'excuserez, Alison, je dois vraiment cocoter.

Le silence qu'il reçut en guise de réponse l'embarrassa. Il espérait s'habituer à discuter avec cette femme qui avait un tube planté dans le cou et un autre dans le nez. Elle était incapable de se racler la gorge. Incapable de soulever sa main pâle qui pesait lourdement sur le couvre-lit rose à fleurs. Incapable... de tout. Pourtant, égoïstement, Thorne espérait qu'elle pensait du bien de lui, qu'elle le trouvait sympathique. Il avait envie de discuter avec elle. Dès à présent, il sentait qu'il lui faudrait discuter avec elle.

— Il vous suffit de remplir les blancs vous-même, dit Coburn. C'est ce que je fais. Nous avons des conversations passionnantes toutes les deux.

La porte s'ouvrit, et un homme à la tenue immaculée entra dans la chambre avec, à la main, ce qui, à première vue, ressemblait à de la barbe à papa.

— Oh..., fit Coburn.

Le durcissement de son expression n'échappa pas à Thorne.

— David, je suis occupée, j'en ai peur.

Ils se mesurèrent du regard. Elle brisa le silence gênant et hostile.

— Je te présente l'inspecteur Thorne. David Higgins.

Le futur ex-mari. L'expert médico-légal serviable.

— Enchanté, dit Thorne en tendant la main que l'Immaculé serra sans un regard pour lui — ni pour Alison.

— Tu m'avais pourtant dit que tu serais disponible, fit remarquer l'Immaculé.

Il faisait de gros efforts pour conserver un semblant d'amabilité devant Thorne, mais cela sonnait faux. En y regardant de plus près, la pseudo-barbe à papa était en réalité un toupet vanille au brushing lissé au spray fixant — une affectation ridicule pour un homme d'au moins cinquante-cinq ans. Il donnait l'impression de sortir tout droit de *Dynastie*.

— Eh bien, je pensais l'être, répondit Coburn d'un ton glacial.

— C'est de ma faute, monsieur, intervint Thorne. Je n'avais pas rendez-vous.

Higgins battit en retraite vers la porte en rajustant sa cravate.

— Eh bien, j'aurai soin d'en prendre un à l'avenir. Je t'appelle plus tard, Anne, nous conviendrons d'une date.

Il referma la porte sans bruit derrière lui. Des voix étouffées leur parvinrent du couloir, et la porte s'ouvrit de nouveau, sur une infirmière cette fois. C'était l'heure de la toilette d'Alison.

Anne Coburn se tourna vers Thorne.

— Où allez-vous déjeuner, en général ?

Ils s'installèrent au fond d'un petit bar de Southampton Row. Sandwich baguette jambon fromage et eau minérale. Sandwich fromage rondelles de tomate et café. Deux salariés pressés.

— Quelles sont les chances d'Alison de récupérer de façon significative... ?

— Nulles, j'en ai peur. Bien évidemment, tout dépend de ce que vous entendez par « significative », mais il nous faut être réalistes. Des cas ont été décrits où les patients ont regagné suffisamment d'autonomie motrice pour manier un fauteuil roulant. Beaucoup de recherches sont faites aux États-Unis autour d'ordinateurs commandés par pointeurs, mais, en réalité, le pronostic est sombre.

— N'y a-t-il pas quelqu'un en France[1] qui a dicté un livre entier avec des battements de paupière ?

— *Le Scaphandre et le Papillon*, je vous conseille

---

1. Jean-Dominique Bauby. Son livre est devenu un best-seller quelques semaines après sa brutale disparition le 9 mars 1997 (sources ALIS-association du locked-in-syndrome-Boulogne-Billancourt). *(NdE)*

de le lire. Mais c'est un cas exceptionnel. Le regard d'Alison réagit aux voix, et il semblerait qu'elle ait récupéré la capacité de ciller, mais il est encore impossible de dire si elle contrôle ce processus. Je ne la vois pas faire un témoignage pour le moment.

— Ce n'est pas pour cette raison que je vous demandais... pas uniquement pour cette raison.

Thorne mordit dans son sandwich à belles dents.

Jusque-là, Anne Coburn s'était chargée de faire la conversation, mais elle avait déjà fini de manger. Elle scruta Thorne, les yeux plissés.

— Bon, dit-elle d'un air entendu, maintenant vous êtes au courant de ma vie conjugale désastreuse. Qu'en est-il de la vôtre ?

Elle but une gorgée d'eau minérale et le regarda mastiquer, les sourcils haussés exagérément. Elle rit quand, par deux fois, il fit mine de répondre, et par deux fois, dut s'y reprendre pour réussir à avaler sa bouchée de sandwich. Au final, il parvint à articuler :

— Que... vous voulez savoir si elle est désastreuse ?

— Non. Juste... si vous en avez une.

Thorne avait du mal à cerner cette femme. Caractère de chien, rire gras, questions directes. Apparemment, il serait inutile de tourner autour du pot.

— Elle a glissé, sans effort de ma part, de « désastreuse » à complètement « sinistre ».

— Est-ce l'évolution normale ?

— Je crois, oui. Parfois, il y a une courte période « pitoyable », mais pas toujours.

— Oh, eh bien, il me tarde de connaître.

Il suivit sa main des yeux tandis qu'elle la plongeait dans son sac et en sortait un paquet de cigarettes.

— Vous permettez ? demanda-t-elle en le brandissant.

Thorne lui répondit par l'affirmative, et elle en alluma une. Il regarda la fumée sortir par le coin de sa bouche, loin de lui. Sa dernière cigarette remontait à un bail.

— Il y a plus de médecins fumeurs qu'on ne le croit. Dont un nombre étonnant de cancérologues. Pour tout vous avouer, je suis étonnée que nous ne soyons pas plus nombreux à être héroïnomanes. Vous, non ?

Thorne secoua la tête.

— Un policier qui ne fume pas. Vous devez aimer boire alors ?

Il sourit.

— Je croyais que vous faisiez trop d'heures de garde pour regarder la télévision ?

Elle gémit de plaisir en tirant une longue bouffée.

Thorne prit son temps, mais il ne s'était toujours pas départi de son sourire quand il lui répondit.

— J'en bois plus d'un.

— Ravie de l'apprendre.

— Mais côté clichés, c'est à peu près tout. Je ne suis pas croyant, je déteste l'opéra et je ne terminerais des mots croisés pour rien au monde.

— Vous devez avoir une passion alors ? Ou des démons ? C'est bien comme ça qu'on dit ?

Thorne s'efforça de sauvegarder son sourire, et réussit même à émettre un vague ricanement tout en tournant la tête vers le comptoir. Lorsqu'il attira le regard de la femme à la caisse, il leva sa tasse de café pour lui signaler qu'il en voulait un autre. Il se retourna vers Anne qui écrasait sa cigarette. Elle exhala la fumée, tout au plaisir que cela lui procurait, et passa ses doigts élégants dans ses cheveux.

— Et, est-ce que « désastreuse » et « sinistre » comprend des enfants ?

— Non, répondit-il. Et vous ?

Son large sourire était aussi contagieux que la variole.

— Une fille. Rachel. Seize ans, et à problèmes.

Seize ans ? Thorne était surpris.

— Les femmes se vexent-elles encore si on leur demande leur âge ?

Elle planta un coude sur la table et coula son menton dans sa paume en s'efforçant de prendre un air sévère.

— Celle que vous avez devant vous, oui.

— Excusez-moi.

Ce fut au tour de Thorne de faire de son mieux pour prendre un air contrit.

— Et vous pesez combien ?

Elle rit fort. Pas un rire gras cette fois, mais carrément salace. Thorne l'imita, et adressa un sourire à la serveuse qui lui apportait son deuxième café. À peine l'avait-elle posé sur la table que le bip d'Anne Coburn sonnait. Elle y jeta un coup d'œil, écrasa sa cigarette et prit son sac qu'elle avait posé par terre.

— Je ne suis peut-être pas héroïnomane, mais je fais une consommation effrénée de cachets facilitant la digestion.

Thorne prit sa veste sur le dossier de sa chaise.

— Je vous raccompagne.

En chemin vers Queen Square, étrangement, l'ambiance redevint compassée. Des banalités sur les étés indiens s'effacèrent devant un silence gêné alors qu'ils n'étaient pas même à mi-parcours. Lorsqu'ils arrivèrent au bureau d'Anne Coburn, Thorne s'attarda sur le seuil. Il sentait qu'il devait partir, mais, d'un geste, elle lui fit signe d'attendre tandis qu'elle passait un coup de fil rapide. On l'avait bipée, mais cela n'avait rien d'urgent.

— Alors, l'enquête progresse ?

Thorne entra dans le bureau et ferma la porte. Il l'avait senti venir durant le déjeuner. À une époque, sa capacité à noyer le poisson était inépuisable, mais il passait tant de temps à user de ce talent auprès d'officiers supérieurs qu'il n'avait plus l'énergie de l'exercer sur ceux qui n'avaient aucun intérêt en jeu.

— Le... pronostic est sombre, dit-il.

Elle sourit.

— Tous les jours, la presse nous régale d'histoires sans intérêt sur des braqueurs de banques armés qui creusent un tunnel et débouchent dans l'immeuble adjacent à la salle des coffres, ou sur des cambrioleurs qui s'endorment dans les maisons où ils sont entrés par effraction, mais en vérité, c'est que la plupart de ceux qui transgressent la loi réfléchissent sérieusement aux moyens de ne pas se faire prendre. Avec les assassins, on a des chances si c'est une affaire conjugale, ou sexuelle.

Anne Coburn se carra dans son fauteuil et but une gorgée d'eau.

Thorne l'observa.

— Excusez-moi, dit-il. Je n'avais pas l'intention de faire un discours.

— Non, ça m'intéresse, je vous assure.

— Toute compulsion sexuelle rend latitudinaire. On prend des risques, et on finit par trébucher. Mais ce type, je ne l'imagine pas faisant un faux pas. Sa motivation n'est pas sexuelle.

Le regard d'Anne Coburn devint soudain lisse et froid.

— Ah non ?

— Pas physiquement. C'est un pervers... mais il...

— Ce qu'il fait est monstrueux.

Elle l'avait affirmé d'un ton détaché et sans réplique. Ce qui secoua Thorne, ce fut l'emploi du présent. Il y avait ceux qui pensaient ou espéraient (et, par le Ciel, lui-même l'espérait) qu'il n'y aurait plus de nouvelles photos au mur. Mais il n'était pas dupe. Quelle que soit la mission dont cet homme se croyait investi, quel que soit le but qu'il s'était assigné, il traquait des femmes et les tuait sous leur toit. Et il prenait son pied. Thorne sentit le rouge lui monter aux joues.

— Son schéma comportemental n'est pas conventionnel. Il semblerait que l'âge des victimes lui soit indifférent, dès lors qu'elles sont disponibles. Il repère ces femmes, et s'il n'obtient pas ce qu'il cherche, il les laisse. Briquées, récurées et avachies dans un fauteuil ou sur le sol de la cuisine pour que leurs proches trébuchent dedans. Personne n'a rien vu. Personne n'a rien entendu.

— Sauf Alison.

Un silence gêné s'installa de nouveau entre eux, plus étouffant encore que l'air confiné du petit bureau. Thorne entendit l'écho de son intervention se répercuter mollement sur les murs. Il ne ressentit rien de son irritation coutumière lorsque son téléphone sonna. Il s'en empara avec gratitude.

L'inspecteur Nick Tughan coordonnait la cellule Boomerang : organisateur, collecteur d'informations, encore un amoureux de la procédure. Son mélodieux accent dublinois savait calmer ou convaincre les officiers supérieurs. Contrairement à un Frank Keable, cependant, Tughan était aussi psychologue qu'une souche d'arbre et consacrait peu de temps à des individus comme Tom Thorne. Vu la façon dont l'opération s'était déroulée jusqu'alors, il était clair qu'il en était le Monsieur Loyal et qu'il la gérait avec une efficacité imperturbable. Il ne sortait jamais de ses gonds, lui.

— Nous avons un vol signifant de Midazolam. Il y a deux ans, Dispensaire Royal de Leicester, cinq grammes.

Thorne tendit le bras, en quête d'un papier et d'un stylo. Anne Coburn poussa un bloc-notes vers lui. Il griffonna les données. Peut-être avait-il fait un faux pas, après tout ?

— Bien, envoyons Holland à Leicester, qu'il ait tous les détails, et nous aurons besoin de la liste des personnes qui y ont travaillé par roulement à partir de, disons... quatre-vingt dix-sept.

— Quatre-vingt seize. Je m'en suis déjà occupé. Elle a été faxée.

Tughan avait une bonne longueur d'avance sur lui, et il exultait. Thorne devina ce qu'il avait dû faire ensuite.

— Question évidente, alors... des recoupements ?

— Un couple qui habite dans le Sud-Est et une demi-douzaine de personnes à Londres. Mais il y en a un qui est intéressant. Il bosse au Royal London.

Intéressant, c'était le mot juste. Anne Coburn l'avait tout de suite remarqué. En se basant sur l'hypothèse qu'Alison s'était fait agresser chez elle, pourquoi le Royal London et non l'hôpital le plus proche de son domicile ? Thorne nota le nom, réduisit à la portion congrue les rebutantes — mais inévitables — félicitations d'usage et raccrocha.

— Bonnes nouvelles, apparemment ? dit Anne Coburn sans s'excuser d'avoir prêté l'oreille.

Thorne la trouvait de plus en plus sympathique. Il se leva et prit sa veste.

— Espérons-le. Cinq grammes de Midazolam. C'est beaucoup ?

— C'est énorme. Partout, nous utilisons jusqu'à cinq milligrammes au maximum pour endormir un adulte de taille moyenne. Par intraveineuse, bien entendu.

Elle se leva et fit le tour du bureau pour le reconduire. Tandis qu'elle se dirigeait vers la porte, elle lança un coup d'œil à la feuille que Thorne n'avait pas encore empochée, et s'arrêta net.

— Oh, ce n'est pas vrai !

Elle tendit le bras pour la prendre au même moment que Thorne — il n'aurait jamais dû la lui laisser voir, mais une altercation lui paraissait... incongrue. Quel mal pouvait-il y avoir à cela ? Il ouvrit la porte.

— Est-ce que cet homme est votre... recoupement, inspecteur ?

Elle regagna son fauteuil de bureau et s'y laissa tomber lourdement.

— Excusez-moi, docteur, je suis certain que vous comprendrez, mais je ne peux...

— Je le connais. Je le connais même très bien.

Thorne s'arrêta sur le seuil. Cela commençait à devenir délicat. La procédure lui imposait de partir sur-le-champ et d'envoyer quelqu'un prendre la déposition. Il attendit qu'elle poursuive.

— Oui, il travaillait au Leicester, c'est exact, mais il est impossible qu'il soit impliqué de près ou de loin dans un vol de médicament.

— Docteur...

— Et il a un alibi en béton en ce qui concerne Alison Willetts.

Thorne referma la porte. Tout ouïe.

— Jeremy Bishop était l'anesthésiste de garde aux urgences du Royal London la nuit de l'admission d'Alison. Il l'a soignée. Vous vous souvenez ? Je vous ai dit que je le connaissais. C'est lui qui m'a parlé du Midazolam.

Thorne ferma lentement les paupières. Susan, DCD. Christine, DCD. Madeleine, DCD.

Voyons, Tommy, il faut bien partir de quelque chose...

Il rouvrit les yeux. Anne Coburn secouait la tête. Elle avait vu la date sur la feuille du bloc.

— Excusez-moi, inspecteur, mais aussi antipathique que vous soit le constable Holland...

Thorne faillit protester, mais se ravisa.

— ... ce serait une perte de temps de l'envoyer à Leicester. L'homme que vous recherchez ne doit pas être bête, mais rien ne nous garantit qu'il ait travaillé au Dispensaire Royal de Leicester.

Thorne jeta l'éponge et se rassit.

— Vous pouvez me dire pourquoi je commence à avoir l'impression d'être le Dr Watson ?

— Le 1er août, c'est un jour de changement d'équipe. Logiquement, il serait raisonnable de supposer que, pour voler des médicaments en grosses quantités dans un hôpital, il faille y travailler. Oui, le personnel hospitalier est surchargé de travail et, parfois, mal organisé, mais en ce qui concerne les médicaments dangereux, il existe une procédure.

Encore le mot préféré de Thorne.

— Mais les jours de changement d'équipe, il arrive qu'il y ait un peu de relâchement. J'ai travaillé dans des hôpitaux où, le 1er août, on pouvait sortir en poussant un lit et avec un dialyseur sous le bras. Je suis navrée, mais celui ou celle qui a pris ces médicaments a pu venir de n'importe où.

Susan. Christine. Madeleine. *Quelque chose, Tommy. Une piste. Quelque chose...*

Thorne prit son téléphone portable et rappela Tughan.

C'était la première tournée d'Helen Doyle, mais, déjà, elle s'inquiétait du montant de l'addition. Quelques grandes marques, deux ou trois rhums et Coca, et cela revenait à trois fois son salaire horaire.

Et puis, merde. C'était l'anniversaire de Nita, et ce n'était pas tous les jours fête.

Elle chargea les boissons sur un plateau et regarda à l'autre bout de la salle ses amies attablées dans un coin. Elle connaissait trois d'entre elles depuis l'école, et les deux autres depuis presque aussi longtemps. Le pub n'était pas très animé, et les rares clients devaient sans doute en avoir assez du chahut qu'elles faisaient. Les rires fusèrent dans la bande, dominés par les gloussements haut perchés de Jo. Sans doute une autre blague cochonne d'Andrea...

Helen regagna leur table à pas lents, et posa le plateau au milieu des vivats des autres filles qui plongèrent sur leurs verres comme si c'était le premier de la soirée.

— T'as pas eu de chips ?
— J'ai oublié, désolée...
— T'as la tête dans le cul ou quoi ?
— Raconte-lui ta blague.
— Putain, il a mis combien de glaçons là-dedans ?

Helen but une gorgée et lut l'étiquette de la bouteille. La composition n'était même pas précisée. Elle n'en était pas à son premier, loin de là. Hooch, Metz, Breezers. Elle ne savait jamais trop ce qu'elle buvait, de quel alcool il s'agissait, mais elle aimait bien les couleurs, et tenir cette bouteille fine et froide dans la main lui donnait la sensation d'être branchée. Sophistiquée. Nita éclusa la moitié de son rhum-Coca. Jo termina son demi et rota avec ostentation.

— Pourquoi tu bois ces machins-là ? C'est comme un soda.

Helen se sentit rougir.

— J'aime bien le goût.

— Ce n'est pas censé avoir bon goût, c'est ça, le truc.

Nita et Lizzie se mirent à rire. Helen haussa les épaules et but une autre gorgée. Andrea lui donna un coup de coude.

— C'est comme tu sais quoi !

Gémissement collectif. Jo s'enfonça deux doigts dans la bouche. Helen aurait préféré qu'elles n'abordent pas ce sujet. Le sexe, thème de prédilection d'Andrea.

— Redis-nous comment était sa bite, Jo.

Le strip-teaseur, ça avait été l'idée d'Andrea et Nita avait paru apprécier. Helen l'avait trouvé très bien foutu, le corps badigeonné d'huile, et il l'avait fait franchement rougir, mais le poème sur Nita n'était pas très bon. Elle avait bien vu qu'il était aussi gêné qu'elle lorsque Jo lui avait mis la main au paquet. L'espace d'une seconde, il avait paru réellement fâché. Puis il avait souri, ramassé ses vêtements par terre sous les sifflets et les applaudissements de toutes. Helen aussi avait sifflé et applaudi. Elle aurait juste préféré être un peu plus soûle.

— Juste assez grosse !

— On n'en ferait pas qu'une bouchée !

Helen se pencha vers Lizzie.

— Le travail, ça va ?

C'était sans doute de Lizzie qu'elle se sentait la plus proche, mais elles n'avaient pas eu de vraie conversation de toute la soirée.

— Merdique. Je vais laisser tomber... faire de l'intérim.

— Tu as raison.

Helen adorait son travail. Elle gagnait peu, mais elle avait des collègues sympa, et c'était tout de même plus économique d'habiter chez ses parents, même si, en contrepartie, elle devait leur consacrer du temps. Elle ne voyait pas l'intérêt de déménager, pas avant d'avoir rencontré quelqu'un. À quoi bon louer un appart miteux comme celui de Jo ou de Nita ? Andrea habitait toujours chez ses parents, elle aussi. Dieu seul savait où elle faisait toutes ces parties de jambes en l'air dont elle n'arrêtait pas de parler...

Let Me Entertain You s'enclencha dans le juke-box. C'était une de ses chansons préférées. Elle dodelina de la tête en mesure et chantonna les paroles pour elle-même. Cela lui rappela une sortie en boîte, elle était en seconde, un garçon avec une boucle d'oreille, des yeux marron, un regard triste et l'haleine parfumée au cidre. Au refrain, les autres filles chantèrent en chœur, alors Helen se tut.

Le serveur sonna la cloche pour annoncer la fermeture et cria quelque chose d'inaudible. Andrea et Jo proposèrent une dernière tournée. Helen leur sourit en se disant qu'il était temps qu'elle rentre. Elle ne serait pas fraîche au matin, sans compter que son père l'attendrait avant d'aller se coucher. La tête commençait à lui tourner. Elle aurait dû passer par la maison et boire un thé avant de sortir. Elle en aurait profité pour se changer. Elle se sentait mal fagotée, engoncée dans la jupe noire et le corsage banal qu'elle mettait pour travailler. Elle achèterait un paquet de chips en chemin. Et une part de poisson pour son père.

Andrea se leva et décréta qu'elles devaient toutes

participer pour un dernier verre. Helen applaudit comme les autres, vida sa bouteille et plongea la main dans son sac pour y prendre quelques pièces d'une livre.

Thorne, assis, les yeux fermés, écoutait Johnny Cash. Il faisait pivoter sa tête, appréciant chaque craquement des cartilages de son cou. À présent, l'Homme en Noir à la voix sombre et dangereuse affirmait qu'il allait se libérer de sa cage rouillée. Thorne rouvrit les yeux et regarda autour de lui son appartement propre et confortable — pas vraiment une cage, mais il savait ce dont Johnny parlait.

Son deux-pièces en rez-de-jardin était indéniablement petit, mais d'entretien facile et assez proche de l'animation de Kentish Town Road pour lui assurer de ne jamais se trouver à court de lait ou de thé. Ou de vin. Le couple du dessus, plutôt silencieux, ne le gênait pas. Thorne vivait là depuis moins de six mois, après avoir enfin réussi à vendre la maison de Highbury, mais il en connaissait déjà chaque centimètre carré. Il avait meublé tout l'appartement grâce à un raid chez Ikea par un dimanche pourri, passé trois semaines à tout installer et les quatre mois suivants à regretter de s'être donné cette peine.

Il n'estimait pas être malheureux depuis que Jan l'avait quitté. Bon Dieu, ils avaient divorcé depuis trois ans et elle était partie depuis cinq ou presque, mais quand même, tout lui semblait tellement... décalé. Il avait cru que déménager de la maison qu'ils avaient partagée et s'installer dans cet appartement flambant neuf changerait la donne. Il avait péché par optimisme. Aussi près fût-il des objets qui l'entouraient, il n'avait réellement de... lien avec aucun d'eux. Ils étaient fonctionnels. Il pouvait quitter son fauteuil pour son lit en un rien de temps, mais ce lit était trop neuf, et n'avait pas encore, c'était tragique, été baptisé.

Il avait la sensation d'être un homme d'affaires anonyme dans une chambre d'hôtel anonyme.

Peut-être le vivrait-il mieux si Jan l'avait quitté à cause du travail. Il l'avait assez souvent vu, et cela faisait les beaux jours d'interminables séries policières à la télé — la femme du flic ne supporte plus de passer après le travail de son cher et tendre, et cætera. Jan n'avait jamais été une femme de flic ordinaire, et elle l'avait quitté pour d'autres raisons. La seule activité incriminée dans tout cet imbroglio était celle à laquelle elle s'adonnait chaque mercredi après-midi avec l'animateur de son atelier d'écriture.

Jusqu'au moment où il les avait surpris en pleine action. Rideaux tirés au beau milieu de la journée.

Bougies à côté du lit, bon Dieu...

Plus tard, Jan lui avait fait part de son étonnement qu'il n'ait pas frappé son amant. Il ne lui avait jamais expliqué pourquoi. Même au moment où ce salaud maigre comme un clou avait bondi hors du lit, queue ballotante, et cherché ses lunettes dans l'affolement le plus total, Thorne avait su qu'il ne le toucherait pas. Tout en laissant la douleur le submerger, il savait que, à cran et à vif comme il l'était, il ne supporterait pas les cris de Jan, ni la lueur de haine dans ses yeux, ni de la voir se précipiter pour réconforter son petit frimeur qui serait avachi contre la penderie, en train de gémir en essayant d'étancher son sang.

Quelques semaines plus tard, il l'avait attendu à la sortie de la fac et l'avait suivi. Dans les boutiques. Alors qu'il bavardait dans la rue avec des étudiants. Chez lui, un petit appartement dans Islington avec des vélos multicolores attachés dans la rue et des posters à la fenêtre. Cela lui avait suffi. De savoir.

Tu es à moi si un jour je décide de te coincer.

Mais, au bout de quelque temps, même cela lui avait paru déshonorant. Il avait renoncé. Désormais, c'était plutôt les soirées tardives, le vin rouge et les chanteurs à la voix sombre et dangereuse.

C'est vrai, il n'avait pas laissé son travail au vestiaire — surtout après Calvert, lorsque les choses lui avaient échappé un moment —, mais ils s'étaient mariés beaucoup trop jeunes. C'était tout, vraiment. S'ils avaient eu des enfants, peut-être...

Thorne parcourut les pages télé du *Standard*. Mardi soir, que des conneries. Pire, le match Spurs-Bradford était passé sur Sky à huit heures. Il l'avait complètement oublié. À domicile contre Bradford — ça devait le faire trois à zéro. Teletext, le meilleur ami du fan de foot, lui communiqua la mauvaise nouvelle.

Elle s'était affalée, il sentait son dos contre ses jambes, elle avait les fesses appuyées sur les talons, les doigts posés sur le parquet ciré. Il était debout derrière elle, les deux mains sur sa nuque, il se préparait. Son regard fit le tour de la pièce. Tout était en place ; le matériel à portée de main.

Elle ouvrit grand la bouche, et un gargouillement en sortit. Il resserra son étreinte, très légèrement, autour de son cou. Il était vraiment inutile d'essayer de parler et, en outre, il en avait déjà assez entendu.

Une heure et demie plus tôt, il observait le groupe de copines qui se séparait. Deux d'entre elles s'étaient éloignées vers le métro, et deux autres vers l'arrêt de bus. La dernière s'était engagée d'une démarche mal assurée dans Holloway Road. Du quartier, avait-il supposé. Peut-être ne dirait-elle pas non à un dernier verre ?

Il avait engagé la voiture à gauche et fait le tour du pâté de maisons, émergeant dans la rue principale à une vingtaine de mètres devant elle. Il avait attendu au carrefour qu'elle arrive à sa hauteur, et alors, il était descendu de voiture.

— Pardon... excusez-moi... mais je crois que je me suis carrément perdu.

Bredouiller juste ce qu'il faut. Un peu agacé comme il se doit. Et extrêmement bien élevé.

— Où voulez-vous aller, au juste ?

Méfiante. Et elle avait bien raison. Pourtant, rien d'inquiétant dans l'immédiat. Juste un noceur un peu éméché du mauvais côté du rond-point d'Archway. Qui ôte ses lunettes, qui a l'air d'avoir du mal à se concentrer...

— À Hampstead... excusez-moi... j'ai un peu trop... je ne devrais pas conduire, pour tout vous dire.

— C'est OK, mec. Moi aussi, j'en tiens une bonne.

— Sortie en boîte ?

— Non, juste au pub... l'anniversaire d'une copine... supergénial.

Parfait. Il était content qu'elle soit heureuse de sa soirée. Elle en aurait d'autant plus envie de vivre. Alors...

— Je suppose qu'un dernier verre, ça ferait trop ?

Le bras par la portière et la sortir avec affectation.

— Mince, vous fêtez quoi ?

Bon Dieu, qu'ont donc les filles avec le champagne ? Aussi hypnotique qu'une montre en or.

— Je l'ai chourée à une soirée. (Là, le petit rire.) Un dernier pour la route ?

Près d'une demi-heure. Trente minutes de radotage à moitié cohérent avant qu'elle ne commence à sombrer. Elle était très nombriliste. Le petit ami de Nita... les problèmes de boulot de Lizzie... deux ou trois blagues obscènes. Il avait souri, hoché la tête, ri en essayant d'imaginer ce qui aurait pu l'intéresser encore moins que tout ça. Puis dodelinements canins de la tête, baragouinages sitcomiens, et le moment était venu pour l'homme à l'apparence inoffensive de pousser sa petite amie paralytique à l'arrière de sa voiture et de l'emmener chez lui.

Ensuite, il avait passé le coup de fil et avait placé Helen dans la bonne position.

Et maintenant, elle la ramenait moins.

Le gargouillement, encore. Venant de loin. Teinté de désespoir.

— Chhut, Helen, détends-toi. Ce ne sera pas long.

Il plaça ses pouces de chaque côté de la protubérance osseuse à la base du crâne et chercha le muscle tout en continuant à lui parler.

— Tu sens ces deux régions musculaires, là, Helen ?

Elle gémit.

— C'est le sterno-cléido-mastoïdien. Un nom à rallonge, je sais, ne t'en fais pas. Ce muscle va jusqu'à ta clavicule. Mais ce que je cherche est au-dessous...

Il soupira en le trouvant.

— Voilà.

Lentement, il enroula ses doigts, un par un, autour de la carotide et commença à appuyer.

Il ferma les yeux et compta mentalement les secondes. Deux minutes feraient l'affaire. À travers ses fins gants chirurgicaux, il sentit comme un frisson parcourir le corps de la jeune femme. Il hocha la tête avec admiration devant l'effort herculéen qu'un mouvement aussi infime avait dû lui coûter.

Il songea au corps d'Helen, aux façons dont il pouvait le toucher. Elle était sienne pour son bon plaisir. Il pourrait d'un instant à l'autre lâcher son cou et laisser glisser ses mains sur son buste et sous sa robe. Il pourrait la retourner et la pénétrer par la bouche, forçant le barrage de ses dents. Pourtant, il ne le ferait pas. Avec les autres aussi, il y avait pensé, mais tout cela n'avait rien à voir avec le sexe.

Après y avoir mûrement réfléchi, il avait conclu que c'était là une impulsion normale et saine. Tout homme ne réagirait-il pas de la même manière devant une femme à sa merci ? Si facilement disponible ? Bien sûr que oui. Mais ce n'était pas une bonne idée. Il n'avait pas envie que ce soit... catalogué comme crime sexuel.

Ce serait trop simple, cela brouillerait trop les pistes. Et l'ADN, il connaissait.

Un gémissement monta des profondeurs de la gorge d'Helen. Elle ressentait tout, elle avait conscience de tout et pourtant, elle résistait.

— Ce ne sera plus long... s'il te plaît, tiens-toi tranquille.

Il entendit alors un tambourinement et, sans bouger la tête, il baissa les yeux vers les doigts d'Helen. Ils tapaient spasmodiquement contre les lattes du parquet. L'adrénaline provoquait une vaine réaction d'arrière-garde contre l'anesthésiant. Elle va peut-être réussir, songea-t-il, elle a tellement envie de vivre.

Une minute et quarante-cinq secondes. Ses doigts toujours positionnés, il se pencha, colla sa bouche contre son oreille et lui chuchota :

— Bon-ne-nuit-bel-le-en-dor-mie...

Elle cessa de respirer.

À présent, c'était l'instant critique. Ses gestes devaient être rapides et précis. Il relâcha la pression sur l'artère et, d'un mouvement brusque, lui renversa la tête en avant, menton contre la poitrine. Il la maintint ainsi quelques secondes avant de la tirer en arrière tout aussi brutalement, de telle sorte qu'il contemplait son visage. Elle avait les yeux ouverts, la bouche molle, de la salive lui coulait sur le menton. Il réprima son désir de l'embrasser et lui remit la tête en position centrale. Au point mort. Puis, fermement, il enroula ses doigts dans ses longs cheveux bruns et, d'un geste sec, lui tordit la tête par-dessus l'épaule gauche.

Et il l'y maintint.

Ensuite, par-dessus l'épaule droite. Chaque torsion déchirait l'intérieur de l'artère vertébrale. Maintenant, tout dépendait d'elle.

Il la coucha doucement et plaça son corps en position latérale de sécurité. Il suait abondamment. Il prit un verre d'eau fraîche et s'assit dans le fauteuil pour la regarder. Attendre qu'elle respire.

Il ne pensait à rien tandis qu'il fixait sans ciller son visage et sa poitrine. Son souffle serait court, sa respiration superficielle. Il guettait le plus infime mouvement. Toutes les deux ou trois secondes, il lui tâtait le pouls.

Le corps d'Helen demeurait inerte.

Il prit le masque à oxygène. Il était temps d'intervenir. Dix minutes de massages frénétiques, et de cris.

— Allez, Helen, aide-moi !

Il lui hurlait au visage.

— J'ai besoin que tu sois forte !

Il se laissa retomber dans le fauteuil, hors d'haleine. Il baissa les yeux sur le corps sans vie. Il manquait un bouton à son corsage. Son regard tomba sur les chaussures noires alignées soigneusement près d'elle. Sur le petit tas de bijoux dans la coupelle en acier inoxydable à côté d'eux. Des bracelets de pacotille et de grosses boucles d'oreilles particulièrement laides.

Elle éveillait chez lui du chagrin et de la haine.

Il lui fallait bouger. À présent, il ne lui restait plus qu'à s'en débarrasser. Vite fait bien fait.

Il commença à la déshabiller.

Thorne prit la bouteille de vin rouge au pied de son fauteuil et se servit un autre verre. Peut-être, à la quarantaine, les hommes s'en sortaient-ils mieux seuls dans des appart petits mais proprets et cosy ? Les quadragénaires aux mauvaises habitudes, aux sautes d'humeur plus rythmées que le swing de Glenn Miller, et hors circuit depuis une vingtaine d'années, n'avaient plus guère le choix. Un goût prononcé pour la musique country n'aidait en rien.

La chanson de Johnny parlait de souvenirs. Thorne se promit de ne pas oublier de programmer le lecteur de CD pour qu'il saute cette plage à l'avenir. Keable aurait-il vu juste en demandant si l'affaire Calvert faisait partie du problème ?

Prenez un cadavre frais, tué du jour...

Quinze ans, c'était trop long pour traîner ce boulet. Ce n'était pas le sien, de toute façon. Il ne se souvenait plus comment il lui était tombé dessus. Il n'avait que vingt-cinq ans alors. Ses supérieurs avaient porté le chapeau, comme leur poste l'exigeait. L'occasion ne lui avait jamais été donnée de s'en sortir honorablement. L'aurait-il fait, de toute façon ?

Un homme, relâché...

Il n'avait pas eu son mot à dire dans la remise en liberté de Calvert après l'interrogatoire. Le quatrième interrogatoire. Ce qui s'était passé dans le couloir et, plus tard, dans la maison, lui faisait penser à ce qu'il lisait dans les journaux, comme tout le monde. Avait-il vraiment pressenti que Calvert était leur homme ? Ou bien était-ce une reconstruction après coup, à la lumière de ce qu'il avait vu ce fameux lundi matin ? Une fois que tout avait commencé à se savoir, le rôle qu'il y avait joué fut largement oublié de toute façon.

Quatre filles, DCD...

En outre, qu'en était-il de son traumatisme — bon Dieu, quel mot à la con — comparé à celui de la famille de ces petites filles qui devraient toujours être de ce monde ? Qui devraient avoir des enfants à elles aujourd'hui.

Les souvenirs, c'est fait de ça.

Il pointa la télécommande et coupa la chanson. Le téléphone sonnait.

— Tom Thorne.

— C'est Holland, chef. Je crois qu'on a un autre corps.

— Vous croyez ?

Il avait la nausée. Calvert souriant à sa sortie de la salle d'interrogatoire. Alison regardant dans le vide. Susan DCD, Christine DCD, Madeleine DCD, croisant les doigts.

— Mêmes circonstances, chef. Je crois qu'on ne nous l'aurait même pas signalé, celui-là, mais elle n'a pas une marque sur elle.

— Quelle adresse ?

— Justement, chef. Le corps est en extérieur. Dans le bois derrière la station de Highgate.

À quelques minutes de là, à cette heure tardive. Il vida son verre d'un trait.

— Autant m'envoyer une voiture, Holland. J'ai un peu bu.

— Le plus beau dans tout ça, chef...

— Le plus beau ?

— On a un témoin. Quelqu'un l'a vu se débarrasser du corps.

Je suis sûre que Tim avait très envie de savoir qui m'avait offert les fleurs. Il n'a rien dit, mais je sais qu'il les regardait. Il ne m'a rien demandé. Peut-être parce que c'était une question à laquelle il aurait souhaité obtenir une vraie réponse, pas seulement monologuer avec son ex-petite amie transformée en mongolienne attardée.

Navrée, Tim. Mais rien ne prépare à ça, hein ? C'est vrai, quoi, on franchit toutes les étapes habituelles, les vacances en amoureux, rencontrer les amis de l'autre. Il n'a jamais dû se coltiner mes parents, le veinard. Les siens, c'était le cauchemar ! Mais ça, ça n'a jamais fait partie du deal, hein ? La question « Comment réagirais-tu si j'étais reliée à un respirateur et complètement incapable de bouger et de communiquer ? » n'a jamais surgi dans nos petites conversations intimes des débuts de notre relation, hein ?

Oh, j'ai un surmatelas à air maintenant, anti-escarres, je crois. C'est sans doute hyperconfo, mais ça fait un de ces boucans. Ronron électrique. Parfois, je me réveille, allongée dans l'obscurité et je crois que quelqu'un passe l'aspirateur en pleine nuit dans la chambre voisine.

Anne a flashé sur le flic, j'en suis sûre. Il faut dire

qu'il paraît sympa, vraiment. Plus sympa que son ex, en tout cas qui m'a l'air d'un gros beauf. Le flic est marrant, lui. Je pissais de rire quand il s'excusait de cocoter. J'ai entendu Tim s'enquérir auprès d'une infirmière pour les fleurs. Il n'y avait pas de carte, alors elle est allée demander à une de ses collègues. Je commence à croire que Tim me soupçonne d'avoir une liaison avec un policier. Un policier aux goûts un peu bizarres, sans doute, avec un penchant pour les nuisettes jaune lavasse et les petites amies extrêmement dociles qui ne réagissent jamais à ses caresses.

C'est quoi, déjà, la vieille blague sur la femme parfaite ? Si j'étais nymphomane et que mon père tenait un troquet, à nous deux, on ferait sauter le tiroir-caisse...

4

La Sierra se gara derrière la camionnette de l'équipe technique et scientifique. À peine Thorne en fut-il descendu qu'il mesura l'ampleur de la tâche. Deux heures du matin, mais déjà l'air était lourd et il ne tarderait pas à pleuvoir. La scène de crime deviendrait rapidement boueuse, des preuves précieuses se perdraient. Les photographes, techniciens de scène de crime et membres de la police scientifique faisaient leur métier avec une efficacité tranquille. Ils savaient qu'ils manqueraient de temps. En général, les traces utilisables étaient découvertes au cours de la première heure. L'heure en or. Tughan ratisserait tout quoi qu'il arrive ; il avait sûrement demandé un bulletin météorologique. C'était la première scène de crime dont ils voyaient la couleur, et aucun d'eux ne désirait courir le moindre risque.

Thorne s'engagea dans l'escalier raide qui descendait à la station de métro et permettait l'accès à Queens Wood — le bosquet qui bordait Archway Road. Au gré de sa marche, il apercevait entre les arbres la clarté blafarde des lampes à arc. Il distinguait les silhouettes en combinaisons de plastique blanc des experts scientifiques, accroupis autour, supposait-il, du corps, à la recherche de fibres textiles ou de cheveux égarés sur les vêtements de la jeune femme. Il entendait les instructions aboyées ici ou là, le sifflement du rechargement des flashs des appareils photos et le vrombissement constant du générateur portable. Il s'était souvent trouvé sur de telles scènes dans le passé, bien trop souvent, mais là, c'était le fin du fin. Il se dégageait de ce processus une concentration qu'il n'avait vue qu'une seule fois auparavant. Dans la nuit, l'absence de sifflotements était frappante. On n'entendait aucune vanne sur la mort. Aucune flasque de thé n'était visible à la ronde.

Ce fut seulement lorsqu'il se glissa sous la rampe, et enfila par-dessus ses chaussures les plastiques de protection fournis par un technicien, que Thorne comprit la difficulté qu'il y avait à examiner une scène de crime, ainsi que l'insensibilité avec laquelle le tueur s'était débarrassé du corps. Il l'avait jeté par-dessus le haut grillage qui bordait le trottoir du haut en bas de la butte. D'un côté, il y avait la route et, de l'autre, environ trois cents mètres de terrain touffu sur la pente qui menait à la station de Highgate en contrebas. Pour accéder au corps, on n'avait d'autre moyen que de gravir la butte en passant entre les arbres. Même si un sentier s'était déjà dessiné au gré des allées et venues, négocier cet itinéraire n'en demeurait pas moins un processus d'une extrême lenteur. La terre était dure et sèche, mais il suffirait qu'il pleuve dix minutes pour la transformer en un torrent de boue. Cela ne vaudrait même pas la peine de prendre le temps de sécuriser les lieux avec des tentes en plastique. Il espérait qu'ils trouveraient rapidement des éléments exploitables. Il espérait qu'il y en avait à trouver.

David Holland, joliment découpé en ombre chinoise par l'éclairage des lampes à arc, vint vers lui en descendant la pente au petit trot. Thorne distinguait clairement la forme du calepin qu'il brandissait. Il n'a pas l'air d'un policier, songea-t-il, plutôt d'un surgé. Exception faite de sa barbe de deux jours, ses cheveux blonds bien coiffés et son teint frais faisaient de lui la cible idéale de commentaires du type : N'est-ce-pas-que-les-policiers-font-de-plus-en-plus-jeunes-de-nos-jours. Les retraités l'appréciaient énormément. Thorne ne savait pas trop. Le père de Holland avait fait partie de la police et, d'après l'expérience de Thorne, cela n'allait jamais sans problèmes. Il ne bouge même pas comme un flic, songea-t-il. Les flics ne sautillent pas au bas de collines comme des cabris. Les flics bougent comme des... ambulances.

— Un thé, chef ?

OK, peut-être avait-il été un peu naïf. Il avait au moins le thé à son actif.

— Non. Parlez-moi du témoin.

— D'accord, mais ne vous emballez pas.

Le cœur de Thorne se serra. Manifestement, ça n'allait pas être renversant.

— Nous avons un vague signalement, pas grand-chose.

— Vague comment ?

— Taille, corpulence, voiture sombre. Le témoin, George Hammond...

Encore ce foutu calepin. Il avait envie de l'enfoncer dans le cul de ce petit con.

— ... se trouvait à l'entrée du chemin à une trentaine de mètres d'ici sur la route. Il a cru que le type jetait un sac d'ordures.

Thorne en était déjà arrivé à cette conclusion. L'homme avait dû se garer et hisser le corps par-dessus le grillage. Elle aurait très bien pu être un sac d'ordures.

— Et c'est tout ? Taille et corpulence ?

— Un petit peu plus sur la voiture. Il pense que c'est un beau modèle. Cher.

Thorne hocha lentement la tête. Les témoins. Encore autre chose à quoi il lui avait fallu se résigner. Même les plus fiables donnaient des récits contradictoires d'un même événement.

— M. Hammond n'a pas une vue excellente, chef. C'est un vieux monsieur. Il promenait son chien. Nous l'avons fait monter dans la voiture.

— Minute. Ce grillage fait un mètre quatre-vingts de hauteur. L'homme mesure combien selon lui ?

— Un mètre quatre-vingt-cinq, quatre-vingt-dix. La fille n'est pas très grande, chef.

Thorne plissa les yeux dans la lumière des lampadaires.

— Bon, j'irai dire un mot au handicapé visuel qu'est M. Hammond dans une minute. Finissons-en ici.

Phil Hendricks était penché sur le corps, sa queue de cheval à l'abri de son distinctif bonnet de douche jaune. Les techniciens ayant fini de prélever des échantillons et de délimiter le périmètre, Hendricks prenait la relève. Thorne observa les gestes routiniers du médecin légiste qui notait la température du corps et se livrait, avant son enlèvement, à un premier examen rapide. De temps à autre, il s'asseyait à croupetons en soufflant, puis il marmonnait à l'intention de son petit Dictaphone. Comme toujours, l'entière procédure, jusque dans ses détails les plus négligeables, était immortalisée sur pellicule par le caméraman maison. Thorne était toujours un peu perplexe devant ces individus. Certains, semblait-il, se prenaient pour des metteurs en scène de cinéma — un jour, il en avait carrément engueulé un qui avait crié : « C'est dans la boîte ! » D'autres avaient dans le regard une lueur dérangeante qui semblait dire : « Vous devriez passer chez moi un de ces quatre et jeter un coup d'œil aux images que je vais montrer aux gars à Noël. » Il ne pouvait s'empêcher de se demander s'ils attendaient tous d'être débauchés par des chasseurs de tête de quelque société de production télévisuelle avide de toujours plus de docudrames stupides. Peut-être se montrait-il un peu sévère. Envers Holland aussi, sans doute. Peut-être étaient-ce juste son pantalon beige parfaitement repassé et ses mocassins qui le rebutaient ? Ou simplement, Holland incarnait-il à ses yeux le jeune flic désireux de plaire ?

Lui-même n'avait-il pas été ainsi ? Quinze ans plus tôt. Prêt pour sa chute.

Hendricks commença à ranger son matériel et leva la tête vers Thorne, lui lançant un regard comme ils en avaient échangé maintes fois. Aux yeux d'un profane, cette prise de relais aurait pu paraître aussi banale que deux joueurs de billard se passant la craie. Les légistes avaient la réputation d'être des gens particulièrement froids, mais Thorne connaissait la sensibilité dissimulée sous le ton détaché et l'accent nasillard de Hendricks, originaire de Manchester. Plus d'une fois, il l'avait vu pleurer dans sa bière. Thorne ne lui avait jamais rendu la pareille.

— Il commence à se lâcher, si tu veux mon avis, dit Hendricks en triturant une de ses multiples boucles d'oreilles.

Huit, lors du dernier comptage de Thorne. Ses lunettes épaisses lui conféraient un air consciencieux, mais ses boucles d'oreilles, sans parler de ses tatouages, discrets quoique notoires, ni de son faible pour les couvre-chefs extravagants, le frappaient au sceau du non-conformisme, pour dire le moins. Thorne connaissait ce légiste gothico-grégaire depuis cinq ans. Hendricks, de dix ans son cadet, était d'une efficacité redoutable. Thorne l'appréciait énormément.

— Je ne te l'ai pas demandé, mais merci pour l'info.

— Pas étonnant que tu sois susceptible, mec. Deux à un à domicile pour Bradford ?

— Du vol.

— C'est sûr.

Thorne sentait que son cou était atrocement raide. Il renversa la tête en arrière, levant les yeux vers la clarté du ciel nocturne. La Grande Ourse était visible. Il la cherchait toujours — seule constellation qu'il connaissait.

— Donc, c'est lui alors, hein ?

— J'en aurai la certitude dans la matinée. Je crois. Mais pourquoi ici ? C'est une route hyperfréquentée. Il aurait pu facilement être vu.

— Il l'a été. Mais par Mister Magoo [1], malheureusement. De toute façon, je ne pense pas qu'il se soit attardé sur les lieux. Il s'est juste arrêté et l'a balancée.

Hendricks se poussa et Thorne baissa les yeux sur la femme qui, dans quelques heures, serait identifiée comme étant Helen Theresa Doyle. Tout juste une jeune fille. Dix-huit ou dix-neuf ans. Son corsage retroussé révélait un piercing au nombril. Elle portait de larges créoles aux oreilles. Sa jupe déchirée laissait voir une vilaine entaille en haut de sa cuisse.

Hendricks referma sa sacoche avec un claquement sec.

— Pour la blessure, je pense que le grillage a dû

---

1. Allusion au personnage de dessin animé réputé pour son extrême myopie. *(NdE)*

l'écorcher quand l'autre salaud l'a fait basculer par-dessus.

Quelque chose à la droite de Thorne attira son regard. À une cinquantaine de mètres, les yeux fixés sur lui, se tenait un petit renard. Une femelle, se dit-il. Parfaitement immobile, elle observait les activités étranges des envahisseurs de son territoire. Thorne éprouva un curieux sentiment de honte. Il avait entendu des fermiers et des lobbyistes défenseurs des droits des chasseurs pester contre la sauvagerie de ces prédateurs, mais il doutait qu'un animal qui tuait pour se nourrir, et nourrir ses petits, puise de la jouissance dans son crime. La soif de sang se nourrissait à une forme d'intelligence particulière. Un cri retentit au sommet de la butte. La renarde sursauta et se tendit, prête à s'enfuir, mais elle ne bougea pas. Thorne ne pouvait détacher ses yeux de l'animal au regard braqué sur la nature artificiellement éclairée et pervertie par la fureur sanguinaire d'un homme. Par la sauvagerie à l'état brut. Quelques instants s'écoulèrent encore, puis la renarde huma le sol et, sa curiosité satisfaite, s'éloigna en trottinant.

Thorne lança un coup d'œil à Hendricks. Lui aussi l'avait vue. Thorne prit une inspiration et se retourna vers la morte.

Émotions conflictuelles.

Il éprouvait de la révulsion à la vue de ce corps, de la colère devant un tel gâchis, de la compassion pour les parents, de la terreur à la perspective de devoir affronter leur rage et leur chagrin.

Mais aussi une certaine exaltation.

L'euphorie de la scène de crime. De la première scène de crime. L'élément qui allait booster l'enquête se trouvait peut-être sous leurs yeux, dans l'attente d'être découvert, ne demandant que ça.

Si c'était là, il le trouverait.

Le corps...

Des feuilles s'étaient emmêlées dans ses longs cheveux bruns. Elle avait les yeux ouverts. Elle était bien foutue. Thorne s'efforça de chasser cette pensée de son esprit.

— Il a toujours pris son temps les autres fois, hein ? fit remarquer Hendricks, l'air songeur. Cool Raoul. Il se donnait la peine de les allonger comme si elles avaient fait une attaque en regardant la télé ou en préparant le repas. Cette fois, on dirait qu'il s'en est fichu. Du travail bâclé.

Thorne tourna la tête vers lui, la question dans son regard.

— Une heure ou deux, pas plus. Elle n'est même pas encore froide.

Thorne s'accroupit et prit la main de la jeune femme. Hendricks ôta son bonnet, puis ses gants avec un claquement sec, ce qui libéra un petit nuage de talc. Tandis que Thorne s'inclinait pour fermer les yeux de la jeune morte, le vrombissement du générateur lui emplit la tête. La voix de Hendricks lui parut venir de très loin.

— Je sens encore l'odeur du phénol.

Anne Coburn était assise dans la pièce plongée dans la pénombre à la fin d'une horrible journée qui, en principe, aurait dû s'achever trois heures plus tôt. Les journaux n'arrêtaient pas de rabâcher sur le volume inacceptable des heures de travail des internes, mais l'on ne pouvait pas dire que les chefs de service se la coulaient douce. Une réunion avec l'administrateur, censée durer une heure, mais qui s'était prolongée jusqu'à trois, lui avait valu une migraine qui commençait seulement à s'estomper. Elle l'avait endurée pendant deux cours, une série de consultations, une querelle avec son adjoint et une montagne de paperasseries. Et David, toujours sur le sentier de la guerre...

Elle se carra dans son fauteuil et se massa les tempes. Dieu, que ces sièges étaient inconfortables ! Les avait-on volontairement conçus ainsi pour encourager les visiteurs à déposer leurs fruits et à ficher le camp ?

Si David avait toujours été à la maison, peut-être aurait-elle laissé tomber la paperasserie, mais plus maintenant. La maison serait silencieuse. Rachel serait au fond de son lit en train de regarder une victime émaciée de la drogue avec trop d'eye-liner se pavaner sur MTV.

Elle songea à sa fille.

Elles ne s'entendaient plus très bien depuis quelque temps. Le diplôme d'études secondaires leur avait mis beaucoup de pression à toutes les deux. Rachel se défoulait après s'être tuée au travail, voilà tout. Anne avait décidé de lui faire un cadeau quand elle aurait les résultats, pour la récompenser d'avoir bûché. Un nouvel ordinateur, peut-être. Elle envisagea de l'acheter tout de suite.

Puis elle pensa à Tom Thorne.

Elle regarda les fleurs qu'il avait apportées et sourit en repensant à ses excuses à Alison pour... quel terme avait-il employé déjà ? Cocoter. Elle avait aimé respirer son odeur. Elle avait aimé respirer sa droiture. Il n'était pas très difficile de le trouver séduisant. Elle devait avoir quelques années d'avance sur lui, mais savait d'instinct qu'il n'était pas homme à en être indisposé. Il était gros... non, costaud. Il donnait l'impression d'avoir pas mal bourlingué. Il incarnait le genre d'homme qui l'attirait depuis que son rapport avec David avait commencé à se dégrader — depuis de nombreuses années, si elle ne voulait pas se voiler la face.

C'était curieux que Thorne ait plus de cheveux gris du côté gauche. Et elle avait toujours eu un faible pour les yeux marron.

Anne prit soudain conscience d'exprimer ses pensées à voix haute. Ses causeries tardives avec Alison devenaient routinières. Les infirmières ne s'étonnaient plus de la trouver en train de soliloquer non-stop au beau milieu de la nuit. Dorénavant, elle était impatiente de parler à Alison. Maintenir le contact avec son cerveau constituait une partie cruciale du traitement, mais Anne en tirait également un bienfait thérapeutique. Il lui était étrange et motivant d'exprimer ses pensées sans crainte d'être... jugée. C'était une confession, sans l'aspect terrifiant. Peut-être, quelque part, Alison la jugeait-elle ? Elle s'était sûrement fait son opinion — « Laisse tomber cet ours mal léché de flic ! Trouve-toi un jeune étudiant en médecine bien foutu ! »

Un jour, Anne saurait très exactement ce que pensait Alison. Pour le moment, le bourdonnement des machines l'endormait. Elle se leva, tendit le bras et, tout doucement, fit tomber les gouttes de collyre dans les yeux d'Alison avant de lui sceller les paupières pour la nuit. Elle ôta sa veste, la roula en boule et la cala derrière sa tête en se rasseyant. Elle ferma les yeux, murmura bonne nuit à Alison et s'endormit aussitôt.

À sept heures trente le lendemain matin, le corps était formellement identifié. Les parents d'Helen Doyle avaient téléphoné pour signaler qu'elle n'était toujours pas rentrée à peu près à l'heure où George Hammond la voyait être jetée par-dessus la grille de Queens Wood.

Quelques heures après leur premier coup de fil inquiet, Thorne, adossé contre un mur, les regardait s'éloigner à pas lents dans le couloir de la morgue. Michael Doyle sanglotait. Son épouse, Eileen, le regard fixé droit devant elle, l'air sombre, serrait le bras de son mari. Ses hauts talons claquèrent sur les marches de pierre quand ils sortirent dans l'aube éblouissante, fraîche et banale de leur premier jour sans leur fille.

À présent, Thorne était appuyé à un autre mur. Helen DCD avait trouvé sa place parmi les autres. Elle n'avait encore rien révélé, mais ce n'était qu'une question de temps. Pour le moment, une quarantaine de policiers de tous grades, assis au côté d'auxiliaires et de personnel civil attendaient que Thorne s'adresse à eux. Comme toujours, il avait l'impression d'être un prof remplaçant mal fagoté dans un lycée de ZUP. Son audience échangeait des plaisanteries pour la forme, ou balançait des réflexions machos. Les rares femmes de l'équipe s'étaient assises côte à côte, fuyant le sexisme bon enfant de leurs collègues pour qui le mot « harcèlement » relevait forcément de l'hyperbole. Les volutes de fumées d'une dizaine de cigarettes s'enroulaient autour des néons. Thorne ferait aussi bien de revenir à un paquet par jour.

— Le corps d'Helen Doyle a été découvert peu après une heure et demie du matin dans Queens Wood, à Highgate. Elle a été vue pour la dernière fois quittant le Marlborough Arms, dans Holloway Road, à onze heures et demie. L'autopsie est en cours mais, pour le moment, nous nous basons sur l'hypothèse qu'elle a été assassinée par l'homme également responsable de la mort de Christine Owen, de Madeleine Vickery et de Susan Carlish...

Le chœur des mortes : *Oh, voyons, Tommy. Tu sais bien que c'est lui.*

— ... et de la tentative de meurtre sur la personne d'Alison Willetts.

Sauf que ce n'était pas une tentative de meurtre. L'assassin poursuivait un autre but, en réalité. Thorne manquait de mots pour le désigner. Ils devraient sans doute en inventer un s'ils le chopaient. Il s'éclaircit la voix et continua sur sa lancée :

— George Hammond, qui a découvert le corps, nous a donné le vague signalement d'un homme qu'il a vu sortir le cadavre de sa voiture et le jeter sur les lieux. Un mètre quatre-vingt-cinq, de corpulence moyenne. Cheveux bruns, peut-être. Lunettes, peut-être. La voiture, une berline bleue ou peut-être noire, ni marque ni modèle pour le moment. La victime a été enlevée pendant son trajet du pub à son domicile, dans Windsor Road, à moins de huit cents mètres de là, entre onze heures et quart et onze heures et demie. Personne n'a déclaré avoir vu quoi que ce soit, pourtant quelqu'un a forcément vu quelque chose. J'aimerais qu'on trouve ce ou ces « quelqu'un », merci. Trouvons une marque pour cette voiture et obtenons un signalement correct...

Thorne s'interrompit. Il avait surpris un échange de regards entre quelques policiers. Il lui avait fallu moins d'une minute pour transmettre l'essentiel des informations, les piètres bribes de faits censées relancer l'enquête.

Frank Keable se leva.

— Je n'ai pas besoin de vous dire que, côté presse, c'est le black-out habituel, merci.

Les médias n'avaient pas eu vent des meurtres ; pas comme étant perpétrés par un seul et même homme, en tout cas. Qu'ils n'aient pas été commis dans la même zone, et aient été si habilement déguisés, ne leur facilitait pas la tâche. Il avait déjà fallu un bon moment à la police pour faire le rapprochement. Thorne s'en étonnait tout de même : Boomerang était en cours depuis plusieurs semaines déjà et, en général, les journalistes disposaient de sources au sein de la plupart des opérations d'envergure. Tôt ou tard, il y aurait une fuite, puis viendrait le transfert de pouvoir habituel. Les tabloïds affubleraient le tueur d'un surnom bien sanglant, les politiciens avides de publicité entonneraient leur credo sur l'ordre et la justice, et Keable lui servirait un discours sur « la pression insoutenable ». Mais chaque chose en son temps.

D'un signe de tête, Keable redonna la parole à Thorne.

— Helen Doyle avait dix-huit ans...

Il s'interrompit et dévisagea ses collègues avec un écœurement non dissimulé. Ce n'était pas un effet de manche. Son nœud à l'estomac se resserrait, mouvant, inaccessible.

Helen était à peine plus âgée que la fille aînée de Calvert.

— Contrairement aux autres victimes, elle n'a pas été agressée à son domicile. On peut raisonnablement supposer qu'il ne l'a pas fait en pleine rue, et son mode opératoire suggère qu'il ne peut l'avoir tuée en voiture. Alors, où l'a-t-il emmenée ?

Thorne poursuivit son exposé. Le truc habituel. Évidemment, ils attendaient toujours les conclusions de l'équipe du légiste. C'étaient là les premières vraies analyses auxquelles ils étaient en mesure de procéder, et il avait bon espoir. Ce serait peut-être la percée. C'était le moment de se remuer. Foncez, les gars...

L'enquête de voisinage fut attribuée. On envisagea

une reconstitution filmée. Puis les chaises furent repoussées, des sandwiches commandés, et Frank Keable fut convoqué au bureau du superintendant.

— Dans quel but ? Il sait que j'ai que dalle à lui dire jusqu'à cet après-midi.

— Il veut peut-être juste partager un petit déj' au sommet. Ah, mais vous avez déjà pris le vôtre !

Thorne pointa la tache de ketchup sur la chemise de Keable.

— Oh, fait chier.

Il se cracha sur un doigt et tenta d'effacer l'éclaboussure rouge vif.

— Notre homme s'est encore planté hier soir, et il n'aime pas ça, dit Thorne.

Sans cesser de frotter, Keable leva les yeux sur lui et sortit son mouchoir de sa poche.

— Vu la rapidité avec laquelle il a jeté le corps de la fille, il voulait vraiment s'en débarrasser, Frank. Avec Alison, il a cru avoir saisi le coup, et quand il a vu qu'il cafouillait une fois de plus, ça l'a vraiment gonflé. Il devient nerveux. Et arrogant. Il a pris un gros risque en balançant celle-là au bord de la route. Ces femmes, ces filles, elles ne sont que des corps pour lui, mortes ou vives. Il suit une procédure avec elles, ni plus ni moins, et je pense qu'il leur en veut quand il se plante. Il n'y a pas de violence réelle, mais il est furieux.

— S'il est tellement pressé de s'en débarrasser, à quoi rime la toilette ?

— Je ne sais pas. C'est... médical.

— Ce salaud se stérilise peut-être les mains, fit remarquer Keable en ricanant.

Le regard de Thorne se perdit dans le vide.

— Oh, voyons, Tom. Écoutez, n'est-ce pas cela que nous voulons ? S'il perd patience, il y a beaucoup plus de chances qu'il commette un faux pas qui nous permette de le choper.

— Ou qu'il se mette à tuer plus souvent. Il s'est écoulé vingt-deux jours depuis l'agression d'Alison Willetts. Susan Carlish, c'était six mois plus tôt...

Keable se caressa le haut du crâne.

— Je sais, Tom.

C'était l'affirmation de son efficacité, le constat de sa compétence, mais Thorne y vit autre chose : le conseil, en termes modérés, de se calmer. Un avertissement. Il le percevait de temps à autre au détour d'une question formulée tout en douceur ou d'un regard soucieux et, le plus souvent, lorsqu'il y avait un suspect. N'importe quel suspect. Cela le faisait enrager, mais il comprenait. L'affaire Calvert faisait partie de la mémoire collective. Du folklore, pour ainsi dire, au même titre que Sutcliffe. Une culpabilité dont ils avaient tous hérité à plus ou moins grande échelle. Seulement lui, contrairement aux autres, se trouvait sur le terrain... au beau milieu.

Keable se détourna et s'éloigna vers l'ascenseur. Une voiture l'attendait sûrement pour le mener à sa réunion à l'autre bout de la ville. Il appuya sur le bouton d'appel et se retourna vers Thorne.

— Prévenez-moi dès que Hendricks vous aura contacté.

Thorne regarda Keable entrer dans l'ascenseur, et tous deux tuèrent comme ils purent les quinze secondes nécessaires à la fermeture des portes. Keable annoncerait au superintendant qu'ils attendaient bien évidemment les résultats des analyses, mais qu'entre-temps la possibilité d'une avancée n'était pas à exclure. Quelqu'un avait forcément vu l'assassin enlever la fille.

C'était assurément le coup de chance dont ils avaient besoin dans cette affaire.

Thorne se demanda s'ils daigneraient aborder le sujet qui flottait dans l'air depuis la découverte du mot sur son pare-brise. On pouvait l'interpréter comme une façon de dire « attrapez-moi, si vous le pouvez », et s'être débarrassé du corps d'Helen Doyle si grossièrement pouvait bien être une provocation. Cependant, une certitude demeurait : l'assassin ne se donnait plus la peine de maquiller ses actes car il savait qu'ils étaient après lui. Si le rapprochement qu'avait fait la police le rendait imprudent, alors Thorne était ravi qu'il le sache. Ce qui le tracassait davantage, c'était de savoir comment il l'avait su.

Putain, mais pourquoi ne peuvent-ils pas réparer tout ça ? Ils peuvent greffer une oreille humaine sur une souris et cloner une foutue brebis. Cloner des brebis, bordel, c'est la chose la plus inutile qui soit, puisqu'on ne peut pas s'en rendre compte vu que rien ne ressemble plus à une brebis qu'une autre brebis à la con, ET RIEN NE FONCTIONNE VRAIMENT MAL CHEZ MOI !

Rien... vraiment mal.

Attaque. On croirait un ordre donné à un chien. Mais je n'ai pas l'impression d'avoir été caressée comme un gentil toutou. J'ai plutôt l'impression d'avoir été défoncée au marteau piqueur. Ma grand-mère a fait une attaque, mais après, elle pouvait parler. Elle avait du mal à articuler et les médicaments lui faisaient perdre un peu la boule. Avant ça, elle jacassait seulement sur... vous savez, des trucs de vieux. Elle n'est jamais allée jusqu'à avouer son âge à de parfaits inconnus aux arrêts de bus, mais vous voyez le genre. Les médicaments qu'elle prenait l'avaient transformée en grande prêtresse du happening gériatrique. Allongée sur son lit, elle pestait contre les motos qui traversaient le service, la nuit, et contre les infirmières qui ne pensaient toutes qu'à faire l'amour avec elle. Elle délirait carrément — elle avait quatre-vingt-six ans ! Mais elle, au moins, réussissait à se faire comprendre. Cet homme a provoqué chez moi une attaque. Anne m'a expliqué ce qu'il m'avait fait. Il a tordu une de mes artères, provoquant l'attaque cérébrale. Pourquoi ne peuvent-ils pas la détordre alors ? Il doit bien y avoir des spécialistes de ça, non ? Je suis clouée au lit à crier et à hurler, et les infirmières vont et viennent autour de moi en me roucoulant des gentillesses comme si je lézardais au soleil de l'après-midi. Ils ont dû me faire tous les examens maintenant. Ils doivent savoir qu'il y a toujours quelqu'un là-dedans, que je me parle toujours à moi-même, que je divague, que je délire. Ça me prend la tête ! Vous voyez, j'ai toujours un certain sens de l'humour, putain de merde.

J'avais raison pour Anne et le flic. Thorne. J'ai déjà rencontré des femmes comme Anne. Elles craquent toutes pour deux genres de mecs : ceux qui leur allument une étincelle dans le cerveau, et ceux qui leur mettent le feu aux fesses. Un homme qui fasse les deux ? On peut toujours rêver. Je crois que la catégorie à laquelle appartient son ex tombe sous le sens. Il est temps de passer au suivant. Alors, le flic a toutes ses chances, à mon avis.

Je suppose que moi, je vais devoir m'en tenir aux cerveaux à partir de maintenant.

Tim s'est assis à mon chevet ce matin, et il m'a pris la main. Il ne se donne même plus la peine de me parler.

5

Thorne s'était perché sur le coin du bureau de Tughan dans la salle des enquêtes paysagée. Tandis que Tughan manœuvrait la souris et que ses doigts voletaient au-dessus de son clavier, Thorne voyait le dos de l'Irlandais se raidir. Il comprit que sa présence l'agaçait.

— Tu n'as rien de mieux à faire, Tom ?

Phil Hendricks avait travaillé toute la nuit, et avant même que Keable et le superintendant eurent pris place devant un café et des croissants, Thorne avait reçu les informations qu'il attendait. Helen Doyle avait été droguée avec une forte dose de Midazolam et était morte des suites d'une attaque. En dépit de l'endroit où l'on avait retrouvé son corps, et du changement évident de mode opératoire, il ne faisait aucun doute qu'elle était la cinquième victime du même tueur. En gros, c'était là tout ce qu'ils savaient, excepté que l'équipe technique et scientifique avait prélevé des fibres textiles de la jupe et du corsage d'Helen. Thorne alla droit au fait.

— Vous vous amusez bien avec les fibres ?
— Laisse-nous le temps, bon sang de bonsoir.
— D'accord, donne-moi juste ton meilleur pronostic, bon sang de bonsoir.
— Tapis, sans doute celui du coffre de la voiture.

— Tu aurais une marque ?
— Tu te crois où ? À Quantico ?
— Où ?
— Laisse tomber. Écoute, on est dessus. Un élément concordant nous serait bien utile...

La modification du comportement du tueur interpellait Thorne, et une question demeurait toujours sans réponse : comment avait-il réussi à persuader ces femmes de le laisser entrer chez elles, voire, dans le cas d'Helen Doyle, d'accepter de monter dans sa voiture ? Les corps d'Helen Doyle, d'Alison Willetts et de Susan Carlish ne portaient aucune trace, et pourtant leur organisme était imbibé d'alcool et de drogue. L'anesthésiant avait dû leur être administré avec l'alcool. Mais comment ? L'assassin avait-il surveillé Helen toute la soirée et drogué sa boisson avant qu'elle ne quitte le pub ? Difficilement concevable : elle sortait entre amies et, en outre, prévoir le bon moment relevait de l'impossible. Comment aurait-il pu savoir quand exactement la drogue commencerait à faire effet ? C'était tout de même la meilleure hypothèse, aussi Thorne avait-il décidé de convoquer le plus de personnes possible parmi celles présentes au Marlborough ce soir-là. Cela, ajouté à l'enquête de voisinage le long de l'itinéraire emprunté par Helen pour rentrer chez elle, impliquait qu'ils auraient besoin de tous les effectifs supplémentaires que Frank Keable pourrait lui fournir. Thorne avait l'espoir que quelqu'un aurait vu Helen après sa sortie du pub. Il ne comprenait toujours pas comment l'assassin pouvait être si audacieux, mais cela le rendait plus optimiste que jamais.

— Je peux faire quelque chose pour toi ?

Tughan souriait beaucoup, mais ses yeux avaient l'air d'objets posés sur une soucoupe. Il était d'une maigreur de lévrier et d'une intelligence redoutable, et sa voix tranchante n'avait aucune difficulté à dominer les plaisanteries de corps de garde. C'était toujours sa bouche mince que Thorne imaginait en train d'articuler dans le combiné lorsqu'un timbré quelconque appelait Scotland Yard pour délivrer un avertissement codé. Pourtant Thorne appréciait les capacités de Tughan, et son apport à l'enquête : lui-même pouvait s'y retrouver dans un dossier, et encore, s'il n'avait pas le choix, mais il était infoutu de taper au clavier et, étrangement, se retrouvait toujours hypnotisé par les écrans mis en veille. Lorsque surgissaient de nouvelles preuves, Tughan était l'homme capable d'y trouver un fil conducteur grâce à ses programmes de fusionnement et de localisateurs de dossiers. Thorne avait conscience que si, quinze ans plus tôt, ils avaient eu un Nick Tughan et non un millier d'enveloppes en papier Kraft... s'ils avaient eu un programme informatique Holmes et non un fichier antédiluvien, alors Calvert n'aurait peut-être pas agi comme il l'avait fait.

Hé, Tommy, tu nous fais chier avec l'affaire Calvert, qu'en est-il de la nôtre ?

— Tom ?

— Oui... excuse, Nick. Aurais-tu sous la main une copie des concordances entre le Leicester et le London ?

Tughan grommela, fit défiler l'écran et double-cliqua. L'imprimante, à l'autre bout du bureau, se mit à bourdonner. En fait, Thorne avait espéré que Tughan disposerait d'un tirage déjà prêt dans un coin. Cela aurait été plus rapide qu'il marche jusqu'à son propre petit aquarium et prenne la copie sur son bureau, mais il ne pouvait en vouloir à Tughan pour ses menues victoires en matière d'efficacité. Il lui reprochait presque tout le reste, et c'était réciproque.

Thorne parcourut la liste. Six médecins, qui travaillaient par roulement à l'hôpital de Leicester le jour du vol du Midazolam, occupaient à présent un poste dans des hôpitaux de la ville. Les informations délivrées par Anne Coburn sur les implications de la date avaient, somme toute, refroidi l'enthousiasme à exploiter cette piste, et la découverte du corps d'Helen Doyle avait, à juste titre, retenu l'attention de tous ; pourtant Thorne ne se départait pas du sentiment que cela pouvait être important. Il était concevable que la date de ce vol soit significative pour des raisons tout à fait opposées. L'assassin (à supposer que ce fût effectivement lui le voleur) n'avait-il pas justement choisi ce jour-là pour faire croire qu'il avait pu venir de n'importe où, alors qu'il travaillait bel et bien à l'hôpital ? Par ailleurs, ils épluchaient toujours la liste beaucoup plus longue des médecins qui faisaient actuellement des gardes par roulement dans le secteur, alors ils devraient voir de ce côté-là aussi.

Le nom de Jeremy Bishop figurait en deuxième position sur cette liste.

Thorne avait parfaitement conscience du sourire finaud de Holland tandis qu'ils descendaient au parking par l'ascenseur.

— Ce n'est pas l'ami du Dr Coburn ?
— Elle le connaît, oui. Et en théorie, son alibi tient la route, c'est sûr, oui.

Il ne faisait aucun doute que Jeremy Bishop avait pris en charge Alison Willetts aux urgences.

— Mais si l'assassin a emmené Alison Willetts au Royal London, il devait avoir une raison, expliqua

Thorne comme s'il s'adressait à un enfant. Je veux vérifier très exactement à quelle heure Bishop a pris sa garde, si c'est avant ou après qu'elle a été déposée.

Holland ne se départait pas de son sourire finaud. Il n'ignorait rien de la visite de Thorne à Queen Square. Allait-il voir Alison Willetts ou le médecin qui la soignait ? Il savait très bien qu'ils auraient pu vérifier les horaires de Bishop par un simple coup de fil ou, pour le moins, envoyer quelqu'un d'autre.

Thorne n'éprouva nul besoin de se justifier davantage aux yeux de Holland. Tout en sortant, au rez-de-chaussée, et en se dirigeant vers la voiture, il tenta de se convaincre que l'amitié de Bishop et d'Anne Coburn, à qui il pensait plus que de raison, n'était pas le véritable motif pour lequel il tenait à l'éliminer de l'enquête le plus tôt possible.

Comme il s'attaquait à un petit déjeuner tardif, il songea que Thorne lui avait paru très fatigué à son arrivée au travail, à huit heures ce matin-là. Du troquet en face du commissariat, il l'avait vu s'adosser à sa voiture un moment avant de se diriger à pas poussifs vers la porte. Il n'avait pas imaginé que Thorne fût du genre poussif. C'était pourquoi il avait été ravi en apprenant qu'il était sur l'affaire. Pour cette raison-là, et pour l'autre, plus évidente. Il en était arrivé à la conclusion que Thorne était persévérant, assurément. Et obstiné. Pour lui, ces qualités étaient indispensables. Plus, bien entendu, la capacité d'être desservi par son intelligence. Ça, c'était indispensable. Tout bien considéré, Thorne était parfait. Mais cela l'avait troublé de le voir si abattu. Il espérait que sa fatigue n'était que physique, que l'inspecteur de police n'était pas... usé. Non, il était épuisé à juste titre après les... les exigences de la veille au soir. Ils l'avaient trouvée très vite. Impressionnant. Donc, Thorne avait eu une nuit difficile. Il n'était pas le seul.

Une sur cinq. Il baissait de vingt-cinq à vingt pour cent. Il l'avait tout de suite vu, évidemment. Il avait passé le coup de fil indispensable, puis fait le nécessaire, mais très vite il avait compris qu'elle l'avait lâché. De la viande soûle. Son cœur, qui battait à tout rompre à la perspective de la course contre la montre afin de livrer à l'hôpital une petite nouvelle pour leurs machines, avait rapidement repris son rythme régulier habituel. Son cœur à elle, inutile et imbibé de cholestérol, ne se donnait même plus la peine de battre. Quelle chance il lui avait donnée ! Mais elle avait laissé sa petite vie triste et idiote la quitter. Oh, on l'avait sûrement vu se débarrasser du corps. Ils devaient disposer d'un vague signalement désormais. Et alors ? On avait peut-être même vu la voiture. Encore mieux.

Il mâchonna sa tartine grillée tout en admirant la vue de Londres par la vitre. La brume se dissipait. Une autre journée magnifique s'annonçait. Helen avait été aussi facile que les autres à aborder. Plus facile même. Il s'améliorait. Il y avait bien eu ces deux ou trois essais désastreux auparavant, mais il était plus détendu à présent.

Christine et Madeleine se méfiaient au début. Elles avaient tout naturellement hésité à lui ouvrir leur porte, mais c'étaient des femmes seules, et il était bel homme. Elles avaient envie de parler. Et plus, si affinités. Et il savait se montrer très persuasif. Susan et Alison l'avaient toutes deux invité presque immédiatement à entrer, et elles s'étaient joyeusement enivrées jusqu'à perdre leur lucidité. Au sens le plus littéral du terme. Il pouffa. Le champagne était une idée de génie. Il avait d'abord envisagé une injection, mais cela aurait fait tache et il excluait toute forme de lutte. L'attente durait un peu plus avec le champagne, bien entendu, mais il aimait les voir partir lentement. Il jouissait par avance de l'imminence de leur malléabilité. L'autre — celle dont il n'avait pas eu le temps d'apprendre le prénom — avait lorgné la bouteille avec concupiscence. Mais alors, il avait dû partir, car le moment était... mal choisi. Toutefois, il était persuadé qu'elle n'avait rien dit. Elle s'était très certainement gardée de raconter qu'elle avait invité un inconnu sous son toit.

Cela lui avait été un tel soulagement de travailler sur Helen chez lui. Il avait une sainte horreur de la dissimulation. Il détestait entrer en catimini dans ces maisons sinistres. Il avait eu la chair de poule en posant les savonnettes et les flacons de pilules dans ces salles de bains immondes. Collants roulés en boule et traînées de merde dans la cuvette des toilettes. Il détestait poser les mains sur elles. Sur leur tête. Même à travers les gants, il sentait la saleté de leurs cheveux gras, il sentait... des trucs bouger. Mais désormais, il pouvait travailler dans un environnement propre et confortable. Désormais, *il* savait qu'*ils* savaient qu'*il* savait qu'*ils*...

Il siffla le petit air qu'il avait inventé sur cette rengaine réconfortante alors qu'il luttait contre la fatigue. Thorne n'était pas le seul à connaître le stress. Il avait besoin d'un autre café. Il s'accorda quelques instants pour fermer les yeux et penser à Alison. Elle, au moins, ne l'avait pas déçu. Elle avait voulu vivre. Il envisagea de retourner lui rendre visite, mais peut-être était-ce un peu trop risqué. La sécurité des hôpitaux était assez verrouillée, en ce moment. L'inondation aussi était une idée de génie, mais qui ne pouvait servir qu'une fois. Il commençait à s'assoupir. Oui, il lui faudrait trouver autre chose s'il voulait revoir Alison sans se faire prendre.

Sans tomber sur Anne Coburn.

— Avez-vous mal, Alison ?
Les médecins, Anne Coburn et Steve Clark, regardaient intensément le visage pâle et paisible de la patiente. Il ne montra aucune réaction. Anne refit une tentative.

— Fermez la paupière une fois pour oui, Alison.
Au bout d'un moment, ils virent un mouvement imperceptible — l'ombre d'un tressaillement au pourtour de l'œil gauche de la patiente. Anne regarda l'ergothérapeute face à elle qui griffonnait des notes sur son bloc. Il lui adressa un signe de tête. Elle poursuivit.

— Oui, vous avez mal ? C'était un oui, Alison ?
Rien.

— Alison ?
Steve Clark rempocha son stylo. La paupière gauche d'Alison frémit trois fois de suite à toute allure.

— D'accord, Alison.
— Elle est peut-être fatiguée, Anne. Je suis sûr que tu as raison. Il lui faut juste regagner le contrôle d'elle-même.

Anne Coburn appréciait beaucoup Steve Clark. C'était un médecin brillant et un homme charmant, mais un piètre menteur. Il n'était pas du tout convaincu. Elle, oui.

— J'ai l'impression d'avoir fait venir le réparateur télé et que le poste fonctionne parfaitement à son arrivée, sauf que c'est dans le sens inverse... oh, zut, tu vois ce que je veux dire, Steve.

— Je pense que tu veux trop précipiter les choses, tout simplement.

— Je respecte la marche à suivre standard, Steve. L'électro-encéphalogramme montre une activité cérébrale normale.

— Personne ne le conteste, mais ce n'est pas pour autant qu'elle a la capacité de communiquer. Mouvement il y a eu, d'accord, mais rien de ce que j'ai vu ne me convainc qu'il n'est pas involontaire.

— Il n'y a pas que moi, Steve. Interroge le personnel soignant. Je suis certaine qu'elle est prête à communiquer.

— Prête, peut-être...

— Et capable. Je l'ai vu. Elle m'a indiqué qu'elle avait mal, qu'elle était fatiguée. Elle... me dit bonjour, Steve.

Clark ouvrit la porte. Il était impatient de partir.

— Peut-être... a-t-elle le trac en public.

Plus tard, une fois calmée, Anne se rendrait compte qu'il avait fait de son mieux pour lui être sympathique. Sur le moment, elle ressentit de la colère et de la frustration, pour elle-même et pour Alison.

— On n'est pas au cirque !

Pourtant, c'était exactement l'impression que cela lui donnait.

Au moment où Holland engageait la Rover banalisée dans une rue tranquille et bordée d'arbres de Battersea, il aborda un ralentisseur d'aspect faussement inoffensif à une vitesse juste assez élevée pour racler le châssis de la voiture et réveiller son patron plutôt rudement.

— Bordel, Holland...

— Excusez, chef.

— Je sais bien que ce n'est qu'une voiture de fonction, mais tout de même !

La lumière du soleil était aveuglante, et Thorne sentait le poids de chacune des vingt-huit heures écoulées depuis qu'il n'avait pas dormi. Holland alla carrément lui ouvrir la portière ! Thorne eut le sentiment que c'était moins par déférence pour son grade que pour lui rappeler subtilement qu'il commençait à accuser ses quinze ans de plus.

Jeremy Bishop habitait dans une élégante maison de trois étages, avec petit jardin sur rue bien entretenu. Quatre chambres, sans doute, songea Thorne. Et décorée avec goût, sans doute, et pleine à craquer de babioles auxquelles les agents immobiliers les plus lèche-bottes — si tant est que la lèche puisse se quantifier — feraient référence en parlant de « périodes ». Valant la bagatelle d'un petit demi-million de livres, sans doute. En prime, une belle Volvo garée devant. Apparemment, Bishop ne connaissait pas de fins de mois très difficiles.

Holland sonna. Thorne leva la tête vers les fenêtres. Les rideaux étaient toujours tirés. Au bout d'une ou deux minutes, la porte s'ouvrit. Holland fit les présentations, et entra avec Thorne à l'invitation de Jeremy Bishop manifestement mal réveillé.

Tandis que Holland restait debout et dégainait son calepin, Thorne se laissa choir dans un fauteuil et accepta avec reconnaissance une tasse de café en se creusant les méninges pour savoir d'où lui venait l'impression d'avoir déjà vu Jeremy Bishop. Il devait avoir entre quarante-cinq et cinquante ans et, en dépit de sa barbe de deux jours et de ses yeux rougis, il faisait dix ans de moins. Il était grand, entre un mètre quatre-vingt-cinq et quatre-vingt-dix, et il lui rappelait le Dr Richard Kimble, le personnage que jouait Harrison Ford dans *Le Fugitif*. Ses cheveux courts parsemés de gris alliés à ses lunettes à monture acier lui donnaient l'air « distingué » — ce qui avait de quoi fortement irriter Thorne dont les cheveux gris ne réussissaient qu'à lui donner l'air « vieux ». Ce salopard ne devait même pas avoir une touche de gris dans les poils pubiens. Bishop était sans aucun doute un personnage récurrent des fantasmes des apprenties infirmières — « Oh, docteur ! Ici, dans les vestiaires ? » Il pensa à Anne Coburn et se contraignit à ne pas l'imaginer en train de se changer dans les vestiaires. Les médecins ne seraient-ils plus des laiderons ? Il se souvint de la généraliste rance chez qui on le traînait quand il était gosse : une vieille bique moustachue et coiffée comme un mec, qui sentait le fromage et avait toujours une Craven A tressautant au coin de la bouche quand elle baragouinait avec un accent d'Europe de l'Est incompréhensible. Nulle inquiétude à avoir de ce côté-là avec Jeremy Bishop. Ses intonations mélodieuses calmeraient un épileptique dans l'instant.

— Je suppose que vous venez me voir au sujet d'Alison Willetts.

Holland décocha un regard à Thorne qui but une gorgée de café. Que le constable gère donc la situation !

— Et qu'est-ce qui vous fait supposer cela, monsieur ?

Thorne observa Holland à travers les vapeurs de son café. Bon début : sarcasme, supériorité, soupçon d'agressivité. Tout pour mettre le sujet à l'aise.

Bishop ne se laissa pas décontenancer.

— Alison Willetts a été agressée et grièvement blessée. Je l'ai soignée, et on n'envoie pas des inspecteurs de police à domicile pour des contraventions impayées.

Il sourit à Holland qui ne put faire autrement que de passer au point numéro 2 du *Guide pratique des Interrogatoires*.

— Nous menons une enquête pour meurtre...
— Il a recommencé ?

Thorne faillit recracher son café et se redressa d'un bond dans son fauteuil. Holland se tourna vers lui, l'air hagard. L'amusement de Bishop devant l'expression de Holland n'échappa pas à Thorne. Il se dit que Bishop avait souvent dû voir un jeune médecin faire cette tête en se retrouvant soudain perdu et quêtant du réconfort ou, de préférence, une aide concrète auprès d'un confrère expérimenté. Thorne décida que l'aide concrète serait encore ce qu'il y avait de mieux.

— Recommencé quoi, monsieur ?
— Écoutez, je suis navré si je suis censé ignorer qu'il y a eu d'autres victimes. En ce qui me concerne, c'est juste une question de contextualisation de l'état de ma patiente. On m'a informé qu'il y avait eu d'autres agressions. Anne Coburn et moi sommes de très vieux amis, inspecteur, mais je suis sûr que vous le savez déjà.

Thorne savait déjà que, en dépit des meilleures intentions de Frank Keable, le voile ne tarderait pas à se lever sur cette affaire. Bien qu'il n'ait jamais pensé que les affaires aient un voile... les religieuses en avaient un... les affaires criminelles avaient... quoi... des verrous ?... Bah, il suffisait de les ouvrir... Ah, n'y avait-il pas dans une affaire des points qui s'ouvraient... pour se refermer aussitôt ? Bon sang, il était naze.

— Désolé si nous vous avons tiré du lit, monsieur.

Bishop étendit le bras sur le haut du dossier du canapé.

— Bah, c'est sûr que je dois avoir l'air aussi défait que vous, inspecteur.

Thorne haussa le sourcil.

— Je passe beaucoup de temps avec des gens qui dorment peu pour différentes raisons. Leurs yeux les trahissent immanquablement. J'étais de garde cette nuit. Et vous, quelle est votre excuse ?

Son rire résonna, mi-ricanement mi-reniflement.

Thorne lui rendit la pareille au travers d'une bonne imitation d'un bâillement.

— Ouais... la nuit a été chargée. Et vous, docteur ?

Bishop soutint son regard.

— Oh... non, moi, pas vraiment. J'ai dû partir vers trois heures pour traiter une overdose, et je suis rentré vers cinq heures et demie. Mais même lorsqu'on n'est pas appelé, c'est difficile de se détendre en gardant l'œil sur le bip. Grâce soit rendue à l'inventeur des chaînes câblées !

— Il y avait quelque chose d'intéressant ?

— Je suis un zappeur impénitent, j'en ai peur. Pas mal de vieilles séries, un ou deux films noir et blanc et une bonne dose d'érotisme soft.

Il leva les yeux sur Holland et sourit d'un air incrédule.

— Vous prenez réellement tout cela en note, monsieur l'agent ?

Thorne se posait la même question.

— Seulement « érotisme soft », dit-il. La vie du constable Holland manque singulièrement d'animation.

Thorne fut étonné de voir Holland piquer un fard.

Bishop se leva et s'étira.

— Je vais reprendre un café. Des amateurs ?

Thorne le suivit à la cuisine et ils bavardèrent au son du chuintement grandissant de la bouilloire.

— Et à quelle heure vous êtes-vous rendu à l'hôpital la nuit où vous avez soigné Alison Willetts ?

— On m'a bipé vers trois heures, je crois. Un sucre, m'avez-vous dit ?

Thorne le lui confirma d'un signe de tête et attendit qu'il poursuive.

— La patiente a été découverte à côté d'une entrée de service... mais vous devez le savoir... et conduite directement en soins intensifs.

— Avez-vous téléphoné après avoir été bipé ?

— Inutile. Le message disait traumatisme urgent. Dans ces cas-là, on y va. Parfois, on peut avoir un numéro de ligne directe, parfois c'est juste un message demandant de rappeler, mais pour un traumatisme, on saute tout de suite dans sa voiture.

— Et lorsque Alison Willetts a été admise à l'hôpital, vous avez été le premier à la soigner ?

— C'est exact. J'ai examiné ses pupilles : elles réagissaient. Je lui ai mis un masque à oxygène, puis l'ai intubée, je lui ai injecté du Midazolam comme sédatif, j'ai demandé un EEG et un ECG et l'ai confiée à l'anesthésiste.

Bishop but une gorgée de café.

— Excusez-moi, vous devez avoir l'impression d'être dans un épisode de *Casualty*.

Thorne sourit.

— Plutôt *Urgences*. Dans *Casualty*, en général, c'est infusions et aspirines.

Bishop éclata de rire.

— Tout à fait. Et les infirmières sont nettement moins séduisantes.

— Donc, si on vous a bipé à trois heures, vous êtes arrivé là-bas... disons, une demi-heure plus tard ?

— Dans ces eaux-là, je suppose.

— Et Alison, la patiente, a été admise à quatre heures moins le quart ?

Bishop but une gorgée de café en opinant de la tête.

— Alors, pourquoi vous a-t-on bipé ?

— Franchement, je ne saurais vous dire, j'en ai peur. Ce n'est pas inhabituel — parfois, on passe des heures à tenter de comprendre pourquoi on vous fait venir. Il m'est déjà arrivé de me déplacer pour rien. Quant à cette nuit-là plus particulièrement, je n'y ai pas vraiment réfléchi. Je veux dire, si j'avais su ce qui s'était passé — ce que nous avons appris par la suite —, j'aurais sans doute prêté plus d'attention à l'enchaînement des événements. Mais sur le moment, c'était juste une urgence de routine. Je suis navré.

Thorne reposa sa tasse.

— Ne vous en faites pas, monsieur. Je suis sûr que nous trouverons.

Bishop prit la tasse de Thorne en souriant, versa le fond du café dans l'évier et ouvrit le lave-vaisselle.

— La raison pour laquelle on aurait pu me biper il y a quatre mardis de ça ? Bonne chance, inspecteur.

Tandis que la voiture roulait au pas sur Albert Bridge, Holland renonça à poser un certain nombre de questions à son supérieur. Pourquoi s'être donné la peine d'aller jusque là-bas ? Vous croyez que Jeremy Bishop se tape Anne Coburn ? Pourquoi vous me charriez sans arrêt ? Pourquoi vous vous croyez au-dessus de tout le monde ?

Il lança un regard de biais à Thorne qui était tassé dans le siège passager, les yeux clos. Il était pleinement éveillé.

Thorne ne parla qu'une fois, pour dire à Holland qu'ils ne retournaient pas tout de suite au bureau. Sans rouvrir les yeux, il lui demanda de bifurquer à droite et de longer le fleuve vers Whitechapel. Ils passeraient d'abord au Royal London pour voir à quel point l'alibi de Jeremy Bishop tenait la route.

C'est moi la Femme Prodige à la Paupière Qui Parle ! Sauf que parler, je ne risque pas, bordel, hein ?

Je sortais avec un acteur, à un moment. Il m'avait raconté un de ses rêves récurrents : il se trouvait sur scène, prêt à se lancer bien gentiment dans son petit numéro et, soudain, tout son texte lui sortait de la tête comme de l'eau s'écoulant très vite par la bonde d'un évier. C'est exactement ce que je ressentais lorsque Anne me demandait de battre de la paupière. Bon Dieu, comme j'avais envie de réussir pour elle. Non... j'avais envie de réussir pour moi. Je peux le faire, je sais que je peux. Je le fais sans arrêt, putain, quand personne n'est là, et j'ai fermé ma paupière lorsque Anne me l'a demandé l'autre jour. Elle voulait savoir si j'avais mal, et j'ai cligné une fois pour oui. Un battement de paupière. Un mouvement infinitésimal d'un œil et j'ai eu l'impression d'avoir au même moment gagné la supercagnotte du Loto, baisé avec Mel Gibson et reçu un an de provisions de chocolat.

En réalité, j'avais l'impression d'avoir couru le marathon de Londres. Deux battements de paupière, et je suis lessivée. Mais en présence de l'autre médecin, impossible.

J'engueulais ma paupière dans ma tête. J'avais la

sensation que l'ordre partait de mon cerveau, mais au ralenti, comme une vieille Lada avançant à une allure d'escargot le long des circuits, ou je ne sais quel nom on leur donne. Neuroroute ou autre. C'était sur la bonne voie, puis ça se bloquait quelque part à hauteur de travaux. Comme si son intérêt s'émoussait. Je peux le faire, je le sais, mais je ne le contrôle absolument pas. Quand je n'essaie pas, je bats de la paupière comme une dingue, mais quand je le veux, je suis bonne à rien.

Si battre d'une paupière est la seule faculté qui me reste, alors putain, je compte bien devenir la plus grande batteuse de tous les temps. Ne me laisse pas tomber, Anne. J'ai tant de choses à te raconter. Je vais battre d'une paupière en pensant à l'Angleterre, je te jure.

J'ai perçu de la déception dans sa voix. J'en aurais pleuré. Mais, même ça, je n'en suis plus capable...

6

— Où, monsieur ?
— Muswell Hill, s'il vous plaît.
— Sans problème, monsieur. C'est où ça, monsieur ?

Thorne soupira bruyamment en songeant que le simple trajet depuis son appartement de Kentish Town se muait en une proposition bien plus risquée. C'était entièrement de sa faute s'il avait appelé un minicab. Pourquoi était-il si radin, bon sang ?

Il s'efforçait de ne pas penser à l'affaire — il n'était pas en service ce soir. Il se berça de cette illusion le temps qu'il fallut au taxi pour atteindre le bout de la rue. Il aurait adoré passer une soirée sans ses curieuses pin-up de calendrier, mais ce serait difficile vu sa destination et qui l'y attendait. Peut-être Jeremy Bishop serait-il un sujet de conversation *non grata* avec Anne Coburn ? Il devenait évident que ces deux-là étaient extrêmement proches. Plus que cela, peut-être ? Thorne se refusa à envisager cette possibilité. Quoi qu'il en soit, leur rapport compliquait les choses — entre autres la procédure.

Thorne avait horreur du cliché du flic instinctif autant que de celui du flic endurci. Mais le flic instinctif était un cliché uniquement, il le savait, parce qu'il contenait une once de vérité. Les intuitions étaient synonymes d'ennuis. Si elles se révélaient fausses, elles généraient de l'embarras, de la douleur, de la culpabilité et plus encore. Et lorsqu'elles se révélaient justes, c'était bien pire. Chez les policiers... chez les bons policiers, cet instinct n'était pas inné. Ils le développaient. Après tout, les comptables n'étaient doués pour les chiffres que parce qu'ils travaillaient dessus quotidiennement. Même un flic moyen pouvait repérer lorsque quelqu'un mentait. Quelques-uns développaient un flair, une clairvoyance, une perspicacité.

C'étaient les malchanceux.

— Tenez, monsieur.

Le chauffeur du minicab lui tendait un plan de la ville. Bon Dieu de bois, songea Thorne, tu veux que je conduise ta fichue bagnole à ta place ?

— Je n'ai pas besoin d'un plan. Je vais vous indiquer l'itinéraire. Vous prenez par Archway Road.

— Ah, d'accord, monsieur. C'est par où ?

Thorne regarda par la vitre. Encore une fin de soirée chaude d'août, encore une file T-shirteuse d'habitués des concerts qui attendaient impatiemment de pouvoir entrer dans le Forum. Comme le taxi passait devant, Thorne se dévissa la tête pour lire le nom du groupe, mais ne put voir que le mot « ... déjantés ». Charmant.

Il habitait désormais à moins d'un kilomètre du quartier où il avait grandi et commis ses frasques d'adolescence. Kentish Town, Camden, Highgate. Et Archway. Il avait travaillé à côté de la station de métro de Holloway pendant six mois. Il connaissait bien la rue où Helen Doyle avait vécu. Il avait bu au Marlborough Arms. Il espérait qu'elle s'était bien amusée ce soir-là...

Jeremy Bishop.

Oui, cela avait commencé par une étrange impression de familiarité, qu'il ne pouvait toujours pas s'expliquer, mais qui avait pris une autre dimension. Dans les jours qui avaient suivi sa première rencontre avec ce type, ses sentiments à son égard avaient pris corps sur des bases plus solides.

Thorne avait très vite compris pourquoi Bishop avait souri lorsqu'il lui avait dit qu'il vérifierait si on l'avait bipé le soir de l'admission d'Alison. Il avait eu la surprise de découvrir qu'on ne pouvait retracer les appels passés à l'extérieur pour biper les médecins. Ils n'étaient pas consignés dans un registre officiel. L'appel avait pu être passé de n'importe où, en fait. Il était même possible de se biper soi-même. Aucun des candidats possibles ne se rappelait avoir bipé Bishop ce soir-là. Il avait interrogé l'interne de garde, le chef de clinique et l'anesthésiste du service, et leurs souvenirs de cette nuit-là étaient aussi fumeux que Thorne l'avait escompté. Bishop était présent, assurément, lorsque Alison avait été admise en soins intensifs, mais son alibi pour le moment où elle se faisait agresser et celui où son agresseur se débarrassait du corps n'était pas aussi solide qu'Anne Coburn le pensait à première vue.

Thorne ne pouvait encore faire aucun recoupement, loin de là, mais il y avait d'autres... détails.

La fouille de la zone où Helen Doyle avait disparu commençait à donner des résultats. Elle avait été aperçue par au moins trois personnes après avoir quitté le pub, dont un voisin qui la connaissait bien. Tous les témoins affirmaient l'avoir vue bavarder avec un homme à l'entrée de sa rue. Ils la décrivaient diversement comme « ayant l'air enjoué », « parlant fort » et « paraissant agacée ». Les signalements de l'homme variaient quelque peu mais concordaient sur un certain nombre de points. Il était grand. Il avait des cheveux grisonnants coupés court et portait des lunettes. Il devait avoir entre trente-cinq et quarante ans. Ils avaient cru que c'était le nouveau petit ami d'Helen Doyle. Son mec plus âgé qu'elle.

Tous les témoins s'accordaient sur un autre élément. Helen buvait du champagne à la bouteille. À présent, on connaissait le mode d'administration de l'anesthésiant. Si simple. Si insidieux. Tandis que leur capital de résistance fondait, les victimes se sentaient... comment ? privilégiées ? raffinées ? Thorne pressentait que le tueur se qualifiait exactement en ces termes.

Le chauffeur alluma la radio. Un vieux tube d'Eurythmics. Thorne se pencha vivement et le pria de couper le son.

Le taxi quitta la A1 et tourna à droite en direction de Highgate Woods.

— C'est juste après Broadway, OK ?
— Broadway...

Thorne croisa le regard du chauffeur dans le rétroviseur. Air contrit mais, au fond, s'en fichant pas mal.

— Si les chauffeurs des taxis noirs potassent le plan de Londres central, qu'est-ce que vous fichez, vous autres ?

— Navré, mec.
— Aucune importance.

Il avait attendu une journée avant de discuter avec Frank Keable. Il était entré dans le bureau de l'inspecteur chef, disposé à faire part de ses soupçons — à exposer les détails qui chargeaient Bishop. Dix minutes plus tard, il en était ressorti comme lorsqu'il avait quitté Hendon.

— Je vais être franc, Tom. Non, il n'a pas un alibi en béton, mais...

— Pour aucun des meurtres, Frank. J'ai vérifié avec...

— Et vous avez beaucoup d'éléments qui, ma foi, ne le disculpent pas, mais que faites-vous du signalement ? Deux témoins parlent d'un homme entre trente et trente-cinq ans.

— La taille correspond, Frank, et Bishop fait beaucoup plus jeune que son âge.

Ce fut alors que Thorne avait pris conscience que tous ses arguments devenaient de moins en moins convaincants. Il avait préféré en rester là avant de prononcer des paroles qui lui auraient donné un air vaguement pitoyable. *Et il est médecin ! Et je ne... le sens pas.*

Ce soir-là, en entrant chez lui, il avait entendu une voix féminine en provenance du salon.

« ... au bureau — mon Dieu, j'ai horreur de ces machines — excusez-moi... Enfin, bref, appelez-moi, je vous ferai partager mon enthousiasme. »

Il avait souri. Comment se pouvait-il qu'une femme qui explorait les cerveaux humains perde tous ses moyens par la faute d'un répondeur téléphonique ? Il trouvait cela craquant, mais il se reprit en songeant qu'elle le jugerait sûrement condescendant. Il décrocha.

— Tom ?

Qu'entendait-elle par là ? « C'est vous, Tom ? » ou bien « Vous permettez que je vous appelle Tom ? » Même réponse, dans un cas comme dans l'autre.

— Oui. Bonjour...

— C'est Anne Coburn — excusez-moi, j'étais en train de pérorer toute seule. J'ai essayé de vous joindre à votre bureau, j'espère que je ne vous dérange pas.

Il avait écrit son numéro personnel au dos de la carte

qu'il lui avait laissée. Il lança son manteau sur le canapé et tira le téléphone jusqu'au fauteuil.

— Non, pas du tout. J'arrive à la seconde. Alors, qu'est-ce qui provoque votre enthousiasme ?

— Pardon ?

— Vous disiez que vous désiriez me faire partager votre enthousiasme. Je vous ai entendue sur mon répondeur en entrant.

— Oh, c'est exact. C'est au sujet d'Alison. Je pense qu'elle commence à communiquer pour de bon.

Penché sur le côté pour attraper la bouteille de vin à moitié vide posée par terre, il se redressa d'un bond.

— Quoi ? C'est fantastique !

— Attendez, j'ai bien dit « elle commence », et je dois vous prévenir que certaines personnes sont loin d'être aussi convaincues que moi et pensent que ses battements de cil sont involontaires, mais je crois qu'il serait bon que vous jugiez par vous-même.

— Oui, bien entendu...

— Il a tué une autre fille, n'est-ce pas ?

Thorne se carra dans son fauteuil. Il coinça le combiné du téléphone contre son épaule et se servit un verre de vin bien tassé. La presse en avait-elle déjà été avertie ? Il n'avait encore rien lu là-dessus. Même si c'était le cas, il n'y avait pas de lien avec les autres meurtres. Alors, comment pouvait-elle... ?

Bishop. Il lui avait fait part de leur visite, c'était évident. Et elle, que lui avait-elle dit exactement au sujet des autres meurtres ? Il devrait lui poser la question, avec tact.

— Écoutez, je comprendrais parfaitement si vous n'avez pas envie d'en parler. Tom ?

— Non, je réfléchissais. Oui. Nous avons trouvé un autre corps.

Ce fut elle qui, cette fois, ménagea un silence.
— Je me souviens de vous avoir dit qu'Alison était dans l'incapacité de témoigner — et c'est toujours le cas —, enfin, au sens conventionnel du terme, mais peut-être... Écoutez, je ne voudrais pas éveiller de faux espoirs...
— Vous pensez qu'elle serait capable de répondre à des questions ?
— Pas tout à fait encore, mais je crois que oui. À des questions simples. Auxquelles on peut répondre par oui ou par non. Nous pourrions peut-être mettre au point un système. Désolée, voilà que je pérore de nouveau. Je crois vraiment qu'il faut que nous en parlions, mais je voulais juste vous prévenir...
— Vous avez bien fait.
Alors, elle l'invita à dîner.

Dès qu'elle ouvrit la porte, il tendit le sac en plastique contenant la bouteille de son vin rouge préféré.
— Merci, il ne fallait pas.
— Ne vous emballez pas, ce n'est qu'un sac en plastique.
Elle rit et fit un pas vers lui pour l'embrasser sur la joue. Il aima son parfum. Elle portait un haut couleur rouille sans manches, un pantalon en lin blanc cassé et des baskets. Il fut étonné — agréablement, en l'occurrence — de constater qu'elle mesurait deux ou trois centimètres de plus que lui. Il y était habitué. Il pressentit qu'il allait passer une excellente soirée. Puis sa bonne humeur s'évanouit en un instant lorsqu'il lança un coup d'œil par-dessus l'épaule d'Anne Coburn et vit l'homme dans la cuisine au fond du couloir.
Jeremy Bishop, adossé au plan de travail, ouvrait une bouteille de champagne.

Anne s'effaça et surprit le regard de Thorne.

« Désolée », articula-t-elle muettement en haussant les épaules.

Thorne ôta sa veste en cuir et émit des borborygmes admiratifs sur l'originalité de la voussure en se demandant ce qu'elle avait voulu dire. Désolée ? Elle ne pouvait savoir ce qu'il pensait de Bishop, alors de quoi était-elle désolée ? Tout en se dirigeant vers la cuisine, il aboutit à la conclusion réconfortante qu'elle était désolée de ne pas passer la soirée en tête à tête avec lui. Bishop, souriant, lui tendit la main. Thorne lui rendit son sourire. Désolée ? En y réfléchissant, lui n'était pas certain de l'être, désolé.

— Vous arrivez à point, inspecteur, dit Bishop en lui tendant une coupe.

En la prenant, Thorne sentit un frisson glacial le traverser. Bishop paraissait aussi à l'aise que chez lui. Il se déplaçait avec aisance dans la cuisine qui, manifestement, lui était familière. Il portait un pantalon kaki bien repassé et une chemise sans col. De la soie, à première vue. Il appelait sans doute cela une vareuse. Thorne, en cravate, se sentit soudain trop habillé et, instinctivement, défit le premier bouton de sa chemise, qui n'était jamais qu'une chemise.

Bishop vida sa coupe.

— Votre hernie vous fait-elle encore souffrir ? demanda-t-il.

— Pardon ?

— Cela m'est revenu juste après que votre constable et vous-même furent partis. Voyons, ne me dites pas qu'elle ne vous a pas rendu dingue, elle aussi. Votre opération d'une hernie l'année dernière... j'étais votre anesthésiste.

Sans attendre de réponse — il pouvait toujours attendre —, il se tourna vers Anne et enchaîna :

— J'ai touillé ta sauce, Jimmy, je file aux toilettes.

Sur ce, il tendit sa coupe à Anne, passa devant Thorne et gagna l'escalier.

Ils demeurèrent silencieux jusqu'à ce qu'ils entendent claquer la porte de la salle de bains.

— Ça vous ennuie, Tom ? Dites-le-moi si c'est le cas.

— Pourquoi cela m'ennuierait-il ?

— Je ne l'ai pas invité.

Quelle bonne nouvelle. Thorne sourit de bonne grâce.

— C'est très bien, dit-il.

— Je ne savais pas du tout qu'il venait. Il est passé à l'improviste et cela aurait été vraiment grossier de ne pas le prier de rester. Je sais que vous l'avez interrogé, ce qui est d'un ridicule achevé...

Thorne but une gorgée de champagne. Ce n'était pas une boisson qu'il affectionnait.

— Alors ?

— Alors quoi ?

— Alors ça vous ennuie ?

Doux euphémisme. Thorne ne se rappelait pas avoir jamais dîné aux chandelles en compagnie de son suspect numéro un.

Il se souvint de la scène dans le bureau de Keable. Et dire qu'il faisait de *ça* son principal suspect.

Tout de même, cela pouvait être intéressant. Il connaissait déjà l'essentiel des faits. Les deux enfants, l'épouse décédée. Mais il ne faisait aucun doute qu'il pourrait être précieux de... voir les choses sous un autre angle. Alors, il préféra répondre par une autre question :

— Jimmy ?
— Un surnom datant de l'école de médecine. James Coburn. Vous savez, dans *Les Sept Mercenaires*, le lanceur de couteaux.
— Je vois. Était-il doué au scalpel ?
Elle rit.
— Quelles que soient les mauvaises raisons qui vous ont poussé à interroger Jeremy, je comprends parfaitement que cela puisse vous mettre dans une position compromettante, mais je connais deux bonnes raisons pour lesquelles vous devriez rester dîner.

Thorne n'avait nullement l'intention de partir, mais il se fit un plaisir de la laisser insister.
— Un, ça me ferait très plaisir, et deux, je fais les meilleurs spaghettis à la carbonara de tout le nord de Londres.

Le dîner fut fantastique. Certainement le meilleur repas de Thorne depuis longtemps, mais c'était là lui faire trop peu d'honneur. Sa facturation téléphonique détaillée lui avait fait prendre conscience que ses habitudes culinaires s'étaient quelque peu relâchées. Son agence ferait tout aussi bien de lui envoyer une carte de visite gaufrée « Espèce de Triste Sire ». Ses dix numéros les plus fréquemment appelés n'étaient pas vraiment ceux de ses parents et amis. Il ne lui restait plus qu'à espérer ne pas gagner le séjour vacances. Deux semaines à Lanzarote en compagnie du directeur de Bengal Lancer et d'une escouade de livreurs de pizzas boutonneux en mobylettes représentaient une perspective pour le moins peu attrayante.
— J'espère que mon interrogatoire serré vous aura été utile, inspecteur.

Bishop mettait de l'emphase à prononcer le grade

de Thorne, comme s'il lisait le générique d'une série policière américaine. Le plaisir évident qu'il tirait de la situation indiquait à Thorne qu'il était plus que disposé à jouer son rôle, mais Anne s'empressa de modérer son intérêt pour l'affaire.

— Voyons, Jeremy, je suis certaine que Tom n'a pas envie d'en parler. Il ne le pourrait sans doute pas, même s'il le voulait.

Parfait pour Thorne. Il n'éprouvait nul besoin d'aborder ce sujet. Il préférait laisser parler Bishop, et une fois les limites posées, il ne fut pas déçu. Bishop ne tarissait pas de sujets de conversation. Il semblait constamment amusé, non seulement par son propre bagou mais aussi par la particularité de leur petit trio. Là encore, parfait pour Thorne. L'anesthésiste accaparait la conversation et, de temps à autre, daignait faire un effort pour inclure le policier à ses menus propos.

— Où habitez-vous déjà, Tom ?
— Kentish Town. Ryland Road.
— Pas mes quartiers de Londres. Sympa ?

Thorne acquiesça. *Non, pas particulièrement.*

Bishop était un beau parleur, spirituel et divertissant — sans doute. Thorne s'appliquait à rire au bon moment, mais se sentait gauche et emprunté devant ses compagnons de table qui tournaient leurs spaghettis avec une dextérité et une délicatesse toutes professionnelles.

— ... et on a installé ces deux petits chéris qui se sont mis à parler de la crise de la vache folle et à dire qu'ils feraient valoir leurs droits de consommateurs et mettraient tout sur le dos des Français.

— De la politique et des soins intensifs, dit Anne en se tournant vers Thorne. En général, ce sont des palabres sans fin sur le football ou les sitcoms ou « Oui, je sais, c'est une sale blessure, mais c'est la première fois qu'il me frappe, je vous jure. »

— Mais attendez la chute...

Bishop vida son verre de vin, ménageant son effet.

— Je les ai entendus dire qu'ils allaient boycotter les frites !

Thorne sourit. Bishop haussa le sourcil à l'intention d'Anne et tous deux pouffèrent en criant d'une seule voix :

— NPN !

Anne, se retenant de rire, se pencha par-dessus la table en direction de Thorne, et lui dit :

— Normal pour le Norfolk.

Thorne sourit.

— Ah, oui ! Bêtise ou consanguinité.

Bishop opina de la tête. Thorne haussa les épaules. *Je ne suis qu'un flic. Con comme un manche, c'est bien moi.*

Anne pouffait toujours. Ils avaient déjà éclusé deux bouteilles de vin, mais toujours pas fini les pâtes.

— Quelque part, il y a un médecin qui a trop de temps devant lui et invente ces blagues. Il y en a des centaines, pas très élégantes, en général.

— Voyons, Jimmy, c'est juste histoire de rigoler un peu. Je parie que Tom a dû connaître son lot d'EROS à un moment ou à un autre, je me trompe, Tom ?

— Oh, très certainement. Ce qui veut dire... ? demanda Thorne, le regard interrogateur.

— En Rupture d'Oxygène, expliqua Anne. Au moment où un patient est sur le point de mourir. J'ai celle-là en horreur...

Elle se servit un autre verre de vin et se carra dans sa chaise, laissant momentanément le champ libre à Bishop qui saisit la balle au bond.

— Jimmy devient un peu susceptible et un peu bégueule devant ces blagues macabres qui nous aident à tenir le coup jusqu'à la fin de la journée. Sérieusement, cela dit, certaines abréviations nous permettent de communiquer rapidement avec un collègue.

— Tout en laissant le patient dans l'ignorance ?

Bishop remonta ses lunettes d'un coup de phalange, avec son index. Thorne remarqua sa manucure soignée.

— Parfaitement exact. C'est encore une petite aversion de Jimmy, mais de loin la meilleure méthode, si vous voulez mon avis. À quoi bon leur expliquer ce qu'ils ne comprendront pas ? Et si on leur dit et qu'ils comprennent, il y a de fortes chances qu'ils en meurent de trouille.

Anne commença à débarrasser la table.

— Donc, il vaut mieux un patient dans l'ignorance plutôt qu'une EROS ?

Bishop leva son verre à l'intention de Thorne en une parodie de toast.

— Mais ce n'est pas la meilleure. J'ai dû faire face à de nombreux EROS, mais Jimmy, grande spécialiste des causes perdues, est plutôt la sainte patronne des EFMPETAFM.

Bishop sourit de toute sa dentition parfaite.

— Entièrement Foutu Mais Pas Encore Tout À Fait Mort.

Thorne entendit Anne charger le lave-vaisselle dans la cuisine. Il revit l'air suffisant de Bishop quand celui-ci avait mis les tasses à café dans son lave-vaisselle quelques jours plus tôt. Il arborait la même expression à présent. Thorne lui rendit son sourire.

— Et qu'en est-il d'Alison Willetts ? C'est une EFM et cætera ?

Thorne comprit aussitôt que, s'il avait cru déstabiliser Bishop, alors il le sous-estimait sérieusement. La réaction du médecin fut indubitablement un amusement non dissimulé. Il écarquilla les yeux et cria en direction de la cuisine :

— Oh, bon Dieu, Jimmy, je crains d'être battu à plates coutures, là !

Il se retourna vers Thorne et, tout à coup, une lueur d'acier étincela derrière sa désinvolture.

— Voyons, Tom, l'indignation qui suintait purement et simplement de votre dernière remarque était-elle réellement destinée à laisser entendre que vous vous souciez plus de vos... victimes que nous nous soucions de nos patients ? Que nous ne serions que des monstres insensibles alors que les forces de police regorgeraient de bonnes âmes comme vous-même ?

Bon sang, Tommy, quel enfoiré de prétentieux...
Susan, Maddy, Christine. Et Helen...

— Loin de moi cette idée. Ça me paraît juste un peu dur, voilà tout.

— C'est un travail, Tom. Pas très joli par moments et, c'est vrai, plutôt bien payé après s'être échiné sept années à faire des études et quelques autres à lécher assez de culs pour atteindre un niveau hiérarchique convenable.

Voilà qui lui rappelait quelque chose, c'était certain.

— On nous paie pour prodiguer des soins, pas de la compassion. La vérité toute simple, c'est que les hôpitaux publics n'ont plus les moyens de prodiguer quoi que ce soit.

Anne posa un énorme gâteau au fromage blanc au centre de la table.

— Marks and Spencer, j'en ai peur. Géniale pour les pâtes. Nulle pour les pâtisseries.

Anne regagna la cuisine, laissant à Bishop le soin de le découper.

— Je dis toujours à mes étudiants qu'ils ont le choix. Ils peuvent considérer leurs patients comme des John, Elsie, Bob ou autre, et perdre le peu de sommeil qui leur reste...

Thorne tendit son assiette pour recevoir sa part du gâteau.

— Ou... ?

— Ou ils peuvent devenir de bons médecins et traiter des corps. Morts ou vifs, ce sont des corps.

Qu'avait-il dit à Keable tout à l'heure ?

Tu vas le laisser s'en tirer comme ça avec cette connerie, Tommy ?

Je ne sais pas trop ce que je vais faire. Vous ne pouvez pas m'aider ? C'est lui ? C'est le bon ?

La question à laquelle elles ne répondaient jamais.

Thorne commença à manger.

— Et que décident la majorité de vos étudiants ?

Bishop haussa les épaules et prit une bouchée. Il pouffa.

— Tiens, encore un, dit-il.

— Un quoi ?

— PCL. Un autre acronyme.

Thorne adressa un sourire à Anne qui reprenait sa place et se servit une part de gâteau. Bishop maugréa pour exiger l'attention de son public. Manifestement, il était fier de sa trouvaille. Thorne se tourna vers lui, dans l'expectative. À mourir de rire...

— Policier Complètement Largué ?

Bishop était parti le premier. Il avait serré la main de Thorne et... lui avait-il fait un clin d'œil ? Anne l'accompagna dans l'entrée pour lui donner sa veste, abandonnant Thorne sur le canapé avec son verre de vin. Il les écouta se dire au revoir. Leur intimité évidente le dérangeait de quelque façon qu'il retourne la question dans sa tête. Il devrait, quoi qu'il advienne, faire preuve d'une grande circonspection pour la deuxième partie de soirée. Ils parlaient à voix basse, mais Thorne identifia sans aucun doute possible le soupir de contentement de Bishop lorsque ce dernier embrassa Anne. Il se demanda s'il serait aussi spirituel et discoureur avec le poing d'un inspecteur de police dans le fond de la gorge. Il se demanda s'il se montrerait aussi imbu de sa personne dans une salle d'interrogatoire à l'air confiné. Il se demanda comment s'y prendre pour l'y conduire.

Il entendit la porte d'entrée se refermer, et inspira profondément. À présent, il désirait rester seul avec Anne, et pas seulement à cause de ce qu'elle pourrait lui apprendre sur Bishop.

Lorsqu'elle réapparut au salon, elle trouva Thorne qui regardait dans le vide, un large sourire sur sa face.

— Qu'y a-t-il de si drôle ?

Thorne haussa les épaules. Il n'avait pas envie de mal commencer en lui disant qu'il venait d'inventer son propre petit acronyme pour Jeremy Bishop. PCTM.

Plus Coupable Tu Meurs.

— Où est Rachel ce soir ? L'auriez-vous enfermée à clé dans sa chambre avec une vidéo des Spice Girls ?

— Elle est sortie, elle fête l'examen.

— Ah oui, c'est vrai que c'était aujourd'hui.

Il y en avait plein les journaux. L'augmentation du taux de réussite. L'écart toujours grandissant entre les filles et les garçons. Le gamin de six ans avec un A+ en math.

— Elle le fête ? Elle a dû avoir de bonnes notes alors ?

Anne haussa les épaules.

— Assez bonnes, je suppose. Elle pourrait sans doute faire mieux dans une ou deux matières, mais nous sommes plutôt contentes.

Thorne approuva, souriant. *Nous* ?

— Hmm... mère avec exigences de résultats ?

En riant, elle se laissa tomber dans le fauteuil face à lui. Elle prit son verre de vin. Thorne s'inclina et se resservit à boire.

— Parlez-moi de la femme de Jeremy.

Anne poussa un profond soupir.

— C'est le policier qui me pose cette question ?

— L'ami.

Elle s'accorda quelques longues secondes de réflexion avant de répondre.

— Sarah et moi étions très proches. Je les ai connus tous les deux à la fac de médecine. Je suis la marraine de leurs enfants, raison pour laquelle je suis sûre que l'intérêt que vous lui portez est une totale perte de temps et, au risque de rabâcher, je trouve que cela commence à prendre une tournure un peu... insultante, en fait.

Thorne n'avait aucune envie de lui mentir, mais il ne s'en priva pas.

— C'est simplement la routine, Anne.

Elle ôta ses chaussures et replia les jambes sous elle.

— Sarah a été tuée il y a dix ans... vous devez le savoir.

— Je connais le gros des faits.

— Ce fut une période horrible. Il ne s'en est jamais vraiment remis. Il paraît un peu... trop sûr de lui, je sais, mais ils étaient très heureux et il ne s'est jamais intéressé à une autre.

— Pas même à vous ?

Elle rougit.

— Bon, au moins, cette question-là, je suis sûre qu'elle est officieuse.

— Complètement officieuse et horriblement indiscrète, je sais, mais je me demandais...

— Nous sommes sortis ensemble, il y a très longtemps, nous étions tous les deux étudiants.

— Et pas depuis ? Excusez-moi...

— Mon mari l'a cru, si cela peut vous aider à vous sentir moins indiscret. David a toujours détesté Jeremy, mais, en fait, c'était de la rivalité professionnelle à laquelle il voulait donner du brillant.

Comme à ses cheveux, songea Thorne.

Il s'était efforcé de se réfréner, et Anne avait beaucoup plus bu que lui, mais il commençait incontestablement à se sentir un peu éméché.

— Que font ses enfants ?

James, vingt-quatre ans, et Rebecca, vingt-six, également médecin. Ces faits, et bien d'autres encore, noircissaient trois pages d'un calepin dans un tiroir de son bureau.

— Rebecca est orthopédiste. Elle travaille à Bristol.

Thorne opina de la tête, intéressé. *Dites-moi donc quelque chose que je ne sache pas.*

— Quant à James, bah, il a fait pas mal de choses ces dernières années. Disons qu'il n'a pas eu de chance, si l'on veut être gentil.

— Et si l'on veut être méchant ?

— Bah, il vit un peu aux crochets de son père. Jeremy est un peu poire. Ils sont très proches. James se trouvait dans la voiture lorsque... au moment de l'accident. Il a été perturbé à l'époque.

Elle exhala un long et profond soupir.

— Il y a très longtemps que je n'avais plus reparlé de ça.

Soudain, Thorne se sentit très mal. Il avait envie de la serrer dans ses bras, mais préféra proposer de faire un autre café. Ils se levèrent au même moment.

— Noir ou... ?

— Écoutez, Tom, il faut que je vous dise...

Thorne crut la sentir vaguement agacée.

— J'ignore ce que vous pensez de Jeremy, j'ignore pourquoi vous avez cru bon d'aller l'interroger... je préfère ne pas y penser d'ailleurs, mais, quoi qu'il en soit, je souhaiterais que vous cessiez de perdre votre temps. Nous parlons d'un de mes plus vieux amis. Je sais qu'il aime jouer au médecin dur et cynique, mais ce n'est qu'un numéro. Je l'ai vu le faire cent fois. Il s'intéresse de près aux progrès d'Alison...

Alison. De qui ils étaient censés parler et sur qui ils n'avaient encore rien dit.

— J'y venais, justement. Vous savez que nous faisons notre possible pour ne pas tout dire à la presse ?

Le visage d'Anne s'assombrit.

— Suis-je sur le point de me faire taper sur les doigts ?

Elle n'était pas irritée le moins du monde.

— Il semble en savoir long sur ce dossier, et je me demandais si...

Elle fit un pas vers lui. Elle ne craignait pas l'affrontement.

— Il en sait long sur le dossier médical, oui. Nous parlons d'Alison régulièrement et je suppose qu'il est au courant des autres agressions car elles sont directement liées.

— Excusez-moi, Anne, loin de moi l'idée de...

— C'est un confrère dont le conseil m'est précieux et dont la discrétion est indiscutable. Je serais tentée de vous demander de me croire sur parole, mais apparemment, cela ne servirait pas à grand-chose.

Elle le regardait sans ciller, premier rappel depuis l'autre matin à l'amphithéâtre de la détermination farouche dont elle pouvait faire preuve. Apparemment, il n'avait pas autant d'aptitude à l'intimider. Tout à coup, son expression, il n'aurait su dire en quoi, parut amuser Anne dont les traits s'adoucirent.

— Nous nous connaissons depuis combien de temps ? Quelques semaines ? Et nous en sommes déjà à notre deuxième grosse dispute. Cela n'augure rien de bon, hein ?

— Allons-nous faire ce café ou pas ?

Tandis qu'il le versait dans les mugs, elle lui cria du salon :

— Je mets de la musique. Classique ? Non, laissez-moi deviner ce qui vous branche...

Thorne ajouta le lait en songeant *Pour rien au monde*.

— Ce que vous voulez, cria-t-il en retour. Je ne suis pas difficile.

Au moment où il revenait avec le café, elle se retourna vers lui, et il faillit éclater de rire en la voyant brandir un vieux disque superbement vinyle de *Electric Ladyland*.

Tandis que le taxi — un noir, cette fois, on ne l'y reprendrait pas — le ramenait vers Kentish Town, la conversation de la soirée bringuebalait dans sa tête comme des pièces de monnaie dans une enveloppe. Il s'en souvenait mot pour mot.

Bishop s'était fichu de lui.

Le taxi enfila Archway Road vers Suicide Bridge [1] et, quand il passa devant Queens Wood, Thorne détourna les yeux. Il imagina la renarde filant en vitesse et en silence à travers les arbres vers son terrier, un lapin encore frémissant entre ses mâchoires, laissant une traînée de sang sur les feuilles et les branches mortes ; une portée de petits gloutons arrachant des morceaux de la chair pâle d'Helen Doyle tandis que leur mère restait immobile, aux aguets...

Thorne regarda obstinément défiler les devantures des magasins. Marchand de literie, librairie, traiteur, salon de massage. Il ferma les yeux. Hommes tristes et trempés, femmes frigorifiées et fragiles réunis quelques minutes que tous s'efforceraient d'oublier ensuite. Une image pas très plaisante, mais... meilleure que d'autres. Pour le moment.

Il savait qu'Helen, Alison et les autres lui tiendraient de nouveau compagnie au matin, tapies dans sa gueule de bois, mais pour le moment, il souhaitait penser à Anne. Leur baiser sur le seuil lui avait laissé un goût de commencement qui, allié à la sensation plutôt plaisante d'être modérément à côté de ses pompes, lui avait fait prendre conscience que cela faisait longtemps qu'il n'avait pas été aussi bien.

Il décida, aussi tard fût-il, de téléphoner à son père. C'était ridicule. Il avait quarante ans. Mais il désirait lui parler de la femme qu'il avait rencontrée — mère

---

1. Autre nom, pour des raisons évidentes, de Archway Bridge. *(NdT)*

d'une gamine, nom de Dieu. Rachel était arrivée au moment où il partait. Il l'avait rapidement saluée avant de s'éclipser dès le début de l'incontournable dispute au sujet de l'heure à laquelle elle rentrait.

Il avait envie de dire à son père que « peut-être » — à grand renfort de « peut-être », et des « laisse tomber, jamais de la vie » à la louche — il se pourrait bien que l'un d'eux ne passe plus autant de temps seul.

Il ajouta deux livres de pourboire aux six du prix de la course, et s'engagea dans l'allée de chez lui en souriant comme un idiot. C'était toujours le risque pour les chauffeurs de taxi, n'est-ce pas, que de charger des clients ivres ? Soit un pourboire généreux, soit du vomi sur la banquette arrière. Un pari. Bah, en voilà un qui avait eu de la chance.

Thorne enfonça la clé dans la serrure en fredonnant *All Along The Watchover*, et eut vaguement conscience qu'une silhouette sombre émergeait de l'ombre au bas de l'allée et courait vers lui. Il se retourna à l'instant même où un râle animal s'échappait de la bouche sous la cagoule et où le bras s'abattait. Il se sentit mal instantanément tandis qu'une tuméfaction fleurissait dans sa tête.

Soudain, il fut déjà trop tard.

Les objets de son salon se trouvaient au fond d'une piscine. La chaîne stéréo, le fauteuil, la bouteille de vin à moitié vide scintillaient et tanguaient devant ses yeux. Il tenta désespérément de fixer son attention, de reprendre un peu l'équilibre, mais tous ses biens matériels, la tête en bas, demeuraient obstinément distants. Le plafond se rapprochait de lui petit à petit. Thorne canalisa toute son énergie, roula sur lui-même face contre le tapis et vomit. Puis il s'endormit.

Une voix le réveilla. Rauque, acerbe. *Tu n'as pas l'air dans ton assiette, Tom. Allez, mon gars...*

Il souleva la tête. La pièce était pleine de monde. Madeleine, Susan et Christine, assises côte à côte sur le canapé, jambes sagement croisées, en secrétaires attendant un entretien d'embauche. Pas une ne le regardait. D'un côté, Helen Doyle, debout, fixait le sol en se rognant nerveusement un ongle. Pelotonnées l'une contre l'autre dans l'unique fauteuil, il vit trois petites filles aux cheveux brossés avec soin et aux chemises de nuit blanches bien repassées et bien amidonnées. La plus jeune, âgée de quatre ou cinq ans, lui sourit, mais sa grande sœur la tira violemment contre son sein, comme une mère. Une main se tendit vers lui et l'aida à se mettre à genoux. Sa tête l'élançait. Sa gorge était pleine de bile. Il humecta sa bouche et goûta le vomi séché aux commissures de ses lèvres.

Allez, debout, Tom. Voilà, c'est bien, mon gars. Maintenant, on ouvre les yeux. Bien grand.

Il cligna des paupières en fixant la silhouette adossée au manteau de la cheminée. Francis Calvert lui adressa un salut de la main. *Bonjour, inspecteur.* Les cheveux blond sale, jaunis par la fumée de cigarettes, étaient plus clairsemés à présent, mais le sourire identique. Chaleureux, engageant et totalement terrifiant. *Ça faisait un bail, Tom. Je vous demanderais bien comment vous allez, mais je vois... bonne biture, c'est ça ?*

Thorne voulut répondre, mais sa langue engourdie et lourde refusa de lui obéir. Elle gisait dans sa bouche comme un poisson pourrissant.

Calvert s'approcha de lui, jeta, d'une chiquenaude, sa cigarette sur le tapis, et, d'un geste vif, sortit le revolver. Thorne, éperdu, se retourna vers les fillettes dans le fauteuil. Elles n'y étaient plus.

Au moins, cela lui serait-il épargné.

Conscient de ce qui allait immanquablement se produire, Thorne reporta son attention sur Calvert. Sa tête tourna sur ses épaules dolentes, aussi pesante qu'un boulet de démolition. Calvert le gratifia d'un grand sourire qui dénuda ses dents pourries qu'il fit théâtralement claquer contre le canon du revolver.

Thorne s'apprêta à détourner les yeux, mais sa tête fut renversée en arrière, et il fut bien obligé de regarder.

Aux premières loges, cette fois, Tom. En Scope couleur. J'espère pour toi que ton costume n'est pas neuf...

Il voulut fermer les yeux, mais ses paupières lui firent l'effet d'être des bâches détrempées par la pluie.

La détonation fut assourdissante. Thorne vit l'arrière de la tête de Calvert aller se coller au mur et entamer une longue et salissante glissade tel un objet de farces et attrapes gluant. Il essuya les larmes qui lui brûlaient les joues. Quand il regarda sa main, elle était rouge, et des morceaux de cerveau étaient collés entre ses doigts. Tandis qu'il se laissait retomber par terre, il eut vaguement conscience de l'arrivée d'Helen qui rejoignit les autres sur le canapé en les invitant à lancer une salve d'applaudissements polis, néanmoins sincères.

Il lui semblait être atrocement ivre tout en souffrant d'une gueule de bois carabinée. Il ne devait surtout pas sombrer de nouveau. Les visages jaillissaient toujours dans sa tête comme les images découpées d'un livre pour enfants, mais le rythme décélérait. Il se sentit revenir presque à la normale, mais la souffrance demeurait incroyable.

Il était seul, il était lui, et il rampait sur le tapis maculé de déjections, centimètre par centimètre, au supplice. Il n'avait pas la moindre idée de l'heure.

La procédure

Aucune lumière ne filtrait par la fenêtre. Il était tard dans la nuit, ou tôt le matin.

Ses doigts s'accrochaient aux longues fibres en nylon bon marché. Il inspira profondément. Grinçant des dents et incapable de réprimer un cri de douleur, il insuffla à ses genoux la volonté de se traîner sur les quelques centimètres du vaste et cruel tapis de deux mètres cinquante qui le séparaient encore du téléphone.

DEUXIÈME PARTIE

Le jeu

Pas parlé avec Anne depuis deux ou trois jours. Enfin, parler... façon de parler. Bon, soyons claire. Je donne peut-être l'impression que ces conversations sont des échanges non-stop de futilités, de nouvelles croustillantes et de vannes tordantes. Il ne faut pas délirer. En gros, elle s'épanche et moi, par moments, je bats d'une paupière. Ne vous méprenez pas, mes battements de paupière, c'est de la dynamite, je ne vous dis que ça, mais je ne pense tout de même pas être encore mûre pour un talk-show.

Elle passe sans doute tous ses moments de liberté à se prendre la matraque infaillible de son flic domestiqué. Je connais des tas de blagues autour de « décliner son identité en se faisant épingler par un policier », mais je suis beaucoup trop classe.

« Hé, les seins d'abord, je ne suis pas une pute. » C'est tout moi.

J'ai des blagues vaseuses plein la tête mais, eh, qu'ai-je d'autre à faire ? J'ai des tonnes de temps sur les bras et on peut dire que je m'en bats l'œil, hein ?

Je ne peux même pas me suicider. Allons, je plaisante !

J'espère qu'elle n'a pas perdu foi en moi. Je veux parler d'Anne. On ne peut pas réellement dire que mon cas envoie les toubibs tous azimuts pour parler de miracle de la médecine. Je le sais. Il y a des jours où je me sens si cohérente que c'est comme si je tenais par des épingles, des aiguilles, que sais-je, et, que, dès qu'elles s'estomperaient, je pourrais me lever, m'habiller, sortir et appeler Tim.

Et puis, il y a les autres jours.

Je m'amusais à rester comme ça, il y a des années, couchée sur mon lit, en essayant de toutes mes forces d'imaginer une couleur nouvelle. Une qui n'existe pas. Ou un son totalement neuf que personne n'avait encore jamais entendu. Je crois avoir lu dans un magazine féminin à la noix un article sur le calme intérieur ou une connerie de ce genre. C'est vraiment bizarre. On finit par avoir le tournis, puis par se sentir un peu stone. Je me sens souvent comme ça à présent. Ou parfois, je restais couchée sur le dos et je regardais le plafond pendant des heures en essayant de me convaincre que c'était le plancher. En se concentrant vraiment beaucoup, on peut y parvenir, je vous jure, et on s'agrippe aux côtés du lit par crainte de tomber. C'est comme ça en moi, sauf que c'est tout le temps. Et que je ne peux pas m'agripper aux côtés de ce foutu lit, hein ?

Je tombe...

Plus tard, Thorne classerait sa blessure superficielle sous la rubrique « moyen le plus simple de se compter parmi les victimes de l'affaire Boomerang ». Tout de même pas en tête de liste, loin de là. Sa vie n'avait pas été rayée par l'adroite pression d'un doigt, ni mise en suspens par le contact mortel et délicat d'une main sur son cou. Et il n'avait pas senti les sanglots s'étouffer dans sa gorge tandis que le drap était soulevé, révélant le visage inexpressif de sa petite amie, de son épouse ou de sa fille.

Il avait assisté à leur enterrement, mais elles n'étaient pas sa chair et son sang.

Mais il subissait tout de même des... disparitions. Il n'avait, bien entendu, à s'en prendre qu'à lui-même, mais il ne pouvait que les regarder, une à une, s'évaporer. Ce processus, cette dépossession, cet abandon de l'entourage fut un périple long et douloureux pour tout le monde, que Thorne entreprit dès l'instant qu'il ouvrit les yeux et vit, à son chevet, David Holland en train de lire *FHM*. Le premier ordre qu'envoya son cerveau à sa bouche fut de pousser un juron, mais il parvint tout juste à déglutir et à s'humecter les lèvres sans conviction. Il referma les yeux. Il réessaierait d'ici quelques instants.

Holland s'absorbait dans la contemplation d'un visuel. Le modèle était l'animatrice d'un jeu télévisé, très belle et il devait bien l'admettre, loin d'être idiote. Il ne pouvait qu'être impressionné par des reparties comme : « Si j'ai eu recours aux implants mammaires, c'est avant tout pour avoir une plus grosse poitrine. » Il tenta d'imaginer à quoi Sophie ressemblerait avec des seins plus gros. Il tressaillit intérieurement à la bordée d'injures qu'il ne manquerait pas de recevoir si jamais il abordait le sujet.

Entendant un bruit, il abaissa le magazine. Culbuto avait repris conscience et essayait de dire quelque chose.

— Vous voulez boire de l'eau ou... ?

Holland tendit le bras vers la cruche sur la table de chevet, mais Thorne refermait les yeux.

Holland lâcha le magazine et fouilla dans un sac en plastique sous sa chaise. Il en sortit un baladeur à CD et, ne sachant trop où le mettre, le posa sur le bord du lit de Thorne.

— J'ai pris ça chez vous après qu'on vous a emmené ici. J'ai pensé que vous voudriez peut-être... voyez, quoi... et j'ai trouvé ça chez *Our Price*...

Il pêcha un compact disque et batailla virilement avec la cellophane.

— Je sais que vous êtes branché country et western, tous ces trucs-là. Je n'y connais pas grand-chose, en fait... moi, je serais plutôt Simply Red. Enfin bref...

Thorne rouvrit les yeux. De la musique. L'intention était louable, mais à tout prendre, il aurait préféré des lunettes de soleil. Ou un Bloody Mary. Il y voyait flou. Il plissa les yeux en direction du CD que Holland brandissait et tenta de distinguer nettement le boîtier. Au bout d'une ou deux secondes, il put décrypter les mots

Kenny Rogers. Avant d'avoir eu le temps de rire, il dormait.

Et vint Hendricks. Qui le briefa sur les derniers détails. Frappé à la tête, drogué. Oh, et les Spurs envisageaient d'ores et déjà de virer leur président.

Puis Keable. La fouille de l'appartement n'avait rien donné. On le tiendrait au courant lorsqu'il serait sur pied. Oh, et les collègues lui transmettaient leurs amitiés.

Et, finalement, Anne Coburn.

Thorne, perché sur le bord du lit, enfilait ses chaussures lorsqu'on tira le rideau. Elle souriait.

— Je comprends : si moi-même j'étais au Whittington, je m'arrangerais pour me faire la belle le plus vite possible.

Thorne sourit pour la première fois depuis la dernière fois qu'il l'avait vue.

— Pourquoi pas le Royal Free, bordel ? J'y aurais bien passé une journée ou deux pour décompresser.

Anne s'assit à côté de lui et son regard fit le tour de la salle.

— Cet endroit n'est pas si mal, dit-elle. Il a tout juste une réputation douteuse.

— À mon avis, les gens n'y restent pas assez longtemps pour le découvrir par eux-mêmes. Dès que j'ai vu ce nom sur les couvertures, je me suis senti nettement mieux.

Il promena autour de la pièce un regard qu'il espérait être le dernier. Sans doute faisaient-ils réellement des efforts, mais il se dégageait de ce lieu quelque chose de désespérant. Sur les murs, le caca d'oie très Europe de l'Est avait cédé la place à un orange plus optimiste, et il y avait même une paire de rideaux à fleurs égarée ici ou là, mais cela n'en demeurait pas moins un hôpital. Il avait passé la nuit à chercher vainement le sommeil au milieu d'une cacophonie de bruits de chariots, de ronronnements de cireuses et de crissements indéterminés. Il se serait senti tout de même un peu moins misérable dans une chambre individuelle avec télévision, vin rouge en perfusion et danseuses topless.

Anne tendit la main.

— Je peux ?

Il baissa la tête et, du bout du doigt, elle effleura la ligne des points de suture.

— Ils préféreraient que vous restiez une nuit de plus, dit-elle. Je sais, vous détestez les hôpitaux, mais on ne peut jamais savoir avec une commotion cérébrale... et comme on vous a injecté du Midazolam à haute dose par-dessus le marché...

— Pour ça non plus, il n'y est pas allé de main morte. J'ai un bleu sur les fesses de la taille d'une balle de cricket. Il aurait pu me proposer le champagne — j'aurais pu être partant, vu l'état dans lequel j'étais.

— Vous n'êtes peut-être pas son genre.

Son rire gras...

Thorne termina de lacer ses chaussures, puis regarda dans le vide.

— Oh, il va découvrir très exactement à quel genre j'appartiens.

Anne détourna fugacement les yeux vers rien de particulier. Elle-même commençait à s'en faire une idée très précise.

— Il vous a injecté une dose importante, Tom. Cela n'a pas dû être... plaisant.

— Je vous le confirme.

— Cela va peut-être vous paraître étrange, mais c'est exactement pour cette raison que nous l'utilisons. Le Midazolam grille la mémoire récente et détache du réel. On entre dans un état proche de celui du rêve. Nous pouvons recoudre un gamin de dix ans pendant qu'il regarde un mur blanc en croyant y voir de jolies images.

— Les miennes ne l'étaient pas particulièrement.

Thorne se retourna pour la regarder et s'efforça de lui servir son plus charmant sourire.

— Comment va Jeremy ?

Anne fit de son mieux pour prendre un air dur, mais n'y parvint pas.

— Très bien. Il m'a paru assez inquiet lorsque je lui ai appris ce qui vous était arrivé, si l'on considère qu'on ne peut pas réellement dire que vous vous entendiez comme larrons en foire.

— Il est bien rentré alors ?

Elle le fixa longuement. Il avait conscience de pousser le bouchon un peu loin. Il était stupide, et elle était loin de l'être.

— Je veux dire, s'il était moitié aussi soûl que moi, il aurait pu avoir quelques difficultés.

Son rire sonna faux et il se rendait compte qu'elle n'était pas dupe. Il ne lui restait plus qu'un moyen d'agir. Il tendit le bras vers elle et lui prit la main.

— Je ne prétendrais pas que nous nous entendons comme larrons en foire, mais il faut dire que vous êtes sortis ensemble, vous deux.

— Il y a vingt-cinq ans.

— Tout de même, il y a peu de chance que je l'invite au pub, hein ?

Elle serra sa main et sourit. Ils gardèrent le silence. Ne pas dire la vérité, ce n'était pas mentir, et sans doute serait-il jaloux de Bishop s'il n'éprouvait à son égard un sentiment bien plus fort. C'était mieux qu'elle le prenne pour de la jalousie. Beaucoup mieux.

Thorne cligna des yeux lentement et retint son souffle. L'odeur... et le couinement des matelas, et le craquement des chaussures, et le sourire gêné sur le visage de ceux qui vous rendent visite. Était-ce donc ce sourire-là qu'il avait servi à sa mère durant toutes ces années qu'il était venu s'asseoir à son chevet en serrant sa main dans la sienne et en la regardant dans ses yeux d'un bleu laiteux pour tenter de deviner où elle était partie, putain !

— Chef...

Le rideau se souleva de nouveau et David Holland apparut. Thorne lâcha la main d'Anne.

— Voilà mon chauffeur...

Anne se leva et s'éloigna vers le rideau. Avant qu'elle ne se retourne, Thorne la vit sourire à Holland et poser la main sur son bras. À quoi donc cela rimait-il, bordel ? *Occupez-vous de ce pauvre bougre ?*

— Appelez-moi, Tom.

Elle partit, et Thorne scruta intensément Holland, en quête de son petit sourire en coin qu'il ne décela pas. Point de calepin en vue non plus. Apparemment, sa vision n'était pas encore revenue à la normale.

Tandis que Holland et lui marchaient jusqu'à la voiture, Thorne sentit que l'air s'était rafraîchi. Août avait fini par jeter l'éponge et céder le terrain au mauvais temps. Il préférait qu'il en soit ainsi, à vrai dire. Il s'était toujours senti mieux en imperméable — objet transitionnel qui dissimulait une multitude de péchés. La nuit chaude lors de laquelle il était descendu de taxi, ivre et chantant, lui paraissait très loin. Sans le vin qu'il avait englouti pendant qu'il flirtait avec Anne et lui parlait de Jimmy Hendricks et de mariages ratés, toutes ces atrocités seraient du passé à présent. Peut-être même eût-il été ce qu'on appelle, sans crainte du ridicule, un héros ? S'il n'avait pas été ivre, peut-être l'aurait-il vu venir ? Peut-être se serait-il retourné une seconde plus tôt et l'aurait-il chopé ? Peut-être, tout au moins, aurait-il pu éviter le coup ? Seulement, l'homme encagoulé armé d'une barre de fer et d'une seringue possédait un précieux avantage sur lui, évidemment.

Il savait que Thorne était ivre, n'est-ce pas ?

Holland lui ouvrit la portière, mais Thorne ne lui en tint pas rigueur. Ils roulèrent en direction de Highgate Hill.

— Vous avez de quoi manger ? J'ai jeté un coup d'œil, mais je n'ai pas vu grand-chose.

— Est-ce une façon de vous inviter à dîner chez moi, Holland ?

— Vous voulez qu'on s'arrête en route ? Budgens est sur le chemin, non ?

— Vous pourrez aller me chercher un sandwich une fois que nous serons au bureau.

— Chef ?

Holland lança un regard à Thorne qui, la tête appuyée contre la vitre, fermait à demi les yeux. Il s'était trompé sur le compte de Culbuto. Il vacillait, nul doute.

— Pour être franc, il ne se passe pas grand-chose en ce moment. Le superintendant pense qu'il vaudrait mieux que...

— Au bureau.

Holland appuya sur le champignon.

De l'arrêt de bus, il avait observé Thorne et son jeune acolyte monter en voiture et s'éloigner. Thorne était resté hospitalisé moins de trente-six heures. Impressionnant.

Bon, et maintenant ?

La cadence allait s'accélérer, non ? Thorne serait sur le sentier de la guerre, assurément. N'importe lequel d'entre eux se serait senti visé à titre personnel, il n'en doutait pas. Très flic, ça. Dès qu'on touchait à un membre de leur tribu, attention ! Comme une bande de nullos d'East Enders tendance maçonnique. Mais Thorne ne faisait pas partie de leur tribu, hein ? Cette idée lui déplairait. Il commençait à le connaître, peu à peu, et ça, il en était sûr. Il lui fallait juste l'énerver un brin, voilà tout.

Le bus arriva. Il garda ses distances et regarda les gens en errance monter et descendre d'un bond, tous blêmes et dans la souffrance. Il se détourna, écœuré, et s'éloigna vers la station de métro d'Archway.

Sans doute considéreraient-ils son geste envers Thorne comme un avertissement. Grand bien leur fasse ! Thorne saurait qu'il s'agissait de... d'autre chose. Il était de ceux qui savaient reconnaître un défi quand on lui en mettait un sous le nez. Ou plutôt sur la nuque. Il s'était impliqué à titre personnel depuis l'instant qu'il avait posé pour la première fois ses grands yeux marron sur Alison. Ce benêt au cœur tendre avait eu de la peine pour elle, sans doute ? Il était incapable de voir au-delà des machines. Incapable de sentir l'odeur de la liberté. Et les mortes, il s'en souciait beaucoup. Oh oui, elles le travaillaient celles-là.

En gros, tout se goupillait plutôt bien, et son histoire avec Anne constituait un bonus appréciable.

Il s'arrêta pour regarder la devanture d'un spécialiste de salles de bains. Robinetterie à l'ancienne et autres merdouilles. Baignoires dotées de sièges et de poignées pour vieux et infirmes.

Conneries.

Il songea au petit appartement de Thorne. L'intérieur

de l'homme seul, aucun doute là-dessus. Non, pas vraiment un intérieur. Propre et bien rangé, il le lui accordait — à l'exception des cadavres de bouteilles de vin. L'autre soir, sur son perron, il savait qu'il aurait le dessus. Si Thorne avait été sobre, il n'aurait pas couru ce risque.

Il commençait à faire froid. Il rabaissa son chapeau et gagna l'entrée du métro. Maintenant, il voulait que ça bouge. Il avait secoué les choses, pour sûr, et ils avaient bien dû trouver du nouveau. Et que les profilers et autres tapioles surqualifiées de même acabit continuent de parler « d'appel au secours » ou de « désir d'être arrêté » si on les payait pour ça. De toute façon, Thorne ne perdrait pas de temps en palabres pseudopsy, il en était certain. Et maintenant qu'il savait ce que ça faisait, ce que ces femmes avaient ressenti avant qu'il n'applique ses mains sur elle, il se sentirait concerné.

Il avait connu des gamins dans le genre de Thorne à l'école. Il suffisait de les provoquer, et on ne pouvait plus les contenir. Des petits tarés capables de balancer un bureau par la fenêtre ou de tuer des écureuils à la récréation si on les poussait un peu — si on appuyait sur les bons boutons. Thorne leur ressemblait. Et maintenant qu'il lui avait fait un croche-patte, ou plutôt le coup du lapin, on ne pourrait plus l'arrêter.

Une grande femme maigre avec une poussette le prit de vitesse au distributeur de tickets. Il fixa sa nuque gracile pendant qu'elle cherchait des pièces dans son porte-monnaie en plastique bon marché et parcourait des yeux le nom des stations comme s'ils étaient imprimés en chinois. Mère célibataire, sans doute. La pauvre pétasse lessivée et prête à tout pour recevoir du réconfort. Quarante clopes par jour et deux ou trois Valium pour engourdir son vague à l'âme et tenir un après-midi de plus.

Toutes les femmes qu'il rencontrait l'inspiraient à présent. Il les envisageait toutes. Il percevait ce dont elles avaient besoin. Toutes lui paraissaient... faisables.

— C'est bon de te revoir, Tom.

Les lèvres minces de Tughan prirent la forme de ce qui aurait pu passer pour un sourire. Thorne lui trouvait un air de gargouille. Holland s'éclipsa, et Thorne prit place sur une chaise face à son collègue. Il répondit aux salutations des autres policiers par un hochement de tête et un commentaire enjoué, et si certains sourires étaient indéniablement sincères, il y avait des visages qu'il avait moins de plaisir à revoir.

Comment va ta tête, Tommy ? Maintenant, tu sais ce que ça fait, mec...

Ses pin-up.

Oui, il savait ce que ça faisait de se sentir délesté de son emprise sur son propre corps. Il en avait perdu le contrôle si souvent que ce sentiment lui était devenu presque familier, mais cette perte-là marchait main dans la main avec la sensation douce et agréable que l'alcool procurait pour faire bonne mesure. Le vin prodiguait un petit plus qui compensait la souffrance d'avoir cassé ses meubles ou écorché ses doigts. Mais l'anesthésiant l'avait mené en des lieux qu'il ne voulait plus jamais revoir.

Il nous a pris tout ce que nous avions, Tommy...
Je voulais me débattre...
Nous le voulions toutes...
... lutter pour la vie, Tommy.

Christine. Susan. Madeleine. Et Helen. Bourrées d'anesthésiant jusqu'à sombrer dans le néant, seules face à un monstre. Il s'était retrouvé seul face à rien, que des fantômes. Le souvenir de fantômes. Il songea à Alison. Il éprouvait le besoin de la voir. Il était toujours de ce monde, et il voulait qu'elle le sache. Il était toujours de ce monde parce que cet enfoiré l'avait voulu, tout simplement. Il l'avait compris tout de suite, et il détestait cet enfoiré d'avoir eu le pouvoir de l'épargner. Il avait choisi de lui laisser la vie.

Il avait commis une erreur.

Il aurait mieux fait de me tuer.

Ne dis pas ça, Tommy. Qui nous resterait-il pour parler ?

— Tom ? Tu vas bien ? Tu n'aurais pas dû venir.

Thorne détourna les yeux du mur. Il se leva, fit le tour du bureau et croisa le regard de Holland quand il posa la main sur l'épaule de Nick Tughan.

— Tu ne l'as pas encore chopé alors, Nick ?

Tughan rit. Des clous plantés dans un tableau noir.

— Je te le laisse, Tom. Tu es celui qui a de l'intuition, non ?

Thorne se raidit.

— Qui a de l'expérience.

Tughan avait prononcé le mot comme s'il parlait d'un violeur d'enfants.

— Pour le moment, on continue notre boulot, on explore les pistes. Une ou deux viennent de toi, d'ailleurs.

— Tom...

Keable avait parlé depuis l'embrasure de la porte de son bureau. Thorne tourna les yeux vers lui au moment où il se retirait, en une indéniable invitation à le suivre.

— Tu me brieferas plus tard, Nick. Et si tu m'envoyais un e-mail pour m'expliquer où on en est ?

Thorne traversa la pièce en direction du bureau de

Keable. Au passage, il entendit le rire de Holland et celui d'autres policiers. Les affaires courantes, comme d'habitude. Pas pour lui.

Anne souhaitait parler avec Alison. Sa charge de travail l'empêchait de passer chaque jour un long moment en sa compagnie. Elles avaient des choses à se raconter.

Il la rejoignit deux secondes après qu'elle eut mis le pied dans l'ascenseur.

— David.

— Tu montes voir ton locked-in syndrome, je suppose ? Des progrès ?

— Ça t'intéresse ?

Il appuya sur le bouton et les portes commencèrent à se refermer. Il n'y avait pas grand-chose à fixer du regard en guise de tactique pour couper court à ce qui, assurément, se révèlerait une rencontre déplaisante. Elle se demanda si, pour changer, il lui serait possible de s'échapper par la trappe du toit de la cabine ainsi qu'elle l'avait vu si souvent dans les films.

— J'ai été navré d'apprendre que ton ami flic s'était fait agresser.

Ils l'avaient sûrement fait dans *La Tour infernale*, non ?

— C'est arrivé juste après votre dîner aux chandelles à trois avec Jeremy, non ?

Hannibal Lecter, oui, dans *Le Silence des agneaux*. Juste après avoir déchiqueté le visage du type. Hmm.

— Anne ?

— Oui, c'est ça, et non, tu n'es pas navré, connard.

L'ascenseur atteignit le premier étage et Anne descendit dès que les portes s'ouvrirent. Higgins s'avança pour les empêcher de se refermer.

— Tes fréquentations policières font merveille pour ton vocabulaire, Anne.

— Tu es incroyablement bien informé de mes faits et gestes, David. Se servir de notre fille comme indic, c'est tout de même assez lamentable.

— Oh, je croyais que vous n'aviez aucun secret l'une pour l'autre, vous deux ?

D'ordinaire, non, mais le moment était peut-être venu que cela change. Elle devrait dire deux mots à Rachel. David arborait à présent l'ignoble sourire suffisant qu'il réservait, elle s'en souvenait, à ses triomphes sans gloire et à ses envies d'accomplir le devoir conjugal. Elle lui sourit, ne ressentant que de la pitié.

— Pourquoi es-tu venu, David ?

— Ce n'est pas parce que nous divorçons que je ne m'intéresse plus à ta vie. Au contraire.

Elle s'avança vers lui. Avait-il réellement tressailli ?

— Tu as vu un des derniers shows d'Oprah ou de Ricki Lake, je ne sais plus, sur les couples qui divorcent ? Une femme racontait que c'est uniquement au moment où elle se séparait de Duane, ou de Marlon ou je ne sais qui, qu'elle s'était rendu compte à quel point elle l'aimait. C'est bizarre, parce que moi, ça me permet de me rendre compte que j'aurais dû le faire depuis longtemps.

Le sourire finaud de David s'évanouit, et son toupet accusait la fatigue, mais Anne ressentait toujours la brûlure de la gifle dans une voiture garée, et revoyait encore la lueur dans son regard le soir où il lui avait craché au visage dans un restaurant italien. À présent, il faisait de son mieux pour paraître dégoûté de la vie, mais ne réussissait qu'à faire vieux.

— Tu es devenue amère, Anne.

— Et ta moumoute est d'un ridicule achevé. Je suis occupée, David.

Les portes de l'ascenseur s'apprêtèrent à se refermer de nouveau, et Higgins avait bien du mal à garder l'équilibre.

— Tu ne t'intéresses donc plus du tout à ma vie, Anne ? À ce que je fais ?

Il se rouillait — il jouait toujours le même coup. Elle ne demandait pas mieux que de répliquer par un smash.

— Mais si, David. Alors, tu baises toujours ta radiologue ?

Elle entendit les portes de l'ascenseur se refermer tandis qu'elle s'éloignait dans le couloir en sachant qu'il ne serait jamais certain qu'elle ait entendu sa repartie minable « Bien le bonjour à Jeremy », mais, dans un cas comme dans l'autre, elle s'en fichait éperdument.

Il lui tardait de tout raconter à Alison.

— Asseyez-vous, Tom.

Thorne s'avança vers le fauteuil en skaï marron très inconfortable et si généreusement offert.

— Putain, c'est que ça m'a l'air sérieux. Vais-je avoir droit à une engueulade pour avoir reçu un coup sur la tête et eu les veines bourrées de merde par injection ?

— Pourquoi êtes-vous parmi nous, Tom ? Pensez-vous que nous n'y arriverions pas sans vous ?

— Non, chef.

— Arrêtez de déconner, Tom.

Keable se passa une main sur le visage. Il s'efforçait sans doute de paraître pensif, se dit Thorne, à moins qu'il ne soit tout bêtement très fatigué. Mais il ne parvint qu'à malmener ses sourcils volumineux et à se donner un air de loup-garou dégarni. Keable gonfla les joues.

— Patraque ? demanda-t-il.
— C'est quoi, ces pistes dont parle Tughan ?
— Nous avons trouvé un mot, Tom.

Thorne bondit de son siège.

— Chez moi ? Montrez-moi...

Keable ouvrit un tiroir et en sortit une photocopie A4 écornée. Il la tendit à Thorne.

— L'original est toujours à Lambeth.

Thorne hocha la tête. Le laboratoire de police technique et scientifique.

— Perte de temps...
— Je le sais.

Thorne se rassit et lut le mot. Dactylographié comme le précédent. La même familiarité teintée de suffisance dans chaque phrase. Le même amusement et la même foi en un sens de l'humour unique et merveilleusement détaché. Le même amour de soi répugnant.

TOM. EN RÉALITÉ, JE NE SUIS PAS UN HOMME VIOLENT. (PAUSE POUR UN RIRE SARDONIQUE ET POUR LAISSER À L'INSPECTEUR DE POLICE LE TEMPS DE PORTER LA MAIN À SON CRÂNE ENDOLORI.) A-T-ON DÛ VOUS FAIRE DES POINTS DE SUTURE ? TOUTES MES EXCUSES. J'ESPÈRE QUE LE TRIP N'AURA PAS ÉTÉ TROP MAUVAIS. ALCOOL ET BENZOS NE SONT PAS LES COMPAGNES DE LIT LES PLUS PLAISANTES QUI SOIENT. MALHEUREUSEMENT, JE N'AI PAS PU RESTER POUR REGARDER. JE VOULAIS JUSTE QUE VOUS RESSENTIEZ UN PEU CE QUE ÇA FAIT QUE DE S'ABANDONNER. JE SAIS BIEN QUE CE N'ÉTAIT PAS UN ABANDON AU SENS LE PLUS STRICT DU TERME MAIS, TRÊVE DE PÉDANTISME, VOUS DEVEZ ARRÊTER DES ASSASSINS, APRÈS TOUT. UN PEU DE DOULEUR ÉTAIT

NÉCESSAIRE POUR VOUS REDONNER DE L'ÉNERGIE. LES FILLES, ELLES, N'ONT RIEN SENTI. NE L'OUBLIEZ PAS. JE DOIS M'EXCUSER POUR HELEN, MAIS ELLE N'AVAIT VRAIMENT PAS ENVIE DE VIVRE. ALISON A ÉTÉ LA SEULE À OPPOSER ASSEZ DE RÉSISTANCE POUR RÉUSSIR. C'ÉTAIT QUOI, DÉJÀ, CETTE VIEILLE PUB ? « CE SONT LES POISSONS REJETÉS PAR JOHN WEST [1]... » C'EST UN PEU FACILE, MAIS JE SUIS SÛR QUE VOUS VERREZ CE QUE JE VEUX DIRE. JE SAIS QUE VOUS ÊTES FURIEUX, TOM, MAIS NE VOUS LAISSEZ PAS BOUFFER PAR ÇA. UTILISEZ VOTRE COLÈRE À BON ESCIENT, COMME JE L'AI FAIT, ET AUCUN OBJECTIF NE VOUS SERA IMPOSSIBLE. VOILÀ, J'AI JETÉ MON GANT... OU, POUR LE MOINS, MON GANT CHIRURGICAL !

P.S. MA LIBIDO EST PARFAITEMENT ÉQUILIBRÉE ET ON NE M'A JAMAIS ENFERMÉ DANS UN PLACARD QUAND J'ÉTAIS PETIT, ALORS NE PERDEZ PAS DE PRÉCIEUX MOYENS FINANCIERS ET HUMAINS EN CHARLATANERIES.

Thorne se sentait nauséeux. Il inspira profondément et fit glisser la feuille de papier sur le bureau. Frank Keable releva la tête, et Thorne le regarda droit dans les yeux.

— C'est Bishop, dit-il.

Keable replaça le mot dans le tiroir qu'il referma d'un geste sec.

— Non, Tom, ce n'est pas lui.

Thorne ne parvint pas à soutenir son regard. Ses yeux se détournèrent vers la corbeille en papier métallique

---

1. Allusion à une célèbre pub télé pour la marque de saumon en boîte John West, au slogan antithétique. *It's the fish John West rejects that makes John West's fish the best* : Ce sont les poissons rejetés par John West qui garantissent la qualité John West. *(NdT)*

verte, le portemanteau bon marché en plastique noir et la veste Barbour hors de prix, puis glissèrent sur les murs sales pour se fixer avec contentement sur le calendrier. Septembre. Une vue particulièrement inintéressante d'Exmoor dans la brume. Un cerf sans relief et probablement mort depuis longtemps constituait la chose la plus animée de la photo.

— Alors, le Dr Bishop et vous avez apprécié le dîner ?

Thorne fut irrité qu'ils aient pu s'informer si vite. Il éprouvait vaguement le sentiment qu'on lui avait coupé l'herbe sous le pied. Il opina de la tête, impressionné. Et intrigué.

— Un message sur votre répondeur, lui expliqua Keable. Elle espérait que vous aviez aimé la soirée. Nous l'avons appelée.

— Évidemment.

— C'était le cas, au fait ? Vous avez apprécié la soirée ?

— Oui.

— Les spaghettis étaient bons ?

— Putain, mais comment...

— Vous avez tout vomi sur votre tapis, Tom. Spaghettis et une bonne quantité de vin rouge.

Sentant qu'il tenait peut-être sa dernière chance, Thorne décida de faire meilleure impression que la fois précédente. Le ton copain-copain serait le mieux. Air entendu de deux conspirateurs. Nous contre lui.

— C'est un immonde salopard, Frank. Il est parti avant moi et il m'a attendu.

— Il connaît vos faits et gestes à l'avance alors ? Il a filé avec le mot déjà prêt dans sa poche, c'est ça ? Et avec une barre de fer et une seringue cachées sous son manteau ?

Thorne réfléchissait à toute allure. Bishop avait-il un sac avec lui ? Avait-il vu un porte-documents dans l'entrée de chez Anne ? Impossible de s'en souvenir. Il était à peu près certain que Bishop était venu en voiture, en tout cas.

— Il aura laissé son matériel dans sa bagnole.

Ne pas céder le terrain.

— Voyons, Tom...

Thorne se leva un peu trop vite. La tête lui tournait et, mine de rien, il tendit le bras pour reprendre l'équilibre. Il regarda Keable. Celui-ci avait vu. Aucune importance.

— Ça vaut sûrement la peine qu'on y regarde de plus près, Frank.

— Oui, et Tughan s'en est chargé. Nous ne sommes pas totalement idiots. Il n'y a rien de ce côté-là.

— Tughan déteste cette idée parce qu'elle est de moi...

— Nick Tughan est un professionnel...

— Foutaises.

Thorne se donnait beaucoup de mal pour ne pas s'emporter, mais savait que, jusqu'à présent, le reste de l'équipe avait surpris leur conversation sans devoir tendre l'oreille.

Keable leva la main.

— Du calme, inspecteur.

Leurs regards se croisèrent. Thorne se décolla du mur et baissa d'un ton.

— Je sais ce que vous pensez, chef, et j'ai conscience d'avoir une certaine réputation...

— Laissons cela, Tom.

Thorne le regarda intensément, le souffle lourd.

— Non, ne le laissons pas.

Keable détourna les yeux.

— Nous n'avons aucune preuve, Tom.

— Le Dr Jeremy Bishop doit être considéré comme le principal suspect. Il travaillait à l'hôpital où le Midazolam a été volé. Il travaille maintenant à l'hôpital devant lequel Alison Willetts a été découverte après son agression. Je pense qu'il l'y a transportée après l'avoir attaquée pour essayer, en vain, de se forger un alibi. Il n'en a aucun pour les autres meurtres et il correspond au signalement général de l'homme que les témoins ont aperçu en conversation avec Helen Doyle le soir où elle a été tuée.

Il avait dit tout cela sans reprendre souffle.

Keable se racla la gorge. À son tour de vider son sac.

— Bishop a eu une liaison avec Anne Coburn, je me trompe ?

— Il y a quelques années, je crois... oui.

— Et vous ?

Ils n'allaient pas confondre son opinion sur Bishop avec ses sentiments à l'égard d'Anne Coburn, tout de même ? Il était nécessaire de convaincre Anne que Bishop s'en était pris à lui pour cette raison, mais Keable verrait sûrement plus loin...

— Tughan n'est pas le seul à être professionnel... chef.

— Parlons raisonnablement, Tom. Tout le monde sait que nous recherchons un médecin.

— Mais ?

— Le lien avec le Leicester est une fausse piste induite par la date du vol, si, en fait, le médicament dérobé est bien celui administré aux victimes. Votre raisonnement, en ce qui concerne l'alibi Willetts, me semble, au mieux, fantaisiste, et quant à ce que Bishop faisait ou pas lors de l'assassinat des trois autres victimes est sans rapport.

— Pardon ?

— Vous connaissez les règles du jeu, Tom. Le procureur ne va même pas se donner la peine de considérer les trois premiers meurtres si nous procédons à une arrestation. Les recoupements ont été faits trop longtemps après les événements. Nous devons nous concentrer sur les affaires Willetts et Doyle si nous voulons bétonner une mise en examen. Nous ne disposons même pas de l'heure exacte de la mort des trois premières victimes.

Au moment qu'il a jugé bon, Tommy. Voilà l'heure de notre mort.

— Bishop était de garde toutes ces nuits-là. Il ne l'est qu'une fois par semaine, alors c'est une sacrée coïncidence, ça, putain. (Il murmurait presque.) Je sais que c'est lui, Frank.

— Écoutez-vous, Tom. Ce n'est plus une enquête de police, c'est... obsessionnel.

Thorne étouffait tout à coup. On y revenait donc. Calvert. Sa marque de Caïn. Keable s'apprêtait à picorer la plaie.

— Je suis navré, Tom, mais c'est vous qui avez parlé de réputation. Je ne m'intéresse pas aux réputations des uns et des autres, mais je ne ferais pas mon travail si je n'étais pas conscient des... schémas récurrents.

— Vous me parlez comme si j'étais un débile profond. Combien de meurtriers ai-je fait mettre sous les verrous ces quinze dernières années ?

— Vous aviez raison il y a quinze ans, je le sais.

— Et depuis, je ne cesse de payer pour ça. Vous n'avez pas idée.

— Vous avez eu raison bien des fois depuis lors, mais ce n'est pas pour autant que vous avez toujours raison.

Quelques instants plus tôt, Thorne avait la sensation de se battre. Il avait envie d'en découdre mais, soudain, il se sentait épuisé, au-delà de ses limites.

— La plupart du temps, j'ai eu de la chance. J'aurais pu aussi bien me planter. Je n'ai pas « su » toutes les fois. Mais il y a quinze ans, je savais. Et maintenant, je sais.

Keable secoua la tête avec lenteur, avec tristesse.

— Ça ne donnera rien de ce côté-là, dit-il.

Puis, après réflexion, en une tentative d'étouffer un peu les flammes, il ajouta, avec un geste en direction de la salle des enquêteurs :

— Et vous savez très bien que la moitié des hommes dans ce bureau correspondent au signalement.

Thorne garda le silence. Bon Dieu, Exmoor paraissait sinistre. Jusqu'au cerf majestueux qui semblait profondément emmerdé par tout ça. Thorne s'imagina marchant dans la brume, silhouette minuscule disparaissant peu à peu en tournant le dos à toutes ces conneries. Il sentit le rideau de brouillard se refermer derrière lui, moite sur ses épaules tandis qu'il cheminait sur la terre humide et moussue, l'écho des voix des filles s'amenuisant loin, très loin. Elles seraient les seules, il le savait, à se demander où il était parti.

— Asseyez-vous, Tom, et parlons de ce que nous pouvons faire. La reconstitution a déjà eu lieu. Elle sera diffusée dans deux jours.

— Voyez ça avec Tughan.

Thorne s'éloignait vivement vers la porte. Il avait perdu Keable. Il s'en fichait. Il ouvrit la porte et se retourna vers l'inspecteur chef.

— « Si », avez-vous dit ?

Il hocha la tête. Keable le regarda avec stupeur.

— « Si » nous procédons à une arrestation. Pas

« Quand » ! Vous êtes vraiment un exemple pour nous tous, Frank.

— Inspecteur Thorne ! cria Keable en se levant d'un bond.

Mais Thorne se trouvait déjà au milieu de la salle des enquêteurs. Ceux qui avaient suffisamment d'imagination comblèrent les blancs de la conversation depuis le moment qu'elle leur était devenue inaudible, et ceux qui s'en fichaient examinaient la pointe de leurs chaussures. Au moment où Thorne passa devant Tughan, celui-ci, souriant, leva les yeux de son écran d'ordinateur.

— Je ne comprends pas pourquoi tu te mets dans tous tes états, Tom. Il est médecin, pas conférencier.

Thorne poursuivit son chemin. Il lui ferait payer celle-là, à ce salaud, un de ces jours, mais ce n'était certainement pas le moment.

Holland, dans un coin, brandissait un sandwich en observant son supérieur qui fonçait dans sa direction en regardant droit devant lui.

— Chef ?

— C'est bon, Holland, lui répondit Thorne. Maintenant, vous pouvez me déposer chez moi.

Rachel Higgins, couchée sur son lit, écoutait sa mère s'affairer dans la salle de bains. Elle avait coupé le son de la télé mais, de temps en temps, elle lançait un coup d'œil à l'écran pour se faire une idée exacte de la progression de l'intrigue. C'était le porno de deuxième partie de soirée sur Channel 5, alors ce n'était pas très difficile à suivre. Elle entendit le bruit de la chasse d'eau. Maman allait se coucher.

Elle tendit le bras vers son baladeur, puis coinça ses longs cheveux bruns derrière ses oreilles avant de mettre le casque. Les *Manic Street Preachers* lui feraient oublier sa dispute avec sa mère, qui avait débuté par la sempiternelle pomme de discorde de la session de rattrapage. Ses notes en informatique et en chimie n'étaient pas aussi bonnes qu'elles l'avaient escompté, et alors ? Elle n'avait pas pris d'option scientifique en première, de toute façon. Elles avaient retourné cela dans tous les sens, s'étaient réciproquement tapé sur les nerfs, puis Rachel avait revendiqué son « intimité ». Son droit à avoir une vie à elle ! Bordel...

Peut-être sa mère et elle devraient-elles cesser de poser aux pseudocopines comme dans *Absolutely Fabulous*. Si c'était ce que sa mère recherchait, grand bien lui fasse. Elle avait seulement parlé à son père, putain de merde. On ne le lui avait jamais interdit.

Sur l'écran, un ingénieur du son aux chairs flasques s'échinait à retirer le soutien-gorge d'une chanteuse de bar. Ou bien était-il son manager ? Il était laid, et elle avait des seins tombants et pas de la première jeunesse.

Le flic lui avait paru plutôt sympathique, en fait, et elle se fichait pas mal que sa mère ait envie de le faire grimper aux rideaux, mais voilà que tout d'un coup, elle changeait les règles. Certaines choses ne regardaient qu'elle, et elle avait le droit d'avoir une vie privée.

Il devenait évident que le gros lard ne réussirait pas à sortir sa queue. Elle prit la télécommande, éteignit la télé et demeura allongée dans le noir en retenant ses larmes.

Le volume de son baladeur était réglé au plus haut. Le bruit finirait par l'endormir et la dispute serait oubliée au matin.

Ce n'était pas grave, de toute façon. Sa mère pouvait avoir ses petits secrets si elle voulait.

Rachel n'en manquait pas, elle non plus.

Apparemment, Anne a réglé son compte à son enfoiré de mari devant l'ascenseur. Bon vent ! J'aimerais pouvoir lui dire d'arrêter de tourner autour du pot et de tenter sa chance avec le flic costaud. Ils ont dîné ensemble, alors elle devrait foncer, il n'y a pas à tortiller. Surtout maintenant qu'un givré l'a tabassé à la tête. Il faut les choper quand leur résistance est basse. Fais-lui-z-en une pendant que la tête lui tourne !

J'ai toujours été douée pour former les couples. C'est moi qui ai poussé Paul à entreprendre Carol. Je me demande s'ils sont déjà rentrés de leur lune de miel. Sans doute que non, sinon ils seraient venus.

On a bien rigolé, en fait, Anne et moi. Bah, elle a le rire communicatif et j'avais justement envie de me marrer. C'est hyperétrange, pour vous dire l'entière vérité. Quand je suis à moitié dans les vapes, c'est-à-dire la plupart du temps (ai-je dit que les somnifères, ici, sont sensationnels ?), j'imagine que toutes les infirmières sont, en réalité, en moi et non à l'extérieur, dans le monde réel. Je me raconte qu'elles sont comme de petits Munchkins qui courent dans tout mon corps et font tout ce que mon cerveau leur ordonne. Mini-parties du corps gentiment mobiles. Petite infirmière pour ouvrir mes yeux. Petite infirmière pour essuyer ma sueur. Petite infirmière pour me gratter le mamelon (une fois que j'ai réussi à lui signaler lequel me démange, bien entendu). Vous vous souvenez des Numskulls, dans la vieille bande dessinée ? Des drôles de nains qui vivaient dans la tête du héros. Je pense « manger », et surgit un petit être en uniforme bleu, coiffe amidonnée et montre en pendentif qui, miam-miam, verse quelque chose de succulent dans ma perf. Je pense « pipi » et, abracadabra, une autre petite esclave vide mon cathéter. Mince alors, il faut bien tenir la journée.

Ça me fait penser : je n'ai aucune idée de l'heure qu'il est. Anne met un point d'honneur à me le dire, mais dix minutes après son départ, je suis de nouveau perdue. J'ai souvent la tête qui tourne aussi. (« Ça ne te change pas beaucoup alors », diraient les copines du jardin d'enfants.) Je me demande ce que deviennent tous les petits. Certains seront passés dans l'autre groupe. De la chair fraîche pour les quenottes de Daniel. Ils me manquent beaucoup.

Je me demande si je pourrai encore avoir un enfant.

8

Hendricks était arrivé les bras chargés de bière blonde bas de gamme, et à neuf heures et quart, tous deux avaient du mal à garder les yeux ouverts. La reconstitution serait diffusée d'ici à dix minutes. Hendricks, dont le dogmatisme finirait par lui jouer des tours, tempêta durant tout le journal télévisé tandis que Thorne sirotait tranquillement une autre canette en se demandant pourquoi il n'avait pas téléphoné à Anne Coburn.

Bien entendu, il savait parfaitement pourquoi. La vraie question était de savoir combien de temps encore il réussirait à maintenir une intégrité de façade. À prétendre posséder un tant soit peu de cette qualité, en fait.

Sa détermination s'effritait, canette après canette.

Le contact le plus formel, la conversation la plus banale seraient, il le savait, entachés par ce qu'il ne lui disait pas, ce qu'il choisissait prudemment et délibérément de taire. Bien sûr, du point de vue procédural, il avait raison de ne pas l'impliquer, il n'en doutait pas. Une bonne chose. Mais il avait envie de la revoir. Il avait envie de lui dire toutes sortes de choses.

Alors... dilemme.

Soit il pouvait continuer de la fréquenter et simplement ne plus parler de l'affaire. Ni d'Alison. Ni de ce qu'il ressentait à chaque heure du jour... mais dans ce cas, il ne donnerait pas grand-chose de lui-même en échange de ce qu'il attendait d'elle... Soit il pouvait lui dire la vérité. Toutefois, s'il lui confiait qu'il pensait que son meilleur ami était un assassin récidiviste, alors l'avenir de leur relation pourrait bien prendre un tour incertain. S'il lui annonçait que son vieux copain de la fac de médecine — et ancien amant, ne l'oublions pas — était un tueur psychopathe, alors il y avait peu de chance qu'elle voie en lui le compagnon de lit idéal, hein ?

De son coin de canapé, Hendricks émit un rot sonore et satisfait. Rien de tel que l'alcool pour débusquer le gars du Nord chez le professionnel du Sud. Ou le gaillard carburant à la testostérone chez le vieil homme fatigué.

Et maintenant, il devrait supporter ça...

Il ne regardait pas cette émission, d'ordinaire. Il ne pouvait nier qu'elle fournissait souvent des pistes utiles et dopait le taux d'arrestations. Au boulot, ils l'avaient rebaptisée « Dénonce ton voisin », et il était étonnant de voir le nombre de gens trop heureux de le faire. Les reconstitutions, surtout, le dérangeaient — ça, et la mauvaise qualité de l'image de la chaîne câblée CCTV. Il ne pouvait s'empêcher de trouver le concept dans son ensemble passablement hilarant. En général, c'était à peu près au moment où l'animateur au teint orangé en appelait à « tout ce qui pouvait rafraîchir les mémoires », que Thorne décrochait. La ville, après tout, regorgeait d'anonymes qui trottinaient allègrement en ayant complètement oublié s'être trouvé au cœur d'un affreux vol à main armée quinze jours plus tôt. Ce genre de chose vous sort aisément de l'esprit...

Ils réservaient toujours les reconstitutions aux crimes

véritablement atroces. Thorne savait qu'il fallait l'imputer aux budgets serrés des forces de police et des chaînes de télévision, mais cela demeurait quand même si... retenez votre souffle. Le procédé dégageait une mièvrerie qui le mettait mal à l'aise. Chaque « bonne nuit », chaque « fais de beaux rêves » sonnait tellement faux. À un moment, on vous montrait votre voisine en train de se faire tabasser, violer, assassiner et, l'instant d'après, on se voulait rassurant en vous certifiant que de tels crimes demeuraient « extrêmement rares ». La fausse sécurité des taux de criminalité malléables à souhait.

Fais de beaux rêves, statisticien.

En dépit du goût douteux, de la sensiblerie et du ton funeste, cela n'en demeurait pas moins de la télévision, à savoir, au fond, du spectacle ou, au mieux, du journalisme. Et cela l'agaçait.

Il songea aux photographes de la police réglant la mise au point sur Helen Doyle.

— Nous y voilà...

Hendricks se redressa dans son fauteuil et prit la télécommande. L'animateur et les représentants de la police sélectionnés à l'aune de la télégénie énoncèrent les sévices au menu des prochaines quarante minutes. Boomerang arrivait en tête de liste. Après qu'une femme flic télégénique eut assuré, le regard scotché à la caméra, que les agressions par des inconnus demeuraient très, très rares, Thorne fut projeté dans la salle du Marlborough Arms.

Il regarda une jeune comédienne, assise avec un groupe de filles, rire aux éclats. Il la regarda se rendre au bar pour commander une tournée de bières tandis que la voix off informait précisément le téléspectateur de son identité, des raisons de sa présence dans ce pub et laissait entendre d'une voix ténébreuse ce qui allait lui arriver. Il regarda la jeune comédienne prendre son manteau et s'éloigner vers la porte en compagnie de plusieurs filles.

Et il vit Helen Doyle sortir dans Holloway Road, dire au revoir à ses amies et marcher d'un bon pas vers l'endroit où elle croiserait son assassin. Il vit ses joues reprendre des couleurs, et les feuilles mortes se détacher de ses cheveux. Il savait que, sous son corsage et sous sa jupe, la cicatrice de l'incision pratiquée par Hendricks, en forme de Y, s'était effacée et que sa jeune peau redevenue lisse sentait le talc. Il eut la gorge serrée tandis que le sang pulsait à nouveau dans les jambes exsangues et mutilées d'Helen Doyle pour la porter le long de Whittington Park vers la maison où ses parents l'attendaient.

À présent, Helen bavarde avec un homme, elle rit et boit du champagne au goulot. L'homme, grand, a le cheveu grisonnant, environ trente-cinq ans. Ou un peu plus ? Helen ne tient plus trop sur ses jambes. Elle s'écroule dans une voiture sombre qui démarre vers une destination inconnue où son chauffeur, avec calme et doigté, dérobera à Helen Doyle et à ceux qui l'aiment tout ce qu'elle est.

Là-dessus, voilà Nick Tughan au top de son amabilité. Thorne ne pouvait nier qu'il passait bien à l'écran. Sobriété de la veste et de la cravate, intonations chantantes des plus agréables. Son appel à témoins était direct et sincère. Ne faites pas comme tout le monde, manifestez-vous. Pour Helen. Pour les parents d'Helen. Le numéro de la cellule d'enquête s'afficha sur l'écran, puis enchaînement fut fait sur une série de vols à main armée dans les West Midlands. Thorne ferma les yeux.

Alors, qu'en penses-tu, Tommy ?

Attendons de voir ce que donneront les appels.

Non... je parlais de... Tu m'as trouvée jolie, Tommy ? Dis ? Je passais bien ?

Oui, trésor. Tu étais sublime.

— Tughan a quelque chose de Terry Wogan, si tu veux mon avis.

— Je ne te l'ai pas demandé. Et en plus, tu es pété. Mais bon, j'ai beau détester qu'un connard de supporter d'Arsenal dans ton genre souille mon canapé-lit scandinave ruineux, je t'autorise tout de même à rester dormir.

Hendricks se relevait déjà avec toutes les peines du monde, main tendue vers son blouson en cuir. Dans le mouvement, une canette de bière à moitié pleine roula à travers la pièce.

— Excuse...

— Empoté de mes deux. Essaie d'arriver entier au métro, tout de même.

Hendricks lui fit un signe de la main et la grimace en passant devant la fenêtre. Thorne épongea la bière renversée à l'aide d'un torchon, enclencha un CD de George Jones et se rassit dans son fauteuil, ravi que Hendricks soit parti. Il préférait rester seul pour attendre le coup de fil de Holland.

Anne éteignit la télévision et se déplaça dans la pièce pour faire subir le même sort aux lampes. Thorne lui avait parlé du champagne, de la façon dont l'assassin s'y était pris pour droguer cette pauvre fille. Et Alison. Voir ces scènes jouées sur les lieux mêmes où elles s'étaient déroulées faisait froid dans le dos. D'une certaine façon, elle se sentait liée à Helen Doyle et, à travers elle, elle se sentit soudain liée à Alison d'une façon différente. Elle se rendait compte qu'elle se faisait des idées, qu'elle en rajoutait même, mais aussi que les raisons pour lesquelles elle souhaitait à toute force ramener Alison à la vie dépassaient le cadre strictement professionnel. Elle souhaitait mettre en échec l'homme qui l'avait agressée et avait tué les autres filles. Elle souhaitait être l'instrument de son échec.

Immobile dans son salon plongé dans la pénombre, elle se demanda pourquoi Thorne n'avait pas participé à cette émission. Peut-être ne s'était-il pas complètement rétabli ? Il lui avait paru en voie de guérison lorsqu'elle l'avait vu à l'hôpital, mais avait-il eu raison de sortir si rapidement ? Il était têtu comme une mule. Était-il bête comme un âne, de surcroît ? Elle envisagea de l'appeler, mais la conversation risquerait de s'éterniser. Elle avait besoin de sommeil.

En se brossant les dents, elle songea à David et l'imagina bloqué entre les portes de l'ascenseur. Cette image l'aida à vérifier l'état de ses rides d'expression dans le miroir tandis qu'elle appliquait de la crème de nuit sur son visage. Elle éteignit la lumière de la salle de bains et vit Tom Thorne dans l'ombre, assis sur le bord du lit d'hôpital, le regard perdu dans le vide, à des milliers de kilomètres de là.

Elle lui téléphonerait demain du travail, lui proposerait de boire un verre.

En entrant dans sa chambre, la sonnerie étouffée du téléphone portable de Rachel lui parvint de la pièce contiguë. Elle entendit sa fille chuchoter un « bonsoir » avant de refermer résolument sa porte. Anne en fut contrariée, mais elle préféra ne pas la provoquer sur ce point. Pas si vite après leur dispute imbécile. Tout de même, elle devait se lever tôt pour aller au collège.

C'était une heure indue pour recevoir un coup de fil de ses copines.

Holland téléphona peu après onze heures et demie. L'affichage des numéros indiqua à Thorne qu'il appelait de son portable.

— Beaucoup de gens l'ont vue marcher dans l'artère principale. Un type a appelé pour dire qu'elle chantait au moment où elle est passée devant lui.

Elle rentrait chez elle toute guillerette. Était-ce bon signe ?

— Elle chantait quoi ?
— Pardon ?

Je ne m'en souviens plus, Tommy. Du Robbie Williams, peut-être...

— Et l'assassin ?
— Bah, évidemment, les témoins sont moins nombreux dès qu'elle a quitté Holloway Road, mais quelques-uns se sont manifestés. Rien de très neuf côté signalement. Trois personnes ont appelé pour dire que la voiture pourrait bien être une Volvo... Vous m'entendez ?

— Keable est déjà rentré chez lui ?
— Ouais, ça doit faire deux heures qu'il est parti. Chef ?

Thorne grommela. Était-ce trop tard pour l'appeler ?

— Autre chose. Il se peut que le tueur ait téléphoné.

Thorne avait envisagé cette possibilité, mais il en eut tout de même le souffle coupé.

— Qui a pris l'appel ?
— Janet Noble. Nous avons eu droit au lot habituel de dingos, mais ce type-là lui a paru plutôt convaincant. Elle était assez bouleversée, pour tout vous dire.

— Continuez.
— Voix plutôt grave, s'exprime bien...

Thorne connaissait sa façon de s'exprimer.

— Qu'a-t-il dit ?

— Qu'il était plus beau que l'acteur, Helen Doyle beaucoup plus laide que l'actrice, et le champagne d'un bien meilleur millésime.

Évidemment. Ces détails devaient compter pour lui.

— Et il a aussi demandé où vous étiez.

— Que lui a répondu Noble ?

— Que vous étiez en arrêt maladie, chef.

Thorne se doutait de l'effet que cette nouvelle avait dû lui faire. S'il y avait cru.

— Merci, Holland. Je reviendrai aux nouvelles demain matin...

— Bonne nuit alors, chef...

— ... et merci pour le CD, au fait. Je n'avais pas encore eu l'occasion de...

— Pas de problème. Il vous plaît ?

Thorne éprouva un pincement de culpabilité. Les Greatest Hits de Kenny Rogers se trouvaient dans un carton au fond de son placard en compagnie d'une collection de livres de poche abîmés et d'un meuble de rangement en kit qui avait eu raison de sa bonne volonté. Il envisageait d'en faire don à la boutique de bienfaisance ce week-end.

— C'est ce que j'entends en fond sonore, chef ?

David Holland clippa son téléphone portable à sa ceinture, salua les policiers qui prenaient toujours des appels et attendit l'ascenseur. Il avait craint que ce genre de chose ne se produise, surtout avec Thorne, mais ce n'était pas pour autant que cela lui facilitait la tâche. Il ne savait pas exactement ce qui se passait, mais il faudrait être idiot pour ne pas percevoir la limite à ne pas franchir. Il savait ce que Sophie lui dirait. Faire profil bas n'a porté aucun tort à ceux comme Keable ou Tughan au fil des années, non ?

Ni à ton père.

Aucun tort. Juste une bonne petite retraite, quelques anecdotes et pas une once de satisfaction en trente-cinq ans de carrière. Son père s'était vanté avec fierté de « ne jamais s'être compromis » jusqu'au jour où il s'était effondré, mort sur le coup à soixante ans.

Tom Thorne n'avait jamais fait profil bas de sa vie. Peut-être... n'y croyait-il plus, tout simplement. Il n'en était pas à sa première bière lorsque Holland lui avait parlé au téléphone, aucun doute là-dessus.

Quatre jours plus tôt, tandis que l'ambulance emportait Thorne, délirant, loin de son appartement, et que Holland s'efforçait d'y faire du rangement, il s'était rendu compte que celui-ci ne se considérait nullement supérieur aux autres. Ni à Keable, ni à Tughan, ni à l'ex-inspecteur Brian Holland, mort depuis quatre ans. Il appartenait tout simplement à un autre genre de flic. Un autre genre d'homme. Le genre d'homme dont il était peut-être gratifiant de gagner l'approbation. Si Holland réussissait à l'obtenir tout en continuant à jouer la carte de la sécurité, se serait, qui sait, la voie à suivre.

Il reprit son portable. Si Sophie n'était pas encore couchée, il achèterait un curry pour deux sur le chemin de la maison. Il laissa sonner quatre fois et raccrocha. L'ascenseur finit par arriver, et il pénétra dans la cabine en sachant, au fond de lui, que, dans les jours et les semaines à venir, jouer la carte de la sécurité ne constituerait pas une possibilité réelle.

— Frank ?
— Oui, Tom ?
— Bishop a une Volvo.
— Exact...

— Une berline Volvo bleu foncé. Je ne l'ai pas précisé dans mon rapport initial, mais il y en avait une garée devant chez lui.

— Cela figure dans le rapport de Tughan.

— Tughan le savait ?

— Je vous ai déjà dit qu'il avait vérifié tous ces trucs-là.

— Ces trucs-là !

— Pourrions-nous en reparler demain matin ?

— Et les appels téléphoniques de ce soir ne font aucune différence ?

— C'est un élément supplémentaire dans la colonne des plus, mais il reste encore beaucoup trop de moins.

— Vous avez perdu trop de temps à parler avec Tughan...

— Bonne nuit, Thorne...

— Je demande officiellement à être dessaisi de cette affaire.

— Ça, nous en reparlerons demain matin...

— Anne ? C'est Tom Thorne, excusez-moi, est-ce que...

— Allô ?

— Je vous rappelle demain.

— Non, ça va — c'est drôle, il y a une minute, j'étais en colère contre Rachel parce qu'elle était au téléphone. Une minute ? J'ai dû m'éteindre comme une lampe.

— Rachel est au téléphone ? Je...

— Sur son mobile. Tout ça me déplaît fortement, mais...

— C'est une soupape de sécurité.

— Hmm.

— Je me demandais comment se portait Alison... et, vous, bien sûr ?

— Alison... attendez, je m'assois... voilà, c'est mieux... Alison progresse, lentement. Je n'ai pas envie de faire revenir tout de suite l'ergothérapeute, mais ça évolue. Quant à moi, ça va... merci.

— J'aimerais passer. Voir comment elle s'en sort. Vous disiez qu'elle communiquait davantage ?

— Oui, mais ce n'est pas encore... fiable, je suppose. Je mets en place un dispositif, qui se révélera sans doute un désastre complet mais, bref... Comment va votre tête ?

— Alors, qu'en pensez-vous ? Puis-je passer vous voir ?

— Elle ou moi ? Vous disiez...
— Pardon ?
— Nous deux ?... d'accord. Vendredi, ça vous va ?
— Parfait.
— Je n'ai pas une minute à moi en ce moment.
— Je sais... c'est super. Désolé de téléphoner si tard. J'ai...
— Un peu bu ?
— Un peu de beaucoup de choses.
— Intéressant.
— Pas vraiment. Je vous laisse vous rendormir...

Minuit passé. Assis dans un fauteuil inconfortable à la dénomination suédoise imprononçable, en train de refaire sa vie. Ou de la bousiller complètement. Pourquoi éprouvait-il un sentiment de réussite uniquement lorsqu'il faisait chier quelqu'un ? Le fort en gueule qui, lors des quiz au pub, apostrophait l'animateur du jeu jusqu'à preuve d'avoir tort, c'était lui. Le conducteur irascible jurant comme un charretier jusqu'à ce que l'autre conducteur lui montre du doigt le panneau de priorité, c'était lui. Le flic stupide qui ne pouvait concevoir d'avoir tort, c'était lui. L'imbécile dont on lisait le visage à livre ouvert, c'était lui. Ce visage envoyait des messages. Il chuchotait : « Tu commets une erreur. » Il murmurait : « J'ai raison. » Il hurlait : « Je te dis que je sais ! » Il lui en avait mis plus d'un à dos d'aussi longtemps qu'il s'en souvienne. Il lui avait aliéné des collègues et avait énervé au plus haut point des officiers supérieurs.

Il avait incité Francis Calvert à assassiner des enfants.

Il restait une canette de bière. Thorne sélectionna de nouveau sa plage préférée de l'album de George Jones et augmenta le volume. Le duo de Jones et d'Elvis Costello...

There's a stranger in the house no one will ever see... but everybody says he looks like me[1].

Il allait devoir marcher sur des œufs. Keable avait beau ne pas accorder de crédit à ses théories sur Jeremy Bishop, il savait néanmoins que Thorne et le tueur étaient en contact. Le premier mot datait d'avant sa rencontre avec Bishop. Là était le lien. L'assassin voulait que Thorne soit proche de lui. Alors, Thorne savait que, quoi qu'il décide, Keable le ferait surveiller. En vérité, il n'avait pas encore décidé de ce qu'il allait faire et, plus inquiétant, n'avait pas non plus la moindre idée de ce que Bishop allait faire. Comment réagirait-il en apprenant que Thorne était dessaisi de l'affaire ? Le considérerait-il comme une insulte ? Agirait-il pour récupérer l'attention qu'il estimait mériter ?

---

[1]. Il y a, dans la maison, un inconnu que personne n'a jamais vu... mais tout le monde dit qu'il me ressemble. *(NdT)*

Thorne s'efforça de ne plus réfléchir à ce qui pourrait l'amener à regretter amèrement sa décision. Il se dit qu'il n'avait guère le choix. On refusait de l'écouter. Pire, on le jugeait. On mettait cela sur le compte de l'affaire Calvert. Quinze ans, mais sa réputation était toujours sujette à caution, toutes ses intuitions taxées d'obsessions, toutes ses remarques, toutes ses idées évaluées et jugées inadéquates.

Il ne pouvait plus supporter ce procès perpétuel. Il n'avait nul besoin du jugement des vivants.

Les morts le jugeaient chaque jour.

Il éprouvait le besoin de s'extraire d'une enquête qui l'étouffait. Il devait se mettre sur la touche afin de précipiter les événements. Pendant qu'il déconnait à suivre des pistes et à faire risette, Jeremy Bishop le prenait pour un imbécile.

Le moment était venu d'inverser le processus.

Il devait aller se coucher. La matinée du lendemain ne serait pas plaisante, il lui faudrait être au summum de sa sagacité. Pourtant, il lui était indispensable de passer un dernier coup de fil. Il se leva et alla chercher son agenda téléphonique posé sur le manteau de cheminée. Il ne connaissait pas par cœur les numéros de beaucoup de pornographes.

Je suis contente, Anne revient me voir plus souvent. Je commençais à penser qu'elle était passée à autre chose, que l'attrait de la nouveauté s'était émoussé. Je ne lui en aurais pas voulu, mais j'ai du mal à croire qu'elle en ait beaucoup des comme moi. Elle m'a expliqué qu'elle était submergée de travail et que son administrateur était un con fini, alors d'accord, je vois ça d'ici. Hé, si je ne me mets pas à faire des progrès, je risque de me retrouver à la rue. Il faudra bien libérer le lit pour quelqu'un.

On a pratiquement résolu le « oui » et le « non », et « j'ai mal » est devenu ma spécialité, mais battre d'une paupière et l'esperanto, ça fait deux. Une fois pour oui, deux fois pour non, parfait en théorie, mais là où je me plante, c'est pour contrôler le mouvement. Et les intervalles, c'est l'enfer. Je veux cligner deux fois, mais Anne a du mal à savoir si je dis « non » ou « oui, oui ». J'ai droit à beaucoup de « C'était oui, Alison ? Non ? C'était non alors ? » On est comme deux étrangers rigolos chez Benny Hill. Cette poulette est un peu ferme. Mon père était mort de rire avec ces trucs-là. Ma mère n'a jamais été fan de ces émissions comiques, lui les adorait. Peut-être que ce vieux saligaud fantasmait sur les nanas en bikini. J'ai surpris ma mère en train de regarder une des vidéos deux ou trois semaines après la mort de papa. Elle avait dû la louer au vidéo shop. Je faisais ma formation continue, je crois, et j'étais rentrée tôt de la fac ce jour-là. Elle était assise en train de regarder ce triste sire pourchasser ces potiches aux quatre coins d'un jardin, et elle pleurait toutes les larmes de son corps.

Tim a intérêt à se secouer, lui aussi. Il reste là, il me tient la main. Je sais qu'il n'a pas trop la possibilité de venir pendant la journée à cause de son travail, mais, le soir, il pourrait faire un effort. Je ne sais plus rien. Il ne me dit rien. Où en est-on dans Brookside *? Joue-t-il toujours au football le dimanche ? A-t-il réparé le rideau de douche ? Si mon père était là, il lui donnerait un bon coup de pied aux fesses.*

Il est bête, franchement, parce que je perds du poids, et si tout le reste est bousillé, alors il y a toutes les chances que j'aie cessé de vieillir ! Je sortirai d'ici redevenue l'ombre svelte et sexy de mon ancien moi. Il y a un infirmier pas mal du tout. Gay, sans doute, mais craquant en diable. Si Tim ne fait pas gaffe, je risque fort d'aller voir ailleurs.

9

À son réveil, il n'avait toujours pas décoléré. La dramatoc amateur de la veille au soir l'avait énormément déçu. Et que fichait Thorne, bordel ? Au moins, cela lui avait confirmé ses soupçons récents : à savoir que l'enquête rigoureuse et haute priorité n'avait strictement rien donné. Peut-être avaient-ils identifié la voiture maintenant, ou en avaient-ils un signalement un peu plus précis, mais les progrès se révélaient terriblement lents. Ils n'avaient pas même une vague idée de l'immatriculation. Plaque volée, bien entendu, mais tout de même ! Bientôt quinze jours qu'il leur avait donné le corps d'Helen comme os à ronger, et ils en étaient encore à mendier l'aide du grand public.

Des branleurs de première.

Thorne. Pas en vue alors qu'il aurait dû sauter sur son quart d'heure de célébrité télévisuelle. Il ne croyait pas une seconde que Thorne soit toujours souffrant. Non, la joyeuse bande de flics mijotait quelque chose, pour sûr. Imprévu, mais facile à gérer. Si son cassage de gueule et son petit mot gentiment espiègle ne faisaient que provoquer chez les gars en uniforme un numéro de tantouzes au bord de la crise de nerfs, alors il ne lui restait plus qu'à trouver un autre moyen de les aiguillonner, non ?

Il était grand temps, en tout cas. On attend des psychopathes qu'ils mettent un coup d'accélérateur lorsque la frénésie bat de l'aile, non ? Ils n'en attendaient pas moins de lui. Il envisageait de mettre un peu d'animation. Peut-être un gay ou une personne âgée, la prochaine fois ? Non... cela ne ferait que les égarer, et il ne voulait surtout pas les égarer. Tout bien considéré, il se sentait prêt pour une nouvelle tentative. Il ne demandait pas mieux que d'essayer, essayer encore.

Il avait tenté de donner un coup de pied dans les tibias de Thorne. Il était temps de le viser au cœur.

Thorne regarda autour de lui. Des hommes d'affaires en bras de chemise se servaient d'une assiette de scampis et d'un chili passé au micro-ondes comme alibi pour ingurgiter deux ou trois demis durant la pause déjeuner. Ce pub en valait sans doute un autre. Les balances n'aimaient pas donner leurs rendez-vous trop près de leur milieu naturel et, en l'occurrence, de toutes les personnes présentes à l'étage du *Lamb and Flag,* c'était encore Thorne qui pouvait passer pour le truand le plus vraisemblable. Cela ne le gênait aucunement. Il avait parfaitement conscience d'avoir un physique... utile. Grosso modo, cela ne lui avait jamais porté préjudice, même s'il aurait préféré être plus grand.

Un serveur australien à l'air rogue vida le cendrier dont Thorne se servait.

— Vous mangez, mon vieux ? On a besoin de la table.

Thorne ouvrit son portefeuille.

— Je prendrai une autre eau minérale.

Il s'assura que son badge était visible. Non sans un tss-tss, le serveur donna un coup de torchon et partit en quête de la boisson de Thorne.

Le Perrier constituait le seul détail légèrement décalé par rapport à l'image qu'il avait conscience de présenter, mais l'alcool, pour le moment, était strictement réservé au Petit Ikea. En outre, il ne lui déplairait pas de retourner au travail tout de suite après. Il ne pensait pas que débouler ivre mort dès son premier jour de reprise serait très bien perçu.

Lors de leur entretien de la veille, Frank Keable s'était montré moins offensif que Thorne ne l'avait craint. Il lui avait demandé de poursuivre l'enquête, mais uniquement pour de mauvaises raisons. Il avait invoqué la cohérence de l'affaire, quoi que cela veuille dire, et qu'il n'avait pas les moyens de se passer des services d'un inspecteur au dossier aussi exceptionnel que celui de Thorne. Quant aux mots du tueur et à l'agression dont Thorne avait été victime — traitée, lui avait assuré Keable, comme tentative de meurtre — il était resté, comme prévu, dans le flou le plus total. Il lui avait affirmé avec véhémence que cet aspect de l'affaire serait surveillé de près, mais Thorne avait perçu chez lui la crainte, si Thorne décidait de partir, de devenir lui-même l'objet des attentions bizarroïdes du meurtrier.

Thorne savait que cela ne se produirait pas.

La vérité toute nue était que, si Thorne rendait son tablier, Keable craignait que la presse ne l'apprenne et, naturellement, il ne se réjouissait pas à la perspective de devoir expliquer au superintendant pourquoi l'un de ses officiers supérieurs quittait le navire. Thorne lui avait suggéré de mettre sa décision sur le compte d'un clash avec Tughan. Ou avec lui. Comme bon lui semblait.

Keable l'avait prié de bien réfléchir. Alors, le regard

de Thorne s'était posé sur les yeux marron noyés d'ennui du cerf d'Exmoor, et n'avait pas cédé.

À l'heure du déjeuner, il apprenait sa mutation à son ancien poste à la Section Crimes Graves (ouest), à la sortie de Hendon, à compter du lendemain matin neuf heures.

Il espérait que la situation était un peu plus claire qu'au moment de son départ.

La police londonienne souffrait d'un grave syndrome de réformisme perpétuel. Non seulement elle se retrouvait désormais sous les auspices directs de la GLA[1] et du maire Livingstone, mais elle subissait un plan de restructuration opérationnelle majeur. La bureaucratie des services de santé publique était d'une lourdeur impressionnante, mais à côté, c'était une partie de plaisir.

L'ancien système de division par secteurs avait fait long feu. Les cinq secteurs de Londres (NO, NE, SO, SE et Centre), chacun possédant ses propres Unités Incidents Majeurs — MIT[2] — qui, elles-mêmes avaient remplacé les Sections Zones Incidents Majeurs, les AMIP[3] —, avaient désormais tous été supplantés par trois Sections Crimes Graves (Est, Ouest, Sud) qui englobaient toutes les OCU[4] existantes ainsi que la bonne vieille Brigade Criminelle, le Service de Répression des Fraudes et les Unités Tactiques Armées.

Résultat ? Des centaines de policiers sans la moin-

---

1. Greater London Authority, nouveau gouvernement métropolitain du Grand Londres, créé en 2000. *(NdT)*
2. Major Incident Team.
3. Area Major Incident Pools.
4. Operational Command Unit — Unité sous commandement opérationnel.

dre idée de ce qui se passait. Ni, à plus forte raison, pourquoi. Version officielle : les nouveaux SCG[1] devenaient censément plus proactifs. La police métropolitaine ne pouvait continuer à attendre bien gentiment que les méfaits se commettent.

Bonne théorie.

Sauf que l'on ne pouvait anticiper ceux d'un type de l'acabit de Jeremy Bishop.

En tant qu'inspecteur de l'Unité 3 de Beck House à Hendon, Thorne retombait sur ses pattes. Il avait travaillé durant six mois aux côtés du commissaire adjoint Russel Brigstocke à la Cellule Criminalité, et il savait que ce dernier ne ferait pas toute une histoire si Thorne était indisponible de temps en temps.

Comme depuis neuf heures ce matin même.

— Kodak !

Si le physique de Thorne le rangeait dans la catégorie « encore utile », l'homme d'une petite quarantaine d'années qui le rejoignait à vive allure en lui adressant un signe de tête était carrément indispensable. Un bon mètre quatre-vingt-dix, bâti comme une montagne, les cheveux blond blanc, un anneau en piercing dans la narine et, aujourd'hui, une doudoune jaune citron. La voix de Dennis Bethell pouvait provoquer une bagarre à cent mètres. C'était une bière sur le point de déborder.

— Qu'est-ce que je vous offre, m'sieur Thorne ?

Thorne souriait toujours la première fois qu'il entendait ce couinement incongru et haut perché. Celui ou celle qui préside à ces choses s'était planté grave ou bien avait un grand sens de l'humour. Quelque part se

---

[1]. Strategic Co-coordinating Group, groupe de coordination interservice au niveau stratégique. *(NdT)*

cachait peut-être une souris de dessin animé furibarde d'avoir la voix de Frank Bruno.

— Non, ça va, répondit-il en montrant du doigt son eau gazeuse.

Bethell hocha la tête pendant une dizaine de secondes.

Thorne vida son verre au moment où le serveur se décidait enfin à apporter l'autre et encaissait. Bethell, à supposer que cela fût possible, était encore plus baraqué que la dernière fois qu'il l'avait vu.

— Les anabolisants filent le cancer, tu le sais, Kodak.

— Conneries, couina Bethell. Ils rendent stériles. À part ça, l'endroit vous convient, m'sieur ? Il y a un peu de monde, je sais, mais venir à l'ouest, c'est plus pratique pour moi. Je fais pas mal d'affaires dans le coin.

— Je n'en doute pas, Kodak.

En tant que représentant de la gent pornographique, Dennis Bethell comptait parmi les moins antipathiques. Depuis vingt ans, Thorne suivait sa carrière avec intérêt. Il fournissait tout, des clichés glamour en flou artistique pour les revues soft au matériel plus clinique à l'éclairage très puissant pour les publications un peu plus difficiles à atteindre avec le bras. Dans les années quatre-vingt, ses gros plans d'éjaculations, de haute qualité technique, étaient très courus, et ses incursions occasionnelles dans le chantage avaient causé la fin brutale de la carrière d'au moins un homme politique de premier plan. Dennis appartenait à la vieille école. En ces temps où les vidéos hard s'achetaient pour un billet de dix livres et où le débile lambda muni d'un PC pouvait regarder une naine se faire un âne à la première occasion, ou au premier clic d'une souris, il croyait toujours fermement au pouvoir et à la véracité d'une photographie toute simple. Au fond de lui, Thorne admirait ce spécimen dégoûtant de la vie bactérienne en eau croupie.

— Ce pub, avant, s'appelait *The Bucket of Blood*[1], vous le saviez ?

Thorne le savait. Deux cent cinquante ans plus tôt, dans cet endroit mal famé, putains et surineurs concluaient des affaires en s'égorgeant les uns les autres pour quelques pennies pendant que Hogarth, assis dans un coin, croquait le tout en quelques traits d'esquisse. Thorne laissa errer son regard sur la salle. Il ne put s'empêcher de se demander si, à l'époque, il ne serait pas senti plus à l'aise.

— Alors, les affaires marchent, hein ? demanda-t-il.

Bethell allumait une Silk Cut.

— Oh, pas trop mal. J'ai créé mon site web...

— Tu brises toutes mes illusions.

— Faut bien vivre avec son époque, non ? Vous avez vu le matos diffusé sur la toile ?

Thorne en avait vu. Trop vu.

— Parce que tu crois que le tien, de matos, est différent ?

— Je ne fais pas les gosses, m'sieur, vous savez bien. Je ne donnerai jamais dans cette saleté. En outre, ma production est un peu plus élitiste, je pense. C'est plus dur de se la procurer.

— Oui, il faut se mettre sur la pointe des pieds chez le marchand de journaux.

Bethell ne semblait pas à son aise. Il écrasa son extra-longue avant même de la finir. Et en alluma une autre.

— On pourrait conclure, m'sieur Thorne ?

---

1. Le Seau de Sang. *(NdT)*

— Bien sûr. Je suis navré de te retenir.

— Écoutez, je ne suis pas au courant de grand-chose en ce moment. Je viens de lancer le plan avec la webcam, mais à part ça, c'est juste les trucs habituels avec les modèles. Je zone moins qu'avant...

Thorne prit la monnaie que le serveur vint lui rendre. De la table dans son dos, lui parvinrent des ricanements étouffés. Il espéra sincèrement qu'ils n'étaient pas provoqués par le malabar assis en face de lui.

Bethell prit son silence pour de la déconvenue.

— Je peux vous brancher sur des affaires de came, si vous voulez. Il y a des jeunes nanas qui gobent des ecstasy et se bourrent le pif de coke comme si demain ne devait jamais exister. Elles refusent de bouffer, même...

Autres ricanements et, cette fois, Bethell les entendit aussi. Thorne se retourna. Quatre types lookés média. Cheveux courts, lunettes carrées et baskets qui coûtaient sans doute plus cher que le costume. Ils s'obstinèrent à ne pas le regarder. Thorne se retourna vers Bethell et s'adressa à lui en baissant d'un ton pour lui signifier de faire de même.

— Je n'ai pas besoin de tuyaux, Kodak.

— D'accord.

— Je souhaiterais profiter de tes services de très haute qualité professionnelle en échange desquels je n'enverrai pas la brigade des mœurs à l'assaut de ton labo.

Bethell réfléchit quelques secondes.

— Vous voudriez que je prenne des photos ?

— Tout simplement des portraits noir et blanc en plus gros plan possible. Le sujet ne doit pas savoir qu'on le photographie.

Bethell était loin de passer inaperçu, mais Thorne

savait que l'homme possédait une grande expérience en matière de profil bas. Dans un univers parallèle, il aurait pu devenir un *paparazzo* payé à prix d'or.

— Pas de problème, m'sieur Thorne. J'ai le tout dernier zoom trois cent millièmes Nikon.

Thorne s'inclina vers lui.

— Écoute, Bethell, c'est du tout cuit, d'accord ? Un simple gros plan. Au moment où il sort de chez lui, ou monte en voiture, aucune importance. Ça devrait être simple pour toi. Pas de lits. Pas d'animaux. Pas d'adolescentes bourrées de drogue.

Il songea à Helen Doyle, assise dans le pub, riant.

Je n'ai jamais fait de trucs pareils, Tommy. Je suis une fille strictement Bacardi Breezer...

Il donna l'adresse à Bethell et finit son verre tandis que le photographe exprimait une fois de plus son enthousiasme pour les téléobjectifs, avant de se traîner jusqu'aux toilettes. Tandis qu'il s'éloignait, Thorne décocha un regard lourd au quatuor attablé derrière eux.

Thorne ne doutait pas que Bethell fasse du bon boulot. Pas seulement parce que, dans le cas contraire, Thorne lui pourrirait la vie ; il voyait bien que ce type tirait fierté de son travail. Thorne pensa une fois de plus qu'il collaborait bien mieux avec des truands professionnels — un jeu pour lequel il était doué. Même les gros salauds vraiment retors qu'il avait affrontés pendant ses dix-huit mois passés à la brigade volante n'étaient pas difficiles à percer à jour. Il en avait arrêté certains, d'autres non, mais il n'avait jamais dû perdre de temps à s'interroger sur leurs motivations. Le fric, en général. Le sexe, parfois. Parce qu'ils n'étaient pas foutus de se bouger le cul pour faire autre chose, souvent. Mais les règles du jeu étaient simples : empêchez-les de continuer d'agir et laissez à quelqu'un d'autre le soin de découvrir leurs raisons après coup.

Bishop et ses semblables ne jouaient pas selon ces règles-là. Thorne n'ignorait pas que, pour arrêter Jeremy Bishop, il devrait agir sans garde-fou, avancer prudemment, étape par étape. Bethell constituait la première, ensuite, il improviserait au fur et à mesure. Quel que soit ce nouveau jeu, Bishop bénéficiait d'un avantage certain. Thorne était convaincu que le « pourquoi » était important. Primordial, sans doute. Mais, pour lui, c'était là le hic.

Thorne n'en avait rien à foutre du « pourquoi ».

Lorsque Bethell revint à la table, Thorne se leva et enfila son manteau.

— C'est entendu alors ?

Bethell prit ses cigarettes.

— Ouais. Pas nécessaire que je vous demande pour quand vous les voulez, ces photos, hein ?

— Pas vraiment, non.

Les rires dans le dos de Thorne lui indiquèrent qu'il était grand temps qu'il parte, et fissa. Bethell s'avançait déjà vers eux.

— Y a quelque chose de drôle ?

Le plus balèze des quatre se leva et fixa Bethell à travers ses lunettes de marque — plus par réflexe que par agressivité, mais cela n'avait pas vraiment d'importance aux yeux de Bethell. Le doigt épais qu'il planta dans le torse de l'homme dut faire l'effet d'un coup de bélier.

— Quelque chose dans ma façon de parler haut et fort de toi, c'est ça ? Vas-y, raconte.

Lunettes Carrées bougea pour se débarrasser du doigt importun ; Crâne Rasé s'interposa pour protéger son ami et c'était parti.

Au coup de poing grouillant de chevalières que Bethell décocha en pleine figure de Lunettes Carrées, Thorne s'avança et balança un revers dans la bouche de l'ami. Il tomba à la renverse sur la table, ses onéreuses baskets envoyant valdinguer bouteilles et verres tous azimuts. À présent, c'était deux contre deux, et ce fut très vite réglé. Le troisième homme tendit le bras vers un gros cendrier métallique, mais Thorne lui sauta dessus et, en une fraction de seconde, donna un coup de boule sur l'arête nasale du quidam aussi nonchalamment que s'il se penchait pour lacer sa chaussure.

Ce ne fut qu'au moment où le quatrième homme recula avec tant de précipitation qu'il renversa une assiette de poulet tika massala orange vif sur les genoux d'une jeune femme que les cris commencèrent pour de bon. Tandis que le serveur australien zigzaguait nerveusement entre les tables, la patronne des lieux, sorte de gorgone aux cheveux vanille, surgit, furibarde, de derrière le bar.

— D'accord ! On appelle la police !

Le serveur, pointant un doigt accusateur sur Thorne, lui répondit :

— Elle est déjà là.

Thorne se massa le crâne et regarda autour de lui. Trois hommes à terre, à genoux, ou rampant sur le plancher rendu scintillant par les débris de verre, des éclaboussures de sang sur leurs pantalons de treillis haute couture, les visages horrifiés mais aussi surexcités d'une vingtaine de spectateurs...

Il songea que le moment serait sans doute mal choisi pour faire remarquer à la patronne que Hogarth aurait certainement apprécié.

Dix minutes plus tard, Thorne et Bethell se retrouvaient sur le trottoir devant le Garrick Club. La patronne du pub s'était quelque peu radoucie, et ceux aux dents cassées et aux nez fracturés s'estimèrent, ainsi qu'on pouvait s'y attendre, offensés, jusqu'au moment où Thorne lâcha le mot « cocaïne » dans la conversation et que tout fut prestement pardonné et oublié.

Bethell posa une main importune sur l'épaule de Thorne.

— Merci pour ça, m'sieur Thorne. Cogner ces petits branleurs, c'était sympa de votre part.

Thorne sentait poindre la migraine.

— Je ne l'ai pas fait pour toi.

Il tendit le bras pour héler un taxi.

Et ce n'était pas sur eux que je cognais...

Ils attendirent le départ du petit ami d'Alison avant d'amener le tableau sur roulettes. Bishop trouvait qu'Anne en rajoutait un peu. Elle l'avait informé précisément des progrès d'Alison, non ? Il ne s'attendait pas à ce qu'elle se redresse et pousse la chansonnette.

Anne souhaitait simplement attendre un peu avant d'impliquer Tim. Si tout se passait bien, elle le ferait intervenir. Il aurait besoin de travailler avec Alison lui-même, de toute façon. Elle voulait juste s'assurer que la structure de base tenait bon. Lorsque que tout roulerait, ce serait devenu leur seconde nature à tous. Elle estimait que de ne pas comprendre exactement le sens des réactions d'Alison lui donnerait une fausse idée de son état.

S'il ne le pensait pas déjà, il aurait la certitude de l'avoir perdue.

Les roulettes du tableau couinèrent lorsque l'aide-soignante le positionna au pied du lit. Aussi optimiste fût-elle, Anne sentait l'énormité de la tâche qui l'attendait. Alison avait vingt-quatre ans. C'était sa première journée au jardin d'enfants.

— Je me demande ce que penseraient mes patients si je leur suggérais de les anesthésier d'un coup de masse.

Bishop but une gorgée de café en lançant un regard au tableau noir.

Anne ne répondit pas. C'était loin d'être ultramoderne, mais suffisant. Elle ôta son manteau et mit ses lunettes, prit la télécommande accrochée à la tête de lit et appuya sur un bouton. Avec un chuintement profond et sonore, le lit commença à se redresser et Alison finit par se retrouver en position assise.

— Alison, le Dr Bishop est avec moi cet après-midi. Vous vous souvenez peut-être de lui. Il s'est occupé de vous le soir de votre admission.

Elle se retourna vers Bishop. Il scrutait la forme des lettres tracées à la craie.

Anne s'approcha du lit et prit la main d'Alison.

— Bien, voyons si nous pouvons un peu accélérer les choses. Est-ce que vous voyez le tableau, Alison ?

La paupière droite d'Alison se plissa immédiatement. Elle ferma son œil à demi et le rouvrit. Puis, cinq secondes plus tard, autre battement de paupière. Anne serra sa main.

— Bien. De A à Z sur deux lignes, et j'ai écrit une petite liste en bas. Plus tard, nous pourrons la compléter, quand j'aurai affiné tout cela, mais, pour l'instant, nous nous en tenons aux bases : « mal, faim, soif, nausée ». Vous allez devoir être indulgente avec moi, j'en ai peur, jusqu'à ce que nous nous soyons habituées au rythme de vos réponses. Je pense que cela va être frustrant, au début, mais le jeu en vaut la chandelle. OK, Alison ?

Une veine saillait sur le front d'Alison. Dix secondes s'écoulèrent. Un battement de paupière.

Anne contourna le lit et baissa le store.

— Bien. Rendons les conditions les plus confortables possible pour vous. La lumière, tu veux bien, Jeremy ?

Bishop gagna la porte et appuya sur l'interrupteur. La chambre fut plongée dans la pénombre. Tout en s'approchant du tableau, Anne sortit de sa poche ce qui, à première vue, ressemblait à un gros stylo à plume.

— Bien. Alison, ceci est un pointeur laser. Il devrait vous permettre d'identifier les lettres plus facilement, et à moi, il me permet d'avoir un peu moins l'impression de procéder à un briefing militaire. Commençons par le bas, que nous soyons sûrs que vous vous sentez bien.

Elle déplaça le pointeur jusqu'à placer le point lumineux sous le mot « mal ».

— Ne vous embêtez pas avec le non si vous ne souffrez pas. Dites simplement oui lorsque ce sera justifié.

Lentement, elle fit glisser le pointeur sur les mots de la ligne du bas, les mettant tour à tour en surbrillance durant près d'une minute. Elle attendait en regardant intensément Alison. Elle entendait le ronron du trafic au-dehors. Alison n'eut aucune réaction. Anne lança un regard à Bishop. Il hocha la tête.

— Bien, essayons cela, d'accord ? dit-elle en faisant de nouveau glisser le pointeur.

Bishop tira un calepin de sa poche poitrine et s'assit, crayon en main, dans l'expectative. Anne braqua longuement le pointeur sous chaque lettre, mais au bout de la cinquième ou sixième, elle accéléra un peu.

— P... Q... R... S...

Un battement de paupière.

Anne se retint de pousser un cri de joie.

— S ? OK...

Elle atteignit la fin de l'alphabet sans autre réaction de la part d'Alison.

Bishop s'éclaircit la voix.

— Dommage qu'il n'existe pas beaucoup de mots qui s'écrivent dans l'ordre alphabétique, Jimmy.

Anne se retourna vers lui, et le faisceau lumineux du pointeur glissa sur le torse de Bishop comme le point infrarouge de la carabine d'un sniper. Il griffonnait à la hâte.

— Sûr.

— Quoi, sûr ?

Elle se sentait gagnée par la mauvaise humeur.

— Sûr en est un. Un mot dont les lettres s'agencent dans l'ordre alphabétique. Il y a aussi fort. Et, encore plus long, aegilops qui, aussi surprenant que cela paraisse, désigne une ulcération de l'œil, mais je ne l'imagine pas aborder ce sujet.

Il sourit.

— Tu vas devoir repartir du début, je le crains.

Anne se sentit bête de n'y avoir pas pensé. Peut-être existait-il une méthode de disposer les lettres plus efficace ? Elle y réfléchirait plus tard. Un deuxième passage ajouta, H, O et R.

— Short ? demanda Anne, essayant d'aider Alison. Un short, c'est ça ?... Un short ?

Alison battit des cils. Anne attendit. Autre battement de paupière. Retour à la case Départ.

Au troisième passage, Alison cilla lorsque la pointe laser atteignit le M. Anne lança un regard à Bishop qui griffonnait dans son calepin. Il se leva, souriant, et s'approcha du lit.

— Je pense qu'elle est un peu trop zélée. Elle ferme

la paupière avant que tu aies atteint certaines lettres de peur de les manquer.

Anne le regarda.

— Et ? demanda-t-elle avec une légère impatience dans la voix.

— Si le S est un T, et que nous avancions de cinq lettres par rapport au T final présumé...

Anne réfléchit un instant, élucida l'énigme, et rougit. Bishop lui adressa un sourire espiègle.

— Elle demande des nouvelles de ton ami l'inspecteur de police. À ta place, j'ajouterais un point d'interrogation sur le tableau.

Il se tenait près de la tête de lit. Il baissa les yeux sur Alison.

— Et tu devrais aussi dessiner une petite bouille rieuse dans un coin. Je vois indubitablement une lueur de malice dans cet œil-là.

Anne prit un morceau de craie, un peu irritée. Peut-être aurait-elle mieux fait de ne pas demander à Jeremy de venir. Elle souhaitait qu'un collègue et ami la soutienne, et il avait accepté avec joie, mais autant elle l'aimait, autant il pouvait faire preuve d'une suffisance insupportable. Elle se mit à écrire au tableau.

— Je suis heureuse de voir que tout le temps que tu passes à faire les mots croisés du *Times* n'ait pas été perdu en vain, Jeremy...

Bishop ne l'écoutait pas. Il était penché sur Alison, le visage tout proche du sien.

— Vous vous souvenez de moi, Alison ?

Un battement de paupière.

— J'étais là le soir de votre admission, c'est ça ?

Rien. Puis un battement de paupière.

Bishop opina de la tête.

— C'est bien, prononça-t-il à voix basse sur un ton

éminemment apaisant. Et avant, Alison ? Avez-vous des souvenirs d'avant ?

Un battement de paupière.

Anne, toujours au tableau, se retourna.

Autre battement de paupière.

Bishop rejoignit Anne en secouant la tête. Il lui tendit son calepin en lui servant un large sourire. Autour du mot THORNE, il avait dessiné un cœur transpercé d'une flèche. Anne le lui arracha des mains avec un agacement mi-feint mi-sincère, et alla relever le store.

— M. Thorne va bien, merci Alison. Je suis sincèrement contrariée que ma vie privée vous préoccupe autant.

Elle s'approcha du lit. Alison avait toujours le regard fixé sur le tableau.

— Mais j'aurais dû n'en attendre pas moins de la part d'une débauchée éhontée native du Tyneside qui a une idée fixe !

Elle posa gentiment la main sur l'épaule de la jeune femme. Son sourire était grand et exclusivement destiné à Alison.

Elle se retourna vers Bishop qui regardait le tableau, le sourire aux lèvres. Elle s'en voulut de s'être emportée contre lui.

— Tu veux passer manger un truc plus tard ?

— Désolé, Jimmy, répondit-il sans se retourner, j'ai un rendez-vous.

Elle s'approcha de lui, les yeux écarquillés à la perspective d'une liaison clandestine.

— Tu me sembles bien mystérieux.

— Pas du tout.

— Comme tu voudras. Je te ferai parler plus tard alors, tu sais que j'y parviendrai. Qu'y a-t-il de si drôle ?

Bishop s'esclaffa en regardant les lettres au tableau. Anne le dévisageait, toujours souriante.

— Quoi ?

— Tu te souviens de la nuit, chez toi, il y a vingt ans de ça ?

— Non...

— On a invoqué les morts, David, toi et moi. Il y avait aussi une fille de Leeds, comment s'appelait-elle déjà ?

— Oh, mon Dieu, quelle peur !

— Non. C'était David qui poussait le verre.

Anne mima un frisson, mais ce souvenir avait éveillé en elle une réelle angoisse. Elle se tourna pour inclure Alison et montra le tableau.

— Il trouve que ça ressemble à un Oui-ja.

Le sourire de Bishop s'évanouit un peu tandis qu'il murmurait pour lui-même :

— C'est un peu ça.

Thorne prit la liste des contacts Boomerang sur la table de la cuisine et gagna le salon pour téléphoner à David Holland. La télévision était allumée sur *The Bill*, son coupé. ITV ne ferait sans doute jamais mieux dans le genre comédie de situation.

— Allô...

La petite amie de Holland. Comment s'appelait-elle, bordel ?

— Oh, salut, c'est Sophie ?

— Qui est à l'appareil ?

— Oh, excusez-moi, c'est Tom Thorne, je travaille avec Dave. Il est là ?

Le son se déforma dans son oreille tandis qu'elle posait la main sur le combiné. Il ne comprit pas ses paroles. Tandis que Holland venait au téléphone, il entendit le son du téléviseur diminuer.

— Holland, ici l'inspecteur Thorne... (Autant ne pas faire trop pote)... j'espère que je ne vous arrache pas à vos devoirs du soir ?

— Pardon, chef ?

— *The Bill* — je l'ai entendu en fond sonore. Ça ne correspond pas à la réalité, vous savez.

Holland rit.

— Ouais, mais leur souffre-douleur est un type affreux dans le genre de l'inspecteur Tughan.

Cette plaisanterie en dit long à Thorne. Holland savait où en étaient leurs rapports. En outre, Thorne savait aussi de quel personnage il parlait — tout à fait ça. Il avait sérieusement sous-estimé ce jeune homme.

— Bon, vous devez savoir que je suis de nouveau à Hendon maintenant, mais ça m'intéresserait de connaître les progrès de l'enquête. Qui me remplace, au fait ?

— Roger Brewer. Un Écossais. Il paraît plutôt sympa.

Thorne n'avait jamais entendu parler de lui. C'était sans doute aussi bien.

— Donc, vous voyez, s'il y a du nouveau...

— Je vous tiens au courant tout de suite, chef.

— Tout et n'importe quoi, Holland... merci.

Rachel consulta sa montre. Il n'avait que cinq minutes de retard, mais elle n'avait pas envie de rater les bandes-annonces. Elle pensa au barge assis derrière elle depuis Muswell Hill, dans le bus, et décida qu'elle rentrerait en taxi. Elle vérifia le contenu de son porte-monnaie. Si elle payait son ticket, elle devrait lui demander de lui prêter de l'argent. Sa mère préférerait qu'elle prenne un taxi, de toute façon, même si elle s'étonnerait que le père de Claire ne l'ait pas raccompagnée — ce qu'il faisait, en général, lorsqu'elle passait la soirée chez eux. Peut-être pourrait-elle raconter qu'il avait donné sa voiture à réparer ? Sauf qu'Anne risquait de le voir au volant. Ou d'en parler à la mère de Claire au téléphone. Rachel en conclut qu'il serait sans doute plus simple de demander au chauffeur de taxi de la déposer à bonne distance de la maison. Trop de mensonges, ce n'était pas une bonne idée. Elle n'était pas très douée pour ça et, en plus, elle n'aimait pas mentir à sa mère. Il ne lui restait plus qu'à espérer qu'Anne ne tombe pas sur Claire dans les jours à venir.

Elle commençait à avoir froid. Elle boutonna un autre bouton de son blouson en jean et guetta le coin de la rue en espérant qu'il apparaîtrait.

Elle ne mentait pas réellement en ce qui le concernait, finalement. Elle ne lui avait pas dit, voilà tout. Cela ne servirait qu'à provoquer une mégadispute encore plus violente que celle de l'autre soir.

Le problème, c'était sa putain de session de rattrapage qu'elle n'avait pas envie de préparer. C'était trop injuste, au moment même où ça devenait sérieux avec quelqu'un, qu'on ait des examens soi-disant importants.

Était-ce sérieux entre eux ? Elle en avait l'impression. Ils n'avaient pas encore couché ensemble. Non qu'elle ait refusé. C'était lui. Apparemment, il n'était pas pressé. Il attendait le bon moment. C'était gentil et attentionné de sa part car, évidemment, pour lui, ce ne serait pas la première fois, et il ne voulait pas lui donner le sentiment de lui mettre la pression si elle n'avait pas envie de...

Rachel savait que ce serait ça le gros problème avec

sa mère. Qu'il ait de l'expérience. Elle serait dans tous ses états...

Sa main vola jusqu'à ses cheveux quand elle le vit tourner l'angle de la rue. Il lui fit signe de la main et se mit à courir vers elle à petites foulées. Il était vraiment en forme. En parfaite condition physique. Claire serait trop jalouse. Mais sa mère serait moins favorablement impressionnée.

Rien que le fait qu'il était beaucoup plus vieux qu'elle.

Un tableau noir ! Et puis quoi encore ? Un jour, Anne avait apporté une brochure sur des ordinateurs mis au point en Amérique qui réagissent aux battements de paupière ou autre. Ils peuvent pratiquement dire ce qu'on pense, un peu comme dans un film. Mon téléphone portable prévoit les lettres en avance quand je tape un texto. Hyper-utile pour quelqu'un d'aussi nul que moi en orthographe. Ça me coûte 29,99 £, si ma mémoire est bonne. Et là, j'ai droit à un minable tableau noir. On nous bassine avec le trou de la Sécu, je sais, mais là, c'est un peu... noircir le tableau, non ?

Et moi qui pensais qu'ils allaient peut-être concevoir un système pour me permettre de lire et de regarder la télé. Rien de très compliqué, juste quelques miroirs ou autres pour que je ne sois pas obligée de rester allongée toute la journée à regarder le morceau de plâtre qui se détache du plafond gris sale, là-haut. Bah, il n'y a aucune chance pour que cela se produise, je suppose. Toutes ces machines n'en ont plus pour longtemps non plus, sans doute. La grosse, à gauche, émet incontestablement des bruits suspects. J'espère qu'on donne aux infirmières assez de monnaie pour faire tourner le compteur. Je n'ai pas envie de clamser au beau milieu de la nuit parce que quelqu'un sera à court de pièces de cinquante pence.

Je sais bien qu'Anne n'y est pour rien, et je sais qu'on ne pense à tout ça que lorsqu'on se retrouve du côté réceptif de la chose, mais tout de même...

J'étais supercontente de moi, à dire vrai, pour le quiz alphabétique. Il nous faut juste mettre au point un système pour que je puisse dire à Anne de revenir en arrière au lieu d'avancer. Sinon, on n'en finit pas, c'est l'horreur ! Je suis sûre qu'elle trouvera.

Le médecin qui l'accompagnait a été drôlement malin, quand même, de trouver que j'avais baissé la paupière trop tôt. Il fallait que je fonce. Si j'avais attendu et été incapable de fermer l'œil au bon moment, j'aurais raté la lettre que je voulais et tout fait foirer. Je me serais retrouvée en train d'épeler « pharmacien » en tchèque ou allez savoir quoi.

Je suppose que je devrais remercier ce médecin puisque c'est lui qui m'a tirée d'affaire à mon arrivée. Je revois son visage penché sur moi. Je réentends sa voix me disant de me réveiller, mais j'ai perdu conscience. Avant cela, je ne me rappelle que de bribes d'une conversation. De bribes d'une conversation et d'une voix. Mais pas des mots. Pas encore. Juste le son d'une voix. Douce et gentille comme celle du Dr Bishop.

Et moi qui angoissais que mon téléphone portable me donne le cancer...

10

Thorne descendit du métro à Clapham Junction. Il émergea de la station et, après vérification de son plan de la ville, s'engagea dans Lavender Hill. La maison se trouvait à peine à dix minutes de marche. Au bout de cinq, il n'en pouvait déjà plus. Porter l'attaché-case n'aidait pas. Non qu'il contienne quoi que ce soit.

Ce matin même, à Beck House, pendant plus d'une heure, il n'avait pas écouté Brigstocke le briefer sur quantité d'affaires de viols et de vols à main armée divers et variés. Il avait noté l'adresse d'un vigile à interroger et filé sans plus attendre à la gare centrale de Hendon. Il lui faudrait trouver le temps de caler cet interrogatoire avant de se rendre à Queen Square. Bah, il visiterait un peu Londres aujourd'hui, voilà tout.

Il ne connaissait pas très bien ce quartier, mais il aurait fallu être aveugle pour ne pas voir qu'il était cossu. Bars à vin à tous les coins de rues, traiteurs, restaurants et, bien entendu, des agences immobilières en veux-tu en voilà. Par curiosité, il s'arrêta brièvement devant une vitrine. De derrière son ordinateur, un gratte-papier avec des problèmes de peau et des cheveux hérissés en V à partir du front lui adressa un sourire onctueux. Thorne détourna le regard qui tomba sur quelques descriptifs sur un présentoir pivotant dans la vitrine. Kentish Town n'était pas donné, mais il aurait pu y acheter un grand trois-pièces avec jardin pour le prix d'une chiotte dans le quartier verdoyant de Battersea.

Ayant repris haleine, il se relança cahin-caha à l'assaut de la côte. Alors qu'il soufflait de nouveau comme un bœuf, son téléphone portable sonna. Il entendit des couinements reconnaissables entre tous.

— C'est Bethell, m'sieur Thorne.
— J'avais deviné. Elles sont prêtes ?
— Oh... vous avez reconnu ma voix, hein ? dit Bethell en riant.

Thorne devait éloigner le téléphone de son oreille. La moitié des chiens du quartier devaient sans doute déjà être en train de foncer sur lui.

— Comment ça s'est passé, Kodak ?
— Ça aurait pu mieux se passer, en fait...

Quel con ! Il aurait dû prendre son appareil et s'en charger lui-même.

— Écoute, Bethell...
— Ne vous en faites pas, m'sieur Thorne, j'ai les photos. Et elles sont bonnes. Il se trouvait sur le seuil de chez lui à tripatouiller une suspension florale. Qu'est-ce qu'il fiche, ce type, au fait ? Il est dans les affaires, c'est ça ?
— Pourquoi ça aurait pu mieux se passer ?

Bethell ne répondit pas.

— Tu disais que ça aurait pu mieux se passer, insista Thorne.

Il entendit Bethell aspirer une longue bouffée d'une cigarette.

— Ouais, rien d'ingérable pour moi, mais une fois qu'il est rentré chez lui, y a un autre type qui s'est garé devant la maison et quand il est descendu de sa caisse, il a regardé autour de lui et, peut-être que le soleil a fait un reflet sur mon objectif, je ne sais pas, mais en tout cas, il m'a vu.

— Il ressemblait à quoi ?

— Je ne sais pas, moi — grand, une vingtaine d'années je dirais. Un peu le genre étudiant, voyez. Un peu grunge.

Le fils. Qui faisait un saut à la maison pour taxer quelques livres à papa, si Anne disait vrai.

— Qu'a-t-il dit ?

— Je vous entends mal, m'sieur Thorne.

— Qu'a-t-il dit ?

— Oh, eh bien, il m'a demandé ce que je faisais là. Je lui ai raconté que je faisais un reportage sur la vie des oiseaux en zone urbaine, et je l'ai regardé droit dans les yeux jusqu'à ce qu'il se casse. Pas de problème. J'ai pris deux ou trois photos de lui quand il s'est barré, en fait.

Thorne sourit. Il avait envoyé le mec qu'il fallait pour ce boulot.

— Et quand puis-je les avoir ?

— Bah, elles sont en train de sécher, là. D'ici deux petites heures ?

Le timing parfait.

— D'accord. Au *Bucket of Blood* aux alentours d'une heure ?

— C'est une bonne idée ?

Bethell avait raison. Thorne doutait d'y être accueilli les bras ouverts.

— Devant alors. Fais en sorte de ne parler à personne.

— J'y serai, m'sieur Thorne.

— Kodak, t'es le plus fort.

Il avait téléphoné au Royal London pour vérifier et apprit que la nuit de garde de Bishop était toujours celle du jeudi. On ne l'attendait pas avant l'heure du déjeuner. Avec un peu de chance, Thorne le coincerait chez lui. Il paraissait, c'était certain, reposé lorsqu'il ouvrit la porte vêtu d'un pull jaune citron d'aspect onéreux et arborant un sourire.

— Oh..., inspecteur Thorne, aurais-je oublié que vous deviez venir ?

Thorne remarqua qu'il regardait par-dessus son épaule, cherchant des yeux une voiture ou un collègue.

— Non, monsieur, c'est une démarche purement improvisée.

Plutôt gonflée, pour être honnête.

— Comment va votre crâne ?

Bishop, mains dans les poches, semblait détendu. Ils allaient papoter gentiment sur le seuil. Très bien.

— Beaucoup mieux, merci. Une bonne chose que j'aie la tête dure.

Bishop s'adossa à la porte. Thorne avait vue sur la cuisine, mais l'invitation à entrer ne venait toujours pas.

— Oui, c'est un peu l'impression que vous m'avez faite l'autre soir, chez Jimmy. J'ai passé une excellente soirée, d'ailleurs, et j'espère que vous ne m'en avez pas voulu de m'être montré un peu cynique.

— Ne soyez pas ridicule.

— Je ne peux pas m'en empêcher, parfois. J'adore les joutes verbales.

— Dès l'instant qu'elles demeurent verbales.

Bishop rit. Sa dentition ne présentait pas un seul plombage.

Thorne fit passer l'attaché-case dans son autre main.

— Moi aussi, j'ai passé une excellente soirée, c'est

d'ailleurs pourquoi j'ai pensé pouvoir m'autoriser la petite audace de vous demander un énorme service.

Bishop le regardait, dans l'expectative.

— Le hasard a voulu que j'aie dû passer voir quelqu'un à côté de chez vous pour une tout autre affaire, et mon adjoint a dû filer, sa petite amie a eu un léger accident...

— Rien de grave, j'espère ?

— Je ne crois pas, elle s'est coincé la main dans une porte, quelque chose comme ça, mais, bref, je me retrouve en carafe. Je dois faire un autre interrogatoire et je prends du retard, et comme vous habitiez à deux pas et que nous avions dîné ensemble...

Bishop passa à côté de Thorne, se pencha et ramassa des feuilles mortes dans un grand pot de l'allée.

— Demandez toujours.

— Ça vous ennuierait de me déposer au poste ?

Bishop releva la tête et le dévisagea durant quelques secondes. Thorne sentait qu'il n'était pas dupe du mensonge et regardait s'il le voyait inscrit sur son visage. Le contraire l'eût étonné. Thorne détourna les yeux vers les fleurs fanées.

— Elles devaient être belles il y a encore quelques semaines.

— J'envisage de mettre des plantes à feuillage persistant l'année prochaine. Des conifères nains et du lierre. C'est tellement de travail pour quelque chose qui meurt si vite.

Il froissa les feuilles mortes dans sa main et se redressa.

— Je vais en ville, en fait. Cela vous arrange-t-il ?

— Oui. Fantastique. Merci beaucoup.

— Il faut juste que je prenne mes clefs, et mes affaires. Entrez un moment.

Thorne suivit Bishop à l'intérieur et attendit dans l'entrée.

— Un photographe traînait dans les parages, hier, lui cria Bishop de la cuisine. Plutôt pénible. Je me demandais si vous étiez au courant.

Donc, apparemment, le fiston était rentré illico prévenir son père que Bethell se tapissait dans les fourrés ou ailleurs.

— Sans doute la presse qui furète. Ils sont un peu excités depuis la reconstitution télévisée du meurtre d'Helen Doyle. Vous l'avez regardée ?

— Non.

Thorne avait-il réellement perçu un soupçon d'hésitation chez Bishop avant qu'il ne réponde ?

— J'ignorais qu'ils feraient un lien avec l'agression d'Alison Willetts.

Ils n'en avaient point fait.

— Non, mais quelqu'un a pu divulguer la liste des personnes que nous avons interrogées. Ce sont des choses qui arrivent, malheureusement. Je vérifierai, si vous voulez.

Bishop s'engagea dans le couloir à grands pas en enfilant une veste sport. Il attrapa ses clefs sur la table de l'entrée.

— Je n'aimerais pas me voir étalé à la une du *Sun*.

Il ouvrit la porte et s'effaça pour laisser sortir Thorne.

— Remarquez...

Il referma la porte derrière lui et posa la main sur l'épaule de Thorne alors qu'ils se dirigeaient vers la voiture.

— ... une photo discrète en page 3 du *Daily Telegraph*, ce serait une autre affaire. Cela pourrait bien impressionner quelques jeunes infirmières.

Bishop s'installa au volant et Thorne fit le tour du véhicule pour gagner la portière passager. Il s'arrêta derrière et brandit son attaché-case.

— Je peux fourrer ça dans le coffre ?

Il vit Bishop lui lancer un regard dans le rétroviseur et sourit en entendant le déclic du coffre ouvert de l'intérieur.

Tandis que la Volvo filait le long d'Albert Embankment, Bishop inséra un CD dans le lecteur. La stéréo se situait indubitablement un cran au-dessus de la radio de la Mondeo de Thorne qui faisait un bruit de casserole. Certains devaient penser que la musique country s'écoutait mieux ainsi. Bishop lui lança un regard de biais.

— Pas très classique ?

— Pas vraiment. Mais ça, c'est pas mal. C'est quoi ?

— Mahler. *Kindertotenlieder.*

Thorne attendit la traduction — qui, étonnamment, ne vint pas. La voiture était immaculée. Elle sentait toujours le neuf. Lorsqu'il s'arrêtait à un feu, Bishop tambourinait sur le levier de vitesse en noyer, son alliance cliquetant contre le bois.

— Vous connaissez Anne depuis longtemps alors ?

— Mon Dieu, depuis toujours. Nous sortions les lits dans les rues ensemble lorsque nous étions étudiants. Moi, Anne, Sarah et David.

Il rit.

— Je suis sûr que c'est pour ça que tant d'hôpitaux en manquent. Tous ont été poussés dans des rivières par des étudiants farceurs.

— Elle m'a appris pour votre femme. Je suis navré.

Bishop opina de la tête en lançant un coup d'œil dans

son rétroviseur extérieur alors qu'aucune voiture ne se trouvait derrière eux.

— Je n'arrive pas à croire que le temps soit passé si vite, pour être franc. Dix ans, c'est dix mois, à vrai dire.

— J'ai perdu ma mère il y a dix-huit mois.

Bishop hocha la tête.

— Mais vous n'êtes pas responsable, hein ?

Thorne serra les dents.

— Pardon ?

— L'accident, j'en suis responsable, voyez-vous. J'étais ivre.

Anne n'y avait pas fait allusion. Thorne le dévisagea.

— Ne vous inquiétez pas, inspecteur, je ne conduisais pas, il n'y a pas d'enquête à rouvrir. Mais Sarah était fatiguée, et elle avait pris le volant parce que j'avais bu un verre de trop. Je dois vivre avec ça, je le crains.

Tu dois vivre avec beaucoup de choses.

— Ça n'a pas dû être facile d'élever deux enfants ? Ils ne devaient pas être très âgés.

— Rebecca avait seize ans, et James quatorze et, non, ça a été un fichu cauchemar, en fait. Dieu merci, je gagnais déjà bien ma vie à l'époque.

Il pila comme l'automobiliste devant eux décidait de ne pas griller le feu rouge. Thorne fut plaqué contre son siège. Bishop tourna la tête vers lui.

— Sa poitrine a été complètement écrasée.

Pourquoi devrais-je m'apitoyer sur toi ?

— J'ai vu Alison hier. Anne testait un moyen de communiquer. Elle va sans doute vous raconter tout ça...

Puis, menus propos pendant la traversée du Waterloo Bridge et l'entrée dans le West End.

Bishop mit ses warnings tandis qu'il se garait sur Long Acre pour laisser Thorne sauter de voiture.

— Ici, ça vous convient ?

— Parfait. Merci encore.

— Pas de problème. Je suis sûr que nous serons amenés à nous revoir.

Thorne claqua la portière. La vitre électronique s'ouvrit.

— N'oubliez pas votre attaché-case...

Il roula lentement dans Covent Garden, monta jusqu'à Holborn, puis fit demi-tour vers Soho. Il fonça dans des rues étroites bordées de boutiques ouvertes depuis peu aux intérieurs surchargés de chrome et baignant dans des lueurs de lampes magma. « Faire des repérages », pour reprendre l'expression en vigueur, sauf erreur de sa part, dans les milieux cinématographiques. Repérer les lieux où il pourrait trouver la prochaine. Les possibilités ne manquaient pas, et la sélection serait meilleure à la nuit tombée, mais il avait juste envie de se plonger dans l'atmosphère.

Il crispa les doigts sur le volant. Il ne savait toujours pas trop le jeu que jouait Thorne. Il lui simplifiait tant le travail, et pourtant, les résultats se révélaient loin d'être satisfaisants. La seule chose à laquelle il ne s'attendait pas, c'était l'incompétence. Cruelle erreur. La plupart du temps, il contrôlait la situation, ce qui lui permettait, à ces moments-là, de faire avancer les choses vers le résultat escompté et approprié. Pourtant, il connaissait aussi des moments de doute. Il avait alors l'impression que l'inattendu pouvait surgir au coin de la rue, lui foncer dessus et plonger tout dans la confusion la plus totale. Il n'aimait pas les surprises.

Depuis des années, déjà.

Il avait décidé de s'en tenir, grosso modo, au même schéma, mais en y apportant de menus changements. Les pubs lui avaient plutôt réussi, sans oublier, bien entendu, la discothèque au sud de Londres, mais il désirait s'adapter à la démographie. Et s'il donnait dans le haut de gamme ? Un endroit truffé de bois laqué et d'acier reluisant où les décibels réduisaient les conversations à des bribes hurlantes. S'il entreprenait une petite chose bourrée de pilules et d'alcopops ? La moitié du boulot serait déjà fait.

Tout ce qu'il avait à faire, c'était rouler derrière les bus de nuit...

Oui, elle serait sans doute très jeune. Encore plus jeune qu'Helen. Et beaucoup plus chanceuse. La réussite lui épargnerait bien d'autres années de luttes et de vergetures. Il ne la raterait pas, celle-là, comme Alison. Si elle avait le cœur assez fort pour, même tout près de la mort, continuer à propulser le sang dans tout son corps, alors elle serait prise en charge.

Il regarda autour de lui les autres automobilistes noyés dans leurs voitures, les piétons suffoquant, les commerçants asphyxiés à petit feu. Tous mouraient un peu plus de jour en jour. Il n'était pas en mesure de tous les aider, mais à l'un d'eux, très bientôt, seraient données de bonnes chances de s'en sortir.

Alors, peut-être Thorne commencera-t-il à faire correctement son travail.

Leur baiser, lorsque Anne lui ouvrit la porte de son bureau, fut un peu gauche. Leurs sourires, sincères et non professionnels. Tous deux avaient envie de plus. Ils allaient devoir attendre.

Le tableau noir se trouvait contre le mur. Thorne fit un pas vers lui.

— Ce doit être le moyen de communication dont Jeremy m'a parlé.

Elle parut très surprise.

— Vous l'avez vu ?

Il haussa les épaules.

— Il m'a déposé en ville ce matin.

À présent, il avait bel et bien quelques broutilles dans son attaché-case.

— Oh !

Elle s'approcha et, timidement, effaça les gribouillages à la craie les plus illisibles. Maintenant, sous le contour de lettres, se devinaient deux petites flèches, l'une pointée vers le haut, l'autre vers le bas.

— C'est... évolutif. J'ai bon espoir.

Il aurait voulu avoir un élan vers elle, l'autre soir, après dîner. Pour toutes sortes de raisons. À présent, c'était plus difficile.

— J'ai demandé à un collègue au boulot de regarder pour moi sur Internet, dit-il. Il y avait des tas de... machins.

Anne sourit.

— Oh, oui. Si Alison récupère une motricité significative, il existe des fauteuils roulants électriques incroyablement sophistiqués. Même si elle demeure dans son état actuel, il y a le système *Eyegaze* qu'on peut commander par un simple battement de paupière. Elle pourrait manipuler une souris et se servir d'un ordinateur grâce à une synthèse vocale. Elle pourrait parler. Elle pourrait contrôler presque tous les éléments de son environnement immédiat.

— Tous horriblement chers, je présume ?

— Vous pouvez me croire : j'ai eu de la chance de trouver ce tableau. Un café, ça vous dit ?

Thorne avait envie de choses dégoûtantes de toutes

sortes. De les faire là, tout de suite, sur son bureau. Il avait envie qu'elle le pousse dessus à reculons, faisant s'éparpiller les notes par terre. Il avait envie de se débraguetter et de la regarder s'avancer vers lui, souriante, en remontant sa jupe...

— J'aimerais bien voir Alison.

— Bon, vous montez pendant que je vais nous chercher des cafés à la cantine. Vous connaissez le chemin, n'est-ce pas ?

La chambre était moins encombrée de machines que la dernière fois. Elle lui donnait toujours l'impression d'avoir pris l'ascenseur jusqu'au sous-sol et de se retrouver par erreur dans la chaufferie, mais bon, il y en avait beaucoup moins. Alison semblait moins enchaînée. Il vit un bouquet de fleurs fraîches — cadeau de son petit ami, supposa-t-il. Il se fit la réflexion qu'il n'avait jamais rencontré Tim Hinnegan. Il n'avait aucune idée de ce à quoi il ressemblait, de ce qu'il faisait dans la vie. Il se renseignerait auprès de Holland.

Et puis, merde. Il se renseignerait auprès d'Alison. Quand il aurait du temps devant lui.

Il avait envie de pisser et alla en hâte profiter des commodités d'Alison. Cuvette basse en métal, lavabo, poubelle tape-à-l'œil. Poignées vissées dans les murs jaune lavasse à diverses hauteurs et selon divers angles. Il tira la chasse et s'aspergea le visage d'eau froide.

Il s'assit sur la chaise la plus proche du lit, et la regarda. Elle avait les yeux grands ouverts, sa paupière droite tressautait — mouvement infime mais, apparemment, incessant. Il trouva incroyablement difficile de la regarder droit dans les yeux. Son regard impassible le défiait — fantasme, il le savait bien, néanmoins il se sentait gêné. Combien de temps soutient-on un regard ?

Même celui d'un proche ? Quelques secondes ? Alison le regarderait au fond des yeux tant qu'il s'en accommoderait. Il se rendit très vite compte, en éprouvant un sentiment proche de la honte, qu'il ne tenait pas longtemps.

Il lui prit la main et la serra fort contre la couverture. La soulever du lit serait revenu pour lui à... abuser de la situation.

— Bonjour, Alison. C'est l'inspecteur Thorne.

Il rougit, se souvenant qu'elle le fixait depuis une bonne minute. Il commençait à suer. Il tira la chaise plus près du lit et serra plus fort la main d'Alison.

— Vous devez en avoir marre des gens aussi bêtes que moi.

Alison battit des cils. La lenteur du mouvement vers le bas était probablement normale mais, pour Thorne, elle induisait une lassitude amusée. Une fraction de seconde, il crut sentir un frisson parcourir les doigts d'Alison, et il leva les yeux vers son visage, en quête d'une confirmation. Il n'en vit point. Combien de ses amis, assis à son chevet, avaient ressenti la même chose ? Combien d'entre eux avaient appelé une infirmière en criant, puis étaient repartis en se traitant d'imbécile ?

Il commençait à se sentir réellement à l'aise. Le léger bourdonnement des machines, apaisant, soporifique, lui procurait une sensation assez proche de l'ivresse. Une conversation agréable l'attendait. Anne allait surgir avec le café d'un moment à l'autre, mais il y avait une question qu'il ne pouvait poser en sa présence.

Lâcher sa main petite et tiède lui fut difficile, mais il devait ouvrir l'attaché-case. De l'enveloppe rigide en papier kraft, il sortit une photographie noir et blanc de format 18 × 24 et la colla contre lui en se demandant comment formuler la question.

Elle reconnaîtrait Bishop, forcément. Il était présent dans cette chambre avec Anne la veille, après tout. Il ne recherchait pas une identification. Il espérait apprendre autre chose, en fait. Percevoir autre chose. Qu'elle le reconnaissait au-delà de ce à quoi il s'attendait.

Il savait que rien de ce qui se passerait dans cette chambre ne constituerait des preuves recevables. Il savait aussi d'instinct qu'il ne pouvait lui demander tout de go si le visage qu'elle allait voir appartenait à l'homme qui l'avait conduite ici. Dieu seul mesurait sa fragilité. Son esprit était très certainement confus, désorienté, encore maintenant. Il devait y aller mollo.

Autant il désirait le faire, autant il ne pouvait la blesser.

— Alison, je vais vous montrer une photo.

Il la brandit. Durant quelques instants, il ne dit rien. On n'entendait que le bourdonnement incessant des machines.

— Vous avez déjà vu cet homme, n'est-ce pas ?

Ses yeux demeuraient rivés sur ceux d'Alison.

Un battement de paupière.

Son téléphone portable sonna.

Anne, qui n'avait pas envie que les cafés refroidissent, s'était efforcée de réduire au minimum la conversation avec l'administrateur. Il l'avait coincée à la caisse et les quelques bribes de son monologue qu'elle n'avait pu faire autrement qu'assimiler l'avaient aussitôt tétanisée d'ennui. Cet individu dégageait une tristesse pathologique qui, à supposer qu'il devînt visiteur hospitalier, pourrait faire régresser de plusieurs dizaines d'années l'état de patients comateux. Elle avait souri, acquiescé. Dieu seul savait à quoi elle avait consenti.

À présent, tandis qu'elle se dirigeait vers la chambre d'Alison, elle se demandait si Thorne partageait son sentiment — celui d'avoir un rendez-vous d'amoureux bizarre autour d'un café, chaperonnés par Alison.

C'était attentionné de sa part de s'être renseigné sur Internet au sujet de la maladie d'Alison. Elle-même devrait faire des recherches. Elle se tenait au courant, évidemment, des progrès technologiques facilitant la vie des personnes atteintes d'infirmités permanentes — du moins, celles bénéficiant d'indemnités substantielles versées par une assurance privée — mais les choses avançaient vite, et elle serait sans doute mieux informée par le Net que par les revues médicales courantes.

Elle n'avait aucune idée si Thorne était doué dans son métier. Manifestement, il ne le prenait pas à la légère, il s'investissait à fond. Dans sa branche, s'investir à fond n'était pas forcément une bonne chose. Elle ne doutait pas de l'opinion de Jeremy sur cette question.

Tenant un gobelet dans chaque main, elle poussa d'un coup d'épaule la porte de la chambre d'Alison et la referma d'un coup de hanche. Elle se retourna et vit Thorne debout à la fenêtre. Il regardait dans le vide. Elle avisa la chaise au chevet d'Alison et comprit tout de suite que quelque chose n'allait pas.

— Tom ?

Elle voyait la crispation de sa mâchoire. Son visage avait la pâleur de celui d'un cadavre.

— Quelqu'un a contacté mon bureau... mon ancien bureau, anonymement.

Il tourna lentement la tête vers le lit, mais Anne

voyait qu'il fixait un point sur le mur du fond, au-dessus de la tête d'Alison. Il baissa le regard sur la jeune femme, l'y attarda une seconde ou deux, puis se détourna et, à pas lents, sortit de la chambre.

Anne posa les cafés sur la table de chevet et le suivit. Il attendait dans le couloir. Lorsque la porte se fut refermée, il fit un petit pas vers Anne et d'une voix calme à la fureur contenue, lui dit :

— On m'accuse d'avoir agressé sexuellement Alison.

Le rythme criard et hypnotique de la musique court-circuitait l'esprit de Thorne, orientait ses pensées jusqu'aux recoins sombres de sa tête qu'il préférait, en général, éviter. Il était assis par terre, adossé au canapé, la canette de bière fraîche contre sa joue.

Keable avait tenté de calmer ses esprits.

— Ne vous inquiétez pas, Tom, il est évident que ce n'est rien. Juste un dingue qui prétend que c'est quelqu'un de l'hôpital qui le lui a raconté. Personne ne prend ça au sérieux — ce n'est pas comme s'il l'avait entendu de la bouche d'Alison Willetts, hein ?

Insensible au dernier degré, mais Thorne était tout de même soulagé de ne pouvoir le contredire. Il laissa sa tête retomber en arrière sur le coussin du canapé et il regarda le plafond.

Il imagina toucher Alison.

Il imagina entendre Jeremy Bishop supplier.

La sonnette retentit. Lentement, il se leva. Il alla ouvrir la porte et retourna illico par terre contre le canapé. Les formalités d'usage lui paraissaient superflues. Anne entra et s'arrêta près de la cheminée. Elle laissa tomber son sac, ôta son imperméable et passa cinq secondes à examiner la pièce. La première chose qu'elle remarqua fut la bière.

— Je peux ?

Elle s'avança en lissant sa longue jupe noire. Thorne prit une canette de bière blonde dans le pack de quatre déchiré à côté de lui et la lui tendit.

— Je ne connais pas cette marque.

— Je me doute. Vin cher et bière pisseuse bon marché. Ne me demandez pas pourquoi.

— Pour avoir le plaisir de boire sans la sensation d'être ivre ?

— Ce n'est certes pas la raison.

Anne s'assit sur le canapé derrière lui, à sa droite.

— Tom, le coup de fil. Ce n'est qu'un pervers.

Il écrasa à moitié sa canette dans son poing, puis s'arrêta et la posa doucement à côté des autres.

— Je sais très bien qui c'est.

— Bah, il ne faut pas que vous soyez contrarié pour autant, c'est idiot.

Il lui lança un regard par-dessus son épaule.

— Non, je ne suis pas contrarié.

Anne vit dans ses yeux que sa part charmante, la part qui lui faisait acheter des fleurs pour Alison, était loin de constituer toute son histoire. Aussi difficile que cela soit d'envisager une telle chose, elle préférait ne pas compter cet homme parmi ses ennemis.

Elle but une longue goulée de bière et fit un geste vers la stéréo.

— C'est qui ?

— Letfield. Le morceau s'intitule *Open up*.

Elle écouta une petite minute. Détesta.

— C'est John Lydon au chant, dit Thorne comme si cela faisait une différence.

— Ah oui...

— Johnny Rotten... les Sex Pistols ?

— Malheureusement, même pour eux, j'étais un peu trop vieille. Quel âge avez-vous alors ? Quarante ?

— Depuis quelques mois. J'avais dix-sept ans à la sortie de *God Save The Queen*.

— Mon Dieu ! Je faisais déjà ma troisième année de médecine.

— Je sais. Vous poussiez des lits dans des rivières.

Elle lui décocha un regard que le père de Thorne aurait certainement qualifié de « look femme fatale ».

— Et vous, que faisiez-vous ?

Je ne fréquentais pas l'université, songea Thorne. Pour de nombreuses raisons, il le regrettait.

— Je m'apprêtais à entrer dans la police, je suppose, et je gérais mon acné.

Voulais devenir flic avant tout. Voulais que mes parents soient fiers de moi. Voulais faire le bien et autres idées crétines dont on l'avait, si brutalement, détrompé.

Anne vida sa canette et Thorne lui en tendit une autre. Ils demeurèrent silencieux quelques instants, plongés dans leurs souvenirs respectifs, ou le laissant croire.

— Merci d'être venue, au fait. En voiture ?

— Oui. La galère pour se garer, c'est dingue.

Thorne opina de la tête.

— Ça me fait du bien de sortir, à vrai dire. Rachel et moi nous tapons un peu sur les nerfs en ce moment.

— Ah oui ?

— Elle doit passer la session de rattrapage alors qu'elle pensait que l'examen serait derrière elle. Du coup, elle... n'est pas à prendre avec des pincettes.

Thorne se souvint de sa première rencontre avec Anne Coburn dans un amphithéâtre du Royal Free. Ne pas être à prendre avec des pincettes, c'était de famille, apparemment.

Anne rebut une gorgée de bière. Y prenant plaisir.

— C'est la traditionnelle crise de l'adolescence, je suppose. Elle ne s'est pas encore fait mettre un piercing au nombril et n'a pas repeint sa chambre en noir, mais ce n'est sans doute qu'une question de temps.

— Ça lui passera.

— Tout comme l'intérêt porté à Alison.

— C'est exact, il n'y aura pas d'enquête ni rien. Personne ne prend ça au sérieux.

— Sauf vous.

— Puisque c'est ce qu'il veut.

Il avait craché le « il » comme si ce mot avait mauvais goût.

— Pourquoi n'en parlez-vous pas alors ?

— Anne, je n'ai pas besoin d'un psy. Ni d'une mère.

Elle se tortilla jusqu'au bord du canapé et inclina le buste en avant, baissant la tête.

— Très bien. Vous préférez qu'on aille au lit ?

Thorne avait toujours pensé que s'étrangler de surprise en recrachant sa boisson n'arrivait que dans *Terry and June*, pourtant il réussit avec brio à recracher une belle partie de sa bière sur ses genoux. Ce moment sitcom déclencha chez lui un rire inextinguible.

Anne se mit à rire, elle aussi, mais, en prime, elle avait rougi jusqu'aux bouts des ongles.

— Eh bien, merde alors... je ne sais pas ce qu'on est censé dire...

— Je pense que vous venez de le dire.

Elle se laissa glisser sur le sol à côté de lui.

— Alors ?

— Bah, ce fute est tout taché de bière de chez Tesco. Je vais être obligé de le retirer...

Il se pencha vers elle et l'embrassa. Elle posa sa bière et nicha la main dans le creux de son cou. Il interrompit son baiser, baissa les yeux.

— Hé, cette moquette me rappelle de mauvais souvenirs et je ne suis toujours pas cent pour cent sûr de l'avoir débarrassée de l'odeur de vomi...

— Sale roublard enjôleur.

— Alors, la suite palatiale ?

Elle fit oui de la tête et ils se levèrent. Une légère gêne subsistait entre eux. Ils ne s'étaient encore abandonnés en rien, mais se prendre par la main eût semblé un peu idiot tout de même. Thorne ouvrit la porte de la chambre.

— Il faut que je vous prévienne, il y a une grande Vierge suédoise.

Anne lui décocha un regard interrogateur, puis le porta sur la pièce pour ne voir qu'une petite armoire qui détonnait, une commode et un lit fait au carré. Elle ne comprit pas.

— Le lit..., dit Thorne en l'attirant contre lui. Aucune importance...

Thorne se réveilla et se tourna vers le réveil. Il était près de deux heures du matin et le téléphone sonnait. Il fut tout de suite pleinement éveillé. Il se glissa hors du lit et fonça, nu, au salon où son portable se rechargeait sur son socle juste à côté de la porte d'entrée. Le chauffage ne devait pas être coupé depuis longtemps, mais un froid glacial régnait déjà dans l'appartement.

— Chef, navré, il est très tard. C'est Holland.

Thorne colla le téléphone contre son oreille et s'enroula le bras autour de son épaule. Il entendait toujours Letfield. Il avait réglé le CD sur « répétition » et oublié de l'arrêter.

— Oui ?

— On a peut-être du nouveau. Une femme a téléphoné. Elle a vu la reconstitution — elle s'est demandé pendant deux jours si elle devait appeler.

— Continuez.

— Il y a neuf mois, un type a frappé chez elle en prétendant se rendre à une soirée et ne pas trouver l'adresse. Il lui a paru très bien, voyez, très aimable. Elle l'a invité à entrer. Il portait une bouteille de champagne.

Les frissonnements de Thorne cessèrent.

— Pour l'instant, je n'en sais pas beaucoup plus, chef. Allez comprendre pourquoi il est reparti, et elle n'y a plus vraiment repensé jusqu'à l'émission. Elle croit pouvoir nous donner un signalement précis, tout de même.

— Tughan est-il au courant ?

— Oui, chef. Je lui ai déjà téléphoné.

Thorne éprouva une pointe d'agacement, mais il savait bien que Holland n'aurait pu faire autrement.

— Qu'a-t-il dit ?

— Il a trouvé ça encourageant.

— Et sur moi ?

Il sentit que Holland cogitait.

— N'épargnez pas ma susceptibilité, Holland, je n'en ai aucune.

— Il a fait une vanne sur vous et Mlle Willetts, chef. Je ne me rappelle pas bien — juste une plaisanterie, vraiment.

Personne ne prend ça au sérieux.

— Quand allez-vous l'interroger ?

— Avec l'inspecteur Tughan, on va la voir demain matin.

Thorne nota toutes les coordonnées de la dame, nom

et adresse, sur un Post-it à côté du téléphone. Son bourdonnement d'oreilles réactionnel s'était un peu estompé et il sentait de nouveau le froid. Il avait envie de retourner au lit.

— Merci bien, Holland. Une dernière petite chose...

— Ne vous inquiétez pas, chef, je vous appelle dès qu'on l'aura vue.

— Super, merci. Mais j'allais dire que si jamais on vous demandait des nouvelles de votre petite amie, elle s'est coincé la main dans une porte ce matin.

Dès qu'il eut raccroché, Thorne se rendit compte qu'il était tout à fait réveillé. Il coupa la musique et parcourut le salon armé d'un sac-poubelle, collectant les canettes de bière vides. L'espace d'un instant, il fut tenté de regarder ce que contenait le sac d'Anne, toujours posé là où elle l'avait jeté. Avait-elle prévu d'emporter des sous-vêtements de rechange ?

Il préféra aller chercher la couette d'ami dans le placard de l'entrée, et il s'assit sur le canapé du salon plongé dans le noir.

Et lui, dans ses réflexions.

Les choses avançaient vite. Il avait connu des affaires desquelles il s'était senti exclu — parce qu'il les abordait sous un autre angle — mais, cette fois, il faisait toujours, ne serait-ce que nominalement, partie de l'équipe. C'était différent. Il s'était senti bien en sortant du bureau de Keable, mais quelques minutes plus tard, il se demandait s'il avait pris la bonne décision. Il se le demandait toujours.

Il savait pourquoi il s'était retiré. Quoi que Keable ait dit à ses supérieurs au sujet d'intrigues de bureau et d'incompatibilité d'humeur, on en revenait tout de même au jugement.

Qu'ils en émettent un ; que lui en manque.

Son jugement, le leur, et celui de ceux disparus depuis longtemps. Mais le jugement des morts n'était pas toujours infaillible. Toute condamnation basée sur ces témoignages-là serait sûrement contestable. Un seul homme pouvait le juger.

Et Tom Thorne était le juge le plus impitoyable de tous.

Il songea à la femme endormie dans son lit. Anne n'était pas sa première maîtresse depuis Jan. Il se souvenait de pelotages avinés avec une jeune sergent ambitieuse, et d'une passade avec une secrétaire juridique — mais c'était la première fois qu'il avait la trouille, après coup.

Autrefois, Anne était sortie avec Bishop. Thorne ne savait pas encore jusqu'où ils étaient allés et, de toute façon, cela n'avait aucune importance. L'assassin qui avait failli lui foutre sa vie en l'air avait autrefois fait l'amour avec la femme qui, au moins pour le moment, partageait son lit. Il se demanda soudain s'il se pouvait que Bishop fût jaloux. Cela se tenait. Le coup de fil anonyme, l'accusation lui avaient paru un peu... indignes de lui. Se pouvait-il que l'agression dans cette pièce ait été, au moins en partie, une façon de l'avertir de se tenir à distance d'Anne ? Pour couronner le tout, existait-il une rivalité sexuelle ? Cette idée était réconfortante. Elle lui permit de commencer à retrouver le contrôle de la situation. Il l'avait senti lui échapper au fur et à mesure que la colère l'avait submergé après l'accusation portée contre lui au sujet d'Alison. À présent, il était plus calme.

Flash-back sur l'hôpital. *Oh, il saura très exactement à quel genre j'appartiens.*

Un homme formé pour sauver des vies en prenait au

nom d'un principe que Thorne ne comprendrait jamais — et ne cherchait même pas à comprendre.

Si Thorne voulait l'arrêter, il était primordial qu'il conserve l'initiative.

Il alla chercher le téléphone, se roula en boule sur le canapé et composa le code 141...

Quelques instants plus tard, il retourna à pas de loup dans la chambre, se glissa sous la couette et resta allongé, incapable de dormir.

Vers quatre heures, Anne se réveilla et le secourut de son mieux.

Comment vous sentez-vous ?

Une question que l'on me pose chaque jour. Souvent plus d'une fois. Non que je ne comprenne pas pourquoi. C'est plutôt le côté il-faudrait-quand-même-que-je-dise-quelque-chose qui me dérange. C'est mieux que de rester clouée ici à regarder la pendule en me demandant quelle infirmière me torchera, je suppose. C'est ça, l'hôpital. Étrangement, il pousse les gens à acheter des fruits, à respirer par la bouche et à poser des questions idiotes. Mais à quoi bon les questions, bordel de merde ! Ne me posez pas de questions ! Parlez-moi de vous, si ça vous chante. J'ai une bonne écoute. Qui devient meilleure de jour en jour. Parlez-moi de tout ce que vous voulez. Faites-moi mourir d'ennui. Asseyez-vous là et plaignez-vous que votre patron ne vous comprend pas, ou que votre mari n'a plus envie de faire l'amour avec vous, ou que ça vous plairait de voyager, ou que le métier d'infirmière est mal payé, ou que vous aimez picoler l'après-midi, mais ne-me-demandez-rien.

Comment vous sentez-vous ?

Vous n'espérez tout de même pas obtenir une réponse, hein ? Je vous casserais les pieds si jamais je décidais de jouer le jeu. Si je voulais répondre un lapi-

daire « Pas mal, merci, et vous ? », cela prendrait, vu mon niveau actuel en battements de paupière et en tenant compte du facteur fatigue, approximativement trois quarts d'heure. Que je vous excuse de me l'avoir demandé ? Bah, dans ce cas, abstenez-vous-en.

Comment vous sentez-vous ?

Heureuse de votre présence, ne vous méprenez pas. Vous tous. Visiteurs, infirmières passant leur bobine par l'entrebâillement de la porte, personnel d'entretien. Dites bonjour. Entrez et mentez-moi. Seulement, ne soyez pas prévisibles. La seule raison pour laquelle vous me posez la question, en fait, c'est que vous ne pouvez pas le savoir avec exactitude rien qu'en me regardant. Bon, vous pourriez oser une supposition follement hasardeuse. Vous pourriez peut-être même tomber juste. Vous n'auriez pas besoin du coup de fil à un ami, hein ? Je gis sur un lit d'hôpital. Totalement bousillée. Il y a peu de chances que je sois au septième ciel. Mais, le plus souvent, il est inutile de demander aux gens comment ils vont. C'est évident. Ça se voit si quelqu'un est heureux ou fatigué, ou s'il s'emmerde, parce que c'est écrit là, sur son visage. Mais le mien ne révèle pas grand-chose. Il doit bien faire passer quelque chose, je suppose, mais je ne peux que m'en tenir à des conjectures, vraiment. S'il existe une expression pour « Fermé » ou « Partie déjeuner », elle est sans doute là ou pas loin.

Comment vous sentez-vous ? Bon, si vous insistez...

Furieuse. Idiote. Optimiste. Lasse. Fatiguée. Réveillée. Énervée. Reconnaissante. Enchantée. Irritée. Violente. Calme. Rêveuse. Merdique. Confuse. Bête. Laide. Nauséeuse. Affamée. Inutile. Différente. Excitée. Pessimiste. Honteuse. Aimée. Oubliée. Monstrueuse. Égarée. Soulagée. Seule. Terrorisée. Stone. Sale. Morte...

Excitée ? Oui, je sais, très bizarre, navrée. Mais je suis allongée ici sur ce matelas sexy qui gémit, sans oublier l'infirmier à tomber raide qui n'est peut-être pas gay, tout compte fait. Alors...

Confuse, je l'ai dit ? Oui.

Souvent. Par exemple, pourquoi Thorne m'a-t-il montré une photo du Dr Bishop ? J'avais l'impression qu'il avait une idée derrière la tête. Peut-être est-ce comme ça lorsqu'on devient sourd ou aveugle et que vos autres sens s'affinent par compensation ? Comme la plus grande partie de moi est bousillée, je deviens peut-être un peu sorcière, quelque chose comme ça. Je sentais qu'il avait envie de me poser des questions, mais son portable a sonné et il s'est mis à parler tout bas avec un drôle d'air.

Personne ne m'a encore dit ce qui s'était passé. Pas vraiment. Au moment du crime, je veux dire. Je sais ce qu'il m'a fait...

Mais je ne sais toujours pas pourquoi.

11

Il monta à Waterloo. Huit stations, direct, par la Bakerloo Line. Voiture bourrée à craquer, exactement comme il les aimait. Parfois, il devait laisser passer deux ou trois rames pour attendre la bonne. Rien ne servait de grimper au forcing lorsque la voiture ne présentait aucun intérêt. Il regarda la rame surgir du tunnel en vrombissant, ignorant les autres usagers qui avançaient à petits pas vers le bord du quai. Il balaya du regard les voitures au fur et à mesure qu'elles passaient devant lui, faisant son choix.

Il lui faudrait sans doute procéder par étapes avant d'arriver au bon endroit, mais il évoluait aisément parmi la foule des banlieusards. Il aimait cette cohue. Il adorait surmonter la sueur, les nœuds de colère contenue et les bruissements de journaux avant de se retrouver en bonne place.

En général, il ne lui fallait pas longtemps pour la repérer.

Aujourd'hui, elle était grande, à peine deux ou trois centimètres de moins que lui. Elle portait ses cheveux bruns coupés au carré, et des lunettes grâce auxquelles elle tentait, vu les circonstances, de capter le plus possible de son exemplaire de *The Beach*. Il y avait toujours le risque, bien entendu, qu'elle descende avant lui.

Avant qu'il ait eu la possibilité de s'approcher d'elle. Elles étaient si nombreuses à descendre à Oxford Circus ou à Baker Street. Il n'était pas trop déçu dans ces cas-là. Le lendemain venait toujours. L'heure de pointe demeurait d'une prévisibilité enchanteresse.

Il réussit sa première prise de contact lorsque la rame s'arrêta à Piccadilly Circus. Lors de ce merveilleux soubresaut concomitant à l'arrêt du train. Trente secondes plus tard, une autre chance s'offrirait à lui au moment du redémarrage. Celle-là, il se trouvait derrière elle. Parfois, il préférait être face à face. Pour voir leur expression lorsqu'il détournait à moitié les yeux ou leur servait un mouvement d'épaules en guise d'excuse. Et il adorait leur poitrine, évidemment. Mais là, c'était sa position préférée. Il aimait le frôlement de leurs fesses contre son entrejambe. Il pouvait placer sa main moite dans le creux de leurs reins pour reprendre l'équilibre. Il pouvait humer l'odeur de leurs cheveux. Et, le meilleur, il pouvait se retourner vers la personne derrière lui s'il le fallait et lancer une vaguelette de regards et de soupirs accusateurs tandis que son excitation grandissait.

Celle-là s'était fait un shampooing le matin même. Il se demanda si elle avait fait l'amour la veille. Si elle s'était douchée, rincée pour chasser l'odeur, c'était dommage, mais il aimait tout de même le parfum de ses cheveux. Et autre chose germant à la base de sa nuque. La rame ralentit et s'arrêta dans le tunnel entre Oxford Circus et Regent's Park. Autre charmante petite poussée.

Dans l'immobilité de la rame, il s'accorda le temps de songer à ce qu'il devait faire dans la journée. Un face-à-face ce matin. Il les appréciait beaucoup. Il aimait diriger. Il cernait bien les gens, il le savait. Eux, en revanche, ne le cernaient jamais.

La rame repartit avec un soubresaut profitable. Plus que quatre stations. Peut-être encore une avant le grand saut. Elle regardait intensément son livre, mais elle pensait à lui, il le savait. Elle le méprisait. C'était bien. Qu'elle pense que c'était fini. Qu'elle se détende, croie qu'il avait changé de place ou était descendu sans qu'elle s'en aperçoive. Elle ne s'autoriserait pas à lancer un coup d'œil par-dessus son épaule pour vérifier. Il attendrait d'avoir quitté Marylebone.

La rame s'ébranla vers son terminus. Cette fois, elle l'avait senti tout entier, il en était certain. Cela dura une seconde, pas plus, mais il avait senti la raie de ses fesses, le coton de sa longue jupe noire contre le polyester de son pantalon de travail. Il l'avait sentie se crisper.

Une fois seulement, l'une d'entre elles l'avait affronté. Elle était descendue de la rame, puis s'était retournée et lui avait hurlé dessus. Les autres passagers le regardaient, mais il avait souri d'un air innocent, levé les mains et s'était fondu dans la mêlée de ceux qui montaient dans la voiture. Une fois seulement. Les risques étaient faibles. Évidemment, si ça devait en arriver là, il disposait d'un bon argument dans sa manche.

C'était le moment qu'il préférait. Une bonne dernière, et bye. En cet instant qui ne durait qu'une ou deux secondes avant que les portes s'ouvrent, il se colla à elle et s'imprégna de tout. La sensation de son érection contre son cul, son visage contre sa nuque. Une intimité à couper le souffle. Ils pourraient être deux amants pelotonnés l'un contre l'autre dans un lit, la nuit, entre des draps moites et odorants...

Puis, jouer des coudes dans la foule vers les portes pour descendre. Au moment où il se glissa devant elle, il la vit lever les yeux de son livre. De près, elle était loin d'être une beauté, mais il s'en moquait. Seules importaient réellement la tension qu'il voyait sur ses traits et la chaleur qu'il ressentait dans son sexe. Ce n'était qu'un jeu, après tout. Les risques de la cohue, non ? Il sourit et se dit ce qu'il se disait chaque fois qu'il commençait si bien sa journée de travail : Tu n'as qu'à pas habiter à Londres, cocotte.

Tout en boutonnant sa veste pour dissimuler le petit renflement, Nick Tughan descendit du métro à Edgware Road et, tournant ses pensées vers la journée qui l'attendait, s'avança à pas vifs vers l'escalator.

Anne était partie tôt en disant qu'elle devait rentrer avant que Rachel se réveille, et Thorne avait dormi jusqu'à neuf heures passées. Il avait téléphoné à Brigstocke pour le prévenir de son retard. Non qu'il ait quelque chose de prévu — il attendait Holland. Il était juste complètement vanné.

Il savourait sa quatrième tartine grillée et attendait impatiemment le trop rare et illicite frisson du *Richard and Judy Show*, lorsqu'on sonna à la porte.

Il reconnut tout de suite James Bishop d'après la photo de Kodak et trouva le jugement de Bethell plutôt juste : grunge était le mot. Grand, très maigre, il portait un long manteau foncé, un jean et des tennis crasseuses. Ses cheveux, apparemment très courts et blond blanc, étaient dissimulés sous un bonnet rond noir. Il portait une sacoche verte et sale en bandoulière.

— C'est vous, Thorne ?

La même intonation mélodieuse que son père, en dépit de la piètre tentative d'un accent de beauf londonien, et les mêmes traits ciselés sous le camouflage de son duvet de plusieurs jours. C'était comme regarder le Dr Jeremy Bishop en étudiant.

— Oui, c'est moi, James.

Le petit con revit sa frime à la baisse. Thorne ne put réprimer un sourire narquois.

— Puis-je me permettre de vous demander comment vous avez obtenu mon adresse ?

— Ouais. Vous avez dit à mon père dans quelle rue vous habitiez... j'ai frappé à presque toutes les portes.

Tu aurais tout aussi bien pu lui poser la question, James. Ton père sait très exactement où j'habite.

— Je vois. Vous avez tiré du lit beaucoup de mes voisins ?

Bishop eut un sourire.

— Deux ou trois. Une ménagère très appétissante m'a invité à entrer boire le thé.

— Nous sommes plutôt accueillants dans le quartier. Une tartine grillée, ça vous tente ?

Thorne se détourna de la porte de la rue et regagna l'intérieur de son appartement. Il s'écoula quelques instants avant qu'il n'entende le jeune homme refermer la porte extérieure et, quelques autres avant que ce soit celle de l'appartement et qu'il pénètre dans le salon de son allure dégingandée.

— La tartine, ça ne me branche pas, mais un café, je ne dirais pas non...

Thorne gagna la cuisine et observa son visiteur tourner en rond au milieu du salon.

— James, c'est ça ? Ou bien Jim ?

— James.

Bien sûr, songea Thorne en mettant des cuillerées de café soluble dans un mug. Jim pour tes amis branchés, et James quand tu veux taper du fric à ton père. Il porta le café et lui tendit le mug.

— Alors ?

Bishop parut décontenancé. Manifestement, il n'avait pas envisagé que cela se passerait ainsi. Il s'efforça de paraître le plus menaçant possible, autrement dit peu.

— Je veux que vous laissiez mon père tranquille.

Thorne s'assit sur le bras du canapé.

— Je vois. Qu'est-ce que je fais au juste, selon vous ?

— Pourquoi le harcelez-vous ?

— Je le harcèle ?

— Un type prenait des photos devant chez lui l'autre jour, puis quand vous vous êtes pointé en lui servant un bobard pour qu'il vous dépose, vous lui avez dit que c'était sans doute un journaliste. Il y a peut-être cru, mais moi, je pense que c'est du pipeau. Qu'est-ce que vous veniez faire, de toute façon ?

— Je suis policier, James, je peux aller plus ou moins où bon me semble.

Bishop commençait à s'amuser. Avec Thorne, cela en faisait deux. Il fit un pas vers la cheminée, puis se retourna vers Thorne, souriant.

— Vous ne devriez pas m'appeler « monsieur » ?

Thorne lui rendit son sourire, intéressé.

— Si cette conversation faisait partie d'une enquête, alors oui, peut-être. Mais ce n'est pas le cas, vous êtes chez moi et vous buvez mon jus de chaussette.

Les doigts de Bishop se crispèrent autour du mug. Il se demandait quoi dire. Thorne lui épargna cette peine :

— Je pense que votre père réagit de manière un peu excessive.

— Il ne sait même pas que je suis ici.

Évidemment. Non. Bien sûr.

— Il a reçu des coups de fil.

— Quand ?

— Hier soir. En pleine nuit. Quatre ou cinq d'affilée. Il m'a téléphoné, paniqué à juste titre.
— Quel genre de coups de fil ?
— À vous de me le dire.

Son air de supériorité reprenait le dessus. Thorne devait lui rabattre le caquet plus rudement encore.

— Écoutez, j'ai interrogé votre père dans le cadre d'une enquête dont je ne m'occupe même plus, d'accord ?

Devant l'air éberlué de Bishop, Thorne éprouva l'ombre d'un élan de compassion.

— Bon, parlez-moi de ces appels téléphoniques.
— Comme je vous disais, en pleine nuit. Il entendait une présence à l'autre bout du fil. Son correspondant masquait son numéro, et voilà. L'un après l'autre. Il est agacé — non, il a peur. Tout juste s'il ne fait pas dans son froc, putain.

J'en doute sérieusement.

— Alors, que comptez-vous faire ?

Bishop commençait à paraître carrément furieux.

— Vous redire la même chose qu'à lui au sujet de ce photographe, répondit Thorne. Je vais m'en occuper. C'est le mieux que je puisse faire.
— Vous sortez avec Anne Coburn ?

Ce fut au tour de Thorne d'être carrément furieux.

— N'en rajoutez pas, James...
— Comme on vous a retiré l'enquête, ça pourrait être pour ça alors, non ?
— Pardon ?

Thorne inspira profondément. Il tâchait de se contrôler, sachant que c'était avec le père, non avec le fils, qu'il devrait se lâcher.

— Si Anne et vous étiez... voyez, quoi... ce serait une raison d'emmerder mon père.

Thorne se leva et s'avança vers Bishop. Il perçut un tressaillement très léger chez lui. Il se contenta de secouer la tête et prit le mug de café vide.

— Si je ne m'abuse, le Dr Corburn, en sa qualité de marraine, avait la responsabilité de votre bien-être spirituel. À vous voir, elle a échoué lamentablement, mais c'est à cela, je pense, que se limite votre relation avec elle. Vous avez sans doute reçu d'elle une cuillère de baptême en argent et quelques cadeaux d'anniversaire, mais ses amants ne font pas partie du deal.

Bishop acquiesça, impressionné. Puis son expression devint hilare.

— Donc, vous l'êtes alors ?

Thorne remporta les mugs à la cuisine en souriant.

— Que faites-vous, James, à part vous inquiéter pour votre père ?

Bishop se déplaçait sans but dans le salon. Il s'arrêta pour étudier la pile de CD.

— Je m'inquiète toujours pour mon père. Nous sommes très proches. Vous, avec le vôtre, non ?

Thorne fit la moue.

— Alors ?

— Oh, je bouge pas mal. J'écris un peu. J'ai essayé de devenir comédien. N'importe quoi qui me permette de payer le loyer, quoi.

Thorne avait l'impression de commencer à comprendre ce jeune — ce qui lui arrivait de plus en plus rarement. Celui-là n'était pas tout à fait le bon à rien qu'Anne, lui semblait-il, avait décrit. Sous son anticonformisme de façade existait sûrement un traditionalisme héréditaire qu'il essayait désespérément de fuir — raison même pour laquelle il essayait de fuir. Il était inconséquent, c'était certain, mais avant tout inoffensif. James Bishop n'avait pas conscience de la toxicité du patrimoine génétique dans lequel il barbotait. Il pouvait pisser dans cette eau autant qu'il le voulait, mais sur toutes les questions secondaires, ce petit con était bien le fils de son père.

— Vous avez suivi des études ?

— J'ai perdu deux ou trois ans à la fac, ouais. Je ne suis pas le genre tour d'ivoire.

Thorne regagna le salon et prit sa veste.

— Plutôt le genre « Tower Records[1] » ?

— Oh, ouais...

Bishop tripota gauchement son T-shirt au logo de la chaîne.

— Je travaille là en ce moment.

Thorne fit un geste en direction du vestibule. Il était temps de partir. Bishop se dirigea à grandes enjambées vers la porte d'entrée, peu disposé à s'attarder.

— Bon, je vous y verrai peut-être, dit Thorne. À quoi ressemble votre rayon country ?

Bishop rit.

— Si je savais !

Thorne ouvrit la porte de la rue. Il commençait à pleuvoir.

— Question idiote, admit-il. Qu'est-ce que... Vous êtes plutôt quoi, vous ? Ambient ? Trance ? Speed-garage ? Vous pourriez me faire un prix sur le dernier album de Grooverider ?

Bishop l'évalua du regard. Thorne referma la porte.

— Vous avez eu votre lot de surprises ce matin, hein ?

---

1. Jeu de mots sur « tower », tour. *Tower Records*, chaîne américaine de magasins de disques. *(NdT)*

Margaret Byrne vivait au rez-de-chaussée d'une petite maison mitoyenne dans le quartier de Tulse Hill. Elle ne correspondait pas à l'idée que Holland et Tughan s'étaient faite d'elle. Femme quelconque aux cheveux prématurément grisonnants, elle approchait sans doute de la cinquantaine et avait beaucoup trop de kilos superflus. Tughan ne parvint pas à dissimuler sa surprise tandis qu'elle les jaugeait depuis sa porte entrebâillée, un pied calé contre le chambranle pour empêcher un gros chat roux de sortir. Une fois que les cartes de police, qu'elle demanda à voir, eurent été produites, elle les invita à entrer avec joie. Elle insista pour leur préparer du thé, les laissant improviser un itinéraire entre au moins trois autres chats encore plus gros pour atteindre de confortables fauteuils dans son salon.

— Putain, ça schlingue ici, fit remarquer Thugan, disant tout haut ce que Holland pensait tout bas.

Et il ajouta, d'un ton pince-sans-rire :

— Ça ne m'étonne pas qu'il ait changé d'avis et se soit barré.

Après que le thé et un vaste assortiment de biscuits eurent apparu devant eux, Holland, fidèle à la consigne, se cala dans son fauteuil et laissa Tughan mener l'entretien.

— Alors, comme ça, vous vivez seule, Margaret ?

Elle se rembrunit.

— J'ai horreur de Margaret. Pouvons-nous en rester à Maggie ?

Holland sourit en songeant : « Continue comme ça, ne lui facilite pas la tâche. »

— Excusez-moi. Maggie...

— Mon mari m'a quittée il y a environ deux ans. Je

me demande pourquoi je lui donne ce nom, on n'a jamais pu le forcer à m'épouser, mais enfin...

— Pas d'enfants ?

Elle serra son cardigan vert contre sa poitrine.

— On a eu une fille. Elle a vingt-trois ans, elle vit à Édimbourg, et je n'ai pas la moindre idée de l'endroit où son père se trouve.

Elle prit un autre biscuit et se mit à caresser le chat blanc et noir qui avait sauté sur son giron. Elle lui parla d'une voix douce, et il s'installa. Holland trouvait qu'elle était un peu comme sa mère. Il ne l'avait pas vue depuis des lustres. Et s'il demandait à Sophie de l'inviter quelques jours ?

— Bon, fit Tughan. Parlez-nous de l'homme à la bouteille de champagne, Maggie.

— Vous n'avez pas noté quand je vous ai eu au téléphone ?

Holland sourit. Pas Tughan.

— Il nous faudrait un peu plus de détails, voilà tout.

— Ben, il était à peu près huit heures du soir, je crois. Je suis allée ouvrir et j'ai vu ce type debout, en train d'agiter sa bouteille. Il m'a demandé si c'était là que Jenny faisait sa soirée.

— Une de vos voisines s'appelle Jenny ?

— Je ne crois pas. Il m'a dit qu'il était sûr d'avoir la bonne adresse, et on a un peu ri de tout et de rien, et là-dessus, il a commencé à faire des petites allusions, voyez... il disait que ce serait dommage que du champagne se perde. Il me draguait... je crois qu'il était un peu pompette.

— Quand vous nous avez appelés, vous avez dit que vous pourriez nous donner de lui un signalement précis.

— Ah oui ? Oh, nom d'une pipe. Bon, eh bien, il était grand, plus d'un mètre quatre-vingts, ça, c'est sûr, et très bien habillé. Il portait un très joli costume, du genre cher, voyez...

— Couleur ?
— Bleu, je crois. Bleu foncé.

Holland notait tout et ne disait mot en bon petit garçon.

— Continuez, Maggie.
— Il avait les cheveux courts, grisonnants...
— Grisonnants ?
— Oui, pas blanc, quoi, juste un peu gris. Pourtant, il n'était pas si vieux que ça, je ne crois pas. Bah, plus jeune que moi, en tout cas.
— Quel âge ?
— Trente-six... trente-sept ? J'ai toujours été nulle pour ça. Bah, je crois que c'est le cas de beaucoup de gens, non ?

Elle se tourna vers Holland.

— Quel âge vous me donnez ?

Holland sentit ses joues se colorer. Pourquoi le lui demandait-elle à lui, bordel ?

— Oh... je ne sais pas... trente-neuf ?

Elle sourit devant la gentillesse du mensonge.

— J'ai quarante-trois ans, et je sais que je fais plus.

Tughan, impatient de revenir au sujet qui les amenait, se racla la gorge. Le chat, surpris, bondit des genoux de Margaret Byrne et fila par la porte, faisant sursauter Tughan — ce qui, dans le souvenir de Holland, demeurerait le seul incident amusant de tout cet interrogatoire.

— Et sa voix ? Avait-il un accent ?
— Assez snob, je dirais. Une jolie voix... et, je vais vous dire, très séduisant. C'était un bel homme.
— Donc, vous l'avez invité à entrer ?

Elle épousseta plus de poils de chats qu'il n'y en avait sur sa jupe.

— Bah, il faisait des allusions, je pense. Comme je vous disais, il agitait sa bouteille...

Elle leva les yeux sur Tughan et soutint son regard.

— Oui, je l'ai invité à entrer.

Tughan esquissa un sourire.

— Pourquoi ?

Holland se sentit mal à l'aise. Cette femme pouvait les aider. Peut-être même était-elle la seule personne à pouvoir les aider. Ils n'avaient nul besoin de savoir maintenant pourquoi elle avait invité chez elle l'homme qui aurait pu la tuer. Cette femme n'était ni une agitée du bocal ni une nymphomane, bon Dieu. La solitude, ce n'est pas un crime. Elle ne lui avait pas répondu, de toute façon. Il enchaîna :

— Que s'est-il passé alors ?

— Comme je vous ai dit au téléphone, ça a été là le plus bizarre. Il a débouché le champagne — je me souviens avoir été déçue parce qu'il n'y a pas eu de « pan ! » —, et je lui ai dit que j'allais chercher des verres. Il m'a répondu super et qu'il devait passer un coup de fil rapide.

Tughan détourna le regard vers Holland, puis le reporta sur Margaret.

— Vous ne nous aviez pas dit cela.

— Ah non ? Ben, c'est ce qu'il a fait.

Tughan s'avança sur le rebord de son fauteuil.

— Il a appelé d'ici ? De votre téléphone ?

— Non. Juste au moment où je m'éloignais vers la cuisine, je l'ai vu sortir un de ces atroces petits machins portables. J'ai horreur de ça, pas vous ? Ils n'arrêtent pas de sonner en jouant des petits airs débiles alors qu'on est dans le train.

— Et vous étiez dans la cuisine ?

— Et j'étais dans la cuisine, et je venais de sortir

les verres et leur donner un coup de torchon car ils étaient un petit peu poussiéreux, et j'ai entendu la porte claquer. Je suis revenue et il était parti. J'ai ouvert la porte d'entrée, mais je ne l'ai pas vu. J'ai entendu une voiture démarrer plus loin dans la rue, mais je ne l'ai pas réellement vue.

Tughan hocha la tête. Holland avait fini d'écrire.

Le regard de Margaret Byrne passa rapidement de l'un à l'autre.

— Vous pensez que c'est le type qui a tué l'autre fille alors ?

Tughan ne dit rien. Il se leva et lança un regard à Holland, lui signifiant de faire de même.

— Si nous vous envoyons une voiture demain, pourrez-vous venir à Edgware Road et travailler avec un de nos infographistes ?

Elle fit oui de la tête et, en se levant, ramassa un chat qui passait.

Sur le seuil, Tughan se tourna vers Margaret. Elle lui sourit avec nervosité.

— Pourquoi avez-vous attendu si longtemps avant de nous informer de cet événement ? demanda-t-il. Vous avez tout de même attendu deux jours après la diffusion de la reconstitution à la télévision.

Elle pressa le chat contre son cou. Holland s'avança et posa une main un peu trop ferme sur l'épaule de Tughan.

— On ferait mieux d'y aller. Merci de votre aide.

La gratitude dans les yeux de Margaret lui parut indéniable. Elle le retint par la manche.

— C'était lui ?

Tughan atteignait déjà la voiture. Holland le vit désactiver l'alarme, monter et claquer la portière. Il se retourna vers Margaret Byrne.

— Je pense que vous avez eu beaucoup de chance, Maggie.

Elle sourit et serra sa manche un peu plus fort, le regard embué de larmes.

— Ce serait bien la première fois...

Je suis de meilleure humeur à présent. Je ne veux pas dire en général ; là, il y a des hauts et des bas. Tim a toujours dit que j'étais soupe au lait, et il a sans doute raison. Mais à présent, ici, je peux être carrément chiante. Je pense que c'est de bonne guerre, remarquez. Je pense que je mérite une médaille pour les quelques moments de bonne humeur que j'ai tout de même. Bref...

Même ici, il y a toujours quelque chose pour remonter le moral. On n'est pas exactement dans Carry On Doctor, *mais il y a de quoi rire si on le veut vraiment. Rire aux éclats, même, pour qui n'est pas trop regardant. Une infirmière, Martina, a pris sur elle de faire en sorte que je sois toujours jolie. En temps normal, évidemment, je lui aurais dit qu'on ne peut pas améliorer la perfection, mais bon, là, elle a du pain sur la planche. Pour être franche, je pense qu'elle fait ça pour s'accorder un break cathéters et autres torchages de cul qui ne favorisent guère l'épanouissement par le travail, c'est le moins qu'on puisse dire. Au début, je m'en fichais qu'elle me coupe les cheveux ou les ongles des orteils, mais voilà qu'elle s'est mise à avoir de l'ambition. Je pense qu'elle doit être une esthéticienne contrariée, ou quelque chose dans le genre. L'autre jour, elle m'a peint les ongles d'une couleur à gerber, et hier après-midi, elle a décidé qu'un peu de rouge à lèvres me remonterait peut-être le moral. Mettre du rouge à une autre femme, c'est un peu comme vouloir se masturber avec la main gauche. Laissez tomber. J'avais l'air d'un clown dans le coma, ou un chouia à l'ouest, comme mon mec me disait.*

Je pense qu'elle essayait de me faire ressembler à une de ces femmes hideuses qui tiennent les rayons cosmétiques dans les grands magasins — vous savez, celles qui passent leur journée cernées par les produits de beauté et sont infoutues de vous expliquer comment les appliquer. Mon conseil : pas à la truelle. J'ai toujours envie d'arriver en catimini derrière elles et de leur crier : « Miroir ! Servez-vous d'un miroir ! »

Je n'avais pas prémédité ce qui s'est passé ce matin, je vous jure, mais j'aurais bien voulu. Apparemment, d'autres infirmières avaient remarqué que Martina passait tout son temps à me bichonner au lieu de faire le sale boulot et elle a dû se taper le nettoyage de mon tube respiratoire. Je comprends parfaitement qu'on n'en ait pas envie, il est carrément crade. Donc, Martina doit me le retirer et nettoyer toutes les impuretés et autres afin qu'il ne se bouche pas. Imaginez qu'on vous tourne un tube dans la bouche. Eh bien, c'est à peu près pareil quand vous en avez un enfoncé dans le cou. Ça fait tousser, pas vrai ? Tousser, ce n'est pas mon fort en ce moment, mais j'avais dû m'économiser. Donc, Martina s'efforçait d'être hyper-efficace, et je n'ai pas pu me retenir. J'ai toussé par le cou, bordel !

Comme je disais, je ne l'ai pas fait exprès, et elle n'y a pas mis du sien en ameutant tout l'hôpital par ses cris, mais il faut dire que le gros mollard muqueux avait giclé sur son front.

J'espère qu'elle va garder ses distances un moment, du coup. Ou, au moins, se limiter à ses tâches fessières. Au moins, là, on se méfie ! Quand même, du vernis à ongles nacré, et puis quoi encore ?

Tout se passe bien sur le front des battements de paupière. Une autre petite complication, c'est que, parfois, je gâche tout en cillant juste parce que mon cerveau pense qu'il en est grand temps. Comme vous. Ça n'aide pas. J'épelle et, tout d'un coup, je balance un X ou un J sans raison. Comme crier « faites chier » en plein milieu d'une conversation.

Comme un samedi soir à Newcastle.

12

Rachel, dans sa chambre, était assise à son bureau, devant son manuel de chimie réapparu depuis peu. Elle n'ignorait pas que c'était inévitable dès qu'on avait un petit ami. Le vague à l'âme. En troisième, elle était sortie avec un garçon pendant près de six mois, et elle se souvenait encore de la douleur sourde à cause du téléphone qui ne sonne pas et du coup de couteau du mot non reçu. Mais là, c'était encore pire.

Maintenant, elle avait son casier personnel dans les vestiaires des premières. Elle devait lutter contre l'envie irrépressible de courir l'ouvrir toutes les cinq minutes pour consulter son téléphone portable. En fin de journée, il y avait toujours au moins un texto. Elle les sauvegardait tous et les relisait constamment. Un message vocal, c'était quand même mieux. Elle aimait particulièrement sa voix.

Elle marcha jusqu'à son lit et se laissa tomber dessus en ramassant, au passage, son portable là où elle l'avait mis à recharger. Elle réécouta le message, et la part étrange qu'elle savait commune à tout le genre humain savoura la douleur qui en résulta.

Comme se mordiller un ulcère buccal.

Il n'était pas certain de pouvoir se libérer ce soir. Il le pourrait *peut-être*, mais il ne voulait pas la décevoir à la dernière minute. Il était navré. Un impératif professionnel. Il valait mieux qu'ils annulent. Il l'appellerait le lendemain.

Comme toujours, il lui fut offert la possibilité d'effacer le message. Elle le sauvegarda, même si, de toute façon, il était imprimé dans sa tête. Étendue, elle décortiqua sans fin chaque expression, les analysa dans ses moindres nuances. Ne paraissait-il pas distant ? Était-ce sa façon de commencer à la larguer en douceur ? Il disait qu'il lui téléphonerait le lendemain, et non plus tard dans la soirée. Elle avait envie de l'appeler, mais savait qu'elle ne le ferait pas. La perspective d'être collante lui donnait la nausée. Pourtant, elle savait aussi que si elle devait en arriver là, elle n'hésiterait pas.

Elle donnerait tout pour une cigarette, mais ne pouvait courir le risque. Elle en avait fumé deux ou trois dans le jardin la veille au soir avant que sa mère ne rentre de sa soirée baise avec le flic. Parfois, elle grimpait sur le bureau et ouvrait une fenêtre pour souffler la fumée au-dehors, mais sa mère ne tarderait pas à monter se coucher. Sa mère qui fumait et décrétait que, *elle*, ne le devait pas. Hyperjuste, putain.

Demain, elle lui parlerait et tout se passerait très bien et elle aurait l'impression d'être une affreuse pétasse.

Elle n'était plus ni une gamine ni une idiote. C'est pour ça qu'il avait d'envie d'elle.

Les fibres du tapis que Thorne avait raclées à l'intérieur du coffre de Bishop se trouvaient à présent dans un petit sachet en plastique. Il ne pouvait évidemment pas les porter lui-même à la police scientifique, et répugnait à le demander tout de suite à Holland. Mais il pensa à quelqu'un d'autre qu'il pouvait charger de cette commission.

Lorsque le sachet en plastique tomba sur la table de billard, le regard de Hendricks ne bougea pas d'un millimètre tandis qu'il ajustait son coup, la queue glissant aisément dans le creux de son aisselle. Il dégomma nonchalamment la bille huit et se redressa.

— Ça, c'est encore un billet de cinq, dit-il.

Son regard glissa vers le sachet et son contenu.

— Tu les as eus où ?

Thorne lui tendit l'argent et posa sa queue sur la table.

— À ton avis ?

— D'accord, gros malin, comment les as-tu eus ?

— Moins je t'en dis, moins il y a de risque que tu ouvres ta grosse gueule de mec de Manchester.

— Je n'ai pas encore accepté, et on ne peut pas dire que tu le demandes gentiment.

Thorne ne doutait pas que Hendricks le ferait, mais s'en voulait encore de le lui demander. Il l'avait hébergé maintes fois, ils s'étaient rendu des services mutuels, s'étaient prêté de l'argent, mais là, ça concernait le boulot. C'était beaucoup lui demander. Hendricks avait l'esprit vif. S'il acceptait, ce serait en toute connaissance des risques. Pas celui d'être rétrogradé mais, peut-être bien, de devoir donner un peu plus de conférences. Il avait l'esprit suffisamment vif pour également se rendre compte que ce serait beaucoup d'effort pour, sans doute, très peu de gratification.

— Si tu es si sûr que c'est lui, pourquoi te donner tout ce mal ?

Deux jeunes qui glandaient en attendant de pouvoir jouer s'approchèrent. L'un d'eux flanqua une pièce de cinquante pence sur le rebord de la table. Thorne gagna le bar. Hendricks prit le sachet en plastique et lui emboîta le pas, enchanté de savoir que les deux ados les observaient, persuadés d'assister à un deal concernant quelque étrange nouvelle drogue.

— Alors ?

— Parce qu'il n'y a que moi qui en sois sûr.

— Logique alors, et quand les résultats seront concordants, qu'est-ce que ça te dira ? Que dalle. On est presque certain que l'assassin roule en Volvo, et je ne pense pas que la feutrine à l'arrière de chaque modèle soit unique. Je sais que c'est de la belle bagnole, mais quand même...

— Des billets pour les Spurs contre Arsenal, de ma poche.

Hendricks but une longue gorgée de Guinness.

— Je veux une tribune.

— Comment veux-tu que je fasse pour en obtenir une ?

— Comment veux-tu que je fasse pour débouler au labo de la scientifique avec un sachet en plastique plein de fibres que j'ai trouvées par l'opération du Saint-Esprit ?

— Je vais voir ce que je peux faire. Écoute, Phil, tu les connais, ils ne poseront pas de questions. Ce sont des scientifiques, pas des inspecteurs des impôts. Explique-leur simplement que tu essaies d'aider et que tu as un pote qui a une Volvo. En fait, apporte aussi d'autres fibres provenant de ta voiture ou autre — pour établir une comparaison, tu vois.

— Je ne me souviens pas qu'un seul témoin ait vu une Nissan Micra beige, toi, oui ?

Un point pour Hendricks. Il possédait peut-être le véhicule le plus repoussant de toutes les routes du Grand Londres.

— Merci, Phil.

— N'oublie pas, une tribune !

— Ouais, ouais...
— Tu savais que la Volvo est la seule voiture commercialisée avec laquelle on ne peut pas se suicider ? Bon, tu peux toujours foncer sur un mur avec si ça te chante, mais elle est équipée d'un genre de coupe-circuit, tu sais, de sorte qu'on ne peut pas fixer un tuyau au pot d'échappement pour s'asphyxier.
— Dommage, grommela Thorne.

Thorne avait quitté le pub délesté de vingt-cinq livres, mais sans le sachet en plastique qui brûlait le fond de sa poche. Il avait passé une bonne nuit.

Il n'avait pas bu une goutte.

Dix minutes après son retour chez lui, il reçut un coup de fil de Holland. Le constable s'exprimait posément, tout juste s'il ne chuchotait pas. Il expliqua à Thorne que Sophie dormait dans la pièce voisine, qu'il ne voulait pas la réveiller.

Il ne voulait pas qu'elle sache à qui il téléphonait.

Thorne écouta Holland lui parler de Margaret Byrne. Elle aurait très bien pu être la première victime si l'assassin n'avait paniqué pour une mystérieuse raison. Il lui rapporta ce qu'elle avait dit de la voix de l'assassin. Qu'elle la trouvait agréable. Snob. Et apaisante, sans doute, songea Thorne. Douce.

Lorsque Holland lui parla du coup de téléphone, Thorne pressa le combiné si fort contre son oreille qu'il se fit mal. Bishop se serait-il bipé lui-même ? Il repoussa cette idée. Elle ne tenait pas la route. C'était possible, il le savait, mais dans quel but ? L'hôpital n'en gardait pas trace, de toute façon, alors à quoi bon se donner cette peine ?

David Holland éluda la question de Thorne lorsque ce dernier voulut savoir comment ça s'était passé avec

Tughan. Une remarque désinvolte le lui permit. Il s'efforçait d'oublier le malaise, la gêne qui s'insinuait aux quatre coins du salon de Margaret Byrne dès que l'Irlandais ouvrait la bouche. Il n'aurait su dire si cette gêne était la sienne ou celle de Margaret, mais en tout cas, elle était étouffante. Elle ne l'avait pas quitté de tout le restant de la journée, comme une odeur de renfermé.

Thorne ne parut pas particulièrement intéressé par la personnalité de Margaret Byrne. Lorsqu'il annonça qu'il lui avait téléphoné et qu'ils étaient convenus d'un rendez-vous le lendemain matin, Holland comprit pourquoi. Il tenta de l'en dissuader. À quoi bon ? Ils l'avaient déjà interrogée et, de toute façon, elle passerait pondre une déposition.

Thorne savait bien qu'ils l'avaient déjà rencontrée.

Seulement, eux, n'avaient pas une photo de Jeremy Bishop dans la poche.

Anne savoura le retour chez elle en voiture dans l'obscurité. En général, la radio diffusait une pièce de théâtre ou une nouvelle, ou autre. Souvent, au fil des quarante-cinq minutes environ que durait le trajet de Queen Square à Muswell Hill, elle se prenait tellement au jeu qu'elle devait rester assise dans la voiture devant la maison et attendre la fin.

Ce soir, elle n'avait pas allumé la radio. Elle avait trop de choses à penser.

Ce matin-là, dans la chambre d'Alison, elle avait trouvé la photo de Jeremy. Sur la petite table en encoignure, posée là par une infirmière, sans doute. Pour elle, ce que Thorne faisait dans la chambre d'Alison, la veille, pendant qu'elle allait leur chercher un café, ne laissait plus aucun doute, et elle ne pouvait se résoudre à en mesurer la signification. Elle la connaissait, au fond, bien entendu. Cela ne pouvait guère signifier grand-chose d'autre, mais elle ne pouvait ne serait-ce qu'essayer de la regarder en face.

Pas maintenant.

Éprouver des sentiments envers deux hommes. Envers l'un d'eux, ils avaient évolué, se fondant en autre chose avec le temps. Envers l'autre, ils avaient changé en une nuit.

Son rapport avec Jeremy Bishop n'était plus le même depuis la mort de Sarah. Ils avaient toujours tout partagé, ce qui, elle ne l'ignorait pas, avait causé tant de tension entre David et elle, mais depuis l'accident Jeremy s'était renfermé. Son air d'indifférence hautaine pouvait amuser, mais il commençait à la fatiguer un peu. Et, depuis quelque temps, il devenait arrogant — plus que de coutume — et, parfois, désagréable. Il donnait l'impression que le travail devenait une corvée pour lui, de s'en acquitter en pilotage automatique. Il ferait toujours partie du décor, de sa vie, elle le savait, de même que les enfants, mais la joie avait fichu le camp. Elle sentait... le poids du devoir.

Il n'empêche que ce que Thorne pensait sans doute était trop choquant. Inconcevable.

Elle roula dans Camden High Street. Elle était à cinq minutes de chez lui.

Si elle avait trouvé cette photo douze heures plus tôt, elle l'aurait mis au pied du mur. Elle aurait exigé de connaître les réponses aux questions qu'elle ne pouvait plus poser à présent. Et elle n'aurait pas couché avec lui. Peut-être pas. Avoir fait l'amour, ça changeait tout. Elle se rendait compte que c'était une façon affreusement démodée de voir les choses, mais elle l'assumait.

Il en avait toujours été ainsi et cela lui coûtait le souvenir de bien trop d'années de tristesse.

Désormais, elle devait... compartimenter. Il lui fallait ignorer tout un pan de l'homme de qui elle partageait le lit. Cela semblait tout mettre en péril. Ses sentiments envers Thorne ne lui laissaient guère d'alternative, et ceux de moins en moins forts qu'elle éprouvait pour Jeremy les rendaient justement possibles. Pour l'heure, elle devait au moins faire un choix. Elle ne pouvait envisager un avenir avec Thorne tout en devant s'accommoder des dommages qu'il semblait décidé à faire subir à son passé. Et un avenir avec lui, aussi bref fût-il, était, elle le sentait, ce vers quoi elle devait tendre.

Elle se boucherait les oreilles et hurlerait. Elle n'avait pas d'autre solution.

Elle pensa à Alison, si loin de tout. Plus que tout au monde, elle désirait la tirer de là. Mais avec la peur, la haine et la méfiance omniprésentes, lui semblait-il, elle ne pouvait s'empêcher de se demander si Alison n'était pas mieux là où elle se trouvait.

Elle alluma la radio. Rien qui vaille la peine qu'on l'écoute. Mais elle arrivait chez elle, de toute façon.

Le bain refroidissait.

Thorne se redressa et consulta sa montre posée à côté de son téléphone portable sur l'abattant des toilettes. Pas loin d'une heure du matin.

Il était resté allongé, complètement immobile, la tête sous l'eau. Les yeux ouverts, il avait fixé le plafond ondoyant au-dessus de lui, attendant que l'eau cesse de bouger autour de lui, pour voir combien de temps il pourrait retenir sa respiration. Il jouait à ce jeu quand il était gosse : rester allongé dans un bain fumant, dans la vieille salle de bains immense et sonore, faire semblant d'être mort. Ça lui était passé le jour où sa grand-mère était entrée, l'avait vu et avait frôlé la crise cardiaque. Il s'était redressé, droit comme un i, dès qu'elle avait crié, mais il n'oublierait jamais l'expression de son visage.

Une expression qu'il avait revue bien souvent depuis.

D'ordinaire, il buvait un verre de vin dans son bain, mais ce soir il y avait renoncé. Non qu'il eût décidé de ne plus lever le coude — il avait pratiqué cet assouplissement bien des fois, et le trouvait très efficace —, mais il estimait simplement qu'il ne devait pas boire.

Pas un mardi soir.

Ça ressemblait, en bien des façons, au commencement de quelque chose. Depuis la veille au soir, il avait pensé plusieurs fois à Jan, mais sans nostalgie ni sentimentalisme. Être avec Anne n'avait pas éveillé de regrets chez lui. Au contraire, il avait enfin pris conscience qu'il n'en avait pas. De regrets de Jan.

Et c'était peut-être bien le commencement de la fin de cette affaire cauchemardesque à mouiller ses draps de sueur. Holland et Hendricks risquaient de se retrouver en position délicate à cause de lui, il espérait que ce qui se passerait le lendemain le leur épargnerait. Tout pourrait être si facile. Il n'irait pas jusqu'à débouler dans le bureau de Keable comme Mister Bean, imbu de sa personne, mais pas loin.

Thorne sortit du bain, s'essuya et enfila en vitesse son peignoir. Ignorant le sac en plastique Thresher dans la cuisine, il traversa le salon jusqu'à la chaîne stéréo et enclencha *Grievious Angels* de Gram Parsons. Maintenant, voilà un homme qui ne pouvait refuser un verre.

Mais si, tu peux, Tommy.

Ce soir, mieux ne vaut pas, hein ?

S'il te plaît, pas ce soir...

Il s'allongea sur le canapé, ses pensées bourdonnant dans sa tête comme un essaim de grosses mouches noires.

Il avait envie de téléphoner à Anne, mais se dit qu'elle devait être couchée à cette heure-là. Son père serait toujours debout. Ou Anne travaillait-elle tard ? Il ne s'en souvenait plus. James s'était-il précipité chez lui pour raconter à papa leur petit entretien ? Sans doute. Alison avait-elle entendu sa conversation téléphonique dans sa chambre ? La petite amie de Holland ne l'appréciait pas, c'était évident. Putain, comment allait-il s'y prendre pour dégoter une tribune à White Hart Lane ?

Quel âge aurait la fille aînée de Clavert à présent ? Vingt-quatre ? Vingt-cinq ?

Le vin lui embrouillerait les idées, sûrement, mais pourrait au moins l'engourdir un peu. Thorne resta sur le canapé, et le vin dans la bouteille. Demain, comment savoir ? Il aurait peut-être des raisons de porter un toast.

Ce soir, Jeremy Bishop était de garde.

Il n'était pas question qu'il aille dormir sans appeler, alors il le fit. Bishop décrocha presque aussitôt. Tandis que sa voix glissait rapidement de l'amabilité à l'impatience, puis à l'énervement, Thorne coupa la communication et resta allongé, soulagé, téléphone en main. Sa tension le quitta en un instant, et une vague de fatigue écrasante le gagna peu à peu. Il croisa les bras sur le téléphone contre sa poitrine et ferma les yeux.

Il monta en voiture et s'accorda quelques instants de récupération. Rude journée. Il avait dû gérer les nouvelles données qui avaient failli compromettre ses plans pour la soirée. Ça irait, toutefois.

Le plafonnier s'éteignit peu à peu, et il commença à

se détendre, satisfait d'avoir pu tout préparer chez lui, optimiste sur ses chances de lancer une invitation. Il posa son nécessaire sur le siège passager. Il pourrait aisément le cacher dans sa poche le moment venu. Devoir se passer du champagne l'attristait, mais elle aurait peut-être regardé la reconstitution imbécile. Le champagne n'était pas indispensable, cela dit, mais ça avait de la classe. Il n'avait jamais lésiné : toujours du Taittinger. Il avait mis un point d'honneur à ce que la dernière chose qu'elles goûtent soit excellente — la dernière chose qu'elles goûtent, au sens conventionnel du terme.

Leurs conversations, en attendant que l'anesthésiant fasse effet, ennuyeuses dans l'ensemble, lui avaient tout de même permis de se faire une idée de celle qu'il régalait. C'était très important. La demi-heure avec Alison l'avait conforté sur le bien-fondé de la nouvelle vie qu'il lui offrait. Durant cette trentaine de minutes de fadaises bien arrosées, il en était venu à pénétrer l'ancienne vie qu'il allait lui épargner. Bon, à partir de maintenant, ce serait un peu la loterie de ce point de vue.

Il sourit. Toutes les gagnantes ont tenté leur chance !

Il espérait que la police serait capable de voir au-delà des raisons purement pratiques du changement dans ses méthodes de travail. Il détesterait que du temps soit perdu en dispersions inutiles. Champagne la fois précédente, injection cette fois, ce n'était pas important. Thorne comprendrait, lui. Il n'était plus officiellement sur cette affaire, paraît-il, mais quelle différence ?

Il mit le contact et alluma les phares. Il se sentait sûr de lui et compétent. Une fois de retour chez lui, pendant qu'il exécuterait la procédure, il n'envisagerait pas l'éventualité d'un échec. Avec les autres, ça n'avait été qu'en voyant la lumière finir par s'éteindre dans leur regard, que ce mot avait pris corps dans son esprit.

Il ôta ses lunettes et commença à en nettoyer les verres, concentrant sa pensée sur la tâche imminente de préparer une nouvelle patiente. Il faudrait recourir à la force, malheureusement, ainsi qu'il l'avait fallu avec Thorne, mais une fois qu'il aurait trouvé la veine, c'en serait vite terminé. Alors, il devrait simplement la maîtriser durant quelques minutes, et les moyens ne manquaient pas. Quelque chose de tranchant ferait l'affaire. Une fois que l'anesthésiant aurait commencé son travail, elle ne pourrait plus crier de toute façon, alors il ne devrait pas avoir trop de problèmes.

Il démarra en réfléchissant à ce qu'il pourrait faire après. Cela pouvait se terminer de bien des façons, mais il s'interrogea sur le regard qu'il porterait dessus par la suite. Sur ce qu'il aurait été obligé de faire. Ce serait étrange, de recommencer, mais il se souviendrait de certaines choses avec tendresse. Il resterait Alison et autant d'autres réussites que le temps lui accorderait. Il s'en délecterait toujours. Et il se souviendrait et jouirait assurément de la symétrie d'une peine justement infligée. « Une peine si appropriée », fredonna-t-il. Il sourit. Il y en a une qui regretterait certainement qu'on l'ait entraîné voir les opérettes de Gilbert et Sullivan...

Il orienta la Volvo vers le West End et se cala dans son siège. Cela faisait très longtemps qu'il ne s'était pas senti aussi bien.

Il avait tant accompli à force d'adresse et de rage.

Comme je le disais, il y a des jours avec et des jours sans...

Voici la première blague que je raconterai à Anne :

Une jolie petite pomme de terre très appétissante et très sexy rentre chez elle à pied après une soirée en boîte où elle s'est éclatée avec ses meilleures copines, miss Betterave et miss Flageolet, quand, soudain, elle se fait agresser par un poireau fou. Le poireau lui fait subir des tas de trucs horribles, et elle finit à l'hôpital. Toute sa peau a été pelée, elle est en purée, elle ne peut plus bouger de son lit ; la seule chose intacte, ce sont ses yeux. Les yeux de la pomme de terre. Le lendemain, le petit ami de cette pomme de terre, un beau rutabaga bien gaulé, vient à l'hôpital, discute avec le médecin et, les larmes aux yeux, demande : « Quelles sont ses chances, docteur ? » Le médecin regarde la pauvre petite pomme de terre toute triste, et répond : « Je suis navré, mais... elle restera un légume jusqu'à la fin de ses jours. »

13

Brigstocke avait pensé à une gueule de bois. On n'est pas censé répondre « Cuve » à quelqu'un qui téléphone pour prévenir qu'il est souffrant, mais Thorne ne pouvait guère protester. Brigstocke avait déjà travaillé avec lui, c'était donc une supposition légitime. Toutefois, il ne tarderait pas à perdre patience et à se fâcher pour de bon. Thorne disposait de peu de temps, il le savait. Il ne pensait pas que ce serait très long.

Un coup d'œil au beau temps l'avait conforté dans sa décision. Il prendrait le Thameslink de Kentish Town à Tulse Hill. Le trajet serait direct et représentait une solution plus attrayante que d'être coincé dans sa voiture aussi longtemps que s'il était allé à Birmingham, ou de s'énerver et de suer dans le métro. Il n'avait jamais compris l'attrait exercé par le métro. Pour Thorne, cela impliquait d'emprunter la Northern Line — curieusement, la ligne de prédilection pour tous ceux qui choisissaient de sauter devant la rame. Il supposait que, au plus profond de leur désespoir, ils pensaient sans doute aux autres. Quitte à emmerder les usagers des transports en commun, autant emmerder ceux qui remarqueront à peine la pagaille et le retard.

Thorne avait décidé depuis longtemps que, dût-il en éprouver le besoin, il serait le genre de mec à se-coucher-avec-une-poignée-de-cachets-et-une-bouteille-de-rouge-et-rêvasser-sur-du-Hank-Williams. Tout le reste n'était que de l'esbroufe.

Même s'il faut bien dire qu'un pistolet enfoncé dans la bouche, ça en jette.

Il regarda par la vitre tandis que le train traversait le pont de Blackfriars en cahotant. Si le monde au sud du fleuve était différent, il avait sa ligne de démarcation. Le Sud-Ouest abritait assurément les quartiers *middle-class*, Clapham, Richmond et, bien entendu, Battersea. Il y avait bien des jolis coins dans le Sud-Est — Thorne aimait bien Greenwich et Blackheath — mais, dans l'ensemble, c'était à Londres ce qu'il y avait de plus proche d'une zone de guerre. Londres Sud-Est n'avait pas besoin de présence policière, mais de casques bleus de l'ONU. À cet instant même, dans Bermondsey et New Cross, à des comptoirs de bars louches s'accoudaient des personnages devant qui Slobodan Milosevic chierait dans son froc.

Thorne ouvrit sa serviette et regarda de nouveau les photos. Elles ressemblaient à tous les clichés pris lors de n'importe quelle investigation clandestine. Une possibilité de réorientation professionnelle pour Bethell si jamais il décidait un jour de couper pour de bon son Mac X. Bishop était photogénique, Thorne s'en serait douté, même si, sans le sourire qu'il affichait en société, son visage devenait considérablement plus dur, sévère même.

Thorne passa les photos en revue. Il y avait celle de James repartant vers sa maison après sa confrontation avec Bethell. Il lançait un coup d'œil par-dessus son épaule, s'efforçant de prendre l'air méchant. Il n'y était pas parvenu. Thorne se demanda s'il avait une maîtresse. Sans doute le genre grande bringue prénommée

Charlotte, qui se faisait appeler Charlie, s'habillait tout en noir et traînait ses guêtres dans Camden Lock le samedi après-midi en suçotant des ecstasy. Il cherchait la meilleure photo — celle sur laquelle Bishop regardait presque droit dans l'objectif. Il avait peut-être entendu Bethell bouger ou entraperçu des cheveux décolorés osciller dans les buissons. Il ne la trouva pas, et se souvint soudain où il l'avait laissée. Le coup de fil qu'il avait reçu dans la chambre d'Alison l'avait tellement bouleversé qu'il en avait oublié la raison de sa venue. Peut-être une infirmière l'aura-t-elle trouvée et jetée. Peu probable. Anne était très certainement tombée dessus depuis, ce qui signifiait qu'il devrait se fendre de quelques explications. Alors, bien entendu, tout s'en trouverait justifié et elle se rendrait compte qu'il avait raison. Qui cherchait-il à duper ? Qu'il ait raison ou tort, sa duplicité sur ce point garantissait sans doute que ce qui s'était passé entre eux l'avant-veille se limiterait à un coup d'un soir.

Le vieux monsieur à côté de lui faisait semblant de lire le journal mais, à la moindre opportunité, lançait des regards furtifs sur les photos posées sur les genoux de Thorne. Il s'imaginait peut-être que Thorne était une espèce d'espion ou d'abject *paparazzo*. Il s'imaginait peut-être que Thorne avait tué la princesse. Dans un cas comme dans l'autre, il devenait agaçant. Thorne retourna une des photos et la brandit de façon que le vieux puisse lorgner à sa guise. Il s'empressa de baisser les yeux sur son journal. Thorne se pencha vers lui et chuchota d'un ton de conspirateur :

— Ne vous en faites pas pour lui, il est médecin.

La maison de Margaret Byrne était à cinq minutes de marche de la gare. Thorne ne connaissait pas très bien le quartier. Il lui parut étonnamment tranquille et banlieusard compte tenu du fait que Brixton se trouvait à cinq minutes de là. Il y avait été affecté lors des émeutes de 1981. Jamais il ne s'était senti autant haï. À l'instar de nombreux collègues, il s'était réconforté en se disant que ce n'était rien de plus que du cassage de gueule de flic. Un prétexte pour incendier quelques voitures de luxe et faucher quelques télés. Depuis, les événements lui avait donné tort. Et l'affaire Stephen Lawrence avait tout changé.

Thorne sonna à la porte et attendit. Les doubles rideaux des bow-windows sur rue étaient tirés. La chambre, supposa-t-il. Il consulta sa montre ; il avait une dizaine de minutes de retard. Il sonna de nouveau. Il regarda autour de lui dans l'espoir de voir une femme trottiner sur la route, mais il en vit seulement une qui, de la maison d'en face, l'observait d'un air méfiant. Il soutint son regard.

Thorne s'appuya contre la fenêtre et lança un coup d'œil par l'interstice entre les doubles rideaux verts, mais la pièce était plongée dans la pénombre. Il se retourna et vit que la voisine d'en face l'observait toujours. Il commença à se sentir mal à l'aise.

Calme-toi, Tommy. Si ça se trouve, elle s'est assoupie.

Oh, bon Dieu, pas maintenant.

Sur le côté droit de la maison s'ouvrait un étroit passage presque obstrué par deux poubelles en plastique noir. Thorne les enjamba et longea la façade à pas lents. Au bout, le haut portail était verrouillé. Il posa sa serviette au pied du portail et retourna chercher une des poubelles, ayant décidé que, de toute façon, la Voisine Vigie avait sans doute déjà appelé la police.

Il se laissa glisser le plus possible de l'autre côté de la clôture, mais sa réception sur le sol de la cour lui fit tout de même grincer des dents. Le jardinet était propre et bien entretenu. Des corsages et des pantalons pendaient à la corde à linge.

La porte de derrière avait été forcée.

Il sut qu'il ferait mieux d'ouvrir le portail et de retourner devant la maison.

Il sut qu'il ferait mieux d'appeler du renfort.

Il sut qu'il ne sortirait pas son portable de sa poche.

La montée d'adrénaline fut immédiate, et lui coupa le souffle. Il éprouva de la peur aussi qui pulsa dans tout son corps, fit se serrer ses poings et se nouer son ventre. C'était le réflexe fuite ou combat dans toute sa splendeur.

Fuir ou combattre. Il n'y aurait jamais de conflit.

Thorne sentit sa peau glisser sur lui et tomber par terre comme un vieux pardessus. Il sentit vibrer ses terminaisons nerveuses, à vif, écorchées, ses sens s'aiguiser à un point douloureux. Le vent dans les arbres devint cacophonique. Un visage à une fenêtre lointaine, un Juggernaut surgissant. Il trouvait que l'air avait un goût de feuille d'aluminium sur un plombage.

La porte n'émit aucun grincement théâtral lorsqu'il la poussa, ses muscles tendus à l'extrême. Il pénétra dans une petite cuisine. Les surfaces étaient immaculées, un torchon plié sur le dossier d'une chaise, de la vaisselle bien rangée sur l'égouttoir. Thorne réprima l'envie de s'emparer du couteau à pain et resta immobile en s'efforçant de contrôler sa respiration. À sa gauche, une porte ouverte donnait, il le voyait, sur le salon. Il marcha sans bruit sur le linoléum et balaya la pièce du regard. Personne. La moquette marron, apparemment neuve, constituait sans doute la première étape des améliorations — les fauteuils étaient défoncés, leur tissu usé jusqu'à la trame. Thorne traversa la pièce à pas vifs et ouvrit la porte à l'autre bout.

Il se retrouva dans un couloir peu éclairé juste devant la porte d'entrée. En face de lui, deux autres pièces. Celle de droite, la plus proche de la porte d'entrée, devait être la chambre ; l'autre, supposa-t-il, les toilettes.

Ça valait le coup d'essayer.

— Madame Byrne ?

Rien.

De derrière la deuxième porte, lui parvint un petit bruit sourd. Rien comparé au martèlement dans sa poitrine.

On en arrive toujours à la dernière porte, Tommy. Ouvre-la.

Elle va revenir dans une minute, et tu te sentiras tout con...

Thorne ouvrit la porte.

Il poussa un cri et recula en titubant sous le coup de la surprise tandis que quelque chose bondit dans ses jambes en crachant. Il se décolla du mur et vit un chat décamper dans le salon. Il entendit le bang que fit la chatière de la porte de la cuisine.

Alors, il perçut l'odeur.

Merde du chat et autre chose. Une odeur plus familière et plus écœurante. Âcre, métallique et si forte qu'il aurait pu la lécher dans l'air. Un coup de langue sur une pile moribonde.

Résigné aux trucs plus durs encore...

Résigné à l'inéluctable. Thorne s'avança dans la pièce obscure et tendit le bras vers l'interrupteur.

Il y avait quatre autres chats. L'un d'eux le regardait du haut de l'armoire, un deuxième sauta paresseusement d'une coiffeuse au bois verni à l'extrême. Les deux autres étaient sur le lit. Roulés en boule sur le corps de Margaret Byrne.

Elle était allongée, très droite, du côté gauche du lit, les mains posées sur le côté, la tête en arrière et tournée vers lui. Elle avait un œil entrouvert, mais moins largement que le sourire écarlate qui lui barrait la gorge, l'incision élargie par l'angle formé par sa tête contre l'oreiller.

Seigneur Dieu...

Le sang dessinait une flaque sous sa clavicule et avait débordé sur son flanc gauche et sur la couette d'où il continuait à goutter sur la moquette bleue. Un pan de son corsage rose s'était imbibé de rouge. À quelques centimètres de Thorne se trouvait une autre tache de sang, marron, qui avait déjà pénétré les fibres. Des éclaboussures zigzaguaient jusqu'au mur de l'autre côté du lit. Il comprit tout de suite que c'était là qu'elle s'était fait agresser, avant d'être étendue sur le lit, quelques instants plus tard, et de mourir. Sous les yeux de son assassin.

Une lueur par terre au pied du lit attira son regard. Une boucle d'oreille, peut-être. Il vit aussi un collier, et des bagues, et un coffret à bijoux en bois incliné sur le côté non loin du mur.

Margaret Byrne avait essayé de sauver ses rares objets de valeur. Mais l'homme n'était pas venu pour la cambrioler.

La voix obsédante de la procédure, une fois de plus. Il contaminait une scène de crime. Il devait quitter les lieux.

Il regretta de ne pas s'être renseigné sur elle auprès de Holland au moment voulu. À présent, planté dans cet abattoir moquetté et parfumé, il devait tout reconstituer. Il n'était guère difficile de se faire une idée d'elle.

De sa vie. Les chats ainsi que les flacons et les pots alignés sur la coiffeuse en disaient assez long. Il tâtonna derrière lui en quête de la solidité du mur, s'y adossa et se laissa glisser lentement jusqu'au sol. Le petit chat noir et blanc qui humait çà et là vint tranquillement jusqu'à lui et se frotta contre ses mollets. Thorne prit son téléphone portable dans sa poche et le laissa pendre entre ses genoux.

Il avait envie de tenir compagnie à Margaret un moment avant d'appeler.

À l'arrivée des voitures, Thorne, assis sur le perron, regardait la voisine d'en face. Le chat, qui refusait de lui ficher la paix, prenait ses aises sur ses genoux. Holland gravit les marches et s'attarda. Au bout de quelques instants, Thorne leva la tête vers lui, un sourire crispé aux lèvres. Il s'était attendu à voir Tughan et fut soulagé. Il n'aperçut non plus personne qui aurait pu être Brewer.

— Un avancement, Holland ?

Holland ne répondit pas. Se rappelant sa conversation avec Maggie Byrne la veille en cet endroit, il était à un mot, à un souffle des larmes. Thorne observa les techniciens de scène de crime encombrer l'allée avec leurs équipements. Un quart d'heure plus tôt, il avait éprouvé la même chose que Holland, mais, à présent, un calme étrange avait commencé à prendre possession de lui.

— Il l'a exécutée, Dave. Il est entré chez elle par effraction et l'a exécutée.

Holland soutenait son regard et s'exprima d'une voix posée, l'air impassible.

— Il faut bien qu'il s'occupe.

TROISIÈME PARTIE

Les mots

Aujourd'hui, je largue Tim. Ça vous semble peut-être un poil précipité ? Désolée, j'aurais peut-être dû me fortifier un peu plus dans cette résolution, je sais, mais j'y pense depuis un moment.

Pour y penser, j'y pense.

Comme si je pouvais faire autre chose. Je me vois mal discuter avec ma meilleure copine de mes problèmes avec mon petit ami, même si j'étais sûre d'en avoir encore un. Bon, je pourrais toujours, mais ce serait la discussion de filles la plus barbante de l'Histoire. Sirop d'orgeat et tableau noir sont de piètres succédanés d'alcool, de clopes et de pizzas livrées à domicile.

Et regarder n'est pas rire, hein ?

Mais j'ai beaucoup réfléchi à Tim, au fait qu'il soit très malheureux. C'est un poncif usé jusqu'à la corde, je sais, mais je le fais plus pour lui que pour moi. Le larguer, je veux dire. Je ne lui débiterai pas des sornettes comme « Je t'aime, mais je ne suis plus amoureuse de toi » ou « Je pense qu'il vaut mieux que nous soyons simplement des amis ». Pour être franche, je ne sais pas trop ce que je vais lui dire. Par lui « dire », j'entends, évidemment, lui « ciller » et lui « cligner » pendant qu'il s'efforcera de ne pas se départir du sourire qu'il aura plaqué sur son visage tout en faisant de son mieux pour deviner ce que je raconte, le pauvre.

Non que j'aie grand-chose à raconter, rien que j'aurais vu au ciné ou à la télé. Des adieux larmoyants à des êtres aimés en phase terminale, on en trouve à la pelle, mais ça, c'est carrément unique. Du jamais-vu ni dans Eastenders *ni dans* Brookside. *Ce n'est sans doute qu'une question de temps, bien entendu. Ils feront traîner en longueur deux ou trois mois. Le coma, vache à lait. Ce sera sans doute le grand suspense de Noël : la tragédie de la jeune fille encore sexy clouée sur son lit d'hôpital où elle bat de la paupière comme une forcenée tandis que son petit ami beau comme un dieu, agenouillé à son chevet, sanglote toutes les larmes de son corps en lui disant qu'il l'aime toujours en dépit de tout.*

C'est cela, oui...

Donc, je ne sais vraiment pas comment je vais m'y prendre, mais ce sera fait. Je n'ai largué qu'un mec jusqu'à présent. J'avais dix-sept ans, et il avait peloté une de mes copines à une boum. Il avait glissé la main dans son soutien-gorge pendant que je faisais la queue pour aller aux toilettes. Même alors, le larguer avait été plutôt difficile, et rappelez-vous que j'étais à la verticale et pouvais articuler.

Dans mon état actuel, ça risque de prendre des allures de cauchemar.

Je sais qu'en décrochant des pieds de Tim ce boulet particulièrement lourd, je fais sans doute figure de sainte Altruiste, mais la triste vérité, en fait, c'est que je ne suis qu'une pétasse archi-égoïste.

Parce que lui ne le fera pas.

Et que je ne peux plus supporter de voir le chagrin dans ses yeux quand il me regarde.

Il ne sait pas quoi faire, le pauvre chéri. Il me parle, lentement. Il me parle et se sert du curseur comme Anne lui a indiqué, mais je sais qu'il ne le supporte pas. Il a toujours été un peu fille pour tout ce qui est hôpital, sang, etc.

Il m'a dit qu'il aurait préféré que ça lui soit arrivé à lui plutôt qu'à moi, et je sais qu'il le pense, en plus. Avant de donner l'impression que je lui rends sa liberté, ou autre ânerie de ce genre, pour lui permettre de rencontrer quelqu'un d'autre, je précise que si jamais je m'en tire et sors d'ici, il a intérêt à revenir au triple galop et je ne voudrai rien savoir de ce qu'il a fait entre-temps ni avec qui.

La vérité est simple. Ça lui est insupportable de me voir blessée, et moi, c'est pareil pour lui. Il a l'air complètement effondré tout le temps qu'il reste avec moi, et c'est de ma faute. Je suis un mètre cinquante-deux de rien, je n'arrive pas à bouger un seul muscle, pourtant j'écrabouille toute la vie qu'il a en lui. Alors, autant y mettre fin tout de suite sans me prendre la tête. Expression malheureuse, j'en conviens, mais je n'ai plus trop mon mot à dire là-dessus en ce moment...

Il ne va pas apprécier. Il y a de grandes chances qu'il pleure, ce grand gosse au cœur tendre, ou qu'il crie. En fait, ce serait bien, rien de tel qu'un petit esclandre pour remuer les infirmières, mais je pense qu'une fois rentré chez lui et qu'il y réfléchira, il sera soulagé. Bon Dieu, notre ticket gagnant, notre scénario île de rêve, le mieux que nous puissions en attendre, bordel, inclurait des fauteuils roulants, des ordinateurs et que l'un de nous gagne au Loto pour pouvoir les payer, et moi, aussi utile que l'un de mes petits de deux ans ? Je ne souhaite ça à personne.

Tim tient à moi, je le sais. Mais sa pitié, je ne supporterais pas. Aimée, c'est bien. Prise en pitié, non.

Et « soutenir » n'est pas « tenir à », n'est-ce pas ?

Alors, Tim, estime-toi heureux, chouchou, et excuse-moi par avance si, à l'instant de vérité, lors de ton mariage très chic avec une blonde belle à mourir, au moment où le pasteur demandera que, en cas d'objection, l'on « parle maintenant ou se taise à jamais », la porte de l'église s'ouvre avec fracas et qu'une foldingue en fauteuil roulant entre en couinant des roues. Vous continuerez en faisant comme si je n'étais pas là. Je serai sans doute bourrée...
Putain de merde, vous m'avez entendue ?
Si jamais je sors d'ici.
Si...

14

La chatte était restée assise et avait observé sans ciller celle qui l'aimait se faire fracasser le crâne et égorger comme un cochon. Toujours assise, elle regardait à présent le visage d'un homme qui ne comprenait pas plus qu'elle. Ses flancs se soulevant au gré de leur respiration simultanée. Ses flancs se soulevant, elle fixait ses yeux. Il les avait fermés, mais elle suivait les mouvements de ses orbites qui allaient et venaient derrière les paupières comme de petits animaux pris au piège. Cherchant une issue. Cherchant un point faible. Têtes boursouflant les paupières, menaçant de jaillir à travers la peau fine comme du papier...

... et Maggie Byrne sourit en s'étendant sur le lit. Elle tomba ses chaussures et se frotta les pieds l'un contre l'autre. Il entendait le bruissement de ses collants en nylon. Il parla — plaisanta, peut-être. Elle rit en renversant la tête en arrière et, sous son menton, les bords rouges de la plaie commencèrent à s'écarter. Elle rougit et tendit le bras vers un foulard. Il lui assura que cela n'avait aucune importance, mais elle avait déjà commencé de pleurer. Elle secouait la tête et sanglotait en essayant de nouer le foulard autour de son cou. L'entaille s'élargit au point de finir par ressembler à ce qu'on voit sur l'étal d'un poissonnier. Le cou un peu gras taillé en tranches comme du thon. Rose, rose plus foncé, puis rouge.

Et ses mots à lui, incapables de la réconforter. Alors, il voulut la prendre dans ses bras, mais son cou se déroba entre eux. Et ses mains caressèrent sa clavicule, et ses doigts explorèrent l'intérieur humide et moite de la plaie.

En quête de fraîcheur.

Maggie Byrne essaya de crier, mais émit tout juste un son sifflant qui lui sortit du cou.

Il ouvrit les yeux...

Il ne s'était pas endormi, ce n'était pas un rêve. Juste un instantané mental, faussé. Un souvenir agencé et déformé par l'intervention malvenue de son imagination. La chose, dans le coin macabre et morbide de son inconscient, se payait du bon temps.

Il ouvrit les yeux...

Et attendit que les images se brouillent et s'éloignent. Étendu sur le canapé, écoutant le ralentissement de son rythme cardiaque. Sentant les gouttes de sueur s'évaporer de son visage. Laissant la chose retourner se tapir dans son coin.

Jusqu'à la prochaine.

Il ouvrit les yeux et soutint le regard de la chatte assise sur sa poitrine.

— Barre-toi, Elvis !

La chatte bondit et fila se réfugier dans la chambre. Maggie, grande fan d'Elvis, avait choisi le nom de son chat avant d'avoir déterminé son sexe. Elle avait toujours trouvé cela drôle. Sally Byrne avait ramené deux ou trois des chats de sa mère à Édimbourg, et les autres avaient été récupérés par la SPA, mais Elvis avait choisi Thorne dès qu'il avait ouvert la porte de la chambre de

Maggie et senti l'odeur du sang. La chatte avait paru attirée par lui, dixit Sally. Avoir besoin de lui, presque.

Presque autant qu'il avait besoin d'elle.

Un peu plus de deux semaines qu'il avait ouvert la porte de cette chambre. Un peu plus de vingt-quatre heures que Margaret Byrne était enterrée. Thorne ignorait les dispositions prises pour Leonie Holden. Il était, pour reprendre l'expression qu'il avait entendue dans la bouche de Nick Tughan, « hors circuit » sur ce coup. L'inhumation avait peut-être déjà eu lieu. On l'avait trouvée quelques heures avant que lui-même ne trouve Maggie Byrne, et si Phil Hendricks avait recueilli les parties d'elle dont il avait besoin, soigneusement étiquetées dans des bocaux, le corps aurait été rendu à ceux pour qui il signifiait encore réellement quelque chose. Dans leur cœur et dans leurs tripes. Pour qu'ils puissent lui faire leurs adieux.

Il y aurait eu une présence officielle à ses funérailles, bien entendu. Souvent, elle se limitait à une couronne mortuaire, mais Thorne imaginait bien Tughan au fond de l'église, en noir comme un assassin. Il se demanda si Frank Keable aurait fait acte de présence. Ou quelqu'un de plus haut placé. Si le décompte de mortes continuait de croître, ils finiraient par devoir envoyer le directeur de la police. Avec un fin sourire et une couronne de lys blancs ornée du ruban « Navré, on fait ce qu'on peut. »

Thorne n'avait pas pour habitude d'assister aux obsèques de ses victimes... des victimes de ses affaires — *dans* ses affaires. Il s'y était rendu les fois où ils avaient pensé que le tueur avait de bonnes chances d'être présent. Il restait derrière, balayait l'assistance du regard, cherchant quelqu'un qui détonnerait. En l'occurrence, il n'y avait aucune chance que cet assassin-là assiste aux obsèques de ses victimes. Il voulait oublier les mortes. Ses échecs.

Thorne fut frappé comme par un coup de marteau dans la poitrine parce qu'il n'avait pas la moindre idée de l'endroit où Helen Doyle était enterrée. Enterrée, bien entendu, pas incinérée. Pour laisser la porte ouverte à une deuxième autopsie, si elle s'imposait, ou était demandée beaucoup plus tard par le mis en examen.

Même dans la mort, son corps ne lui appartenait pas.

Thorne bascula ses pieds par terre, s'assit et se frotta les yeux. La sueur les faisait picoter. Il avait très faim. Un mal de tête s'amorçait...

Il était temps pour lui de ne plus se terrer.

Il était sorti brièvement pour rendre les hommages qui, à son sens, étaient dus à Margaret Byrne, et, supposait-il, qu'elle n'avait jamais reçus de son vivant. Il avait pris dans ses bras la fille d'une femme qu'il n'avait connue que dans la mort. Il l'avait étreinte tandis qu'elle pleurait. Il avait ri quand elle lui avait parlé de chats et lui avait fait signe de la main quand elle était montée dans le véhicule funéraire.

Il avait regardé, à l'autre bout de l'église presque vide, David Holland assis, l'air grave, raide comme un lycéen engoncé dans son col. Ils avaient échangé un signe de tête et vite détourné les yeux. Il valait sans doute mieux garder un peu de distance avec tant d'accusations dans l'air. Tant de reproches à répartir.

Thorne s'était attendu à devoir fournir quelques explications. Il ne s'en était pas particulièrement bien sorti. On savait que c'était Holland qui lui avait parlé de Margaret Byrne et lui avait communiqué son adresse. On ne pouvait pas le prouver, mais on le savait. Cela ne changeait rien. Cela n'expliquait pour personne comment l'assassin l'avait appris. Ni comment il avait su que Thorne était sur le point d'obtenir une identification formelle. Ni comment il avait pu venir supprimer cette menace et enchaîner calmement avec l'exécution de Leonie Holden.

Rien ne s'expliquait aisément, mais il était évident pour tout le monde que Thorne n'avait rien à faire de près ou de loin avec Margaret Byrne. Sa présence paraissait louche.

Il se sentait responsable.

Margaret Byrne était morte à cause de ce qu'elle savait et qu'elle aurait pu lui révéler. C'était évident. Elle était morte parce que Thorne connaissait l'assassin, parce qu'elle pouvait l'identifier et parce que, quelque part, dans une investigation inepte dont il avait fait partie, existait une fuite assez grosse pour couler un cuirassé.

Thorne avait sa petite idée sur le *qui*, mais serait bien en peine d'expliquer le *comment* et le *pourquoi*. Lorsque la presse s'emparait d'une affaire, comme dans le cas présent, ce n'était jamais un mystère. La solution se trouvait à portée de main, tapie dans le relevé de comptes d'un constable joueur invétéré ou d'un sergent devant verser une trop forte pension alimentaire. Mais là, c'était complètement différent. Cette fuite avait ramené l'assassin chez Margaret Byrne avec une barre de fer et un scalpel. C'était infiniment plus sinistre et exigeait une surveillance bien plus féroce.

On serrait les rangs tout à coup. On détournait les yeux, on pointait du doigt. Désormais, Thorne était dans la balance. Keable venait de lui demander d'attendre sans bouger. Thorne n'avait pas eu son mot à dire. Il était dans le pétrin, et les décisions devaient venir des instances supérieures. Cela paraissait bien, cela avait l'air d'un plan d'action, mais Thorne savait qu'en réalité Keable n'avait pas la moindre idée de quoi faire de lui.

Et il en avait déjà marre d'attendre sans bouger.

Le début de mal de tête commençait à donner de la voix. Thorne se leva et se dirigea vers la salle de bains dans l'idée de prendre une aspirine, mais son regard fut attiré par le petit voyant rouge qui lui faisait de l'œil depuis la console près de la porte. Des messages sur son répondeur.

Ce n'est que moi, ton père. Appelle-moi quand tu auras une minute...

Tom... c'est Anne. Je te rappelle.

Puis une voix qu'il ne reconnut pas. La voix d'une femme. Basse. Maussade. La gorge prise...

Bonjour, nous ne nous sommes jamais rencontrés. Je m'appelle Leonie Holden, j'ai été assassinée la semaine dernière. J'aurais eu vingt-quatre ans dans quelques jours, et maintenant, je suis seule, et j'ai froid, et franchement, j'en ai rien à foutre de qui vous a raconté quoi, de votre carrière, ou de fibres textiles concordantes, je vous serais reconnaissante de bien vouloir essayer de démêler tout ça, d'accord ?

Il ouvrit les yeux.

Une douche froide. Et un café chaud. Et de vrais messages sur un vrai répondeur.

Il était temps de ne plus se terrer.

Plusieurs voix, toutes inquiètes. Son père, deux fois. Anne, deux fois. Phil Hendricks, qui voulait lui parler. Keable, toujours en train d'essayer de sauver sa carrière, entre autres. Sally Byrne, pour prendre des nouvelles de la chatte. Dave Holland...

Et Thorne éprouvait le besoin de sortir de chez lui et de leur parler à tous mais, dans les blancs entre les

messages, le silence faisait entendre sa voix plus insistante que toutes les autres. Elle lui murmurait les mots qui avaient explosé dans sa tête une semaine plus tôt et qui, à présent, tremblotaient dans son cerveau jour et nuit, telles des secousses secondaires. Il les entendait encore comme on les lui avait dits, annoncés avec un triomphe non dissimulé et l'accent froid et étrangement dénué de caractère de Tughan. Des mots qui l'engourdissaient encore et qui s'imposeraient, exprimés ou non, dans ses conversations avec Anne Coburn, ou Phil Hendricks, ou Frank Keable, ou Dave Holland, ou n'importe qui d'autre d'ailleurs.
Jeremy Bishop a un alibi en béton.
Jeremy Bishop n'a matériellement pas pu tuer Margaret Byrne.

Pause déjeuner. Sandwich et boisson énergisante chez un traiteur sympa, puis balade dans les rues asphyxiantes de Bloomsbury pour contempler les agonisants.

Il ressentait encore l'onde de choc le long de son bras au moment où le crâne de Margaret Byrne s'était fêlé. Il l'avait senti s'écraser comme un After-Eight sous le coup de la barre. Avec ça, elle l'avait bouclé. Cette grosse pétasse s'était mise à pousser des cris perçants en courant d'une pièce à l'autre dès l'instant qu'il avait ouvert d'un coup de pied la fragile porte de derrière. Cela n'avait duré que quelques secondes, pourtant il s'était demandé, tout en la poursuivant jusque dans la chambre et en lui sautant dessus par derrière, si les voisins entendaient. Tandis qu'il passait le bras en tenaille sous son menton pour lui redresser la tête, et glissait la main dans sa poche pour y prendre le scalpel, il s'était dit que ça irait. Ils penseraient sans doute que c'était juste la télé réglée un peu fort. Pas de quoi se prendre la tête.

On l'avait peut-être vu aussi. Bon nombre de rideaux s'étaient écartés lorsqu'il était passé devant la maison un peu avant, mais tout cela le servirait à long terme, en dépit de la confusion que cela ne manquerait pas de semer dans certaines sphères. Les bijoux par terre les avaient sans doute intrigués aussi. Ils ne risquaient pas de penser qu'il s'agissait d'un cambriolage raté, mais peut-être qu'il y avait eu lutte, que, peut-être, la pauvre chérie avait cru qu'il était venu pour la voler. Aucune importance.

Quoi qu'ils puissent penser, ils se trompaient.

Il ressentait encore la montée d'adrénaline comme au moment où la lame avait glissé sur la trachée. Tandis que le sang giclait et étoilait sans bruit la moquette hideuse, il lui avait enfoncé un genou dans le creux des reins et l'avait hissée peu à peu sur le lit tout en souhaitant avoir le temps de tout faire correctement.

Il entendait encore le ronronnement des chats, seul bruit qui troublait le silence tandis qu'il regardait la vie la quitter. Avec du temps, il aurait aimé mettre en scène un suicide. Ainsi, il n'y aurait eu aucune confusion possible. Ni de problèmes de minutage entre les événements.

Il lui avait pourtant fallu s'occuper d'elle très vite, et il avait fait le nécessaire. Il se rendait compte à présent que c'était sans doute à la précipitation et à la mise en péril de son emploi du temps qu'il devait son échec avec la fille du bus.

Leonie. Il avait lu son prénom dans le journal. Bien évidemment, ils n'avaient pas eu le loisir de faire connaissance dans les règles.

Cela n'avait pas aidé, c'était certain. Il avait manqué de calme durant la procédure. Sa surexcitation résiduelle des événements antérieurs l'avait rendu gauche et avait compromis le minutage.

Sinon, il l'aurait soigné, bien entendu, le suicide. Le mode de l'incroyant. La coupure horizontale en travers du poignet et non l'entaille verticale, du poignet au coude en suivant l'artère radiale, bien plus efficace mais hautement suspecte. Bah, si ça se trouve, ils ne l'avaient même pas remarqué. Déjà que tout le reste leur prenait une éternité.

Mais, bon, il lui avait fallu tenir Thorne en considération. Thorne ne le quittait jamais. Il ignorait quand exactement celui-ci comptait se rendre chez Margaret Byrne, mais il doutait qu'elle reçoive beaucoup de visites, alors il y avait de fortes chances qu'il ait de la veine. Lorsque la presse confirma le nom du policier qui avait découvert le corps de « Mme Byrne — 43 ans », il avait crié de joie. Le seul point positif sorti de tout cela était... la marginalisation de Thorne. Vu sous cet angle, il se dit que le minutage n'aurait pu être meilleur. Désormais, l'homme était plus isolé que jamais.

Isolé, Tom Thorne, n'en devenait que plus dangereux.

Et c'était exactement comme ça qu'il le voulait.

C'était à vingt minutes de marche de Waterloo Park. Thorne avait caressé l'idée de lui fixer rendez-vous au cimetière de Highgate, mais c'était leur endroit, à Jan et lui. Ou plutôt, ça l'avait été. C'était un coin sympa pour y perdre son dimanche matin. Elle, qui aurait tout donné pour avoir l'impression d'être l'héroïne d'un film d'auteur en noir et blanc, et lui, heureux de tuer une heure ou deux avant un déjeuner bien arrosé à l'Old

Crown ou au Flask. Tous deux contents de passer le temps à ne rien faire ou presque, et riant chaque fois devant la tombe de l'anonyme M. Spencer face à celle du bien plus célèbre Marx.

Waterloo Park, espace vert petit mais très apprécié, que ceux qui le fréquentaient ne se lassaient pas de décrire comme étant un « trésor caché », jouxtait l'extrémité nord du cimetière. La clientèle y était disparate, pour dire le moins : bobos, oisifs camés et abonnés aux soins à domicile côtoyaient quelques femmes enceintes jusqu'aux dents que l'hôpital Whittington envoyait marcher là dans l'espoir de provoquer les premières contractions.

Thorne aimait beaucoup cet endroit, surtout à cause de Lauderdale House, l'hôtel particulier du XVIe siècle à l'entrée. À présent, il abritait des spectacles de marionnettes pour enfants, des salons d'antiquités et des expositions d'art moderne hideux. Il proposait un restaurant correct et un café trop cher mais sympa tout de même. Mais, voilà quatre siècles, Nell Gwynne y avait résidé en sa qualité de favorite de Charles II. Une dame prétentieuse lui avait dit un jour que c'était là que Mlle Gwynne « recevait Sa Majesté ». Il lui avait répondu que c'était là le plus bel euphémisme qu'il ait entendu de sa vie, mais la prétentieuse n'avait pas vu ce qu'il y avait de si drôle. Thorne en avait conclu qu'ellemême aurait bien besoin de recevoir quelques Majestés de temps à autre.

Depuis, venir ici lui remontait toujours le moral. Ce monument classé avait été ni plus ni moins une maison close haut de gamme. Pour cette seule raison, ce parc était devenu pour lui un endroit de prédilection où s'asseoir et réfléchir, sur une bande-son avec l'aimable autorisation de Gram ou de Hank sur un baladeur CD, cadeau inattendu de Jan pour son quarantième anniversaire.

Il s'engagea dans l'immense allée incurvée qui menait à deux minables courts de tennis. Tous les cent mètres, il passait devant une figure taillée dans l'herbe ou dans un arbre mort. Des sculptures organiques. Sans doute un des projets pour fêter l'an 2000. Quelle perte de temps et d'argent ! Il avait passé le 31 décembre 1999 en compagnie de Phil Hendricks, d'un poulet au curry et d'une quantité indécente de bière. Tous deux dormaient avant minuit.

Ce lieu de rendez-vous en valait bien un autre. Thorne ôta sa veste en cuir et s'assit sur un banc boulonné à l'allée en béton. Il regarda l'immense dôme de l'église St Joseph, à l'autre bout du parc. Il faisait beau, compte tenu du fait qu'octobre pointait le bout de son nez.

Un couple venait vers lui, main dans la main. Jeunes, la petite trentaine, la démarche souple, le dos droit. Lui portait un pantalon large beige et un pull blanc ; elle, un jean blanc ajusté et un haut soyeux crème. Ils avançaient avec fluidité, d'un même pas, souriant encore de ce qu'ils venaient de se dire.

Au moment où, orgueilleux et à l'épreuve des balles, ils passèrent devant Thorne, celui-ci sentit l'envie lui brûler tout le corps comme de la soude caustique dissolvant les graisses d'une canalisation. Ils étaient, à leur façon, si lumineux et si immaculés, ces deux-là. Le couple idéal pour un publicitaire, de sortie après le café et les croissants dégustés dans un entrepôt joliment reconverti. Thorne ne doutait pas qu'ils avaient de bons boulots, concoctaient des repas exotiques pour des amis parfaits et s'éclataient au lit. Ils profitaient de tout et ne doutaient de rien.

Rien ne les avait endommagés.

Il songea à Anne et lui, se demanda s'ils n'étaient pas tout bonnement stupides.

Pourquoi trouvait-il si difficile de l'appeler ?

Il lui avait laissé un message le lendemain du jour où il avait découvert le corps de Maggie Byrne pour lui dire qu'il s'était passé quelque chose, mais depuis, il n'avait pas donné suite à ses appels. Ce n'était pas seulement la question de Bishop. C'était la question de préserver une part de lui-même — cette part obscure et indéfinissable dont il aurait besoin s'il voulait sortir de là indemne et faire cesser ces meurtres. Il était prêt à prendre tous les risques à cette fin, mais si ça devenait sérieux entre Anne Coburn et lui, des fragments risquaient de s'écailler. Cette cuirasse servait aussi de camouflage. Le moindre défaut pourrait la rendre inutile. Avec le temps, elle se régénérerait sans doute d'elle-même. Elle finirait par se renforcer. Néanmoins, ce n'était pas le moment d'être... vulnérable.

Pourtant, il désirait tout de même qu'Anne soit proche. Il désirait sa proximité. Il regarda le jeune couple s'éloigner en direction de la gloriette, très prisée par les adeptes des échanges de fluides corporels en plein air. Il se sentit idiot. Il téléphonerait à Anne dès son retour chez lui. Que se racontait-il, de toute façon ? Il n'était rien qu'un flic — en théorie, du moins.

Des défauts dans la cuirasse ? Pff...

Il s'imagina fugacement en boxeur incapable de baiser la veille d'un combat. C'était une analogie ridicule, mais les images qui lui vinrent à l'esprit l'amusèrent tant qu'il souriait encore lorsque, cinq minutes plus tard, son rendez-vous arriva.

Par moments, Anne Coburn avait l'impression que la seule personne avec laquelle elle pouvait réellement parler était une femme privée de la fonction du langage.

Assise seule dans la cantine de l'hôpital, poussant un morceau de salade sans saveur dans une assiette en carton, elle songeait à ses échecs professionnels. Les séances avec Alison se déroulaient bien, mais Anne se rendait compte que, si elle n'y prenait garde, existait le danger qu'elles ne se transforment en séances de thérapie pures et simples.

Et pas pour Alison.

Alison avait des problèmes avec son petit ami, et les choses atteignaient un seuil critique, pourtant Anne avait passé la plus grande partie de leur dernière séance à râler contre ses propres problèmes.

Ses problèmes avec sa fille. Avec son ex-mari. Avec son amant.

Avec Rachel, ça ne s'arrangeait pas du tout. Au moins, elles se parlaient, mais pour ne rien se dire. Chacune marchait sur des œufs, toutes deux très conscientes que le moindre commentaire risquait de dégénérer en dispute homérique. C'était la session de rattrapage qu'elle ne préparait pas, et ses couchers tardifs, et la vérité qu'elle ne disait sûrement pas.

C'était — Anne commençait à le suspecter... non, à en être certaine — le garçon qu'elle fréquentait.

Anne avait abordé le sujet un jour, mine de rien, mais la réaction de Rachel, son air arrogant, son silence prolongé, lui avaient confirmé qu'elle avait dépassé les bornes. C'était ridicule. Anne ne verrait aucun inconvénient à ce qu'elle ait un petit ami. Pourquoi en verrait-elle ? Ce ne serait pas le premier. C'était juste un peu bête en cette période-là. Des examens importants auraient lieu d'ici à seulement quelques semaines,

Rachel risquait de se planter en beauté et Anne n'y pouvait rien.

Rachel était aussi têtue que son père qui, à présent, ne lui adressait plus la parole, lui non plus. Les rapports entre David et elle, nettement glaciaux, à la limite de l'animosité, s'étaient, depuis qu'elle lui avait parlé de Thorne, rapidement dégradés. Il semblait décidé à couper toute communication, et ce, à un moment où un front uni, pour ce qui concernait Rachel, eût été une bonne idée.

Le plus étrange était qu'il semblait connaître sa relation avec Thorne avant même qu'elle ait existé. Elle repensa à leur altercation dans l'ascenseur. Déjà, il lui avait fait des réflexions à ce sujet. Voilà pourquoi elle le lui avait dit. Elle ne cherchait pas à marquer des points — bon, peut-être un ou deux —, mais ses soupçons lui permettaient de secréter amplement assez de fiel à lui cracher à la figure, alors pourquoi ne pas tout bonnement le féliciter pour son intuition ? Mais depuis qu'elle lui avait confirmé sa liaison — était-ce réellement une liaison ? — avec Thorne, il était devenu franchement désagréable.

Steve Clark passa, et Anne répondit à son sourire en se demandant si sa mésentente avec Rachel n'était pas aussi, en partie, liée à Thorne. Rachel serait-elle jalouse ? Anne avait fait l'effort de lui parler de Thorne. Depuis leur grande dispute, quelques semaines plus tôt, elle s'efforçait d'être plus ouverte. Elle lui avait parlé de l'enquête, de la façon dont elle y était liée. Elle avait omis les détails les plus macabres et éludé le... l'implication de Jeremy — pour sa propre tranquillité d'esprit avant tout. Elle l'avait tenue au courant des progrès d'Alison et, de façon générale, avait fait un réel effort pour renouer la relation. Mais elle n'avait peut-être pas expliqué à Rachel ce qu'elle éprouvait pour Thorne.

Anne repoussa son assiette de salade encore intacte en décrétant que la raison en était qu'elle-même ne le savait pas réellement.

Elle se leva et gagna rapidement le fond de la cantine, franchit les portes battantes et sortit sur l'escalier de secours où elle alluma une cigarette en admirant la vue de grosses poubelles en zinc et de tas d'emballages en polystyrène.

Thorne...

Apparemment, il se trouvait au centre de tous ses rapports problématiques. Et non des moindres, celui avec Jeremy Bishop.

Jeremy et elle s'étaient à peine parlé depuis le soir où elle avait fini dans le lit de Thorne. Ce... refroidissement venait d'elle, mais elle sentait que lui aussi gardait ses distances. Elle ne pouvait nier la possibilité que Jeremy soit jaloux, et qu'un élément de cette jalousie puisse être d'ordre sexuel, mais elle le soupçonnait aussi d'avoir lui-même une liaison. Il y avait fait deux ou trois allusions à sa façon juste avant qu'ils ne cessent de se voir. Il semblait absorbé, et par autre chose que le travail. Elle espérait que c'était par une femme. Elle souhaitait plus que tout que Jeremy soit heureux.

Il lui manquait.

Pourtant, elle ne décrocherait pas le téléphone. Elle le connaissait depuis plus de vingt-cinq ans, et en dépit de l'absurdité des soupçons de Thorne, l'appeler lui donnerait la sensation d'être vaguement déloyale envers un homme qu'elle venait de rencontrer.

Elle supportait mal que sa loyauté soit mise en doute. Envers quiconque et par quiconque. Et pourquoi Thorne ne lui téléphonait-il pas, bon sang ?

Il l'avait appelée pour l'informer de la survenue d'un événement grave dans l'affaire. Grave, à ses oreilles, avait résonné comme un euphémisme pour « mort » et, le surlendemain, elle avait lu de quoi il retournait. Puis le reste. Pas un mot sur Alison, Dieu merci, mais beaucoup d'eau sanglante apportée au moulin des médias. Le silence de la presse dont Thorne se souciait tant était bel et bien terminé. Des éditos indignés disputaient les colonnes aux photos de cinq femmes assassinées.

Anne ne lisait plus les journaux à présent. Elle côtoyait suffisamment la maladie comme cela.

Elle ne voulait pas s'impliquer dans cette affaire plus qu'elle ne l'était déjà par Alison. Elle ne voulait rien en savoir d'autre.

Jusqu'à l'arrestation.

Thorne et Holland avaient marché jusqu'à l'étang près de la sortie la plus au sud du parc. Accoudés à la rambarde, ils conversaient et devaient, de temps en temps, hausser le ton pour dominer les cris en provenance du terrain de jeux des enfants à quelques mètres d'eux. Un père de famille fumait en lisant le journal tandis que deux gamins tentaient en vain d'escalader un toboggan et qu'un troisième, debout sur une balançoire, cherchait à se faire remarquer.

Pendant que Holland contemplait l'eau, Thorne suivit des yeux un gros rat brun qui trottinait dans la poussière sous la haie taillée qui bordait l'étang. On en voyait souvent par ici, à l'affût de miettes de pain jetées inopportunément, et Thorne se réjouissait toujours d'en repérer un. Ce n'était pas un bel animal, mais alors que le regard de Holland était captivé par la variété de canards et d'oies offerts à la vue, celui de Thorne était naturellement attiré par le rat. Le charognard, le profiteur, le survivant. Le méchant.

Cette ville ne pourrait avoir de symbole plus parfait.

— Je ne vous aurais pas catalogué coursier, Holland.

Holland se tourna vers lui en sentant la rougeur lui monter au cou.

— C'est parce que je n'en suis pas un, chef.

Thorne s'en voulut aussitôt. Sa tentative d'humour à froid avait viré au sarcasme. Holland n'y pensait déjà plus.

— L'inspecteur chef Keable pensait que nous pouvions nous rencontrer par hasard, voilà tout. Il avait bien essayé de vous téléphoner lui-même...

Thorne hocha la tête. Beaucoup de gens avaient essayé de le joindre.

Astucieux d'avoir chargé Holland de transmettre cette proposition quelque peu bizarre. Frank Keable n'avait rien d'un policier inspiré ou inspirant, mais il savait ce qui se passait autour de lui. Il percevait ses troupes. Il percevait toujours les courants qui agitaient une opération, bien au-delà de qui faisait la gueule et qui avait flashé sur qui.

Le rat, dressé sur ses pattes arrière, flairait le contenu d'une poubelle fixée à la rambarde. Thorne tourna les yeux vers Holland.

— Alors, quel est votre avis ?

Holland sourit, en partie flatté qu'on le lui demande, mais surtout conscient que son opinion compterait sans doute pour moins que rien.

— Je pense que la proposition est bonne, en fait. Il me semble que vous serez un agent relativement autonome, et tant que vous ne vous attirez pas trop d'ennuis...

— Ni ne mentionne Jeremy Bishop ?

Holland ne vit pas l'intérêt de lui dorer la pilule.

— Ça pourrait être bien pire.

Thorne ne lui donnait pas tort. Après la découverte du corps de Margaret Byrne, Keable avait laissé planer le doute sur l'éventualité d'une mesure disciplinaire, mais entre ça et le meurtre de Leonie Holden, blâmer un inspecteur canaille à l'imagination débordante ne faisait plus partie des premières priorités. En tout cas, voilà ce que Keable avait déclaré. Donc, soit c'était cela, soit il avait ses raisons de ne pas vouloir officialiser la chose tout de suite et s'accordait le temps de réfléchir à la meilleure décision à prendre concernant Thorne. Dans les deux cas, au bout du compte, il était probable qu'il se ferait tout juste taper sur les doigts.

Holland ne lui avait pas tout dit.

— Ils sont au courant pour les fibres prélevées dans le coffre de la voiture de Bishop.

— Merde.

Thorne flanqua un coup de pied dans la terre, et la poussière et les gravillons expédièrent momentanément le rat en quête d'un abri. Un gars de l'équipe scientifique avait une grande gueule. Ce qui expliquait le coup de fil de Hendricks. Il faudrait qu'il lui parle.

— En résumé, j'ai quelques ennuis qui, si j'accepte la proposition de devenir un genre de consultant ou autre intitulé à la con inventé par Frank Keable, pourraient être écartés. C'est ça ?

— Ce n'est pas tout à fait ce qu'il a dit, chef.

Consultant. Il se demanda où étaient les pièges. À part le plus évident.

Leonie Holden avait été vue pour la dernière fois dans un bus de nuit en direction d'Ealing, et son corps découvert quatre heures plus tard dans Tufnell Park.

À cinq cents mètres de chez Thorne.

La signification de ce tout dernier message du tueur à son inspecteur préféré n'avait échappé à personne.

Consultant ? Un terme plus approprié eût été « appât ».

— Que pensez-vous de Jeremy Bishop ?

Holland choisit ses mots avec soin.

— Je ne pense pas qu'il ait tué Margaret Byrne, chef.

— Il avait un soi-disant alibi en béton pour Alison Willetts, et nous y avons trouvé des failles.

— Ah, je n'y comprends toujours rien. Je ne vois toujours pas comment il a pu faire ce qu'il a fait à Alison et la conduire à l'hôpital à temps. Sans parler des raisons. Pourquoi se donner tant de mal juste pour se bâtir un alibi qui prend l'eau ?

— Je vais le découvrir, Holland. Et je vais découvrir aussi comment il a tué Margaret Byrne.

— Ce n'est pas lui, chef.

— Un homme au comportement suspect correspondant à son signalement a été vu devant chez elle un peu plus tôt dans la journée.

— Coïncidence. Forcément. En outre, la voisine d'en face est à moitié barge. Elle a trouvé *mon* comportement suspect.

Holland reprit la parole posément, exposant seulement les faits.

— Je suis allé au Royal London et j'ai interrogé tout le monde sauf les patients en coma dépassé. Elle a été tuée en milieu ou fin d'après-midi, et Bishop se trouvait à l'hôpital, il travaillait sur une série d'opérations de routine. Il y a des dizaines de témoins. Aller de Whitechapel à Tulse Hill et en revenir sans que personne ne se soit aperçu de son absence, c'est impossible.

Thorne fut reconnaissant à Holland d'avoir pris cette

peine. Il l'aurait certainement fait à son heure, et en sachant que si Tughan l'apprenait, il se serait retrouvé dans la merde jusqu'au cou.

— Pas d'alibi pour Leonie Holden.

Thorne pensait à voix haute.

— Chef...

Pas d'alibi pour Leonie Holden. Parce qu'il l'a tuée. Ce salaud l'a tuée et l'a déposée à deux pas de chez moi.

— Alors, vous pensez vous aussi que je fais fausse route, Holland ? Ou qu'il n'y a même pas de route ?

Holland soupira. Les questions devenaient de plus en plus ardues.

— Je m'étais fait en quelque sorte à l'idée de Bishop en suspect numéro un, chef. Il n'y a personne d'autre sur les rangs, c'est sûr, et même si nous disposons uniquement de preuves indirectes, j'étais disposé à... considérer cette piste comme possible. Mais Maggie Byrne et Leonie Holden ont bien dû être tuées par le même homme.

Ils demeurèrent silencieux. Thorne n'avait rien d'autre à ajouter. Holland aurait eu beaucoup à dire, mais préféra le garder pour lui. Derrière eux, un gamin tomba du tourniquet et se mit à crier.

Holland se racla la gorge.

— En tout cas, cette théorie a un point qui parle en sa faveur, chef.

— Ah ouais ? marmonna Thorne. Lequel ?

— Elle est de vous.

Thorne ne put se résoudre à le regarder. Sa mâchoire se crispa. Il craignait, s'il regardait Holland, que son visage n'exprime bien trop de gratitude. Il serait rayonnant, désespéré et pitoyable.

Le visage qui révélait trop de tout.

Thorne se détourna et s'éloigna vers le portail. Son mouvement brusque fit sursauter de nouveau le rat qui, effrayé, poussa un petit cri perçant. Sur son séant, il se lissait les moustaches, ce sale petit effronté. Ils n'avaient peur de rien. Un jour, à cet endroit, Thorne en avait vu un lui filer entre les chaussures.

Il lança un regard par-dessus son épaule. Holland se trouvait à une dizaine de pas derrière lui.

Quel que soit le trajet qui l'attendait, Thorne n'avait nullement l'intention de ralentir, mais il sentait que Holland était le genre d'homme, le genre de flic, qui réduirait l'écart et marcherait à son côté.

Et, peut-être, ensemble, ils coinceraient Jeremy Bishop.

Il paraît qu'à Londres on n'est jamais à plus de deux mètres d'un rat. Thorne savait qu'on n'était jamais beaucoup plus loin d'une bête bien plus nuisible.

Plus malade. Plus humaine.

Dieu n'existe pas, c'est certain. Ou, s'il existe, il — ou elle — est complètement jeté. Comme si ça ne m'avait pas suffi !

Voici comment Anne m'a expliqué la chose.

Ils sont obligés de me secouer toutes les dix minutes pour que, même sur mon beau lit vibrant, je n'aie pas d'escarres. Et donc, une infirmière, laquelle, je n'en sais rien, mais je pencherais pour Martina se vengeant de l'incident de ma « quinte de cou », a accidentellement délogé le tube nasogastrique, un « tuyau dans le pif » de vous à moi, en me déplaçant. Deux ou trois centimètres, il n'en faut pas plus. Ce qui survient alors, c'est que les aliments, une préparation blanchâtre, merdique et insipide, censée être bourrée de protéines et d'autres super trucs, au lieu d'aller où c'est prévu, se répand dans ma cage thoracique. En vrac. Vous autres qui pouvez tousser et cracher comme bon vous semble, tousseriez et recracheriez cette merde et, quelques jours plus tard, développeriez peut-être une légère infection des voies respiratoires.

Mais pas moi. Oh, non.

Cette préparation est un vrai nectar pour les putains de bactéries. Elles en raffolent. Elles se précipitent dessus, et presto, je chope une méchante pneumonie. Ce genre de chose devait arriver tôt ou tard. Je suis sujette aux infections, apparemment. C'est-y pas merveilleux ?

Donc, me voici de retour sous respirateur. De gros soufflets mécaniques respirent pour moi, et je me sens comme lors de mon arrivée ici.

Tout le reste s'est arrêté jusqu'à ce que je me sois remise. L'ergothérapie marchait plutôt bien, il faut le dire. Nous avions mis au point un assez bon système en utilisant un alphabet basé sur la fréquence d'utilisation de telle ou telle lettre. Donc, l'ordre n'est pas A, B, C, D, E. Il ne va pas de A jusqu'à Z, mais de E à V. Nous avons également des raccourcis pour les retours en arrière, les avances rapides, la répétition de mots. Anne est devenue l'équivalent du système de mon téléphone portable qui devine ce que je vais écrire. Elle termine les mots pour moi et, la plupart du temps, elle tombe juste. Elle s'est aussi habituée à ma façon de jurer.

Et maintenant, tout ça doit s'arrêter jusqu'à ce que j'aie repris des forces. Que j'aille mieux.

Ouais, bon, quand on est dans cet état, mieux est un terme bien relatif.

Le tableau a disparu du pied de mon lit. Je l'ai hypermauvaise, putain.

Pour être franche, je pense que la communication se passait bien, et c'était le cas comparé à quelques semaines plus tôt mais, pour autant, ça n'a pas facilité les choses avec Tim. Tout ce que j'avais prévu de lui dire est tombé à l'eau le moment venu.

Il était là, le curseur en main, l'air éperdu.

Même si l'on peut épeler à toute vitesse les mots les plus compliqués qui soient au monde, ce ne sont que des mots, non ? On ne peut pas épeler ce qu'on ressent avec une paupière et un curseur. Je n'aurais pas réussi à lui faire comprendre.

Au bout du compte, je n'ai pu qu'épeler un seul mot et le répéter encore et encore.

B.Y.E.

Bye bye...

15

— Je suis ravi de vous revoir parmi nous, Tom, mais cela étant dit...

Keable, assis à son bureau, faisait un discours. Tughan, les cheveux gras et le regard perçant, était adossé au mur. Keable saluait ostensiblement le retour de Thorne au sein de l'Opération Boomerang, quoique son rôle fût peu orthodoxe et assez indéfini, mais en réalité il établissait les règles de base. Sur le fond, Thorne devrait les clarifier plus tard. Pour l'heure, il gardait l'œil sur son vieux pote, le cerf d'Exmoor.

Chaque fois qu'il regardait ce pâle succédané de faune du Sud-Ouest, il repérait de nouveaux détails. Aujourd'hui, de sa chaise, il distingua une crispation dans la mâchoire de l'animal qui lui parut exagérément agressive. Ce n'était sans doute que de la peur, ou la détermination à charger le photographe à tout moment, mais en imagination, Thorne dessina une bulle à côté de la tête du cerf disant : « On n'aime pas ceux dans votre genre ici. » Ce n'était plus qu'une question de jours avant que soit dévoilée la vue sublime qui enclavait Octobre. Il était sûr que, chaque mois, Keable attendait impatiemment ce moment. Quelle image captivante Thorne contemplerait-il la semaine prochaine ? « Blaireau à la Tombée du Soir », peut-être. Il se demanda s'il resterait là assez longtemps pour la voir.

Keable en avait terminé.

— Alors ?

Thorne lui accorda toute son attention. L'inspecteur chef arborait un air ouvert et aimable. Jusqu'à présent, tout s'était mieux passé qu'on aurait pu l'espérer.

— Nous devons préciser, intervint Tughan, que personne ne te demande si cette proposition t'intéresse, car ce n'est pas vraiment une proposition. Tu n'as pas le choix.

Thorne se savait frit comme un gardon, mais il désirait tout de même se contorsionner un peu. Il ignora Tughan et s'adressa directement à Keable.

— Je vous remercie d'avoir mis la sourdine sur l'aspect disciplinaire des événements récents, Frank, mais je ne comprends toujours pas très bien ce que vous attendez de moi en retour. *J'étais distrait. Désolé.* Consultant... arme secrète... super sous-policier, quel que soit le nom que vous me donnez, je n'en reste pas moins l'inspecteur de trop. Brewer est toujours là, et je ne pense pas que Nick envisage de mutation...

Il adressa un sourire à Tughan. L'Irlandais lui rendit la pareille, l'air inexpressif.

— ... donc, que vais-je faire exactement au jour le jour, Frank ?

Keable s'accorda quelques secondes pour formuler sa réponse, puis s'exprima d'une voix posée mais à l'inflexibilité à peine voilée.

— C'est vous qui avez pris l'initiative de vous exclure, Thorne. Vous avez obtenu ce que vous vouliez. Vous avez mis une pagaille pas possible, et vous voilà réintégré. Vous n'êtes pas en position d'exiger quoi que ce soit.

Thorne acquiesça. Il lui fallait être prudent.

— Oui, chef.

Il lança un regard à Tughan. Cette fois, ce salaud souriait franchement.

Keable se leva et contourna son bureau. Un petit miroir se trouvait sur le classeur à tiroirs, dans l'angle, et Keable s'accroupit pour voir son reflet et rajuster sa cravate.

— Je veux que vous soyez un élément non officiel de cette opération, dit-il. Je sais que vous êtes loin d'être bête, et que vous comprenez que tant que vous êtes ici, le tueur sait où vous trouver.

Il saurait où me trouver n'importe où. Il me surveille.

— Apparemment, c'est important pour lui, et ce qui est important pour lui l'est pour moi. Nous ne sommes pas sûrs de grand-chose dans cette affaire, mais le tueur a des... affinités avec vous et j'entends bien en tirer le meilleur parti. Si cela ne vous convient pas, tant pis.

Keable se redressa, sa cravate nouée à la perfection.

— Est-ce le cas ?

Thorne fit non de la tête. Cela lui convenait tout à fait. Non qu'il eût l'intention d'attendre mollement que le tueur passe lui faire un petit coucou. L'initiative, à un moment donné, lui avait échappé. Il l'avait laissée lui échapper. Il voulait la reprendre.

Keable, en passant devant Tughan pour regagner son fauteuil, ajouta :

— En plus, tant que vous êtes ici, *nous aussi* saurons où vous trouver.

Thorne réprima un sourire.

— Une question, chef...

— J'écoute.

— Jeremy Bishop. Zone interdite ?

Le regard que Keable et Tughan échangèrent n'échappa pas à Thorne. Tout juste s'il n'entendait pas la température tomber.

— J'y venais. Le Dr Bishop a parfaitement conscience que vous vous êtes présenté à son domicile, voilà quinze jours, sous un faux prétexte. Soyez soulagé qu'il ne sache pas que c'était pour recueillir illégalement des fibres de la moquette de son coffre de voiture.

Il n'avait toujours pas parlé à Phil Hendricks. Il l'appellerait plus tard.

— Elles sont restées collées à mon attaché-case qu'il a lui-même proposé de mettre dans le coffre.

— C'est ça, ricana Tughan.

— Elles correspondent ?

Keable en eut le souffle coupé.

— Je pense que les autres ont raison, Thorne, dit Tughan en se décollant du mur. Tu as carrément pété un câble. Oui, elles correspondent, mais comme toutes les fibres prélevées sur n'importe quelle Volvo de cette couleur et de ce modèle fabriquée depuis 1994. Penses-tu que nous n'ayons pas vérifié tout ça ? As-tu idée du nombre de voitures que cela représente ?

Thorne n'en avait pas la moindre et s'en fichait éperdument.

Keable prit le relais.

— Le Dr Bishop nous a téléphoné plusieurs fois pour se plaindre de coups de fil anonymes. Il a proféré des accusations.

Thorne soutint son regard sans ciller. Keable fut le premier à détourner les yeux.

— Ces appels deviennent de plus en plus fréquents.

Combien de fois avait-il appelé Bishop depuis les obsèques ? Il n'aurait su le dire. Il lui semblait le faire en dormant.

— Le Dr Bishop est furieux et inquiet, comme il se doit, de même que son fils, qui est venu se plaindre, et à présent sa fille qui suit le mouvement. Elle a téléphoné hier pour savoir ce que nous faisions.

La fille se ralliant à la cause. Intéressant.

— Si jamais j'ai confirmation que vous en savez plus là-dessus que ce que vous nous en dites, Tom, je ne serai pas en mesure de vous soutenir. Je ne voudrai pas vous soutenir.

Thorne s'efforça de prendre l'air irréprochable de circonstance. Puis un sourire. Nécessité de détendre l'atmosphère.

— Vous n'avez toujours pas répondu à ma question, Frank ? Est-il zone interdite ou pas ?

L'atmosphère ne se détendait pas.

— Inspecteur Thorne, doutez-vous que la personne qui a tué Margaret Byrne soit aussi responsable de la mort d'Helen Doyle, de Leonie Holden et des autres ?

Thorne s'accorda deux secondes de réflexion.

— Je ne doute pas que la personne qui a tué Leonie, Helen et les autres soit aussi responsable de la mort de Margaret Byrne.

Keable le considéra, ses sourcils broussailleux froncés sous l'effet de sa confusion. Puis il comprit la nuance. Son visage s'empourpra en un instant et sa voix sombra dans le murmure menaçant.

— Ne jouez pas à de petits jeux à la con avec moi, Thorne.

— Je ne joue à aucun jeu...

— Je ne veux plus entendre ces inepties. Les psychopathes n'engagent pas de tueurs à gages.

Jeremy Bishop n'était pas un psychopathe ordinaire mais, au fond de lui, Thorne donnait raison à Keable. Son alibi devait avoir un point faible. Sinon ?

Sinon quoi ? Il l'ignorait.

— Donc, je n'ai même pas le droit de prononcer son nom ?

— Ne faites pas l'enfant. Si vous avez envie de perdre votre temps, pensez ce que vous voulez, mais ne me faites pas perdre le mien, ni celui de cette opération. Tom...

Thorne leva la tête. Keable, le buste incliné vers l'avant, le regardait droit dans les yeux.

— Cela fait un mois qu'Helen Doyle a été assassinée, deux mois qu'Alison Willetts s'est fait agresser, plus de six mois que Christine Owen a été tuée, et Dieu seul sait depuis combien de temps il a commencé à mettre au point ce plan écœurant et sanguinaire.

Quand il a volé les anesthésiants. Quelque chose dans le vol du Midazolam par Bishop tracassait toujours Thorne, flottait dans un coin de sa tête sans qu'il puisse mettre le doigt dessus. Comme un air qui ne lui revenait pas.

Keable alla droit au fait.

— En dépit des bêtises journalistiques et de notre visage grave affiché aux conférences de presse, nous n'avons rien, Tom.

Tughan regarda par terre. Serait-ce un aperçu fugace d'un sentiment de culpabilité ? Thorne reporta le regard sur Keable.

— Je n'arrive vraiment pas à comprendre votre refus de considérer cela avec ouverture d'esprit. Il n'y a pas d'autres suspects. Jusqu'à présent, cette opération n'a rien donné.

Tughan refusa de l'entendre.

— Tous les policiers qui y sont affectés se cassent le cul, Thorne. Nous avons fait tous ce que nous devions, tout. Nous avions trouvé un témoin très crédible en Margaret Byrne...

— Et vous l'avez laissée se faire tuer, l'interrompit Thorne.

Ces mos frappèrent Tughan au visage de plein fouet. Il arpenta la pièce en criant, postillonnant au visage de Thorne.

— Jeremy Bishop n'a rien à voir dans tout ça. Rien. Pendant que tu délirais dans ton foutu pays imaginaire, nous, on faisait notre boulot. Bishop n'est pas suspect. Le seul tribunal qu'il verra de l'intérieur sera celui où aura lieu le procès pour harcèlement qu'il intentera contre toi.

Thorne bondit de sa chaise. L'air de rien, il attrapa Tughan par le poignet et serra progressivement. Le visage de Tughan devint exsangue. Keable se leva et Thorne relâcha son étreinte. Tughan, respirant bruyamment, retourna d'un pas vif vers le mur.

Thorne, d'un geste las, leva un bras et tapa mollement quelque chose d'invisible aux yeux des autres. Il prit son blouson sur le dossier de la chaise et, l'enfilant avec lenteur, murmura :

— Pas d'autres suspects, Frank...

Il fit un pas vers la porte.

— Dans ce cas, trouvez-m'en ! cria Keable.

Même Tughan, qui se frottait le poignet dans le coin, parut choqué.

L'inspecteur chef Frank Keable s'efforçait de paraître dur, mais Thorne croisa son regard et n'y vit que du désespoir.

Holland travaillait à un ordinateur sans se rendre compte de la présence derrière lui jusqu'à ce qu'il entende la voix.

— Belle journée, hein ? Je pensais aller faire un petit tour.

Holland ne se retourna pas.

— Quelque part en particulier ?

— Bristol, c'est pas mal.

Holland continua de taper.

— La circulation, c'est un cauchemar sur la M4 le vendredi.

— J'aime bien le train de toute façon. Trois heures aller-retour. On lit les journaux, on consomme au bar...

— Je paie *Loaded* si vous payez le thé.

— Il vaudrait sans doute mieux que vous mentiez si on vous demande où vous allez...

Holland éteignit l'ordinateur.

— Je deviens assez doué pour le mensonge.

Thorne sourit. Holland réduisait l'écart.

Il lança un coup d'œil chez le marchand de journaux et une manchette en particulier retint son attention. « Champagne Killer », l'y surnommait-on. Deux ou trois jours après le meurtre de Margaret Byrne, les journaux savaient tout.

Les meurtres en série.

Sur le coup, cela l'avait contrarié et énervé. Il n'était pas un tueur en série. Mais il comprenait cette logique. Manifestement, on cachait le fond de l'affaire — la vérité des faits. Il supposa que la police n'avait accepté de coopérer que si la presse taisait certains détails clé afin d'éviter des aveux fantaisistes et des crimes similaires.

Leurs craintes étaient superflues. Lorsqu'il déciderait de renouer le contact, ils sauraient que ce serait lui.

Il savourait cette dose quotidienne de conjectures et de battage de coulpe des tabloïds. Le piétinement de l'enquête sur cette affaire « atroce » était devenu un sujet d'inquiétude national. Ridiculiser la police n'avait jamais été son but, loin de là, cela dit les garanties creuses des inspecteurs chefs et autres directeurs de la police, tant dans les journaux que lors de conférences de presse guindées, l'amusaient énormément.

Champagne Killer. Pas original mais prévisible, et ironique, puisqu'il n'userait plus de ce subterfuge. Avec Leonie, l'agression et l'injection avaient joliment fait le boulot. Plus, le couteau contre la gorge, bien entendu, pour assurer le silence pendant qu'ils attendaient. Tout s'était terminé très vite. Le champagne permettait toujours une quarantaine de minutes de papotage. Ça lui manquait : il rendait la suite bien plus intéressante. Mais avec la piqûre, la différence de vitesse en tout était fantastique. L'adrénaline avait diffusé l'anesthésiant dans le corps de la fille à une telle rapidité qu'elle s'était retrouvée dans la voiture en route pour chez lui quelques minutes à peine après être descendue du bus. À peine s'il avait entendu le son de sa voix.

Un mot, un seul, chuchoté en fait.

Pitié.

Puis il avait de nouveau raté son coup. La distraction causée par le meurtre de Margaret Byrne, à peine quelques heures plus tôt, constituait une excuse toute trouvée, mais il commençait à se rendre compte que la chance lui faisait défaut. Il avait choisi de suivre une procédure effroyablement difficile. Il l'acceptait. Le taux de réussite serait bas. Il l'avait toujours su. Pourtant, l'échec n'en demeurait pas moins profondément contrariant.

Mais les résultats, lorsqu'il atteignait son but, la justifiaient pleinement.

Il avait pris un plaisir infini à tuer Margaret Byrne.

Il éprouvait une sensation de pure honte à le reconnaître, mais il ne lui servirait à rien de s'aveugler.

Il avait imaginé être elle. Il avait imaginé sentir la lame froide vibrer contre sa peau. Retenu son souffle durant un dixième de seconde entre l'instant où cette douce vibration s'était tue et celui où le sang avait commencé de couler.

C'était là un sentiment qu'il avait connu une fois, aimé, et presque oublié.

Ce meurtre ne portait rien de la beauté permanente, rien de la grâce de son travail habituel. Il fallait un certain savoir-faire, bien entendu, mais un cadavre pâle et raide ne pouvait se comparer à sa réussite sur Alison. Ça, c'était vraiment inégalé. Unique.

Tout de même, le taux de réussite n'était pas comparable.

Son travail innovait, de cela, il était certain, mais il n'avait qu'une seule réussite à son actif et, à présent, le doute commençait à s'immiscer en son esprit et à s'y fixer telle une araignée noire et ventrue. La mort rapide ne pourrait-elle être le meilleur des pis-aller ? Cette euthanasie ne serait-elle pas un service en soi ? Il n'existait pas d'avenir lumineux, respirant, indolore égal à celui qu'il avait offert à Alison, mais c'était... une fin.

Il essaya de repousser cette idée. Il ne pouvait s'imaginer rôdant dans les rues, un scalpel en poche. Ce n'était pas son truc.

Il porta le journal à la caisse et fouilla ses poches en quête de petite monnaie. Une femme se plaça à côté de lui. Un magazine de jeux, un billet de loterie et une poignée de chocolats. Elle lui sourit et il se rappela l'importance capitale de son travail. Oui, la tuer serait simple et elle serait bien mieux, sans aucun doute. Mais rien de ce qui valait la peine ne s'obtenait aisément.

La mort était une barbarie médiévale. Il pouvait offrir aux gens un avenir.

Durant le rapide trajet en taxi de la gare de Temple Meads à l'hôpital, Thorne et Holland avaient mis au point leur plan pour parler au Dr Rebecca Bishop. En deux mots, ils n'en avaient pas. Holland avait téléphoné au préalable et établi qu'elle travaillait ce jour-là, mais hormis cela, ils improvisaient au fur et à mesure.

Un an plus tôt, l'hôpital Bristol Royal s'était retrouvé au cœur d'une enquête publique sur un nombre alarmant de nouveau-nés et d'enfants en bas âge décédant durant une opération du cœur. Le scandale préjudiciable qui en avait résulté avait jeté sur cet hôpital en particulier et le milieu médical en général un profond discrédit qui, pour certains, était amplement mérité. On ne pouvait faire confiance aux médecins pour se conformer au règlement.

Un peu comme les policiers.

Depuis que Thorne travaillait sur cette affaire, rien de ce qui se passait dans les hôpitaux ne pouvait le surprendre. Il s'habituait aux stratégies employées par le personnel pour tenir le coup. Tout de même, l'enquête sur le Royal Bristol, très dérangeante, avait donné lieu à des révélations choquantes. Un service avait été rebaptisé « la salle des départs ».

Susan, Christine, Madeleine, Helen. Thorne connaissait l'insistance des voix de celles à qui la vie avait été arrachée. Il avait pitié de ceux qui entendaient encore les cris de vingt-neuf bébés morts.

Rebecca Bishop travaillait dans le service de chirurgie orthopédique. Assise face à eux dans une chaise moulée verte, ses manières ne laissaient à Thorne aucun doute sur la résistance du gène de la confiance en soi de cette famille-là.

— Je vous accorde une demi-heure. Ensuite, je dois assister à une conférence passionnante sur la réparation des fractures par la biomécanique. Vous y êtes les bienvenus.

Elle leur adressa un sourire froid. Hormis ses cheveux bruns et frisés et son menton légèrement en galoche, Rebecca ressemblait à son père et à son frère. C'était une belle femme, comme ils étaient de beaux hommes. Belle, mais pas jolie. Aucune tendresse n'émanait de sa personne. Thorne se demanda ce qu'elle tenait de sa mère. Sarah Bishop avait-elle été tendre ? jolie ?

Peut-être le demanderait-il à Jeremy un jour, quand ils auraient le loisir de parler. Dans une salle d'interrogatoire, peut-être.

Thorne s'apprêta à répondre, mais Rebecca Bishop avait son propre ordre du jour.

— Vous pourriez commencer par m'expliquer pourquoi on m'envoie l'homme qui, selon mon père, est responsable de son harcèlement, pour m'en parler.

Thorne lança un coup d'œil à Holland. Il reçut en retour l'équivalent facial d'un haussement d'épaules.

— Personne ne harcèle votre père, Dr Bishop. À notre connaissance, du moins. Le fait que je sois venu ici moi-même devrait vous assurer que nous prenons ses allégations au sérieux.

— Je suis ravie de l'apprendre.

— Mais vous devez comprendre que nous avons d'autres priorités.

Elle se leva et traversa la pièce pour scruter un panneau d'affichage.

— Comme arrêter « Champagne Killer » ? J'ai tout lu sur son compte.

— Il ne faut pas croire tout ce qu'on lit dans les journaux, Dr Bishop, fit remarquer Holland, ravi de jouer l'acolyte prolixe.

Elle le regarda, et Thorne crut la voir très légèrement rougir. Holland lui plaisait-il ? Tant mieux. Il essaya de croiser le regard de son collègue, mais en vain. Rebecca Bishop se tourna vers lui et le considéra, les mains enfoncées dans les poches d'un cardigan marron informe.

— Et mon père fait-il partie des suspects, inspecteur Thorne ?

Mentir n'est jamais plaisant, mais pas difficile.

— Non, bien sûr que non. Nous l'avons soumis à un interrogatoire de routine et éliminé du champ de l'enquête.

Elle planta son regard dans le sien. Il n'éprouva rien de particulier. Les médecins laissaient les patients dans l'ombre. Idem pour les policiers avec les membres du public.

— Pourrions-nous parler de ce harcèlement ? reprit Holland. Que se passe-t-il exactement, d'après ce que vous avez compris ?

Elle se rassit.

— Nous en avons discuté en détail par téléphone.

Holland en profita pour sortir son calepin. Thorne ne put s'empêcher d'admirer l'à propos. Rebecca Bishop soupira.

— Alors voilà, poursuivit-elle. Mon père reçoit des coups de fil... Oh, et quelqu'un a pris des photos de la maison, mais le pire, ce sont les appels téléphoniques.

— C'est votre père qui vous en a parlé ?

— Non, c'est James, mon frère, qui m'a appelée.

Mon père est très contrarié et furieux, et James a estimé qu'il fallait que je sois au courant. Pour ajouter ma voix de professionnelle au chœur des récriminations, je présume. James et moi ne nous parlons pas tous les jours, loin de là ; alors, quand j'ai eu son message, j'ai supposé que c'était grave.

Elle se mordilla avidement un ongle. Thorne remarqua qu'ils étaient tous rongés. À vif, pour certains. Ensanglantés.

Le moment était venu de creuser un peu.

— Donc, James et vous n'êtes pas... proches ?

Elle releva la tête, et Thorne vit qu'elle réfléchissait à la formulation de sa réponse, et au fait de savoir si elle devait en donner une. Irait-elle sans crainte sur ce terrain devant des inconnus ? Ce fut peut-être le sourire de Holland qui emporta le morceau.

— Nous ne formons pas une famille excessivement unie. Vous devez sûrement être au courant dans les grandes lignes...

Ils la regardèrent comme s'ils ne savaient absolument rien.

— James et moi ne sommes pas les meilleurs amis du monde, non. Mon père et moi ne nous entendons pas très bien non plus, pour tout vous dire, mais ce n'est pas pour autant que j'aurais plaisir à savoir qu'il a des ennuis.

Holland acquiesça d'un air empreint de compréhension.

— Bien entendu, dit-il.

Rebecca Bishop commença à parler sans entrain, mais avec une délectation évidente.

— James et mon père aiment à se considérer proches, mais, en fait, il y a pas mal de non-dits entre eux. Ils se sont brouillés, il y a quelques années, quand

James a un peu déraillé, mais maintenant, mon frère voit en papa un directeur de banque idéal, toujours disposé à distribuer des voitures et à se porter garant pour des appartements. Du coup, ce bon vieux James peut foirer tout ce sur quoi il met la main sans vraiment s'en inquiéter.

Thorne souffla un peu sur les braises.

— Je suis sûr qu'il s'en inquiète un peu, tout de même.

— Oh oui, vous avez eu le plaisir de rencontrer James, m'a-t-il dit. Seigneur, je dois vous paraître bien amère, non ?

Elle voulut émettre un rire, mais il se coinça dans sa gorge.

— Et comment se sent votre père ?

Thorne s'était exprimé d'un ton tranquille, mesuré.

— Coupable.

Une réponse instinctive. Par association d'idées.

Thorne s'intima d'afficher un air impassible. La laisser continuer à se répandre en ragots familiaux.

— Coupable que ma mère ait été assommée par les neuroleptiques et qu'il ait été trop soûl pour conduire. Coupable, pour commencer, de lui avoir prescrit ces sales médicaments. Coupable de s'être planté avec ses deux enfants. Coupable de ne pas être mort à la place de maman. Nous, les Bishop, sommes très forts côté culpabilité. Mais Jeremy tient le pompon.

Les neuroleptiques. Logique. Le Midazolam agissait-il sur ses victimes en quelques minutes brèves comme les neuroleptiques avaient agi sur sa femme en de nombreuses années ? Ces meurtres avaient-ils pour origine un sentiment aussi prosaïque que la vengeance ? Non, pas exactement la vengeance, mais... Thorne ne trouvait pas le mot juste.

À peine cette idée lui fut-elle venue qu'il comprit qu'elle était trop simpliste et, bizarrement, trop poétique pour être juste. L'éclaircissement de cette affaire ne résidait pas en des mobiles ordinaires enrubannés du bolduc de la psychanalyse du dimanche.

Il n'en restait pas moins qu'il entrapercevait un pan de la psyché de Jeremy Bishop.

Il dévisagea la fille de Bishop. Elle avait l'air épuisé. Elle avait exprimé des choses qu'elle gardait pour elle depuis longtemps, du moins Thorne avait-il cette impression. Elle parlait comme si Holland et lui n'étaient pas là. Il éprouva le besoin de se rappeler gentiment à son bon souvenir.

— Et vous, Rebecca ? De quoi vous sentez-vous coupable ?

Elle regarda Thorne comme s'il était fou. N'était-ce pas évident ?

— De ne pas avoir été dans la voiture.

Pendant que Tom Thorne interrogeait Rebecca Bishop, à un peu plus de cent cinquante kilomètres de là son père déjeunait en compagnie de celle qui, pour d'autres du moins, couchait avec lui.

Il l'avait appelée la veille au soir. Anne avait sauté sur le téléphone, espérant que ce serait Thorne et fut plus qu'un peu déconcertée d'entendre la voix de Jeremy. Ils tombèrent d'accord de se retrouver. Un restaurant de pâtes dans Clerkenwell, à peu près à mi-chemin entre Queen Square et le Royal London.

Leur accolade fut peut-être un peu forcée, mais bientôt le vin les détendit et la conversation roula assez aisément. Ils parlèrent du travail. Stressant (difficile de se relaxer une fois rentré chez soi). Fatigant (en avait-il jamais été autrement ?). Il commençait à envisager une réorientation ; elle en fut intriguée. Elle lui fit part de sa déception et de sa contrariété devant la régression d'Alison ; il compatit.

Ils parlèrent de leurs enfants. Attendait-elle trop de Rachel ? Lui mettait-elle trop la pression ? Il lui conseilla de ne pas se compliquer la vie à ce sujet. Lui-même avait toujours attendu le mieux de Rebecca et de James, et, très certainement, leur avait trop mis la pression. Il était fier de Rebecca, et peut-être James trouverait-il bientôt sa voie.

Elle lui dit qu'il devrait être fier des deux.

Puis un silence que Bishop rompit juste avant que la gêne ne s'installe.

— C'est à la demande de ton petit ami que tu ne me téléphonais pas ?

Anne alluma une cigarette, sa troisième depuis la fin du repas.

— Tu ne m'appelais pas non plus.

— Je craignais de te gêner. J'ai lu les journaux, et il est clair que je ne peux plus être considéré comme suspect, mais il semblerait qu'il ait toujours comme un... problème avec moi.

Elle fit le geste de faire tomber de la cendre dans le cendrier.

— Ça fait plus d'une semaine que je n'ai pas parlé à Tom.

Bishop prit un air étonné. Autre tic nerveux pour faire tomber la cendre.

— De toute façon, nous n'avons jamais vraiment parlé de toi, Jeremy. Il vaut mieux ne pas mêler les sentiments et le travail.

Bishop se pencha en avant, souriant, joignit ses doigts longs et minces sous son menton et la regarda dans les yeux.

— Je comprends bien tout cela, Jimmy, et je sais que c'est difficile pour toi. Mais que penses-tu réellement ?

Elle soutint son regard et essaya de tout son cœur et de toute son âme d'imaginer cet homme tel que Tom Thorne le voyait. Cela lui fut impossible.

— Jeremy, je ne...

— Hier, j'ai entendu parler d'un médecin généraliste accro à la morphine. Il en prescrivait à ses patients les plus âgés, puis il leur faisait une visite à domicile et la leur dérobait. Ils venaient à l'hôpital, persuadés qu'ils l'avaient perdue, qu'ils devenaient gagas. Il leur souriait d'un air compréhensif et leur en prescrivait d'autre. Et cætera.

Anne n'en fut pas autrement surprise. De nombreux médecins souffraient de toxicodépendance. Il existait même un centre de désintoxication réservé aux professionnels de la médecine.

— Le type qui m'a raconté ça, poursuivit Bishop, le connaissait depuis plus de vingt ans et ne s'en serait jamais douté.

Elle le considéra. Elle retenait son souffle. D'une voix à peine audible, il ajouta :

— On a tous des secrets, Anne.

Elle baissa les yeux et les fixa sur la cigarette qu'elle écrasait dans le cendrier. Avec soin et insistance, elle ôta toute trace de tabac incandescent. Qu'espérait-il qu'elle dise ? N'était-ce là qu'un échantillon de la fantaisie théâtrale et provocatrice dont il était coutumier ou... ?

Elle releva les yeux et, d'un geste, demanda l'addition, puis elle se tourna vers lui, souriante.

— En parlant de secrets, Jeremy, tu sors avec quelqu'un ?

Son humeur parut changer en un instant. Elle s'en

aperçut, et envisagea de ne pas insister, mais se ravisa. Elle désirait un peu renverser les rôles, savourer sa gêne à lui.

— C'est ça, n'est-ce pas ? Pourquoi es-tu si timide ?

Elle entrevit un semblant de réponse dans son regard.

— Je la connais ?

Il baissa les yeux sur la nappe.

— Ce n'est pas vraiment sérieux, et cela ne durera sans doute pas très longtemps pour toutes sortes de raisons, mais si j'en parlais, j'aurais l'impression de maudire cette relation d'une certaine façon, de la condamner à une fin prématurée.

Anne rit. Pourquoi ces superstitions soudaines ?

— Allons, voyons, depuis quand avons-nous...

— Non.

Son ton incisif arrêta net le rire d'Anne. Fin de la conversation.

— Ce serait revenir à souhaiter que ça meure.

Thorne arriva chez lui survolté. Il lui fallait téléphoner à certaines personnes. Son père. Hendricks. Anne, bien sûr. Mais il se sentait trop surexcité.

Cela s'était passé à sa sortie de la station de métro de Kentish Town, sur le chemin de retour chez lui, il s'était demandé quel marchand de vin aurait la chance de profiter de sa clientèle. La conversation derrière lui avait donné à peu près ceci :

— *Big Issue... !*

— Trouve-toi un travail, putain !

— C'est ça mon travail, connard !

Et ça avait démarré.

Thorne était intervenu deux ou trois secondes après l'échange des premiers coups de poing et de pied. Grimaçant à la réception d'un crochet perdu, il avait attrapé l'agresseur par le colback et l'avait entraîné, avec plus de force qu'il n'était strictement nécessaire, dans une embrasure de porte toute proche. Le vendeur de *Big Issue*, ayant ramassé ses journaux épars, s'était approché pour regarder.

Thorne s'était tourné vers lui, « Barre-toi », puis avait reporté son attention sur celui qui, lui, n'était pas à la rue. Ivre, bien entendu, ou stone peut-être. Un étudiant, estima Thorne, à la lèvre fendue d'où le sang coulait sur sa chemise blanche.

Thorne l'avait plaqué contre la porte, bras tendu contre sa gorge, et, l'air de rien, avait flanqué un coup de genou entre les jambes du petit con tout en sortant son insigne de la poche intérieure de sa veste en cuir et en le lui brandissant sous les yeux.

— Devine quel est mon travail à moi.

À présent, chez lui, tout en ouvrant la première canette de bière bon marché, il se demandait ce qui aurait pu se passer s'il n'avait pas été là avec un insigne en poche et un trop-plein d'agressivité.

Si l'un d'eux avait eu un couteau sur lui.

C'étaient des crimes typiques. Des meurtres ordinaires, simples, banals et compréhensibles. Des gens mourant par colère, frustration ou simple manque d'espace. Mourant pour une grande cause ou une réflexion idiote. Ou quelques pièces de monnaie.

Des femmes et des hommes mariés tuant à coups de marteau et de poing, ou des hommes se sentant virils grâce à un verre et à un couteau, ou des dealers sortant leur flingue aussi facilement que leur peigne.

Thorne les comprenait, ces morts citadines. Il en connaissait la teneur. Chacune, à sa manière étrange, avait un sens.

Mais pas ça. Pas le meurtre contrecoup. Les cadavres, produits dérivés de quelque putain de folie abjectissime.

Il descendit sa canette de bière, enfila sa veste et, trois quarts d'heure plus tard, se retrouva dans une rue de Battersea, le regard levé vers la silhouette qui se mouvait derrière une lampe à une fenêtre du deuxième étage.

Il resta là près d'une heure, se fondant dans l'ombre à chaque frémissement, réel ou imaginaire, du rideau. Puis il recula prestement dans l'anonymat de l'obscurité lorsque Jeremy Bishop écarta soudain le rideau et plongea le regard dans la rue.

Bishop fixa Thorne, ou l'endroit où celui-ci se trouvait, y distinguant une forme, peut-être, mais sûrement pas plus. Thorne, qui lui rendait son regard, sentit un frisson le glacer jusqu'aux os lorsqu'il vit le visage de Bishop changer soudain d'expression.

De loin, Thorne ne pouvait être sûr.

Ça aurait pu être une grimace.

Ça aurait pu être un sourire.

Je sais que je racontais des blagues sur les services de santé publique, avant, sur le trou budgétaire et autre. Je me suis bien fichue d'eux avec leur tableau, au début, vous savez, comparé à tout le matériel dernier cri qu'ils ont en Amérique.

Mais alors là !

Anne me disait depuis un moment que l'ergothérapeute et elle essaieraient de monter deux ou trois appareils pour que je puisse lire et regarder la télévision. Tout juste si je n'en ai pas eu le souffle coupé, et plus encore depuis que je suis de retour sous ce sale respirateur artificiel. Quand une machine respire pour vous, la vie est d'un ennui, mes chéris ! Mais je n'avais pas compris qu'ils entendaient « monter » au sens littéral du terme. Franchement, c'est du petit bricolage !

Ils ont vissé une espèce de bras pivotant au plafond et la télé pend de là à présent de sorte que je regarde droit dans l'écran. Génial. Si j'étais à l'hôpital à Glandu City, Illinois ou ailleurs, je pourrais contrôler le volume et, surtout, changer de putain de chaîne d'un battement de paupière. Ici, en ce bon vieux Londres, dans ce bon vieil hôpital public, ces petits détails n'ont pas, semble-t-il, été pris en considération. Donc, je dois attendre qu'une infirmière daigne se présenter, et battre de la paupière pour lui indiquer que j'aimerais qu'elle change de chaîne. Elle le fait obligeamment, et se barre de nouveau. Elle me laisse sous le Télé-Achat ou quelque autre débilité culinaire jusqu'à ce que, vingt minutes plus tard, elle repasse la tête par l'entrebâillement de la porte et je bats de la paupière comme une folle dans l'espoir de zapper sur le foot.

Je ne voudrais pas paraître ingrate, mais c'est le paradis comparé à ma nouvelle installation de lecture.

Elle prend appui sur un pupitre à musique, je crois, mais il est bien possible qu'on trouve un morceau d'un vieux cintre là-dedans. Bon, d'accord, j'exagère, mais pas tant que ça. On me redresse et on coince ce machin métallique contre mes seins grâce à de petites pattes qui se replient pour maintenir le livre ou la revue de mon choix. Bien, en théorie. Déjà, je suis mal placée pour avoir des exigences côté lecture. Je me creuse les méninges pour penser à des livres susceptibles de m'intéresser et aux titres très courts. Pareil pour les revues, même si je suis plus ou moins tirée d'affaire grâce à OK ! *et* Hello ! *Pas trop éreintant côté battements de paupière. Mais c'est le même problème qu'avec la télé. Je ne prétends pas être Miss Einstein, mais même moi, j'arrive à lire presque n'importe quelle page pendant la vingtaine de minutes qu'il faut à l'infirmière pour refaire son apparition. Je ne m'attends pas à ce qu'elles se pointent ici toutes les deux minutes pour tourner ma page, mais il doit bien y avoir un moyen terme.*

Je ne peux pas tout payer, et ma famille ne peut ni tout payer ni essayer de collecter des fonds, mais quand même...

Tout est en demi-mesures, putain.

Des demi-mesures pour une demi-personne.

16

Thorne et Anne Coburn avaient passé la plus grande partie de la journée ensemble, au lit. Il s'était levé une fois, une petite demi-heure. Juste le temps de faire griller du pain, de mettre *American Recordings* de Johnny Cash et d'aller acheter les journaux. *The Observer* pour elle (il lut les pages sport). *The Mirror* et le *Screws* pour lui (elle lut les suppléments). Il n'envisageait pas de se relever avant l'ouverture des pubs.

Il s'était réveillé, seul, quelques heures plus tôt avec l'image du visage de Jeremy Bishop baissé vers lui, qu'il voyait en négatif dès qu'il fermait les yeux, comme s'il avait regardé trop longtemps une ampoule.

Il avait gardé les yeux ouverts et fait le bilan. Le téléphone était posé sur la petite commode à côté du lit, alors il avait calé deux oreillers derrière sa tête. Bureau confort maximal. Le coup de fil à son père s'était révélé étonnamment agréable. Jim Thorne haïssait les dimanches, et ses réflexions ulcérées sur tout, des jardineries aux « emmerdeurs de Dieu », avaient arraché plus d'un rire à son fils. Ils étaient tombés d'accord pour sortir tous les deux un soir de la semaine suivante.

Thorne avait convenu avec Phil Hendrix d'un rendez-vous pour le surlendemain, mais c'était là une perspective moins plaisante. Le légiste lui avait paru distant et à cran. Leur conversation téléphonique avait duré moins d'une minute. Thorne se demandait pourquoi Hendricks désirait le voir. Il était sûr que cela n'avait pas de rapport avec des billets pour le match Spurs-Arsenal.

Puis il avait téléphoné à Anne.

Elle petit-déjeunait avec Rachel. Elles avaient prévu de passer la journée ensemble, et Anne avait dit à Thorne qu'elle le rappellerait. Un quart d'heure plus tard, elle était en route pour chez lui. Rachel n'avait pas paru trop déçue par le changement de programme et, au moment où elle se remettait au lit avec son portable, sa mère se mettait au lit avec Tom Thorne.

Après avoir rattrapé le temps perdu, ils avaient somnolé un moment, mais à présent, entourés par des pages de journaux éparses, ils restaient allongés dans un lit jonché de miettes de pain grillé et sentant le sexe. Et ils se mirent à parler.

Ce fut une conversation d'une nature très différente de celle qu'ils avaient eue près d'un mois plus tôt, le soir où Thorne était allé dîner chez elle, le soir où il avait été agressé et drogué sous son propre toit. Alors, en tout cas en ce qui le concernait, il y avait eu beaucoup de mensonges. Il y avait eu les mensonges induits par le jeu de la séduction, et les mensonges derrière ses questions sur Jeremy Bishop.

Il y avait tant de non-dits. Tant de mensonges par omission.

À présent, ils bavardaient en toute liberté et en toute franchise. Deux personnes du côté sombre de la quarantaine n'ayant plus trop de raisons de s'enorgueillir de leur réussite ni de rentrer le ventre. Ils parlèrent de David, de Rachel, de Jan et du conférencier. Divorces avec enfants contre divorcés sans. Elle parla de son niveau 7 de piano, de ses travaux d'intérieur et des coupes de tennis qu'elle avait gagnées avant d'aller à l'université. Il parla du fait qu'il détestait le thé léger et le pain complet, et qu'il avait été un footballeur plutôt doué jusqu'à ce qu'il commence à prendre du poids.

Des fois où elle avait sauvé une vie, et des fois où il avait tiré.

Ils se dirent qu'ils n'allaient pas du tout ensemble, et ils en rirent et refirent l'amour.

Durant quelques heures par un dimanche après-midi humide de la toute fin de septembre, l'affaire qui avait changé leur vie à tous deux — qui, bien avant qu'elle soit terminée, tordrait et déformerait leur vie et celle d'autres — aurait pu ne pas exister.

Alors, à Édimbourg, une femme décrocha un téléphone et tout bascula.

Il aimait les dimanches, avant. Ils constituaient une partie vitale du processus. C'était ce jour-là qu'il avait sélectionné plusieurs des premières. Il avait observé Christine un dimanche (elle recevait des amis). Et Susan (chez elle, seule devant un vieux film). Même après qu'il eut cessé de travailler ailleurs que chez lui, le dimanche demeurait un bon jour pour faire le point. Et planifier.

Aujourd'hui, il n'appréciait pas ce qu'il voyait. Tout allait à vau-l'eau. Il se sentait au bord d'une déprime qui, il s'en rendait compte, deviendrait invalidante s'il la laissait le submerger.

Après Helen, il avait connu quelques journées difficiles, mais il avait fini par apercevoir la lumière au bout du tunnel. La certitude de la possibilité de réussir. De porter toujours en lui la capacité d'atteindre son but.

Et après, Alison. Un bonheur qu'il n'avait jamais connu auparavant ni depuis.

Aujourd'hui, il n'apercevait pas de lumière devant lui. Le doute l'assaillait de toutes parts et commençait à étouffer toute joie, tout espoir.

Pas seulement ceux de son propre échec, bien entendu. Thorne échouait lui aussi ou, pour le moins, n'avait plus la potentialité de réussir.

Et sans Thorne, à quoi bon ?

Tous ses canaux d'information fonctionnaient à plein régime. Les journaux télévisés, les rumeurs, les bruits. Rien de bon. Il leur avait tellement facilité les choses, pourtant ils s'étaient plantés. Ils étaient passés, sans les voir, à côté de tous les repères qu'il avait pris tant de soin à semer sur leur route.

Il s'assit et fixa le mur d'un blanc immaculé. Quoi qu'il arrive, quelle que soit l'évolution des choses, il lui resterait toujours Alison. Elle témoignerait à jamais de lui-même et de son œuvre. L'autre partie, l'autre *moitié*, ne marcherait peut-être pas exactement comme prévu, mais il n'y serait pour rien. Ce serait la conséquence de participations extérieures. Il existait des façons d'atteindre la même finalité en solo.

Le châtiment ne serait certes pas proportionné à la faute, mais il s'assurerait au moins qu'il soit infligé.

Ce n'était pas terminé, pas encore, mais il commençait à ressentir la fatigue.

Douze jours plus tôt, tandis que le corps de Margaret Byrne se refroidissait là où il l'avait laissé et qu'en voiture il suivait sans effort le bus de nuit transportant Leonie Holden vers lui, il se sentait radieux et invincible. Aujourd'hui, il n'était pas certain d'être capable de se traîner dehors.

Pourtant, tout à l'heure, il le devrait.

Ils riaient de ses goûts musicaux. Dans *Delia's Gone*, Johnny Cash racontait qu'il ligotait sa petite amie à une chaise et la butait à deux ou trois reprises principalement parce qu'elle était « démoniaque ». Thorne ne voyait pas le problème.

Puis le téléphone sonna.

— Monsieur Thorne ? C'est Sally Byrne.

Thorne rit.

— Bonjour, Sally. Elvis tient la forme. Il détruit tout, mais il tient la forme.

Anne, qui n'avait pas encore vu le chat, lui lança un regard intrigué depuis son côté du lit. Il lui décocha un sourire en hochant la tête. *Ne t'inquiète pas.* Elle prit un journal et se pelotonna confortablement pour lire.

— En fait, ce n'est pas pour le chat, monsieur Thorne.

Lentement, Thorne commença à se redresser. Il éprouva une sensation infime, un picotement, une brûlure, un frisson entre les omoplates.

— Je vous écoute, Sally.

— C'est juste pour une chose un peu bizarre que j'aurais sans doute dû dire au policier irlandais. Comment s'appelait-il déjà ?

— Tughan.

Continue...

— Alors voilà, j'ai trié les affaires de ma mère, pour en donner à l'Armée du Salut ou autres, voyez... et quand j'ai regardé ses bijoux, j'ai trouvé une bague d'homme.

Thorne, qui s'était levé à présent, arpentait le salon en quête de son peignoir.

— Monsieur Thorne ?

— Excusez-moi. De quels bijoux parlez-vous ?

— C'est ce que j'étais en train de vous dire, de ceux que vous autres avez pris, vos techniciens de scène de crime. Ils me les ont tous rendus après l'enterrement en me disant qu'ils n'en avaient plus besoin. Je ne sais pas où ils ont trouvé cette bague, par terre avec le reste, je suppose, alors ils ont dû penser qu'elle appartenait à ma mère, mais non !

— Vous êtes sûre que c'est une bague d'homme ?

— Sûre. Elle est en or massif. Ce doit être une alliance.

— Ce n'est pas celle de votre père ?

— Vous plaisantez ? Ce salaud ne risquait pas de porter une alliance. Ça aurait pu gâcher ses chances de draguer.

Thorne commençait à perdre le fil des propos de Sally Byrne. Un air se déversait dans sa tête, l'emplissant tout entière. Un air classique. Il ne se souvenait pas du titre. Un truc allemand. En tout cas, il se souvenait où il l'avait entendu. Et il se souvenait également d'un rythme, d'un tempo, marqué par le cliquètement d'une alliance contre un levier de vitesse.

— Bon, je me suis dit que ça ne devait pas être important, monsieur Thorne, mais...

Lorsque Thorne revint dans la chambre quelques minutes plus tard, Anne sentit aussitôt un changement. Tom s'efforçait de paraître désinvolte. Il lui demanda si elle voulait du thé.

Elle se leva et commença à se rhabiller.

Au fond, peu importait ce qui venait de se passer. Elle perçut le retour du meurtre et de la suspicion dans la pièce, entre eux, et elle se sentit obligée de partir. Ils s'évitaient maladroitement, à présent, embarrassés, et chacun se figea un dixième de seconde lorsqu'il capta le reflet de l'autre dans le miroir en pied de la penderie.

Thorne vit comme une accusation et il s'en voulut d'avoir envie qu'elle parte pour qu'il puisse téléphoner à David Holland.

Anne vit la surexcitation transpercer Thorne comme un courant électrique.

Elle vit la faim en lui.

Et elle revit le visage de Jeremy Bishop et le voile de tristesse qui s'était déposé autour de ses yeux lorsqu'il lui avait murmuré : « On a tous des secrets, Anne. »

Ils s'étaient attablés au fond de la salle, pas dans l'obscurité totale, mais presque. Apparemment, il préférait. Il l'avait conduite à cette table, dédaignant les sièges inoccupés près de la scène. C'était sans doute une bonne idée vu qu'ils n'avaient pas envie de se faire remarquer et qu'elle était mineure.

Rachel regarda autour d'elle. Elle n'était pas la seule.

En fait, elle n'avait eu aucun problème de ce point de vue-là. L'éclairage était faible et, à leur arrivée, la caissière à l'entrée avait à peine levé les yeux. Rachel avait passé beaucoup de temps à se maquiller. Elle s'était même placée dans la lumière, au bar, et avait commandé à boire pour tous les deux en se regardant dans le miroir qui occupait le mur du fond, derrière les bouteilles à bouchon doseur. Elle faisait facilement dix-huit ans. Vingt, même.

Il lui avait confié que ce petit cabaret au sous-sol d'un pub de Crouch End était l'un de ses endroits préférés. La clientèle était mélangée. Personne ne se souciait de votre look ou de votre âge. Ce n'était pas vraiment le *Comedy Store*, mais on y rencontrait certains des humoristes qu'on risquait de croiser dans les boîtes plus importantes sans avoir à se frayer un chemin parmi la foule du West End.

Rachel avait été séduite d'emblée et l'avait prié de l'y emmener. Il lui avait parlé d'un autre soir où, dans ce même cabaret, avaient lieu ce qu'ils appelaient des galops d'essai ou des shows ouverts. Il venait y assister aussi souvent que possible, lorsqu'il ne travaillait pas. Une dizaine de talents en herbe se produisaient durant quelques minutes. Aucun d'eux n'était bon. C'était plutôt une thérapie pour la plupart d'entre eux, mais fascinant à regarder. Autant qu'un accident de la route. Il lui avait assuré que les voir se dépasser, les voir « mourir », constituait une expérience étonnante.

L'humoriste sur la toute petite scène était un Écossais hautain aux cheveux roux, au costume tape-à-l'œil qui criait beaucoup et jurait trop. Il parlait de sexe en termes crus, et Rachel rougissait dans la pénombre. Elle lança un regard de biais à son compagnon assis à côté d'elle pour rire au même moment. Elle ne voulait pas paraître jeune, bête, ou mal dégrossie.

Lui s'amusait beaucoup, ça se voyait. Il lui avait paru un peu nerveux quand il l'avait prise devant le Green Man, mais, à présent, il semblait plus détendu. Elle le regardait bien plus qu'elle ne regardait ce qui se passait sur scène. Il fixait, captivé, l'humoriste et d'autres personnes du public. C'était un observateur féroce, critique et impassible. Elle aimait cela chez lui. Elle aimait comme il vivait chaque instant à son paroxysme, s'imprégnant de tout, le savourant. Elle aimait son intensité, son refus du compromis.

Le comique épinglait ses parents. Du coup, Rachel

songea à sa mère. Elle était d'humeur étrange à son retour à la maison — à son retour de chez le flic, sans doute. C'était bien lui qui avait téléphoné le matin. Ils avaient dû le faire toute la journée, ces deux-là.

Elle pensait souvent à Thorne en train de baiser sa mère.

Elle pensait souvent à baiser.

Il y avait eu un peu d'électricité dans l'air lorsqu'elle avait annoncé qu'elle sortait, mais sa mère aurait pu difficilement y trouver à redire vu que, un peu plus tôt, elle avait changé d'idée au dernier moment.

Autour d'elle, les gens se mirent à applaudir, et elle les imita. L'animateur revenait présenter un autre numéro. Il annonça qu'il serait suivi d'un entracte. Elle se demanda s'ils sortiraient dîner après le spectacle ; il y avait plein de très bons restaurants tout près. Ensuite, ils pourraient rester dans sa voiture un moment avant qu'il ne la raccompagne chez elle.

Une femme entra en scène. Elle était plus modérée que son prédécesseur, et commença par une chanson vraiment marrante sur les types nuls au lit.

Rachel but une gorgée de sa bière et sourit à son compagnon. Elle se sentait un peu étourdie. Il lui rendit son sourire et serra sa main. Lorsqu'il la relâcha, elle glissa son bras derrière lui, entre son dos et la chaise.

Elle ne se rappelait pas avoir jamais été aussi bien.

Elle laissa glisser sa main jusqu'à sa taille... le public rit... il portait une très jolie chemise en lin par-dessus son pantalon... le public se récria à une blague éculée... il avait toujours des nouvelles fringues... la femme sur scène entama une autre chanson... elle avait envie de toucher sa peau... un buveur à l'autre bout de la salle se mit à crier et applaudir... elle glissa la main sous sa chemise et fit tourner ses doigts pour lui caresser le ventre...

Alors, il hurla.

Durant le dixième de seconde où tout s'écroula, et où il se leva, et où la bière qu'elle buvait se renversa sur ses genoux, et où la femme sur scène les montra du doigt, Rachel eut l'impression qu'il avait hurlé. Bon Dieu, oui. Comme si on l'avait ébouillanté...

Son visage était de glace quand elle voulut lui prendre le bras, mais il la traita de petite conne, ramassa son manteau et partit, vite, très vite, se faufilant entre les tables en renversant quelques chaises inoccupées.

Et la femme sur scène riait en lui disant quelque chose tandis qu'il fonçait dehors, et il se retourna et lui cria d'aller se faire foutre, et les personnes du public le conspuèrent, et il donna l'impression de leur vouloir du mal.

Il se précipita dehors, et Rachel sentit la bière traverser sa jupe fine, et tous les regards la transpercer. La porte se referma avec bruit, et la femme se pencha tout près de son micro, mit la main en visière pour percer l'obscurité au-delà des projecteurs vers l'endroit où Rachel aurait tout donné pour être ailleurs.

— Une petite scène de ménage, ma puce ?

Quelques rires fusèrent dans le public. Et Rachel fondit en larmes.

Holland écoutait les résultats sportifs sur Radio 5 Live pour la troisième fois en autant d'heures quand, soudain, une lumière de phares balaya son rétroviseur. Il se retourna et vit Jeremy Bishop se garer devant chez lui.

Thorne avait téléphoné vers six heures, pour le plus grand déplaisir de Sophie. Elle avait tout de suite deviné que c'était lui. Elle devinait tout, tout de suite. Ça l'aurait fichue en rogne qu'il doive sortir de toute façon, mais Thorne, à ses yeux, augurait d'un avenir périlleux pour lui dans la police. Un avenir qu'il devait fuir à tout prix. Un avenir sans promotions, sans assurances, sans certitudes.

Et, par voie de conséquence, sans elle.

Il ne trouvait rien à lui opposer. Tous ses arguments se tenaient parfaitement. Mais c'était là un discours d'outre-tombe. Le discours de son père. Sophie exprimait les sentiments d'un homme qu'il avait aimé mais jamais admiré.

Il était difficile de ne pas admirer Tom Thorne.

Comme il ne trouvait aucun argument, il n'insistait pas. Il s'était esquivé en silence et disputé avec elle mentalement tandis qu'il roulait jusqu'à Battersea pour faire sa planque. Au fond, il se disputait aussi avec lui-même.

Thorne se battait contre des moulins à vent, c'était certain. Holland savait que Jeremy Bishop travaillait au Royal London au moment même où sa bague serait tombée dans la chambre de Margaret Byrne qu'il assassinait. D'accord. D'un point de vue rationnel, c'étaient là les divagations d'un homme réputé parmi ses collègues pour avoir craqué. Mais il avait perçu quelque chose dans la voix de Thorne. Certes, du désespoir, peut-être, mais pas uniquement. Une exaltation, une ferveur, une *passion* qui l'avaient poussé, avant même d'avoir raccroché, à tendre la main vers son manteau tout en se demandant ce qu'il allait dire à Sophie.

Il descendit de voiture et traversa la route.

Bishop, qui venait de verrouiller sa Volvo et s'apprêtait à se diriger vers sa porte d'entrée, vit Holland venir dans sa direction. Il poussa un soupir d'exaspération et s'adossa à sa voiture, les mains profondément enfoncées dans les poches de son pantalon.

Holland s'était préparé à lui servir un haussement d'épaules contrit et toutes les formules idoines. Encore quelques petites questions. Nous suivons une nouvelle piste. Vraiment merci de votre aide et de votre coopération. En s'approchant, il vit que Bishop le reconnaissait. Il s'en fichait. Insigne dans sa main droite, tendant l'autre poliment :

— Constable Holland, monsieur.

Bishop se décolla de la voiture et fit un pas vers lui.

— Oui, je sais. Comment se porte la main de votre petite amie ?

Voix agacée, sourire ne cachant pas qu'il s'en foutait.

Holland en fut décontenancé, mais juste un instant.

— Très bien, répondit-il.

— Cela va prendre combien de temps ?

Fort peu de temps. Tout en parlant, Bishop avait tendu sa main gauche pour serrer celle de Holland. D'un coup d'œil rapide, ce dernier obtint la réponse qu'il était venu chercher. Celle que Thorne lui avait demandé de lui rapporter.

Pas d'alliance.

Je lis beaucoup. La même page, en général, encore et encore, mais qu'est-ce que ça peut faire ? Tout à l'heure, c'était le branle-bas de combat pour trouver un sujet de lecture intéressant, et pendant qu'elles cherchaient, histoire de tester leur appareil dernier cri, l'ergothérapeute m'a donné à lire une brochure interne concernant l'hôpital.

Baaaaaaarbant...

Du moins, c'est ce que je pensais avant que je n'entame ma lecture. Fascinant. Voici une citation, et je m'en souviens très exactement pour ne pas en avoir détaché les yeux durant une vingtaine de minutes : « L'Hôpital National de Neurologie et de Neurochirurgie, qui comprend l'Institut de Neurologie, est un outil d'enseignement unique en son genre, de formation et de recherche neuroscientifiques. Les travaux de recherche de l'équipe universitaire sont menés en prise directe avec le suivi hospitalier des patients. »

Bon, ça me paraît clair. Le côté « suivi » a tout d'un rajout de dernière minute, voyez, lorsque quelqu'un s'est rappelé ce qu'est censé être un hôpital. Le reste ne semble concerner que la recherche et la formation et, franchement, ils peuvent carrément aller se faire foutre.

Je suis une patiente. Croyez-moi, je préférerais ne pas être ici, vraiment, mais tant qu'à y être, alors mon profil de poste, c'est « patiente », mon gars. Je ne suis « l'outil d'enseignement » de personne. Le support pédagogique de personne, putain !

« Jetons un coup d'œil sur cette pauvre jeune femme, totalement bousillée à cause d'un traumatisme d'une tige hypophysaire. Battez de la paupière, ma petite, voulez-vous ? »

Non merci, sans façons.

Bon, d'accord, j'exagère un peu, mais en lisant ça, sur le coup, ça m'a vraiment angoissée. Je suis restée réveillée toute la nuit en me demandant si quelqu'un ici faisait le moindre effort pour m'aider à m'en sortir.

Je me le demande encore.

Suis-je plus habituée à eux telle que je suis ?

17

Keable et Tughan avaient préparé leurs questions, et Thorne ses nombreuses réponses. En premier lieu, venait le petit problème d'une autre plainte de Jeremy Bishop.

— Il affirme que quelqu'un surveillait son domicile samedi soir, dit Keable sans quitter Thorne des yeux.

Thorne haussa les épaules et se tourna vers Holland d'un air innocent.

— Il t'en a parlé hier soir ?

Tughan s'interposa sans laisser à Holland le loisir de répondre.

— Tu te trouves en terrain très glissant, Thorne.

Thorne sourit. Il exultait, et aucune pique de Nick Tughan ne saurait altérer sa bonne humeur. Un jour proche, ils tireraient tout cela au clair tous les deux. Pour le moment, il valait mieux l'ignorer.

Tughan était assis sur une chaise contre le mur, sous le calendrier, et Holland adossé à la porte. La pièce semblait pleine à craquer. Thorne s'appuya à deux mains sur le bureau de Keable et se pencha vers lui.

— Alors, que faisons-nous, Frank ?

Keable recula son fauteuil de bureau, battant en retraite. Il leva une main.

— Pour commencer, nous allons réfléchir à ce nous

avons de concret, là. Comment donc peut-elle être sûre que cette bague n'appartenait pas à sa mère ?

— Elle l'est.

Tughan ricana.

— Elle habite à Édimbourg, elle ne voyait jamais sa mère, putain de merde ! Cette bague pourrait être à n'importe qui. Qui sait combien d'hommes elle recevait ?

— Je ne pense pas que Margaret Byrne recevait des hommes, dit Holland posément. Chef.

Tughan lui décocha un regard noir. Holland se refusa à détourner les yeux.

— Les techniciens de scène de crime n'ont pas relevé d'empreintes sur le corps...

Thorne frappa du plat de la main sur le bureau.

— S'ils ne s'étaient pas plantés en étiquetant une pièce à conviction cruciale comme possession de la victime, nous ne serions pas là ! On en aurait déjà terminé.

— Pas d'empreintes sur le corps, Tom. Le tueur portait des gants, alors comment veux-tu qu'il ait perdu une bague, bordel ?

Thorne inspira profondément. *Réponds à la question. Reste cool.*

— Je pense qu'il a mis les gants une fois qu'elle était inconsciente. Des gants chirurgicaux. Il les a mis pour manier le scalpel. Pour pratiquer l'incision. La bague a pu tomber à n'importe quel moment avant. Il a bien dû y avoir lutte.

Keable lança un regard à Tughan qui fit non de la tête.

— Que dit Bishop ?

Holland s'avança et posa la main sur le dossier de la chaise occupée par Tughan. Il parla par-dessus lui.

— Il prétend l'avoir perdue il y a quelques semaines.

Tughan secouait toujours la tête. Il ne marchait pas du tout.

— Comment « perd »-on une alliance ? dit-il en faisant tourner la sienne. Je voudrais enlever cette saloperie que je ne pourrais même pas.

Holland, comme Thorne, avait ses réponses prêtes.

— La sienne glisse facilement. Il la retire au travail. Il ôte tous ses bijoux au travail. Il prétend qu'on la lui a prise dans son vestiaire.

Keable saisit la balle au bond.

— On lui a pris autre chose ?

— Son portefeuille et une montre. Une Tag Heuer.

— Il a porté plainte ?

— Inutile. Selon lui, il est courant que des objets disparaissent des vestiaires.

Thorne fit glisser son regard d'un visage à l'autre. Holland s'en sortait bien. Keable ne souscrirait pas à cette thèse sans des faits. Il lui fallait le soutien d'un maximum de faits, et Holland les fournissait.

— Quand cela s'est-il produit ?

— Il y a près de trois semaines. Le 11.

Keable hocha la tête.

— La veille de l'assassinat de Margaret Byrne.

Thorne garda le silence. *Le jour où je lui ai extorqué de me déposer en ville. Bishop portait son alliance alors.* Laisser la décision à Keable. Il était important qu'il sente qu'elle venait de lui. Il hochait toujours la tête.

— Que souhaitez-vous, Tom ?

— Un mandat de perquisition.

Tughan bondit de sa chaise, ses cheveux projetés en arrière dans le mouvement. Keable leva les bras au ciel.

— Procurons-nous déjà cette bague, et transmettons-la à l'équipe scientifique. Nous parlerons d'un mandat si besoin est. Nick, joignez Lothian & Borders par téléphone. Je veux un transport jusqu'ici. Compris ?

Tughan sortit le premier. Holland lui tenait la porte. Comme Thorne s'apprêtait à lui emboîter le pas, Keable l'arrêta.

— Une conférence de presse est prévue à midi, Tom. Je compte sur votre présence, merci.

Son intonation impliquait qu'il ne tolérerait aucune contestation. Cela ne risquait pas. L'adrénaline se propageait dans tout le corps de Thorne. Il était raide défoncé. Il aurait accepté avec joie de faire une apparition dans *Stars In Their Eyes*[1].

Thorne...

Entrer dans la salle des enquêteurs. Éviter de croiser les regards. Réagir aux paroles sympathiques et aux regards de soutien. Poser la main sur le bras de David Holland et apprécier le sourire qu'il adresse en retour. Jubiler devant l'air renfrogné de Nick Tughan qui se passe la main dans ses cheveux filasse et décroche le téléphone.

Et se réjouir des voix soulagées des filles.

C'en est bientôt fini alors ?

Tommy ? Ça y est ?

Tu vas l'avoir, Tommy ?

Coince-le, cet enfoiré...

Christine, Madeleine, Susan. Et Helen pour finir. Proférer assez d'espoir pour toutes. Un espoir qu'il ne craignait plus d'exhiber.

Oui. Je vais le coincer. Bientôt.

---

1. Divertissement télévisuel au cours duquel des anonymes « deviennent » la star de leur choix. *(NdT)*

Et, quelque part en fond sonore, le rire de Leonie Holden.

Il le regarda deux fois. Il le regarda à chaque journal télévisé de la mi-journée, BBC et ITV. Chaque fois, pour son plus grand plaisir. Chaque fois, il rit haut et fort et applaudit à la fin.

Il était de bien meilleure humeur, de toute façon. Les perspectives s'amélioraient et son découragement de la veille — quelle affreuse journée ! — s'était évaporé grâce à un petit reportage de rien du tout. Un peu tardif, mais fort opportun. Il n'éprouvait toujours pas le besoin urgent de réessayer la procédure, mais il semblait que les choses puissent évoluer comme prévu, finalement.

Commandant Lesincère, inspecteur chef Grossourcils... et Tom Thorne. Il avait poussé un cri de joie, lorsque Thorne avait été présenté, enfin, à la nation. Ainsi, tout baignait de nouveau, hein ? Tom refaisait partie de l'équipe.

Le commandant de police avait évoqué de « nouvelles pistes » et de « nouvelles possibilités d'investigations prometteuses ». Pas trop tôt ! Cela étant dit, ils appelaient *encore* d'éventuels témoins à leur fournir l'immatriculation, même incomplète, de la Volvo bleue, et ils montraient *encore* cet horrible portrait-robot dû à la gracieuse participation d'un passant bigleux le soir où il avait embarqué Helen Doyle.

Margaret Byrne aurait mentionné des éléments bien plus précis, elle...

Puis le commandant Lesincère avait présenté l'inspecteur qui allait « lancer un appel au responsable de ces meurtres atroces ». La caméra était alors passée sur Thorne. Il semblait un peu nerveux. Anxieux.

Il s'était demandé comment Thorne s'en tirerait

devant la caméra. Il avait certainement déjà dû se plier à ce genre d'exercice, il devait être bon. L'Irlandais avait été mielleux, mais Thorne y apporterait certainement une autre dimension. De la flamme, peut-être. Attisée par une fureur authentique.

Bien sûr que oui. Thorne était un homme comme il les aimait.

Il n'avait pas été déçu. Rien d'écrit ; pas besoin de notes. Thorne fixait la caméra et s'exprimait posément, mais avec précision et force.

Il avança sa chaise, son visage se retrouva à quelques centimètres de l'écran de télévision, bouche bée. C'était comme si Thorne s'adressait directement à lui.

Ce qui, bien sûr, était le cas.

— Il n'est pas encore trop tard. Vous pouvez tout arrêter tout de suite. Je ne peux pas tout vous promettre, mais si vous sortez de l'ombre maintenant, si vous sortez de l'ombre aujourd'hui, alors, votre affaire sera considérée sous un jour d'autant plus favorable. Aucun d'entre nous n'a la plus petite idée des raisons qui vous poussent à commettre ces actes. Peut-être pensez-vous que vous n'avez pas le choix. Vous aurez la possibilité d'expliquer tout cela en cessant ces meurtres tout de suite. Vous savez, bien entendu, que nous utiliserons tous les moyens à notre disposition pour vous empêcher d'agir. Tous sans exception. Je ne peux vous garantir qu'ils excluront que vous puissiez être blessé. Ou pire. Nous ne souhaitons pas que d'autres personnes souffrent, y compris vous. Vous pouvez le croire ou non. C'est vous qui décidez. Alors, prenez le temps de réfléchir. Dès maintenant. Réfléchissez une minute. Quoi que vous essayiez de prouver, considérez que c'est chose faite. Puis, décrochez votre téléphone, mettez un terme à cette folie. Dès à présent. Sortez de l'ombre aujourd'hui, et livrez-vous à moi... à nous, et des gens seront là pour vous aider.

Là, Thorne se pencha vers la caméra, et son visage emplit l'écran.

— D'une façon ou d'une autre, ce sera bientôt fini.

Rachel lui avait pardonné presque tout de suite.

Il lui avait téléphoné dès que possible et avait paru si confus. Il se rendait compte que son comportement était impardonnable et aurait parfaitement compris qu'elle ait envie d'en rester là.

C'était bien la dernière chose dont elle avait envie.

À l'entendre s'excuser, Rachel éprouva un étrange sentiment de puissance. C'était comme si un retournement de situation se produisait. Il aurait très bien pu ne pas revenir, mais il avait eu besoin de son pardon. Et, une fois qu'elle le lui eut accordé, elle sentit que leur relation repartait sur une nouvelle base.

Il lui avait expliqué que ça ne se passait pas très bien pour lui au travail. Il avait eu un clash avec deux ou trois personnes, et il ne s'en sortait plus trop. Évidemment, ça ne l'excusait pas, loin de là, mais il voulait seulement qu'elle sache qu'il était sous pression, voilà tout. Elle lui avait demandé pourquoi il ne lui avait rien dit. Elle souhaitait tout partager avec lui. Elle aurait pu l'aider. Il lui avait répondu qu'il avait très envie de tout partager avec elle et que, un jour, très bientôt, ce serait le cas.

Elle avait eu la gorge sèche alors. Elle avait compris qu'il faisait allusion au sexe.

Il lui avait demandé si cela avait été très dur après son départ fracassant du cabaret. Elle lui avait raconté que la comique l'avait charriée un moment, mais que, très vite, ça avait été l'entracte et qu'elle en avait profité pour partir. Ils avaient ri en s'imaginant ce que les autres personnes du public avaient pu dire d'eux. Il lui avait promis de lui acheter une autre jupe pour remplacer celle tachée par la bière. Et de lui acheter beaucoup d'autres choses.

Ils avaient fait durer leurs au revoir, puis Rachel avait déclaré qu'elle devait vraiment partir, qu'elle le rappellerait plus tard, qu'elle l'aimait, et ils avaient raccroché en même temps.

Puis elle avait continué de se préparer pour aller au lycée.

Anne serait en réunion pendant deux heures encore. Thorne n'en était pas mécontent. Il l'avait demandée à l'Accueil, et, à présent, se dirigeant vers les ascenseurs, il poussa un soupir de soulagement. S'il était tombé sur elle, pas de problème. Il aurait assuré, et elle aussi, mais il valait sans doute mieux laisser passer un jour ou deux.

Il espérait que tout serait terminé alors.

La veille, après le coup de fil de Sally Byrne, ils n'avaient pas pu en parler du tout. Lorsqu'une arrestation aurait eu lieu, lorsque *l'arrestation* aurait eu lieu, ils le pourraient alors sans réserve. Ce ne serait pas facile pour Anne, mais il l'aiderait à franchir le cap.

Si elle voulait toujours de lui.

Il avait observé cela bien souvent parmi les proches d'assassins. Il se souvenait, même si c'était tout à fait différent, combien cela avait été difficile pour les parents de Calvert.

Il s'agissait d'une sorte de mort, et il fallait faire son deuil. Anne devrait pleurer l'ami qu'elle aurait perdu. Elle le perdrait en maintes façons, et elle devrait pleurer pour elles toutes. Cela, sans compter la culpabilité qu'elle éprouverait nécessairement ; déjà, la honte d'avoir été son amie, et la culpabilité découlant de cette honte.

Selon toute probabilité, elle serait aussi le premier refuge de ses enfants à lui. Elle devrait les réconforter, gérer leurs sentiments. Puis il lui faudrait affronter les journalistes. Quand ils ne pouvaient pas traquer le tueur, ils traquaient les amis du tueur. Rien de tout cela ne serait facile.

Anne chercherait à en imputer la responsabilité à quelqu'un.

Il valait sans doute mieux, durant quelque temps, qu'ils évitent de se voir. Qu'ils restent hors de la ligne de tir. Il se pouvait que tout parte en eau de boudin, d'ailleurs. Il connaissait beaucoup d'affaires, bien plus simples que celle-ci, dont le résultat leur avait échappé à la dernière minute. Un plantage, ou, Dieu les en préserve, un vice de forme les guettait à chaque coin de rue pour enterrer des inspecteurs trop sûrs d'eux. Thorne ne vendait jamais la peau de l'ours. Toutefois, il était assez guilleret pour être venu là, monter dans l'ascenseur et se demander comment il s'y prendrait au juste pour tout expliquer.

Parce que ce n'était pas Anne qu'il venait voir, de toute façon.

En entrant dans la chambre d'Alison, il reçut un choc. Même s'il n'ignorait pas qu'elle était toujours prédisposée aux infections, Anne ne lui avait pas dit qu'on l'avait remise sous respirateur.

La pièce était redevenue bruyante, plus encombrée, mais la jeune femme en son centre s'imposait à son regard et à son cœur autant que la première fois qu'il l'avait vue. On lui avait coupé les cheveux depuis sa dernière visite. C'était la fois où il avait utilisé la photo de Bishop, juste avant qu'on lui fasse part des accusations « anonymes » et que la spirale des événements devienne incontrôlable.

Tout était de nouveau sous contrôle à présent.

Il s'avança lentement vers le lit, passa devant le tableau noir, plié et calé contre le mur sous un drap blanc. Alison l'avait-elle entendu entrer ? Il savait que son champ de vision était très limité et ne voulait pas la faire sursauter.

Il se reprit. *Sursauter ? Triple idiot.* Il savait si peu à quoi ressemblait sa vie. Ce qu'elle était devenue. Il s'était juré de s'y intéresser et ne l'avait pas fait. Il avait entendu dire que les amputés éprouvaient toujours des sensations dans leur membre disparu. Qu'en était-il pour Alison ? Éprouvait-elle toujours la sensation ou pouvait-elle imaginer éprouver ce que c'était que de sauter, courir, donner un coup de pied, embrasser ?

Il s'arrêta au pied du lit où, il le savait, Alison pouvait le voir. Son globe oculaire s'agita durant quelques secondes. Sa paupière cligna.

Bonjour.

Il passa sur le côté du lit, tendant le bras vers la chaise en plastique orange et regarda autour de lui, d'un air détaché, comme s'il n'était qu'un visiteur parmi d'autres cherchant une plaisanterie de chevet appropriée. Il ne voyait de fleurs nulle part.

Il n'y avait pas d'autre solution que de commencer à parler.

— Bonjour, Alison. J'espère que vous ne m'en voulez pas de passer à l'improviste, mais il y a certaines choses que je tenais à vous expliquer. Parce que personne d'autre ne s'en est chargé, au fond, et je pense que vous avez le droit de savoir. Le Dr Coburn vous aura donné les éléments médicaux... l'aspect technique des choses, mais je voulais essayer de vous dire ce qui vous était arrivé à *vous*. Après que vous avez quitté la boîte, ce soir-là. Comme vous vous en doutez, nous ne savons pas exactement ce dont vous vous souvenez. De rien, sans doute.

Il prit la carafe d'eau sur la table de chevet et se servit le verre dont il avait grandement besoin. Il s'interrogea sur la présence de cette carafe alors qu'Alison ne pouvait boire.

— Ce qui s'est réellement passé pendant votre trajet entre le night-club et votre domicile, nous ne pouvons que l'imaginer mais, au fond, ça n'a pas d'importance. Vous pourrez nous dire où vous avez rencontré l'homme au champagne lorsque vous ne serez plus sous respirateur et irez un peu mieux, mais nous savons qu'il est entré chez vous, que l'anesthésiant dans le champagne a forcément fait son effet, et il n'y a rien que vous auriez pu faire lorsqu'il... a porté la main sur vous.

Un fracas retentit dans le couloir. Thorne perçut la réaction d'Alison. Une tension momentanée autour des yeux. Les sons, manifestement, étaient très importants.

Il ne lui restait plus qu'à aller à l'essentiel. Arrêter son cinéma. Il avait raconté à des parents les circonstances de la mort de leurs enfants. Pourquoi était-ce si difficile, cette fois ?

— Bref, Alison, voilà. Vous n'avez pas survécu. Je veux dire... oui, bien sûr que oui, mais c'est exactement ce qu'il voulait.

Il tapota le bord du lit, jeta un œil aux appareils, aux écrans, aux tubes, puis son regard revint sur Alison.

— Ça... c'est ce qu'il voulait, ce qu'il essayait d'obtenir. Cela semble fou, je le sais, et ça l'est. Il ne voulait pas vous tuer. Il l'aurait pu aisément car ce qu'il vous a fait est incroyablement difficile à réaliser, en réalité. Il l'avait tenté avant vous, l'a tenté depuis, sans succès... et d'autres femmes sont mortes. Alors...

Alors quoi ? Thorne se demanda s'il avait bien fait de parler. Qu'y avait-il à ajouter ? Qu'elle était vernie ?

— Voilà. Je ne vous dis pas que vous avez eu de la chance de ne pas mourir. C'est vraiment une chose que vous seule pouvez... savoir. Mais vous avez été assez forte... pour ne pas mourir, alors je suis sûr que vous êtes assez forte pour vous tirer de là. J'ignore totalement pourquoi il a fait ça, Alison. Je regrette de ne pouvoir vous affirmer le contraire. Je pourrais inventer quelque chose, mais la vérité est que je n'en ai pas la plus petite idée. Mais je peux vous dire une chose, et je suppose que c'est pour ça que je suis venu, pour être franc. Il va me dire pourquoi il a fait cela très bientôt. Je tenais à ce que vous le sachiez. Très bientôt. Il va me regarder dans les yeux et me le dire.

Il prit la main d'Alison. La serra.

— Et alors, je ferai mettre ce salopard en prison pour le restant de ses jours.

Ah, d'accord, je vois. Bon, eh bien, merci du tuyau.
Donc, il m'a fait ça exprès. Il a voulu que je sois ainsi. Sous branchements, foutue.
Très bien...
Il est difficile de réagir à une nouvelle autrement que calmement dans mon état. Mes réactions ont tendance à toutes se ressembler. De l'extérieur, en tout cas. Je dois paraître un peu flegmatique. N'importe qui, en me voyant, serait en droit de penser : Ooh, ce qu'elle le prend bien !
À l'intérieur, c'est autre chose.
J'enrage. Je comprends ce que c'est lorsque le sang ne fait qu'un tour. Je le sens couler dans mes veines comme de la lave, à gros bouillons. Parce que je sais à présent. Je sais avec certitude.
Je m'en doutais plus ou moins de toute façon.
Je pensais que ça devait être un truc dans le genre.
Un truc tordu grave.
Je ne manque pas de temps pour y réfléchir, et pas la peine d'être un génie pour deviner que c'était bizarre.
Je n'avais aucune marque sur le corps.
Je n'avais aucune trace de violence sexuelle.
Au début, j'ai pensé qu'il avait voulu me briser la nuque, mais je n'avais pas même un bleu. Je suppose

que c'est vraiment très facile de tuer quelqu'un si on en a envie, et je me demandais pourquoi il ne l'avait pas fait.

J'essayais de deviner ce qu'il voulait vraiment.

Donc, je suis celle qu'il n'a pas loupée ? Je suis le témoignage vivant et presque respirant de... du talent de ce type ?

Alors que d'autres femmes sont mortes.

J'entends le souffle de mon sang dans mes artères. La colère suinter de mes pores.

Thorne paraissait convaincu de l'arrêter. Son intonation m'a fait penser que celui qui a fait ça va le regretter lorsqu'il le chopera.

Il m'a dit qu'il l'obligerait à raconter pourquoi il avait fait ça. Je ne suis pas sûre que je me sentirais mieux pour autant, franchement. Qu'il se fasse arrêter, oui, c'est sûr. Thorne m'a dit ne pas savoir dans quelle mesure je me souvenais de tout. Moi non plus.

Mais si ça doit aider à faire arrêter ce salaud, je vais m'employer à le déterminer.

18

12 février 1999. Mort de sa mère.
3 septembre 1994. Jan le quitte pour la première fois.
18 juin 1985. Calvert...

Tout en roulant vers Camden en cette heure du déjeuner de mardi, Thorne ignorait que le lendemain, 2 octobre 2000, serait une journée de plus à marquer d'une pierre noire. Peut-être la plus importante de toutes. Des journées qu'il préférerait oublier, mais dont il serait obligé de se souvenir.

Des journées qui l'ont formé. Des journées longues, très longues. Des journées douloureuses. Des journées qui lui ont appris quelque chose sur l'homme qu'il était devenu, et ont déterminé l'homme qu'il allait devenir.

Ce qu'il allait devenir.

Cette journée-là, veille de tout le reste, n'avait pas bien commencé et irait de mal en pis. La bague, arrivée d'Édimbourg la veille au soir, avait été envoyée directement au laboratoire de police technique et scientifique de Lambeth. Thorne avait téléphoné à Edgware Road dès le matin pour un point sur l'avancée des analyses. Il n'y en avait aucune, et n'y en aurait sûrement pas avant le lendemain. Il n'avait reçu pour sa peine qu'un autre savon de Keable, de plus en plus à cran. Jeremy Bishop avait appelé et exigé de savoir ce qui se passait.

James Bishop idem. Pour le moment, le silence de Rebecca Bishop laissait supposer que Thorne et Holland s'en tiraient à bon compte pour leur virée à Bristol.

Thorne souriait pour lui-même à présent tandis qu'il pilotait sa voiture dans Regent's Park, passant devant les hôtels particuliers invraisemblables des diplomates et des pétro-milliardaires. Il sourit en songeant à son audace devant Keable, à sa frime, à son attitude je-m'en-foutiste avec Tughan.

Thorne se savait en terrain sûr. Tout — les appels téléphoniques, les fibres textiles, les visites chez Bishop — serait oublié dès qu'il aurait obtenu ce qu'il cherchait.

Dès qu'il aurait prouvé que Jeremy Bishop était un tueur en série.

Alors, Keable serait trop accaparé par les félicitations du commandant — qui ferait risette à la presse et recevrait des bourrades amicales de la part du directeur de la police — pour se préoccuper de quelques appels passés à des heures indues. Un coup de règle sur les doigts, peut-être. Un rappel de la procédure, sans doute. Une mise en garde au sujet de ses méthodes, au pire.

Du moment que la preuve ultime était recueillie en bonne et due forme, Thorne était sûr d'obtenir une mise en examen. Il savait que la preuve existait. Dans la maison de Jeremy Bishop, à Battersea. Il lui fallait juste le mandat.

Thorne avait passé une matinée très ennuyeuse en qualité de ce qu'un président d'équipe de football (celui des Spurs s'accrochait toujours à son poste) appellerait un joueur libre. En pratique, cela signifiait répondre beaucoup au téléphone, tendre de la paperasserie à Nick Tughan et résister à la tentation de foncer en voiture jusqu'au laboratoire médico-légal et superviser lui-même l'analyse de l'alliance de Bishop. Redevenir un rouage de cette machine très lourde était hautement frustrant, mais il s'en acquittait avec joie. Et cela ne durerait pas longtemps.

À Camden, Thorne se gara sous l'immense supermarché Sainsbury's à côté du canal. L'accès était libre pour les clients et l'achat de canettes de bière labellisées constituait une juste contrepartie à la gratuité du parking en pleine journée.

Il passa devant le vieil immeuble de la chaîne TV-am où un groupe de jeunes zieutaient l'enregistrement d'une émission pour MTV à l'intérieur d'un ministudio vitré sur le parking. Il s'arrêta et regarda. Les présentateurs, une fille et un garçon, étaient jeunes et beaux, et, l'espace d'un instant, il songea que c'était peut-être le couple qu'il avait vu dans Waterloo Park quelques jours plus tôt.

Ignorant les regards intrigués des jeunes autour de lui, il observa un moment leur pantomime de frétillements et de poses derrière la vitre. Puis il s'éloigna à pas tranquilles en supposant qu'il en savait sans doute plus long qu'eux sur la musique qu'ils vantaient, et se dirigea vers Parkway où il devait rencontrer Hendricks.

Le troquet était bon marché et sinistre, ce que Thorne préférait de loin à cher et animé. Dans cet endroit, au fil des années, tous deux avaient parlé de travail, de foot, tout en cédant à leur passion commune pour les fritures et les gâteaux étouffe-chrétiens.

À l'arrivée de Thorne, Hendricks s'y trouvait déjà, une tasse de thé serrée entre les mains, l'air pas très jouasse de le voir. Thorne ne doutait pas d'apporter des nouvelles qui remonteraient le moral de ce petit enfoiré. D'un geste, il commanda un thé à la femme au comptoir et se glissa dans le box, prit la carte, commença à la lire. Il s'efforça d'afficher un air dégagé.

— Je pense qu'on le tient.

Hendricks leva les yeux, mais sans réel intérêt.

— J'en suis sûr, se reprit Thorne, et dès qu'on aura les résultats du labo, je pourrai obtenir un mandat et...

— Écrase, tu veux ?

Thorne posa la carte. Son peu d'appétit s'évanouissait à la vitesse grand V.

— Alors ? demanda-t-il, le regard fixé sur Hendricks.

Le légiste lorgna son thé et continua de le remuer.

— Manifestement, tu as quelque chose à me dire.

Hendricks se racla la gorge. Il avait répété.

— Ne t'est-il pas venu à l'esprit, ne serait-ce qu'une seconde, que lorsqu'un grouillot du labo appelle ton chef pour lui dire qu'un médecin légiste vient d'arriver avec un sachet en plastique contenant des fibres textiles...

— Phil, j'allais...

— ... il risque aussi d'appeler le mien ? Ça ne t'est pas venu à l'esprit ?

— Qu'est-il arrivé ?

— De gros emmerdes, voilà ce qui est arrivé. Parce que j'ai été assez bête pour te rendre service. Et que tu n'as même pas eu la courtoisie de décrocher ton foutu téléphone pour savoir ce qui se passait.

Il en avait eu l'intention, plus d'une fois, mais sans passer à l'acte.

— Excuse-moi, Phil, il y a eu un autre meurtre, et...

— Je le sais. C'est moi qui ai fait l'autopsie, tu te rappelles ? Et vu notre métier à tous les deux, permets-moi de douter qu'un cadavre soit une excuse valable, bordel, non ?

En effet, et Thorne le savait. Hendricks avait toutes les raisons d'être furieux, mais essayer de lui expliquer ce qu'il pensait... ressentait... depuis le meurtre de Margaret Byrne n'aurait pas été simple.

— Alors, qu'est-il arrivé ?

— Un connard de chef de clinique, qui n'attendait que ça de toute façon, car je ne corresponds pas à l'idée qu'il se fait d'un médecin légiste, m'a traîné devant le DG et le DRH.

— Putain...

— Ouais, putain, comme tu dis. J'ai eu droit à un sermon sur le comportement inapproprié et ils parlent toujours du foutu Conseil de l'Ordre, alors tu ne me demandes plus de services, d'accord ?

Le thé de Thorne arriva et il le prit avec gratitude, mais Hendricks n'avait nullement l'intention de le laisser s'en tirer ainsi.

— Tu es complètement obsédé par ta propre personne, tu t'en rends compte ?

Thorne voulut rire, mais rien ne vint.

— Je ne te parle pas de cette affaire, poursuivit le légiste, mais de tout le temps. Putain, tu n'as pas la moindre idée de ce qui se passe autour de toi, hein ?

Thorne plaqua un sourire dédaigneux sur sa bouche.

— Attends-tu de moi que je réponde à ces questions, ou me fais-tu la leçon ?

— J'en ai rien à battre, je te le dis, c'est tout. Je suis sans doute ton seul semblant d'ami, et on se dit peau de balle.

Thorne voulut prendre la parole, mais Hendricks le devança :

— Le foot et le boulot. Point barre. Parler boutique ou parler conneries. On joue au billard, on bouffe des pizzas, on échange des vannes et on se dit peau de balle, putain !

— À quoi ça servirait ?

— Tu ne m'as jamais rien dit sur la famille, ou les petites amies.

Hendricks eut un rire sec. Thorne le considéra.

— Quoi ?

— Je suis gay, ducon. Pédé comme un phoque. OK ?

Pour des raisons qu'il n'aurait pu tout à fait expliquer, Thorne devint écarlate.

Quelques secondes s'écoulèrent. Il releva les yeux de son thé.

— Mais pourquoi tu ne me le disais pas alors ? Tu craignais que je m'imagine que je te plaisais ?

Hendricks rit encore, pourtant ni l'un ni l'autre ne trouvaient ça drôle.

— Je ne pouvais pas te le dire. Pas... à toi. Mais tout le monde est au courant.

— Quoi ? Pourquoi ne m'a-t-on rien dit alors ?

— Pas au travail.

Hendricks parlait plus fort. Thorne regarda au-delà de lui, honteux, la femme au comptoir qui souriait dans le vide.

— Je parle de tous ceux qui comptent pour moi. Ma famille, mes vrais amis... Bordel, c'est évident pour la plupart des gens. Tu as remarqué mon look, putain de merde ? Tu te... protèges tellement. Tu n'étais pas foutu de le voir parce que ça ne te concerne pas. Tu portes des œillères, et j'en ai ras le bol, putain !

Anne avait raccroché brutalement et fumé trois cigarettes coup sur coup. À présent, la nausée le disputait à sa colère. Elle fila droit sur le distributeur de café du hall principal, ne cessant d'y penser...

Elle avait appelé Thorne sur son portable et, même si elle n'avait pas la moindre idée d'où il se trouvait et de ce qu'il faisait, cela l'avait manifestement mis dans une humeur exécrable.

Qu'il lui avait transmise.

Ils ne s'étaient pas reparlé depuis le dimanche. Elle avait compris alors qu'il se passait quelque chose d'important dans l'affaire, et cette impression s'était transformée lorsqu'elle avait vu Thorne à la conférence de presse télévisée.

En un sentiment voisin de la terreur.

Elle pressentait l'imminence d'un événement. Un frisson glacé la gagnait, telle une ombre gigantesque qui commençait à planer au-dessus d'eux. Au-dessus d'eux tous — elle-même, Thorne, Jeremy. Elle avait décroché le téléphone, en quête de paroles de réconfort, de tendresse. Elle aurait souhaité lui en offrir à lui aussi, se doutant qu'il en éprouvait le besoin.

Et tout ce qu'elle avait obtenu en retour, c'était une diatribe. Il lui avait demandé, non... donné l'ordre de garder ses distances avec Jeremy Bishop. Il lui avait assuré que c'était pour sa propre sécurité, même s'il ne pensait pas sérieusement qu'elle courre un quelconque danger. Mieux valait, lui avait-il dit. Et de lui expliquer que, jusqu'alors, il s'était efforcé de ne pas aborder l'ensemble de cette question afin de la ménager et d'éviter tout conflit d'intérêt éventuel, mais que, à présent que l'enquête avançait à grands pas, il avait décidé de parler en toute franchise.

Foutaises !

Il avait évité le sujet jusqu'à ce qu'il la mette dans son lit, et maintenant, il lui dictait sa loi. Elle n'avait aucunement l'intention de s'y plier et le lui avait dit sans ambages.

La machine à café rejetait perpétuellement sa pièce de vingt pence. Elle s'obstinait à la glisser dans la fente, la récupérant, la remettant.

Leur conversation s'était envenimée, surtout lorsqu'elle avait entendu le bruit caractéristique de l'ouverture d'une canette. Où qu'il soit, il buvait. Cela, ajouté à la gravité supposée de ce qu'il lui disait, au sérieux de la situation dont il essayait de lui faire prendre conscience, l'avait agacée au plus haut degré. Comment osait-il ?

Là-dessus, il lui avait demandé si elle avait envie de passer la nuit chez lui.

Elle frappa le devant de la machine à café avec sa paume...

C'était alors qu'elle avait raccroché.

Renonçant au café, Anne se détourna et repartit vers l'Unité de Soins Intensifs. Elle avait bien envie de rendre visite à Jeremy ce soir-là. Évidemment, elle n'en ferait rien. Elle passerait la soirée chez elle avec Rachel, si elle était là, et boirait trop de vin et regarderait une crétinerie à la télévision en se demandant ce que faisait Tom Thorne.

Et elle essaierait de se tenir chaud tandis que l'ombre s'épaissirait.

*
**

La dernière fois qu'il s'était trouvé là, son visage était dissimulé et ses doigts enroulés autour d'une barre de fer.

Aujourd'hui, il devait délivrer un message bien plus subtil. Il avait téléphoné plusieurs fois, en prenant soin de masquer son numéro, pour s'assurer qu'il n'y avait personne. Chaque fois, il avait tapé le code avec le sourire. Thorne, lui aussi, devait connaître cette astuce, bien entendu.

Tout se passait au mieux. À présent qu'il s'était fait une raison à l'idée de ne peut-être plus jamais connaître la joie d'une autre réussite, l'excitation de la procédure et son bouillonnement intérieur avaient cédé la place à une autre sorte de plaisir entretenu par un objectif très différent.

Le plaisir du jeu avec Thorne.

Le jeu constituait une part de la chose depuis le début. Une part essentielle. Il allait de pair avec — il sourit — son travail concret sur le terrain. Il le complétait, l'éclairait, le valorisait dans son contexte.

Et il le jouait admirablement bien.

Tandis qu'il se dirigeait vers la porte d'entrée, il se demanda si, secrètement, Thorne y puisait du plaisir lui aussi. Il soupçonnait que oui, sans doute. Ça se voyait dans ses yeux.

Il regarda autour de lui d'un air détaché et frappa. Rien qu'un homme comme un autre rendant visite à un ami. Personne à la maison ? Un petit mot ferait l'affaire...

Il sortit sa main gantée de la poche de son pantalon et la plongea dans sa veste pour y prendre l'enveloppe. Oui, une autre sorte de plaisir. Ce n'était pas comme serrer les doigts autour d'une artère pulsante, mais tout de même, il appréciait sa... délicatesse. Ouvrir la fente d'une boîte à lettres procurait un frisson d'un genre différent de celui qu'il éprouvait en sentant une vie banale disparaître sous son toucher. Mais, dans son contexte, un frisson tout de même.

La fin du jeu approchait.

D'une façon ou d'une autre, ce sera bientôt terminé...

Il y prenait tant de plaisir que c'en était presque dommage de laisser Thorne gagner.

***

Le parking était désert. Thorne décida que le moment était venu de partir. Il était assis dans sa voiture depuis plus de quatre heures, temps qu'il avait mis à profit pour boire six canettes de bière.

Il ne s'était jamais senti aussi sobre.

Après son rendez-vous avec Phil Hendricks, il s'était traîné jusqu'à sa voiture, vaguement sonné. Il avait fait un saut au supermarché pour prendre la bière, lu le journal, puis était resté assis, écoutant la radio, buvant, et retournant dans sa tête ce que son ami lui avait dit. Son ami ? En avait-il, des amis ?

Il savait que Hendricks avait raison. Tout ce qu'il avait dit était vrai. Alors, il y avait réfléchi longuement tandis que la première canette de bière se muait en quatrième, puis avait définitivement gâché une journée déjà mauvaise en décidant de téléphoner à Anne.

Qu'était devenue sa prudence de la veille ? Il avait décidé alors qu'il était préférable d'éviter tout contact jusqu'à l'élucidation de cette affaire. Alors pourquoi, nom de Dieu, l'avait-il appelée pour lui dire de se tenir à l'écart de Bishop ?

Cela relevait un peu de l'esbroufe. Une part de lui-même avait voulu afficher sa... victoire. Cela dépassait la volonté de résoudre une affaire et arrêter un meurtrier, et commençait à ressembler à vouloir dominer un meurtrier. Avoir le dessus sur un rival. Il aurait tout aussi bien pu décrocher son téléphone et dire : « Recule, ça ne va pas être du joli. » Une attitude possessive.

Il avait eu envie qu'elle sache combien il était doué. Combien il avait eu raison.

Elle lui avait dit qu'elle le trouvait lamentable. Archilamentable.

Il avait balancé son portable à l'arrière de la voiture, monté le son de la radio et descendu les deux dernières canettes.

À présent, il faisait sombre au-dehors. Le supermarché serait bientôt fermé. Le vigile qui faisait des rondes dans le parking souterrain commençait à lui lancer des regards franchement hostiles et à marmonner dans sa radio.

Thorne se rendit compte qu'il mourait de faim. Seules six canettes de bière avaient franchi ses lèvres depuis le petit déjeuner. Il savait qu'il ferait mieux de laisser la voiture là et de prendre le métro. Il se trouvait à seulement une station de chez lui. À dix minutes à pied, bon sang !

Thorne démarra, sortit du parking et dirigea la Mondeo vers le sud, à l'opposé de chez lui, en direction du centre-ville.

On ne peut pas dire que je ne sois pas « stable ». C'est ce qu'ils répondent toujours, dans les hôpitaux, quand on appelle pour prendre des nouvelles de quelqu'un. Son état est « stable ». Comme si le patient était un meuble ou une humeur. Eh bien, oui, je le confirme, je suis stable sur mon matelas dernier cri, mon lit à télécommande, avec ma petite télé et mon petit lutrin.
Stable.
Quand la seule chose que j'aurais réellement envie de faire serait de crier jusqu'à m'en faire saigner la gorge. Je veux crier, je veux hurler, et, si ce n'est pas trop demander, flanquer un coup de poing dans la figure aussi fort que je le peux et aussi casser plusieurs trucs, si ça ne vous fait rien. En mille morceaux. Des miroirs. Des trucs en verre. Sentir le sang sur mes phalanges, sentir n'importe quoi...
J'ai l'air énervé ? Eh bien, je le suis. Énervée.
HY-PER-É-NER-VÉE.
Il y a des choses que j'ai envie de dire, dont j'ai envie de parler, et j'ai moins de chances de le faire maintenant qu'il y a seulement huit jours. Maintenant que je suis de nouveau reliée à ce putain d'accordéon antédiluvien.
Depuis que j'ai appris pourquoi je suis dans cet état,

depuis qu'on m'a dit que quelqu'un l'avait planifié, j'essaie de me souvenir. J'essaie si fort de me souvenir. De quelque chose qui pourrait servir. N'importe quoi pouvant leur servir à arrêter ce salaud.

Et j'ai dans la tête un truc qui, je le sais, n'est pas un rêve ni rien d'imaginaire. J'ignore si ça les aidera. Moi, ça m'aidera, c'est sûr.

C'est un souvenir, et il se bat pour resurgir.

Le souvenir de ce qui s'est passé après notre soirée entre filles. Ce sont moins des images que des mots. En fait, pas même des mots. Des sons. J'entends des mots, mais c'est comme si on me les disait sous l'eau. Ils sont déformés, et je n'arrive pas à les comprendre mais peux en deviner le sens. Je perçois le ton.

Bientôt, je les entendrai distinctement.

Ce sont les mots qu'il a prononcés. Pendant qu'il me faisait ce qui m'a conduite ici.

19

Minuit moins le quart, et Tower Records croulait de monde. Des dizaines de clients tardifs se mêlaient à ceux venus simplement pour écouter de la musique, lire les revues ou tuer le temps.

Le jeune homme à la caisse ne releva même pas les yeux.

— Siouplaît ?

— Je voudrais payer ça, s'il vous plaît, répondit Thorne, et commander un import de Waylon Jennings.

James Bishop rougit de rage.

— Qu'est-ce que vous me voulez, putain ? Je ne devrais même pas vous parler.

Thorne lâcha les trois CD sur le comptoir et chercha son portefeuille sans quitter Bishop des yeux jusqu'à ce que, les traits voilés par le ressentiment, ce dernier prenne les CD et commence à en retirer les badges antivol et à les enregistrer sur sa caisse. Il se faisait un devoir de ne pas regarder Thorne, mais décochait des regards nerveux à ses collègues en fourrant maladroitement les CD dans un sac en plastique, désireux d'en avoir fini le plus vite possible.

Thorne s'accouda au comptoir et agita sa carte de crédit.

— Quel est le problème ? Vous ne voulez pas qu'on

sache à votre travail qu'un de vos amis achète des albums de Kris Kristofferson ? En fait, je voulais le dernier single de Fatboy Slim, mais vous êtes en rupture de stock.

Bishop lui prit la carte des mains, la valida et lança un regard noir à Thorne.

— Vous ne faites pas partie de mes amis. Vous n'êtes qu'un petit branleur !

— Je suppose qu'il est inutile de demander la réduction Personnel ?

— Allez vous faire foutre.

Thorne hocha la tête d'un air triste.

— Je me doutais que j'aurais dû aller chez Other Price...

Un adjoint à la lèvre inférieure trouée d'une pointe d'argent s'avança vers eux.

— Tout va bien, Jim ?

Bishop poussa le sac en plastique vers Thorne.

— Oui, oui.

Il regarda par-dessus l'épaule de Thorne la fille qui faisait la queue derrière lui.

— Siouplaît ?

Thorne ne bougea pas.

— Vous finissez à quelle heure ?

La fille poussa un soupir exaspéré. Bishop gratifia Thorne d'un sourire presque provocant. Il jeta un coup d'œil à l'énorme G-Shock à son poignet.

— Dans un quart d'heure. Et alors ?

Thorne fit un geste vers la porte.

— Alors, je vous attends au Dunkin'Donuts. Je vous les conseille à la cannelle, mais ça, c'est vous qui voyez...

Vingt minutes plus tard, alors que Thorne finissait son deuxième café et son quatrième beignet, James

Bishop entra sans se presser et vint s'asseoir à côté de lui. Il portait une doudoune rouge et le même bonnet de laine noir que dans la boutique. Thorne prit un autre beignet et fit glisser la boîte vers le jeune homme. Bishop la repoussa.

— Comme vous voulez, dit Thorne.

Bishop le dévisageait.

— Je n'ai pas mangé de la journée. Un café ?

Bishop fit non de la tête. À nouveau, son demi-sourire énigmatique.

— Alors, qu'y a-t-il ? Vous voulez savoir si mon père a encore pété un plomb ? si vos coups de fil à la con qui l'empêchaient de dormir la nuit affectent son travail ? ont peut-être coûté la vie de quelqu'un ? Putain, plutôt irresponsable, vous ne croyez pas ?

Thorne le considéra quelques secondes en mâchant.

— C'est ça ?

— Ça, quoi ?

— Il a pété un plomb ?

— Bordel...

Bishop sortit un paquet de Marlboro. Le regard de Thorne glissa vers la gauche et Bishop le suivit jusqu'à la pancarte « non fumeur » au mur. Il balança le paquet sur la table.

— Il est furieux que vous le fassiez, et encore plus furieux que ce soit en toute impunité. Ni lui ni moi n'allons renoncer, vous savez. Quoi qu'il arrive, on continuera à faire du scandale, putain, jusqu'à ce que des sanctions soient prises.

Thorne songea une seconde ou deux à la vie facile du flic de base. Scènes de ménage. Ivresse sur la voie publique. Il ne la souhaiterait pas à son pire ennemi.

— Rien de ce que votre père et vous m'accusez n'est interdit par la loi, James.

— Ne vous cachez pas dans les jupes de la loi, c'est nul. Surtout lorsqu'on ne la respecte pas.

— J'en respecte les aspects les plus importants.

— Vous n'êtes pas un flic, Thorne, vous êtes un harceleur.

Thorne prit une serviette et, lentement, essuya le sucre autour de sa bouche.

— Je fais mon travail, James. Tout simplement.

Bishop était agité. Et ce, depuis son arrivée. Se rongeant les ongles et, l'instant d'après, tambourinant du bout des doigts sur la table. Une partie de son corps toujours en mouvement ou en frémissement. Pieds remuants, bras se tendant. Une vraie pile électrique. Thorne se demanda s'il se droguait. Il jugea cela plausible. Si tel était le cas, sûrement que son père devait l'approvisionner. Peut-être le bon docteur lui prescrivait-il ses doses...

Autre excellente raison de vouloir le protéger.

— Votre sœur pense que vous faites semblant d'être proche de votre père afin de continuer à le plumer.

— Ce n'est qu'une grosse conne.

Les mots, crachés entre ses dents.

Thorne en fut choqué, mais il s'efforça de ne pas le montrer.

— Vous en profitez plutôt bien, tout de même ?

— Écoutez, il m'a offert une bagnole et m'a avancé la caution de mon appart, d'accord ?

Thorne haussa les épaules.

— Ça n'a rien à voir avec l'argent. Il est contrarié, et je le suis aussi, c'est aussi simple que ça. C'est mon père.

— Donc, il est incapable de... cruauté ?

Thorne ne savait pas pourquoi il avait employé ce mot. Tandis qu'il se le demandait, James Bishop le considéra comme s'il venait d'atterrir d'une autre planète.

— C'est mon *père*.
— Donc, vous le protégez à tout prix ?
— Contre ceux de votre espèce, ouais... qui se servent de la loi pour lancer une vendetta simplement parce que le hasard a voulu qu'il soigne une femme agressée par l'homme que vous recherchez et parce que vous tronchez une de ses anciennes nanas. Je le protégerai contre ça.
— C'est mon travail de découvrir la vérité, et si cela en contrarie certains, alors là, c'est trop dommage.

Bishop ricana.

— Putain, vous vous prenez pour un vrai dur, hein ? À moitié flic incompris et à moitié milicien. Je vous traiterais bien de dinosaure, mais leur cerveau était plus développé que le vôtre.

Il se leva et se détourna pour partir.

Thorne l'arrêta.

— Quel genre de flic seriez-vous, James ? Ça devrait concerner quoi, selon vous ?

Bishop enfonça les mains dans les poches de sa doudoune. Il fit la moue, pinçant des lèvres semblables à celles de son père. Thorne vit le petit garçon caché juste derrière son arrogance affectée.

— Et qu'en est-il de la justice ? railla Bishop. Je pensais bêtement que c'était superimportant, putain !

Thorne visualisa une jeune femme dans un lit aux draps rose pâle, prisonnière d'un corps devenant frêle et flasque par manque d'exercice. Il visualisa un visage aux traits en partie dans l'ombre, penché vers lui du premier étage d'une grande maison. Aujourd'hui, il scrutait les mêmes traits parfaits agencés dans le visage plus jeune de l'homme qui en avait hérité.

— Oh, ça l'est, James. Très important...

Thorne gagna la sortie avec lui.

— Je peux vous déposer quelque part ?

James Bishop fit non de la tête et, de l'embrasure de la porte, regarda l'immense flot humain qui grouillait toujours autour de Piccadilly Circus en ces petites heures d'une nuit froide d'octobre. Sans un mot, il se coula dedans, et s'y fondit aussitôt.

Thorne demeura quelques instants immobile, regardant la doudoune rouge disparaître au loin, puis il s'éloigna dans la direction opposée pour retourner à sa voiture.

Thorne se figea en avisant la forme contre la porte.

Il se glaça en la voyant commencer à remuer.

Il souffla, soulagé, lorsque la forme se révéla être la silhouette quelque peu chancelante de David Holland. Thorne pensa tout d'abord qu'il était blessé.

— Bon sang, Dave...

Il s'élança vers lui, prêt à relever le constable par les aisselles, puis il sentit les relents d'alcool.

Holland se leva. Pas paralysé, mais en bonne voie.

— Chef... m'étais assis pour vous attendre. Vous en avez mis, un temps...

Thorne avait laissé tomber le whisky depuis longtemps, au même moment que les clopes, mais il en reconnaissait encore l'odeur en tout lieu. Instinctivement, il s'en éloigna, ayant juste besoin d'une ou deux secondes d'adaptation. Cette odeur pouvait l'abattre. Forte, pitoyable. L'odeur du besoin. L'odeur du découragement. L'odeur de *seul*.

Francis John Calvert. Whisky, pisse et poudre. Et chemises de nuit fraîchement lavées.

L'odeur de la mort dans un logement social un lundi matin.

Holland, adossé au mur, soufflait comme un bœuf. Thorne plongea la main dans la poche de sa veste en cuir pour y prendre ses clés.

— Allez, Dave, entrons, je vais vous faire un café. Comment êtes-vous arrivé jusqu'ici, d'ailleurs ?

— Taxi. Laissé la voiture...

Il ne servait strictement à rien de demander où. Ils éclairciraient ce point plus tard. La clé tourna dans la serrure. Thorne poussa la porte avec le pied, faisant tourner machinalement son jeu de clés dans sa paume, cherchant celle de son appartement.

Une enveloppe blanche gisait sur le paillasson de l'entrée commune.

Thorne la regarda et songea : un autre mot du tueur.

Pas « Tiens, c'est quoi ? », ni « Bizarre », ni même « Serait-ce... ». Il sut tout de suite de quoi il s'agissait et le dit tout net. Holland dessoûla illico.

Thorne ne se berçait pas d'illusions : ni l'enveloppe ni le mot à l'intérieur ne feraient le bonheur d'un expert scientifique. Ils seraient immaculés — pas une empreinte, pas une fibre textile, pas un cheveu égaré. Il n'en prit pas moins les précautions d'usage. Holland tint l'enveloppe entre deux doigts protégés par un torchon tandis que Thorne se servait de deux couteaux comme pinces de fortune pour en ôter la feuille de papier.

L'enveloppe n'était pas cachetée. Thorne l'aurait décollée à la vapeur, de toute façon, mais le tueur n'avait rien laissé au hasard. Il voulait que son mot soit lu tout de suite. Par Thorne.

À l'aide des couteaux, il aplatit le papier. Le mot était proprement dactylographié, comme les autres.

Thorne savait que ce n'était qu'une question de temps avant que la machine à écrire utilisée soit emballée, étiquetée et chargée à l'arrière d'une camionnette des Services Techniques et Scientifiques.

Ce mot-là serait le dernier de Jeremy Bishop.

TOM,
J'AVAIS ENVISAGÉ AUTRE CHOSE, UN E-MAIL, PEUT-ÊTRE, MAIS JE SUPPOSE QUE VOUS DEVEZ ÊTRE UN PEU RÉTROGRADE DANS CES DOMAINES-LÀ. ALORS, ENCRE ET PARCHEMIN, SOIT !
AU FAIT, FÉLICITATIONS POUR VOTRE PRESTATION TÉLÉVISÉE. TRÈS INTENSE. VOUS LE PENSIEZ VRAIMENT LORSQUE VOUS DISIEZ QUE TOUT CELA SERAIT BIENTÔT TERMINÉ, OU BIEN ÉTAIENT-CE SEULEMENT DES PAROLES EN L'AIR DEVANT LES CAMÉRAS ? RIEN DE TEL QUE LA CONFIANCE EN SOI, PAS VRAI ? OU BIEN CHERCHERIEZ-VOUS À ME RENDRE NERVEUX DANS L'ESPOIR QUE JE COMMETTE UNE ERREUR ? UNE QUESTION...
CE QUE JE ME DEMANDAIS, C'EST : QU'EST-CE QUE ÇA VOUS A FAIT DE LA TROUVER ? D'ARRIVER LE PREMIER SUR LES LIEUX ? ÉTAIT-CE UNE PREMIÈRE POUR VOUS, TOM ?
ON S'HABITUE AU SANG, NON ?
BREF, SI VOUS AVEZ RAISON, JE SUPPOSE QU'ON SE VERRA TRÈS BIENTÔT.
BIEN À VOUS...

Holland se laissa tomber sur le canapé. Thorne lut le mot une deuxième fois. Puis une troisième. Son arrogance le laissait pantois. Il ne semblait présenter aucun intérêt majeur. Il ne contenait aucune révélation, aucune annonce. Il n'était que... frime.

Thorne se rendit à la cuisine, alluma la bouilloire électrique d'une chiquenaude et sortit deux tasses à café. Pourquoi Bishop ressentait-il le besoin de faire ça ? Pourquoi le taquinait-il à propos de Margaret Byrne alors que Thorne avait si indéniablement mordu à l'hameçon bien plus tôt ?

Il servit des cuillerées de café instantané.

Quelque chose ne collait pas dans ce mot, mais quoi ? Thorne n'arrivait pas à mettre le doigt dessus. Le ton lui paraissait presque forcé. Peut-être le tueur commençait-il à perdre le contrôle des événements ? Peut-être son dernier ratage le faisait-il craquer ? À moins qu'il ne pose les jalons de l'irresponsabilité pour cause d'aliénation mentale qu'il plaiderait très certainement le moment venu.

Et ce moment viendrait bientôt.

Thorne remua les breuvages. Cette folie n'était pas feinte. Aucune personne saine d'esprit ne pourrait agir comme cet homme, pourtant Thorne se battait avec acharnement pour éviter que la démence n'amortisse sa chute.

Il voulait qu'il s'écrase au sol.

Les pressions, bien entendu, ne manqueraient pas de la part de ceux qui souhaiteraient qu'il soit suivi, soigné. On en trouvait toujours. On trouvait toujours plein de gens pour qui le meurtre était un hobby, un enseignement en option ou une vache à lait. Les barges qui lui écriraient en prison pour lui demander des conseils, une photo dédicacée ou de les épouser. Les militants. Les auteurs de livres — best-sellers avant même que les corps aient commencé à se décomposer. Les cinéastes. Les vieilles dames aux cheveux lavande cognant contre la carrosserie du fourgon, crachant...

Et les policiers qui se souvenaient de l'odeur du sang.

Était-ce une première pour vous ?

Thorne porta le café au salon, mais s'immobilisa sur le seuil à la seconde où il vit Holland qui, assis sur le canapé, regardait le mur face à lui. Il n'avait pas dans les yeux le flou de l'ivresse, de la fatigue ou de l'ennui.

Thorne sentit s'accélérer les battements de son cœur.

Il n'avait toujours pas demandé à Holland la raison de sa visite.

Holland se tourna vers lui.

— On a essayé de vous joindre...

Thorne pensa à son téléphone largué à l'arrière de sa voiture.

— Que s'est-il passé, Dave ?

Holland cherchait à formuler sa réponse, et alors Thorne identifia son expression. Il l'avait vue quinze ans plus tôt, dans le fond des verres, dans des vitrines et des miroirs. L'expression d'un jeune homme ayant beaucoup trop vu la mort.

Holland prit la parole — sa voix, son regard, son air inexpressifs.

— Michael et Eileen Doyle... Les parents d'Helen Doyle. Leur voisine a senti la mauvaise odeur.

Apparemment, l'attaque n'a détérioré qu'une toute petite partie de mon cerveau. Dans le tronc cérébral.

Le « pont », appelle-t-on cette portion, figurez-vous.

Ce n'est vraiment pas de chance que le hasard veuille que ce soit justement cette portion qui contrôle tout. Toutes les communications passent par là. Si le cerveau était la gare de Paddington, ce serait le centre d'aiguillage. En gros, les signaux sont toujours agités, branchés ou ce qu'on veut. Quand je veux remuer un orteil, ou renifler, ou parler, l'ordre en est donné. Et ce qu'on appelle un neurone-relais est censé faire qu'il se réalise : il envoie le signal le long de la ligne jusqu'au neurone suivant, qui lui-même le transmet à celui d'après. C'est un peu une version microscopique de « passe à ton voisin » de ma tête à mon pied, à mon nez ou ailleurs. Malheureusement, quelque part sur le parcours, certains neurones ne jouent pas le jeu, et ça arrête tout. Autrement dit, moi.

Bizarrement, toutefois, alors qu'une partie de mon cerveau est foutue, j'ai la sensation que d'autres parties compensent et changent. La portion chargée des sons. Je sens comme une amélioration. Je peux faire la différence entre des sons très similaires. Je peux situer une infirmière grâce aux couinements de ses semelles et évaluer la distance des objets. Les sons me transmettent une image mentale, à croire que je me transforme en chauve-souris.

Et ça m'aide à me souvenir.

Ces sons sub-aquatiques deviennent plus clairs de jour en jour. Les mots prennent forme. À présent, j'entends beaucoup de ce que nous nous sommes dit, moi et l'homme qui m'a envoyée à l'hôpital.

Fragments d'une bande-son.

Le plus souvent, c'est moi, évidemment, pas vraiment surprenant, qui bavasse sur la soirée, le mariage et tout. Bon sang, j'ai l'air complètement pétée. J'entends le champagne couler dans ma gorge et lui, je l'entends rire à mes blagues sinistres et bien arrosées.

Je m'entends batailler avec les clés de chez moi. L'inviter à entrer pour finir de boire. Des mots bafouillés, inconsidérés. Des mots qui mériteraient d'être oubliés. Les deniers mots qui franchiraient mes lèvres.

Je fouille toujours ma mémoire pour retrouver les mots qui ont franchi les siennes.

20

Tandis que Thorne roulait vers Edgware Road, il se surprit à lutter contre le sommeil. Le bruit des six canettes de bière vides qui s'entrechoquaient sur le tapis de sol l'y aidait, mais cela n'en demeurait pas moins ardu. La nuit avait été longue, et maussade. Pas même le spectacle de Holland, au matin, l'air affligé, dans ses petits souliers, s'emberlificotant au téléphone en essayant d'expliquer à Sophie où il avait passé la nuit, ne l'avait égayé.

Ils avaient parlé jusque très tard dans la soirée. Holland avait raconté à Thorne la fin de Michael et Eileen Doyle. Ils l'avaient fait aux barbituriques. Les policiers s'étaient rendus sur les lieux, dans la maison de Windsor Road, après avoir été alertés par une voisine. Elle les avait cru partis chez des proches parents après ce qui était arrivé à Helen.

Un policier les avait découverts dans une chambre de l'étage. Ils se tenaient par la main.

En dépit de ce que Holland avait déjà bu, Thorne sortit quelques canettes, et ils veillèrent, parlant de tout et de rien. La famille, les collègues, le boulot. Au fur et à mesure que les boissons attaquaient de front la fatigue, Holland avait commencé à somnoler, et Thorne à baragouiner au sujet des filles. Au sujet de Christine, de Susan, de Madeleine. Et d'Helen. Il ne parla pas de leurs voix. Il ne dit pas qu'il trouvait curieux de ne jamais entendre la voix de Margaret Byrne.

Thorne se demanda si Holland l'entendait. Il ne lui posa pas la question.

Le mot était posé à côté de lui, sur le siège passager, soigneusement emballé. Il s'imagina l'utiliser comme monnaie d'échange contre un mandat. Il s'entendit faire à Jeremy Bishop la lecture de ses droits. Il se vit menant le bon docteur dans l'allée de chez lui, devant ses pots en terre cuite emplis de fleurs mortes ou en train de mourir.

Puis il arriva au poste, et tout s'écroula.

— Ils n'ont rien pu trouver. Navré, Tom.

Keable semblait l'être. Mais pas autant que Thorne. Keable et Tughan l'avaient attendu ensemble pour le casser à la seconde où il sortirait de l'ascenseur.

— Les relevés d'empreintes sont toujours assez difficiles à établir sur une bague, de toute façon. Petite surface. Celle-ci présentait un embrouillamini de traces partielles par dizaines, mais rien qui vaille la peine de faire un rapport. Nous l'avons même envoyée au Yard. L'équipement du S03 est bien plus sophistiqué que le nôtre, mais...

— Pas de peau morte du côté intérieur ? Le duvet d'un doigt ? demanda Thorne en s'efforçant de garder son calme.

Tughan fit non de la tête.

— Le type à qui j'ai parlé m'a dit que c'était le cauchemar de la police scientifique. Elle a voyagé dans tout le pays, bordel, manipulée par Dieu sait combien de gens.

Thorne s'affala contre la porte de l'ascenseur et sentit sa colère tenter de prendre le pas sur sa fatigue.

— A-t-on au moins vérifié le poinçon ? Vérifiez-le et vous découvrirez que cette bague a été fabriquée l'année du mariage de Bishop.

Keable hocha la tête, mais Tughan n'était pas d'humeur à se plier aux exigences de Thorne.

— Écoute, même si on trouvait quelque chose, le recoupement est inexistant.

La colère gagna la bataille.

— Et la faute à qui ? C'est un mégaplantage depuis le début. Je devrais déjà avoir un mandat. Je devrais être en train de mettre la maison de ce salaud sens dessus dessous. Cette affaire devrait déjà être terminée — terminée.

Tughan recula vers son bureau.

— La possibilité a toujours été très mince, Tom. Nous le savions, si toi, tu l'ignorais. Que comptais-tu faire, de toute façon ? La glisser au doigt de Bishop comme la foutue pantoufle de vair ?

Thorne attendit que Tughan eût ravalé son ricanement auto-satisfait.

— Comment comptes-tu dépenser le fric que la presse t'a versé, Nick ?

Le rouge monta aussitôt aux joues creuses de Tughan. Keable tourna vers lui un regard dur qu'il reporta sur Thorne, décidant finalement qu'il valait mieux remettre les accusations à plus tard.

— Écoutez, Tom, dit-il. Personne n'est plus remué que moi par cette affaire, et quelques têtes vont tomber, croyez-moi.

Et alors, Thorne sentit la fatigue fondre sur lui. Il pouvait à peine garder la tête droite. Il ferma les yeux.

Lorsque Keable reprit la parole, il ne sut pas combien de temps il les avait gardés fermés.

— Nous disposons de son dernier mot. C'est un nouveau fait significatif.

— Une autre conférence de presse alors ?

— Je pense que ce serait une bonne idée, oui.

Thorne rappela l'ascenseur. Lever le bras et guider son doigt jusqu'au bouton lui fut une lutte. Il se faisait une vague idée désormais de l'effort qu'il coûtait à Alison pour battre d'une paupière. Il voulait rentrer chez lui. Il n'avait nullement l'intention de s'attarder pour décrocher des téléphones. Il éprouvait le besoin de s'allonger, de se couper du monde.

Une dernière question, toutefois.

— Jeremy Bishop est-il le suspect principal dans cette enquête ?

Keable hésita une fraction de seconde de trop avant de répondre mais, de toute façon, Thorne ne l'entendit pas grâce au grondement dans ses oreilles.

Il roulait beaucoup trop vite dans Maryland Road. L'effort de concentration exigé par sa conduite le mouillait de sueur ; elle goutta de lui quand il se pencha en avant pour étirer son corps perclus de fatigue. Tapoter le volant en mesure lorsque la musique explosa des haut-parleurs lui sapa son restant d'énergie.

Il augmenta le volume à fond. Tressaillit. Les haut-parleurs bas de gamme déformaient le son, transformant les aigus en crissements et les graves en télescopages. La musique, si tant est qu'on pût encore lui donner ce nom, faisait trépider la voiture, pourtant il aurait encore monté le son s'il l'avait pu. Il voulait être matraqué par le bruit. Il voulait être hypnotisé.

Il voulait être anesthésié.

Il bifurqua sur la voie de droite, prit son téléphone et s'arrêta juste après le musée de Madame Tussaud.

Il mit les warnings, baissa la musique et tapa sur la numérotation rapide.

Une longue file de touristes attendaient sous la pluie de pouvoir entrer admirer les sosies de cire de pop-stars, de politiciens et de sportifs. Et, bien entendu, de meurtriers en série : la Chambre des Horreurs demeurait l'attraction la plus populaire.

Comme partout.

Les assassinats vache à lait.

Elle décrocha.

— C'est moi... excuse-moi pour hier.

— OK...

Voix incertaine, protégeant ses arrières.

— Écoute, Anne, tout a changé, c'est foutu pour être franc, et je voulais juste te prévenir...

Ton ex petit ami ne craint plus rien.

— ... la preuve que je pensais avoir ne s'est pas... concrétisée, alors, oublie ce que je t'ai dit, d'accord ?

— Et Jeremy ?

— Je peux te voir tout à l'heure ?

— Est-ce toujours un suspect ?

Cette fois, ce fut au tour de Thorne d'hésiter trop longtemps avant de répondre.

— Tu peux venir tout à l'heure ?

— Écoute, Tom, je ne te dirais pas que ça ne me fait pas plaisir parce que ce serait faux. Excuse-moi aussi pour hier, mais...

En fond sonore, il entendit un médecin se faire biper. Il attendit la fin.

— Anne...

— Je passerai vers cinq heures. Je suis de garde ce soir, alors je m'éclipserai tôt. Ça te va ?

Ça lui allait très bien.

Il avait misé sur une dose d'incompétence. Il avait laissé du jeu dans son raisonnement. Mais là, ça dépassait tout ce qu'il avait imaginé.

Quelle bande d'andouilles ! Quels connards !

Il était idiot d'espérer une forme d'équilibre, il le savait, mais ce type d'imprévisibilité n'en demeurait pas moins hyperchiant.

Il avait senti le découragement s'emparer à nouveau de lui à la seconde où il avait raccroché, s'enrouler autour de lui comme une couverture sombre et rêche. Qui le démangeait. Qui l'empuantissait.

Il marchait dans un sens, puis dans l'autre en ligne droite. Dans un sens, le long d'une latte, puis dans l'autre le long de la suivante. Évoluant lentement dans la pièce en trajets parallèles. Dans un sens, sentant sous ses pieds nus la fraîcheur des lattes décapées. Dans l'autre, effleurant de ses orteils chaque nœud du bois parfaitement lisse. Dans un sens, puis dans l'autre, caressant du bout des doigts les plis irréguliers qui lui barraient le ventre.

Dans un sens, puis dans l'autre, respirant lentement, calmé par la blancheur des murs...

Il pouvait amortir les coups. Il savait s'adapter, non ? Champagne ou intraveineuse. Chez lui ou chez elles. Soirs entre filles ou bus du soir. La fin justifiait les moyens. Ce ne serait pas la meilleure façon d'y mettre un terme, mais ça marcherait sûrement. Son plan, bien sûr, le scénario île paradisiaque, le beau produit dérivé de son œuvre médicale, impliquait un peu de souffrances étalées sur une très longue période. Beaucoup de souffrance, *vite*, pourrait bien se révéler tout aussi plaisant.

Il décrocha le téléphone. Elle serait heureuse qu'il la rappelle. Enchantée de l'invitation. Emballée à la perspective de ce que pourrait lui réserver la soirée. Pas aussi emballée que lui, bien sûr, seulement lui savait à quel point ce serait bien.

Temps de passer à la vitesse supérieure.

Temps de trouver une autre façon de faire souffrir.

Anne réussit à quitter Queen Square encore plus tôt que prévu, mais au moment où elle arriva à l'appartement, vers quatre heures, Thorne avait déjà passé près de six heures à se taper la tête contre les murs.

Il avait essayé de dormir, mais en vain. Chacun de ses muscles réclamait le sommeil à grands cris, mais son cerveau ne voulait rien entendre. Il avait en lui une force incohérente, une énergie désespérée en quête d'un exutoire. Mais si son corps se sentait plus épuisé que jamais, son esprit tournait à plein régime. Il vrombissait, grondait, dérapait, faisait de l'aquaplaning, un tête-à-queue, puis repartait en vrombissant de plus belle.

Il pourrait confondre Bishop avec la bague.

Lui dire qu'ils avaient trouvé une preuve accablante.

Truquer cette foutue preuve...

Il pourrait lui arracher des aveux en le passant à tabac. Bon Dieu, comme ce serait bon de sentir les os de ce visage se briser sous ses coups de poing et ne s'arrêter de cogner qu'au moment où Bishop, en suspension quelque part entre la vie et la mort, saurait ce que ça faisait que d'être Alison Willetts...

À n'importe quel prix, Tommy.

Helen, je m'en veux de...

Pas de problème, Tom. Coince-le, c'est tout. Tu peux encore le coincer, non ?

Une part de lui-même imaginait Anne venir et tout lui faire oublier d'un baiser. Il irait se coucher et se réveillerait purifié.

Et ce fut presque ce qui arriva.

Elle déboula dans son salon comme une adolescente, et Thorne ressentit une douleur au visage en souriant pour la première fois de la journée. Elle lui dit de se coucher et leur prépara du thé.

Il lui avait sorti, une fois, qu'il ne voulait pas d'une mère. Là, il ne protesta pas.

Elle apporta les tasses au salon.

— Tu avais l'air un peu à cran au téléphone.

Il grommela. Lorsqu'elle retira le coussin qu'il plaquait contre son visage, elle fut soulagée de voir qu'il souriait.

— Comment te sens-tu ?

— Comme si j'avais pris des stimulants et des calmants, par centaines.

Elle lui tendit son thé.

— Ça t'est déjà arrivé ?

Thorne fit non de la tête.

— Alcool et clopes. Les bonnes drogues du prolétaire.

— Les plus dangereuses de toutes.

Il but une gorgée, les yeux vers le plafond.

— Ce dont j'ai besoin, je crois, serait de passer cinq ou six semaines dans une des jolies chambres très cosy de vos unités de soins intensifs. Bourrez-moi de somnifères, et affectez une toubib sexy pour pourvoir à mes besoins. La chambre à côté de celle d'Alison est-elle disponible ? Vous avez Sky TV ? Je paierai l'abonnement, bien entendu...

Anne rit et s'enfonça dans le fauteuil.

— Je te préviendrai quand un lit se libèrera.

— Comment va-t-elle ? Tu ne m'avais pas dit que vous l'aviez remise sous respirateur.

Anne lui décocha un regard interrogateur.

— Je suis allé la voir l'autre jour. Tu étais en réunion, je crois.

— Je sais. Elle m'a paru un peu troublée après...

Il éluda la question implicite.

— Elle va mieux ?

Anne secoua la tête et, pour la première fois, ressentit elle aussi de la fatigue.

— Elle sera toujours sujette à des infections de ce genre. Deux pas en avant...

Une danse qui n'était que trop familière à Thorne.

— Qu'as-tu dit à Alison ?

Elle se souvenait de la dernière fois. La photographie qu'il avait dissimulée.

Thorne rit. Une éructation de dégoût de soi-même.

— Je suis allé l'informer que j'étais sur le point d'arrêter Jeremy Bishop.

Les banalités auraient duré le temps de boire le thé.

Le silence qui s'instaura entre eux menaça de devenir définitif, puis Anne le brisa d'une voix posée, sans regarder Thorne.

— Pourquoi pensais-tu que c'était lui, Tom ?

Pensais ? Imparfait. Pas pour Thorne.

— Depuis le vol d'anesthésiant, évidemment. Puis le lien avec Alison et son absence d'alibi pour les autres meurtres. Le signalement, la voiture...

Il soupira bruyamment, appuya fort son pouce et son index contre ses yeux et les frotta.

— Que de la théorie. Je n'ai pas de preuve et pas de mandat pour aller en chercher.

— Que trouverais-tu, à ton avis ?

— La machine à écrire. Les anesthésiants, sans doute. À moins qu'il les garde à l'hôpital, auquel cas...

Soudain, Anne se leva d'un bond et arpenta la pièce.

— Tu n'arrêtes pas de revenir à ces médicaments, mais ça n'a aucun sens. Pourquoi aurait-il besoin d'en voler en si grande quantité, Tom ? Jeremy travaille avec tous les jours de sa vie. S'il l'avait voulu, il aurait pu en prendre comme bon lui semblait sans que personne ne soupçonne quoi que ce soit. Il pourrait subtiliser une seringue, même deux, tous les jours pendant six mois, et personne ne s'en apercevrait. Alors pourquoi attirer l'attention sur lui en volant un produit en une seule fois en si grande quantité ? C'est uniquement lorsqu'il manque un tel stock qu'on le remarque. Jeremy n'aurait pas eu besoin de faire ça, Tom !

Et boum ! Patatras. L'air obsédant qu'il n'arrivait pas à replacer. C'était ça qui le travaillait depuis le début, tapi dans un coin de sa tête, fuyant, insaisissable. Anne avait raison, bien entendu. Pourquoi aucun d'entre eux n'avait-il réellement pris le temps de parler avec un médecin, putain ? Comment avaient-ils pu passer à côté ? Comment lui-même avait-il pu passer à côté ?

Facile : il n'avait pas eu envie de le voir.

Hendricks : Tu portes des œillères et j'en ai vraiment ras le bol.

Il eut l'impression de ne plus pouvoir respirer. Qu'on l'étouffait comme un feu. Bon Dieu, tout s'écroulait devant lui.

— Je suis navrée, Tom.

Il ferma les yeux. Très fort. Ce n'était pas à Anne de s'excuser, il le savait. C'était à lui de le faire auprès de certaines personnes.

Au premier regard, il lui avait fait penser au médecin dans *Le Fugitif*. Ce médecin-là aussi était innocent.

— J'ai confondu penser que c'était lui et vouloir que ce soit lui, je crois...

— Chhhut...

Agenouillée à côté du canapé, elle lui caressait les cheveux.

— C'est devenu une affaire personnelle. Pas assez de distance.

— Tom, ça n'a plus d'importance. Personne n'en a pâti.

— J'étais si sûr, Anne. Si sûr que Calvert était l'assassin.

Il sentit la main d'Anne se figer. Hocha la tête. Tenta d'en rire.

Lapsus.

— Bishop, je veux dire. Bishop.

— Qui est Calvert ?

Whisky, pisse et odeur de poudre. Et de chemises de nuit fraîchement lavées. Oh, merde, non...

— Tom, qui est Calvert ?

Alors, les larmes jaillirent. Et tout lui revint, tous les moments saisissants, répugnants. Pour la première fois depuis quinze ans, il s'y replongea entièrement. Jan n'avait jamais eu le temps ou le cran de tout entendre, mais aujourd'hui, il ne cacherait rien. Pas de censure pour les âmes sensibles.

Thorne prit sur lui pour refouler ses sanglots.

Puis il le lui dit.

21

Vendredi 15 juin 1985. Bientôt l'heure de rentrer chez soi.

C'est un gros gibier. Le plus gros depuis l'Éventreur. Quinze mille interrogatoires en dix-huit mois, et rien. Les journalistes deviennent fous, mais quand même pas tout à fait. Ce n'est pas comme s'il tuait des femmes ou des types hétéros, après tout. Juste la bonne dose d'indignation vertueuse saupoudrée d'autosatisfaction et de commentaires occasionnels sur « les risques inhérents à ce choix de style de vie ».

Pas de surnoms gore, mais si le *Sun* avait pu se permettre de titrer « Le Pédale Killer », nul doute qu'il l'aurait fait.

Rien que « Johnny Boy ».

Sa quatrième victime avait parlé à un ami de son rendez-vous avec un certain John pour boire un verre. Et cela, une petite heure avant que son cœur ne soit excisé et ses parties génitales tranchées. Une approximation du visage de Johnny Boy était placardée dans tous les commissariats. Cheveux blond sale, teint cireux. Yeux bleus. Regard très, très froid.

C'est un gros gibier.

Le constable Thomas Thorne, adossé au mur de la salle d'interrogatoire du poste de police de Paddington, regarde un homme aux cheveux blond sale et aux yeux bleus.

Francis John Calvert. Vingt-quatre ans. Ouvrier en bâtiment au nord de Londres.

— Je pourrais peut-être en griller une ? J'en crève d'envie, putain...

Calvert sourit. Un sourire de gagneur. Une dentition parfaite.

Thorne ne dit rien. Il le regarde, c'est tout, jusqu'au retour de l'inspecteur Duffy.

— J'ai sûrement le droit d'en griller une petite ?

Le sourire de star de cinéma s'estompe aux entournures.

— Tu la fermes.

Alors, la porte s'ouvre et Duffy revient. L'interrogatoire reprend et Tom Thorne ne dit pas un mot de plus.

Rien de bien fascinant. Duffy est en fin de carrière. Ce n'est que pure routine, de toute façon. Calvert est là uniquement à cause de son métier.

Une semaine avant sa mort, la troisième victime racontait à son colocataire qu'il avait rencontré un mec en boîte. Un ouvrier en bâtiment. Le colocataire lui avait lancé une vanne sur la trousse à outils et le fameux décolleté fessier des ouvriers en bâtiment. Sept jours et un cadavre plus tard, la vanne ne faisait plus rire le colocataire, mais il se souvenait de ce que son ami assassiné lui avait dit.

Des milliers et des milliers d'ouvriers en bâtiment à interroger. Certains, chez eux. D'autres, sur leur lieu de travail. Calvert est joint par téléphone et se présente à Paddington pour une petite causette.

Plus tard, bien entendu, il serait établi qu'on lui avait déjà causé.

Le courant passe entre Duffy et Calvert. Duffy donne sa clope à Calvert.

Il voudrait rentrer chez lui.

Thorne aussi voudrait rentrer chez lui, il est marié depuis moins d'un an. Il ne prête qu'une oreille distraite aux réponses débitées par Calvert.

Chez lui avec sa femme... trois petites filles, ce n'est vraiment pas de tout repos... il aimerait bien pouvoir sortir se balader le soir... pas dans ce genre d'endroit, c'est sûr.

Autre sourire éclair. Il est prévenant, concerné.

Sa femme ne serait que trop heureuse de répondre à leurs questions, s'ils le désirent. Il espère qu'ils arrêteront ce dingue et le pendront haut et court. On s'en fout de ce que ces pervers font dans leur vie privée, ce que cet assassin commet est écœurant...

Duffy tend à Calvert sa courte déposition afin qu'il la signe, et voilà tout. Un de plus rayé de la liste. Il le remercie.

Un de ces quatre, ils auront un coup de chance.

Duffy se lève et se dirige vers la porte.

— Raccompagne M. Calvert, tu veux bien, Thorne ?

L'inspecteur s'éloigne pour aborder le processus fastidieux de dactylographier tout ça. L'enquête croule sous la paperasserie. Des grondements lointains annoncent l'arrivée d'ordinateurs qui, un jour, simplifieront la vie. Mais rien de plus. Que des grondements lointains.

Thorne ouvre la porte et Calvert sort dans le couloir. Il passe d'un air dégagé devant d'autres salles d'interrogatoire, mains dans les poches, il sifflote. Thorne le suit. Il entend au loin une radio, sans doute dans les vestiaires, qui diffuse une de ses chansons préférées — *There Must be An Angel* des Eurythmics. Jan lui a offert leur deuxième album la semaine précédente. Il se demande ce qu'elle aura prévu pour dîner. Et s'il achetait des plats à emporter ?

Les premières portes battantes franchies, virage à gauche dans l'autre couloir qui s'incurve vers l'Accueil. Calvert s'arrête pour permettre à Thorne de le rattraper. Il lui tient la porte.

— Je parie que vous autres, vous faites un paquet d'heures sup'.

Thorne ne répond pas. Il a hâte de voir partir ce petit con. Ils passent devant une autre affiche de Jimmy Boy. Quelqu'un y a dessiné une bulle lui faisant dire : « Salut, Glandu ». Thorne fredonne la chanson des Eurythmics en marchant.

Puis, la dernière porte. Le policier à l'Accueil salue Thorne d'un signe de tête. Thorne passe devant Calvert, pousse la porte et s'immobilise. Il n'ira pas plus loin. Ce n'est pas un hôtel et il n'est pas un foutu concierge. Calvert franchit la porte, s'arrête et se retourne.

— Bon, ben, salut.

— Merci de votre aide, monsieur Calvert. Nous vous contacterons si nécessaire.

Thorne tend la main sans réfléchir. Il regarde vers le policier à l'Accueil qui tente d'attirer son attention et articule en muet quelque chose au sujet d'un pot de départ d'une secrétaire. Thorne sent la grosse main calleuse prendre la sienne et il se retourne pour regarder Francis John Calvert.

Et tout bascule.

Ce n'est pas la ressemblance avec le portrait-robot. Il l'avait remarquée dès l'instant qu'il avait posé les yeux sur Calvert et reléguée à l'oubli dans la foulée. Ce n'est pas la ressemblance, mais c'est le visage.

Thorne regarde le visage de Calvert et sait.

Il sait.

Cela ne dure pas plus d'une seconde ou deux, mais c'est suffisant. Il perçoit ce qui se cache derrière ces yeux d'un bleu profond, et ce qu'il voit le terrifie.

Il voit l'alcool, oui, et le foot le samedi, et ses sifflements et ceux de ses potes au passage d'une femme, et la rage incandescente à peine contenue par la conformité douillette d'un mariage sans amour et sans sexe.

Il voit quelque chose de profondément ancré, d'obscur et de pourri. Quelque chose de fétide. Quelque chose qui déborde et ensanglante la terre.

Il ne peut l'expliquer, mais il sait sans l'ombre d'un doute que Francis John Calvert est Johnny Boy. Il sait que l'homme face à lui, l'homme qui lui serre la main, est responsable de meurtre avec préméditation de six gays depuis un an et demi.

Thorne est cloué sur place, ne sachant trop comment recouvrer l'usage du mouvement. La peur le glace. Il craint de pisser dans son froc d'une seconde à l'autre. Alors, il voit la chose la plus terrifiante de toutes.

Calvert *sait* qu'il sait.

Thorne pense que son visage est fermé, inexpressif. Apparemment, il se trompe. Il discerne le changement d'expression dans les yeux de Calvert quand leurs regards se croisent. Juste une petite lueur. Un imperceptible déclic...

Et le sourire qui commence à mourir un peu.

Puis, c'est fini. La pression des mains se relâche, et Calvert s'éloigne dans le hall vers la porte principale. Il s'arrête un bref instant, se retourne et, là, son sourire a complètement disparu. Le policier bassine Thorne avec son histoire de pot, Thorne qui regarde Calvert franchir la porte. L'expression qu'il voit sur ses traits est proche de la peur. Ou, peut-être, de la haine.

Et, au loin, une voix douce et haut perchée chante des anges imaginaires.

Il n'en parle à personne. Pas à Duffy. À aucun de ses collègues policiers. Que pourrait-il leur dire ? Et certainement pas à Jan. Elle a d'autres préoccupations, de toute façon. Ils essaient d'avoir un enfant.

À la maison avec elle ce week-end-là, il se rend compte qu'il est distant. Le samedi après-midi, tandis qu'ils se promènent dans Chapel Market, elle lui demande ce qui ne va pas. Il ne répond pas.

Le dimanche soir, elle a envie de faire l'amour, mais chaque fois qu'il ferme les yeux, il voit Francis Calvert, un bras passé autour du cou du jeune homme qu'il embrasse profondément, le plaquant contre lui, maintenant ses lèvres douces contre les siennes. Tandis que Thorne gémit en jouissant en sa jeune épouse, il voit l'autre main de Calvert, puissante et calleuse, sortir de sa poche le couteau de vingt centimètres.

Allongé au côté de Jan endormie, il ne ferme pas l'œil de la nuit. Au matin, il s'est convaincu qu'il est idiot et, une heure plus tard, il est assis dans sa voiture dans une petite rue donnant sur Kilburn High Road. Surveillant l'appartement de Francis Calvert.

Lundi 18 juin 1985.

Il a juste besoin de le regarder encore une fois, voilà tout. Quand il le verra sortir par cette porte, il saura qui il est vraiment. Une sale forme de vie larvaire, c'est sûr, mais rien de plus. Un petit connard visqueux qui s'était sans doute déjà fait choper pour conduite sans assurance, ne payait sûrement pas sa redevance télé et, peut-être, battait sa femme.

Pas un tueur.

Un autre regard, et Thorne aura la confirmation

d'être un idiot. Il saura que ce qui s'est passé dans le couloir était une aberration. Ce que Jan aimait appeler un plantage mental.

Il est très en avance. Les habitants de la rue ne sont toujours pas partis à leur travail. La camionnette blanche Astra de Calvert est garée devant chez lui.

Pendant une heure, il les regarde partir. Il regarde des portes d'entrée le long de la rue s'ouvrir et cracher des hommes et des femmes avec sacs et attachés-cases. Ils montent en voiture, ou enfourchent une moto ou s'éloignent vivement vers le bus ou le métro.

La porte de chez Calvert demeure obstinément close.

Thorne regarde la camionnette blanche et sale. Des lettres sur l'aile : F. J. CALVERT — OUVRIER.

Meurtrier...

Idiot ! Quel idiot ! Il ferait mieux de démarrer, de se rendre à son travail, de s'en payer une tranche avec les collègues, de, peut-être, donner un coup de main pour organiser le pot de départ, d'oublier avoir croisé la route de Francis John Calvert, mais, au lieu de ça, il se retrouve en train de traverser la rue.

En train de frapper à une porte vert sale.

En train de suer quand il n'obtient pas de réponse.

Durant l'euphorie respectueusement silencieuse des jours à venir, avant que n'émerge la surprenante vérité que Calvert avait été interrogé à quatre reprises, avant les démissions, avant le scandale national... il y aurait l'éloge fait au constable Thomas Thorne. Au jeune policier à l'esprit d'initiative. Faisant son devoir. Sans penser à sa propre sécurité.

Sans penser...

C'est comme s'il se regarde, tel un passant indiscret. Il ignore pourquoi il essaie d'ouvrir la porte. Pourquoi il appuie dessus. Pourquoi il retourne en courant à sa voiture et prend une matraque dans le coffre.

La femme de Calvert a l'air surprise de le voir. Elle a les yeux écarquillés quand il surgit dans sa cuisine, le souffle court, le cœur battant. Elle gît sur le sol, la tête contre la porte blanche et sale du placard sous l'évier. Les ecchymoses de son cou ont commencé de noircir. Elle tient toujours une cuillère en bois dans la main.

Elle a été la première à mourir. Il le fallait. Les enfants le lui apprendraient.

Denise Calvert. 32 ans. Étranglée.

Thorne évolue dans l'appartement comme un plongeur sous-marin explorant une épave. Le silence résonne à ses oreilles. Ses gestes lui paraissent lents et bizarrement gracieux, des fantômes ondoient dans l'eau tout autour de lui...

Il les découvre dans la petite chambre du fond. Elles sont étendues par terre l'une à côté de l'autre, entre les lits superposés et le matelas une place.

Il ne peut détacher les yeux des six petits pieds blancs.

Incapable d'insuffler de l'air dans ses poumons, il tombe à genoux et rampe lentement par terre. Il comprend ce qu'il voit, mais s'obstine à refuser de traiter l'information correctement. Se raccrochant à son souffle, il pousse un cri. Il crie aux fillettes mortes. Il les supplie. *S'il vous plaît... vous serez en retard à l'école.*

En réalité, il les implore de le sauver.

Sur ce souffle, il sent l'odeur de shampooing dans leurs cheveux. Il sent leurs chemises de nuit fraîchement lavées et l'urine qui les a détrempées. Il voit la tache sur le matelas par terre où l'autre a dû les allonger l'une après l'autre. Les filles sont étendues côte à côte, les bras croisés sur la poitrine en une approximation grotesque de paix intérieure.

Pourtant, elles ne sont pas mortes paisiblement.

Lauren Calvert, 11 ans. Samantha Calvert, 9 ans. Anne-Marie Calvert, 5 ans. Étouffées.

Trois petites filles qui ont hurlé, se sont débattues et ont couru chercher refuge auprès de leur maman pour hurler plus fort encore — leur mère déjà morte, seul état dans lequel elle pouvait permettre que cette horreur s'abatte sur ses enfants —, puis l'homme qu'elles aiment en toute confiance a fermé la porte de la chambre, et elles volètent dans tous les sens, paniquées, telles des phalènes emprisonnées dans une applique. Elles se sont cognées contre les murs, et sont blotties l'une contre l'autre lorsqu'il en a attrapé une et l'a couchée sur le matelas par terre, elles ont mordu et griffé et pleuré, et sont parties en un lieu bien plus beau en égratignant de leurs doigts menus la chair de ces mains puissantes et calleuses.

Thorne doit y croire. Il ne peut accepter qu'elles aient souri à leur père au moment où il plaquait l'oreiller sur leur visage.

Cela, il ne l'accepterait pas.

Près d'une demi-heure plus tard peut-être, il découvre Calvert. Il n'a pas la moindre idée du temps qu'il a passé dans cette petite chambre à essayer de comprendre. À penser à Jan. À l'enfant qu'ils ont tellement envie d'avoir.

Il ouvre tout grand la porte du salon et ses sens sont immédiatement agressés. Il sent les effluves de whisky, si forts qu'il s'en étouffe presque, et l'odeur âcre de la poudre à laquelle, jusqu'à cet instant, il prêtait à peine attention sur un champ de tir.

Il voit le corps par terre devant la cheminée.

La matière cervicale encroûtant le miroir au-dessus du manteau carrelé.

Francis John Calvert, 37 ans. Suicide par coup de feu.

Thorne marche en somnambule sur la moquette beige rosé crasseuse. Sans baisser la tête quand ses pieds envoient valdinguer une bouteille de whisky vide contre la plinthe. Il ne quitte pas Calvert des yeux. Au bout du bras tendu, la main tient toujours le revolver. Le slip est plus foncé là où le sang s'est coagulé. Quand est-ce arrivé ? La veille au soir ou très tôt ce matin ?

Les mains ne portent pas de griffures de petits doigts.

Thorne se campe devant le corps, les bras ballants de tout leur poids, le souffle profond et désespéré. Il s'incline, sachant ce qui va se passer, étonné pourtant car il n'a pas pris de petit déjeuner. Le spasme, lorsqu'il se produit, monte prestement de son estomac à sa poitrine, et il vomit, rageur et amer, sur ce qu'il reste du visage de Francis Calvert.

— Tu n'y étais pour rien, Tom. Je comprends, ça a dû être horrible, mais tu ne peux pas penser que c'est arrivé à cause de toi.

Thorne, étendu sur le canapé, regardait son plafond crème délavé. Au loin, la sirène d'un camion de pompier ou d'une ambulance gémissait désespérément.

Anne serra sa main, très médecin. Elle eut une pensée pour Alison.

— Tu as raison de penser que c'est une aberration. Que tu les trouves, ça n'a été qu'une coïncidence. Une horrible coïncidence...

Thorne n'avait rien d'autre à ajouter. La fatigue qui s'accrochait à lui depuis le début de la journée l'enserrait à présent fermement dans sa poigne, et il ne se sentait plus de taille à lutter. Il avait soif d'inconscience, d'un néant qui veillerait à repousser, là où il fallait, tout ce dont il se souvenait et venait de décrire. Les verrous rouillés se remirent en place avec bruit.

Il ferma les yeux et laissa faire.

Anne, qui s'était contenue pendant que Thorne lui racontait son histoire, désireuse que son expression demeure insondable, s'abandonna à ses larmes. Pensant aux fillettes. Pensant aux petits pieds blancs de sa fille.

Il était aisé de comprendre ce qui animait cet homme. D'où venait sa conviction obsessionnelle de... savoir. Elle espérait qu'avec le temps il se rendrait compte que ses sentiments à l'égard de Jeremy n'étaient rien de plus que des chimères. Des échos déformés d'une horreur révolue. Elle espérait qu'ils pourraient tous passer à autre chose.

Elle serait là pour l'aider.

Elle frissonna légèrement. L'ombre s'étendait toujours au-dessus d'eux, et sa fraîcheur se lova sur son épaule. Elle posa la tête sur la poitrine de Thorne qui, bientôt, commença à se soulever à un rythme régulier, celui du sommeil.

Les images sont toujours floues, mais les mots sont plus clairs à présent. C'est comme revoir un film, et que depuis la dernière fois que je l'ai vu, ma vision soit devenue bizarre et tout tressaute.

Nous nous trouvons dans la cuisine. Lui et moi.

Je lui dis de poser sa serviette n'importe où, et je siffle toujours du champagne et lui demande s'il veut un café, une bière ou autre chose. Il me complimente sur l'appartement. Je prends une canette de bière que Tim a laissée au frigo. Il la décapsule, je parle toujours de la soirée. Des petits branleurs dans la boîte. Des types qui carburent à la coke. Il compatit, il dit qu'il sait comment sont les hommes, et que je peux difficilement leur en vouloir, hein ?

Musique pendant quelques secondes quand j'allume la radio, puis des grésillements lorsque j'essaie de sélectionner un truc bien, puis je renonce.

Il dit qu'il doit passer un coup de téléphone, et le fait, mais je n'entends pas sa voix. Il parle dans sa barbe. Je jacasse toujours, mais impossible de saisir ce que je raconte à présent. Bla-bla-bla. Que je me sens un peu mal, mais je ne pense pas qu'il m'écoute vraiment.

Je lui demande de m'excuser d'être à côté de la pla-

que. Il doit me trouver hypersinistre, avachie sur le sol de la cuisine, adossée à un placard, à peine capable de parler. Pas du tout, me dit-il, et je l'entends ouvrir la fermeture Éclair de sa serviette. Il fouille à l'intérieur. Il n'y a rien de mal à s'amuser, dit-il. À s'éclater.

Tu l'as dit, je lui réponds, mais ce n'est pas ainsi que ça franchit mes lèvres.

J'entends le couinement de mes chaussures sur le carrelage quand il me traîne jusqu'à l'autre bout de la cuisine. Mes boucles d'oreilles et mon bracelet cliquètent quand il les pose dans une assiette.

Le gémissement, c'est moi.

Je donne l'impression de ne pas pouvoir parler du tout. De ne pas savoir. Comme un bébé. Ou une personne âgée, édentée, qui n'aurait plus toute sa tête. J'essaie de dire quelque chose, mais je n'émets que du bruit.

Il me dit de rester tranquille. Que ce n'est pas la peine d'essayer.

Ses mains sont sur moi à présent, et il me décrit tous ses gestes. Il me dit de ne pas m'inquiéter, de lui faire confiance. Il me parle au fur et à mesure. Il m'énumère les noms des muscles qu'il touche.

Des noms à la con. Savants.

Il retient son souffle, puis se tait un moment. Deux ou trois minutes.

Et je ne m'entends pas dire quoi que ce soit. Pas une parole de récrimination. Rien que le flic flac de ma salive qui s'écoule de ma bouche et tombe sur le carrelage devant moi.

Je distingue une sorte de gargouillement.

J'entends deux ou trois grognements, puis le son semble s'éloigner tandis que je m'enfonce loin de tout.

Alors, quelque chose d'important. Ce que j'entends

en dernier. Des mots qui résonnent étrangement comme s'ils venaient de très loin, comme ceux de ma copine lorsqu'elle me criait bonjour dans l'embout de l'aspirateur, quand on était petites.

Je dois le dire, je crois.

Il me souhaite bonne nuit. Bon-ne-nuit...

C'est presque idiot, ce qu'il ajoute. D'une voix douce et gentille. Deux mots que j'ai réentendus depuis.

Deux mots que j'ai entendus en me réveillant ainsi.

Deux mots qui résument plutôt bien ce que je suis.

22

Lorsque Thorne se réveilla, il faisait déjà nuit. Il lança un regard à sa montre. À peine plus de sept heures. Il avait décroché pendant deux heures et demie.

Il n'avait nul moyen de le savoir, mais d'ici deux heures tout serait fini.

Anne était partie. Il se leva du canapé pour se préparer du café et vit le mot sur la cheminée.

Tom,
J'espère que tu te sens mieux. Je sais comme cela a été difficile pour toi de me le raconter.
Tu ne dois pas avoir peur de te tromper.
J'espère que tu ne m'en voudras pas, mais je vois Jeremy ce soir pour lui dire que tout va bien. Je pense qu'il mérite de se sentir mieux lui aussi.
Appelle-moi tout à l'heure.
Anne. Bises.

Il fit le café et relut le mot. Il se sentait mieux, en effet, et pas seulement grâce à ses deux heures de sommeil. Parler de ce qui s'était passé tant d'années plus tôt lui laissait le sentiment d'être plus propre. Purgé serait sans doute un terme un peu fort mais, compte tenu du fait que son affaire tournait court, qu'il n'avait pas d'amis et qu'il risquait toutes sortes d'ennuis avec ses supérieurs, il aurait pu se sentir plus mal.

Tom Thorne était un homme résigné.

Ce n'était pas tant qu'il craignait de se tromper. Il ne l'avait même pas envisagé. À présent, il devait faire bien plus que l'envisager. Vivre avec.

Anne allait voir Bishop pour lui annoncer qu'il était mis hors de cause. De bonne guerre. Il n'avait jamais été mis en cause, en vérité. Seulement dans l'esprit borné, très borné de Thorne. Il était temps d'affronter certaines dures réalités.

Anne agissait pour le mieux. Bishop méritait de savoir ce qui se passait. Il méritait de savoir où les choses en étaient.

Il n'était pas le seul.

Thorne décrocha le téléphone et composa le numéro d'Anne. Peut-être pourrait-il la joindre avant qu'elle parte. Rachel répondit presque tout de suite, apparemment hors d'haleine, contrariée et très nettement ado.

— Bonjour, Rachel, c'est Tom Thorne. Je peux parler à ta mère ?

— Non.

— Bien...

— Elle n'est pas là. Vous l'avez ratée de peu.

— Elle est partie à Battersea, c'est ça ?

L'impatience de Rachel vira à la véhémence.

— Ouais. Elle est allée annoncer à Jeremy qu'il n'est plus l'ennemi public numéro un. Il était grand temps, si vous voulez mon avis.

Thorne ne dit rien. Anne lui avait parlé. Ce n'était pas ça l'important, de toute façon.

— Il y a combien de temps qu'elle est...

— Je ne sais pas. Elle va d'abord faire des courses, je crois. Elle veut lui préparer à dîner.

— Écoute, Rachel...

Elle lui coupa la parole.

— Bon, je dois y aller, je vais être en retard. Appelez-la sur son portable ou réessayez plus tard chez Jeremy ? Vous avez le numéro ?

Thorne le lui confirma, et se rendit compte après coup qu'elle était sarcastique.

Il tenta de joindre Anne sur son portable, mais sans obtenir la connexion. Peut-être l'avait-elle éteint. Elle n'aurait pas de signal d'appel si elle se trouvait dans le métro. Puis il lui revint qu'elle était de garde et en conclut qu'elle avait dû prendre sa voiture. Il avait le numéro de son bip quelque part...

Il prit sa veste. Il suivrait le conseil de Rachel et la joindrait plus tard, chez Bishop. Cette fois, il ne lui serait pas nécessaire de masquer son numéro.

Ce n'était pas si important que ça ; il voulait juste lui demander jusqu'à quelle heure au plus tard Alison Willetts pouvait recevoir des visites.

Il portait une des chemises d'un blanc éclatant qu'elle aimait tant, il le savait. Il s'était contemplé dans le miroir en pied tout en la boutonnant lentement. Tout en regardant les cicatrices disparaître sous le coton immaculé.

À présent, il lança un regard à sa montre tandis qu'il roulait tranquillement vers le nord, traversait Blackfriars Bridge. Il serait un peu en retard. Elle serait ponctuelle, comme toujours.

Elle était très très demandeuse.

Ils s'étaient donné rendez-vous devant le Green Man, comme d'habitude. C'était un peu chiatique de parcourir tout ce trajet jusque de l'autre côté du fleuve rien que pour faire demi-tour et repartir vers le sud, mais il préférait ne pas l'obliger à prendre le métro ou le bus. Il désirait tout contrôler. Si elle était en retard, ratait le bus ou autre, cela pouvait compromettre tout le minutage.

Lorsqu'il lui avait annoncé qu'ils iraient chez lui, il savait très bien ce à quoi elle pensait. *Oh, bon Dieu, c'est le grand soir.* Tout juste s'il n'avait pas humé l'odeur de sa poussée d'œstrogènes d'ado et entendu grincer les rouages de sa petite cervelle d'oiseau tandis qu'elle s'efforçait de décider quel parfum vaporiser entre ses seins et quelle petite culotte l'exciterait le plus.

Eh bien oui, ce serait une soirée inoubliable, assurément.

Une fois chez lui.

Ils seraient peut-être un peu à l'étroit...

Pendant le trajet jusqu'à Queen Square, Thorne n'avait pas réellement besoin de réfléchir. Il avait défini ce qu'il dirait à Alison Willetts. À présent, il lui fallait seulement se détendre un peu pour pouvoir le dire.

Il éjecta la cassette de Massive Attack et enclencha Merle Haggard.

Se détendre assez pour lui présenter des excuses.

Tommy ?

Oui, et à vous aussi.

Après avoir fait le tour de la place pendant une vingtaine de minutes en pestant à voix haute, il se gara en double file et coinça un bout de carton écorné sur lequel était griffonné « Police » contre le pare-brise de la Mondeo.

La soirée se rafraîchissait. Il regrettait de ne pas avoir pris un vêtement plus chaud en partant. Alors qu'il marchait d'un bon pas vers l'entrée principale de l'hôpital, il sentit les premières gouttes de pluie et se rappela avoir fait le même parcours dans le sens inverse deux mois plus tôt. Elle lui semblait beaucoup plus loin dans le temps, la journée d'août de sa rencontre avec Alison Willetts. Il avait couru sous la pluie vers sa voiture et trouvé le mot. Il avait entrevu la nature de l'homme qu'il affrontait.

Aujourd'hui, au même endroit, sous ce début de pluie, Thorne devait admettre qu'il n'avait toujours pas la moindre idée de l'identité de cet homme.

Bientôt huit heures. Thorne ne s'était jamais trouvé aussi tard à l'intérieur de l'hôpital. Le lieu était très différent après la tombée du soir. Ses pas résonnaient sur le marbre séculaire tandis qu'il s'enfonçait dans les parties les plus anciennes du bâtiment en direction de l'aile Chandler. Il y avait très peu de monde, et les gens qu'il croisait, infirmières, femmes de ménage, personnel de sécurité, l'avaient regardé à deux fois. Ils semblaient le dévisager. Il n'avait jamais conscience d'être scruté de la sorte durant la journée.

Il crut percevoir des sanglots étouffés, quelque part au loin. Il s'arrêta et prêta l'oreille, mais ne les entendit plus.

Même la partie moderne de l'hôpital paraissait plus inquiétante. Les éclairages qui, normalement, vous bondissaient dessus depuis le bois blanc du bureau d'Accueil de l'unité de soins intensifs, étaient tamisés. On n'entendait que les murmures assourdis d'une conversation et le bourdonnement lointain d'un appareil quelconque. Il pouvait s'agir du décrassage de la moquette. Il pouvait s'agir du maintien en vie d'un patient.

Il lança un regard à l'enfilade de cabines téléphoniques de l'Accueil. Il réessaierait de joindre Anne dès qu'il aurait quitté Alison. Il avait oublié son téléphone portable.

Tandis qu'il se dirigeait vers l'ascenseur, il surprit le regard d'une femme derrière la paroi vitrée du bureau de l'Accueil. Elle le salua de la main, et il reconnut la secrétaire d'Anne dont le nom lui échappa. Il pointa le doigt vers l'entrée du service, et elle lui fit signe que oui, qu'il pouvait y aller. Il se souvenait du code à trois chiffres qui ouvrait les portes en bois massif et pénétra dans l'Unité de Soins Intensifs.

Il dit à l'infirmière de garde où il se rendait et s'enfonça dans le couloir vers la chambre d'Alison. En passant devant les autres chambres, il prit conscience qu'il ne savait rien des gens qui les occupaient. Il n'avait jamais interrogé Anne sur ses autres patients. Il présumait qu'aucun d'eux ne souffrait à la façon d'Alison, mais que tous avaient vu leur vie basculer en quelques secondes. Le temps qu'il faut pour tomber dans l'escalier, mal calculer un tacle, ou perdre le contrôle de sa voiture.

Le temps qu'il faut au cerveau pour faire court-circuit.

Il écouta à la porte de la chambre en face de celle d'Alison. À l'intérieur, même chuintement caractéristique de machines, telle la rumeur paresseuse d'une ruche assoupie revenant lentement à la vie au sortir d'un long hiver. Celui ou celle qui occupait ce lit gisait là suite à un accident. C'était toute la différence.

Thorne se détourna et s'approcha de la porte d'Alison. Il frappa brièvement et posa la main sur la poignée.

Il sursauta quand la porte s'ouvrit de l'intérieur et que David Higgins le repoussa pratiquement dans le couloir.

— Elle n'est pas là.

Le visage de Higgins était collé au sien.

— Quoi ?

Thorne tenta de forcer le barrage et d'entrer dans la chambre.

— Vous n'avez pas de chance, Thorne. Navré.

Thorne le considéra, sans comprendre. Higgins éleva la voix.

— Ma conne de femme. Ma conne de femme que vous sautez. Elle-N'est-Pas-Là.

Thorne sentait les relents de l'alcool dans lequel il puisait son courage.

— Je ne suis pas venu voir Anne. Poussez-vous !

— Bien sûr. Amusez-vous bien.

Higgins fit un pas sur la gauche, mais Thorne ne bougea pas, sans le quitter des yeux.

— Qu'entendez-vous par là ?

Sachant très bien ce qu'il entendait par là, mais désirant qu'il le dise.

— Eh bien, en l'absence de l'adorable Anne qui, de toute façon, n'aime pas énormément ça, autant que vous... profitiez de quelqu'un qui n'a pas vraiment voix au chapitre. Un peu comme une poupée gonflable dotée d'un pouls.

Thorne avait toujours considéré que les accusations portées contre lui sur son rapport avec Alison étaient un peu basses pour le tueur. Un peu indignes de lui. À présent, il savait de qui elles émanaient.

— Pourquoi ?

Higgins déglutit, s'humecta les lèvres.

— Pourquoi pas ?

Au moment où il repliait son bras pour décocher un uppercut, Thorne rouvrit son poing. Une gifle paraissait bien plus appropriée. Higgins ne méritait pas d'être frappé comme un homme.

Le plat de la main s'abattit sur sa joue et son oreille, l'envoyant s'étaler sur le linoléum impeccablement ciré. Il demeura immobile, sanglotant comme un gosse.

Sans un regard pour lui, Thorne passa par-dessus les jambes écartées de Higgins et ouvrit la porte de la chambre d'Alison Willetts.

Dès qu'il la regarda, elle battit de la paupière. Une fois, deux fois, trois fois. Thorne comprit que le chahut dans le couloir l'avait perturbée. Devait-il appeler une infirmière ? Et qu'était venu faire Higgins dans sa chambre, d'ailleurs ? Sans doute voir Anne, tout simplement, mais n'aurait-il pu se renseigner à l'Accueil ?

Les pensées se bousculaient dans sa tête. Il devait se calmer s'il voulait pouvoir dire ce qu'il était venu dire.

Alison cillait toujours. Un battement de paupière toutes les trois ou quatre secondes.

— Tout va bien, Alison. Écoutez, je vais essayer de faire court. C'est à propos de ce dont je vous parlais l'autre jour, d'être sur le point de le coincer, l'homme qui vous a fait ça...

Toujours ses battements de paupière...

Fermez-la, putain de merde, et écoutez. Allez au tableau...

— Que se passe-t-il ?

Thorne lança un regard vers le tableau noir, toujours calé contre le mur et recouvert d'un drap. Il reporta les yeux sur Alison. Un battement de paupière. Oui.

Oui !

Thorne traversa la pièce, arracha le drap et tira le tableau au pied du lit.

Il connaissait grosso modo le principe. Il s'empressa d'éteindre la lumière et, grâce à la télécommande ergonomique, redressa Alison en position presque assise. Puis il prit le pointeur, l'alluma et positionna le petit point lumineux rouge du laser sous la première lettre : E. Il le déplaça lentement sur les lettres.

Rien.

Accélérant, scrutant le visage d'Alison, y guettant la réaction la plus infime.

Allez... allez...

Puis battement de paupière. Thorne se figea.

— B ? Vous voulez dire B, Alison ?

Oui, bordel de Dieu ! Bien sûr que oui ! Grouille.

Bouger. Attendre. Observer. Bouger. Attendre. Observer. Bouger...

Autre battement de paupière. Thorne suait. Il ôta prestement sa veste.

— E. Oui ? OK, c'est B, E. D'accord.

Repartir du début et... un battement de paupière. Non, deux.

— Pas le L, Alison ?

Non, ce n'est pas non, putain ! Deux battements de paupière, en général, c'est pour non, mais là, ça veut dire « doublez la lettre ». Anne ne t'a donc pas expliqué tout ça ?

— Ou vous voulez dire deux L ? Oui ? D'accord. B, E, L, L... Belle ? Vous voulez qu'on vous fasse belle, Alison ?

Putain de putain de putain de putain...

Deux battements de paupière très rapprochés. Un, deux.

Non. Certainement. Pas. Vous avez une idée à quel point c'est difficile, ça ?

Thorne releva le pointeur. Pointer. S'arrêter. Regarder. Pointer. S'arrêter. Regarder. Pointer. S'arrêter... deux battements de paupière. Deux E ? *Bellee... ?*

Elle cillait non-stop à présent.

— Vous êtes fatiguée, peut-être ? Je suis navré, Alison. Je peux revenir plus tard...

Ai-je l'air d'être fatiguée ? Hein, en ai-je l'air ? Voyons, Thorne, pigez...

Il suait à grosses gouttes. Il se plantait complètement. Une dernière tentative, et il appellerait quelqu'un. Retour au pointeur. Et Alison cilla, et cilla encore.

Un N. Un D...

Et les deux mots émergèrent.

Et un feu d'artifice explosa en Thorne.

Un fichier mémoire, une minuscule carte son dans son cerveau enclenchèrent la touche PLAY, et allumèrent les mèches. La charge commença à pétarader dans son ventre, puis lui explosa jusque dans les oreilles et derrière ses yeux en gerbes d'étincelles vertes, dorées, rouges et argentées tandis qu'il serrait fort la main d'Alison.

Tandis qu'il fouillait dans ses poches en quête de monnaie pour le téléphone.

Tandis qu'il se précipitait hors de la chambre.

— Bishop ? C'est Thorne...
— Qu'y a-t-il ?

Dans sa voix, de la lassitude, mais aussi de la peur.

— Je sais ce que vous lui avez dit. Je sais ce que vous avez dit à Alison avant de provoquer son attaque. Ce que vous leur avez dit à toutes.
— De quoi parlez-vous ?
— De « Bon-ne-nuit-belle-endormie ». Comme vous m'avez dit, à moi aussi, en m'endormant pour l'opération de ma hernie l'année dernière.

Sa bouche pâteuse, sa voix s'amenuisant tandis qu'il compte à rebours à partir de vingt en se demandant s'il aura mal à son réveil et, flottant au-dessus de lui, le visage souriant de l'anesthésiste qui lui murmure...

— À quoi cela rime-t-il, Thorne ? J'attends quelqu'un.

— C'est ce que vous m'avez dit, à moi aussi, Bishop. « Bon-ne-nuit-Bel-Endormi. »

— Écoutez, si cela peut vous être utile, sachez que je le dis parfois aux patients au moment où ils sombrent dans l'inconscience, et que je leur dis « Debout, Bel Endormi », ou « Debout, Belle Endormie », quand ils se réveillent de l'anesthésie. C'est une formule toute faite, toute bête. Une superstition. Pour l'amour du ciel, je le disais à mes enfants en les couchant le soir. Cela vous est-il utile, Thorne ? Hein ?

— J'étais sur le point de renoncer, vous savez. Vous avez bien failli vous en tirer. Je croyais m'être trompé, mais non, n'est-ce pas ? Maintenant, je suis archisûr...

— Vous devez vous faire soigner, Thorne. Vous faire prendre en charge par des spécialistes...

— C'est toi qui dois te faire soigner, Jeremy. J'arrive. J'arrive tout de suite.

Bon Dieu de bon Dieu de bon Dieu de bon Dieu...
J'ai bien cru qu'il ne comprendrait jamais.

J'ai pensé que ce serait peut-être important, voyez, parce que c'est ce que j'ai entendu à mon réveil et aussi quand il m'a fait ça.

Ces mots-là.

J'ai pensé que ce n'était sans doute pas anodin, et lorsque j'ai entendu Thorne, dans le couloir, j'ai décidé d'essayer de le lui dire, mais je ne m'attendais pas à ce qu'il file comme une flèche.

Comme un pet sur une toile cirée, aurait dit mon père.

Apparemment, il était toujours très remonté après avoir frappé l'ex d'Anne.

Comme une poupée gonflable dotée d'un pouls. Oh, putain, l'élégance ! J'espère que Thorne lui a fait ravaler ses dents.

Donc, ça serait le médecin qui m'a ranimée. L'anesthésiste qui est venu ici avec Anne quelquefois, ce serait Champagne Killer. Putain ! Celui avec qui elle est amie. Apparemment, Thorne le soupçonnait depuis le début.

Comment un médecin peut-il en arriver à faire... ça ?

Bon Dieu, j'ai cru que ça n'en finirait pas. Je n'ai

jamais été aussi bonne. Anne serait superfière de moi, je parie. J'ai fait fort, putain !

Battre de la paupière en pensant à l'Angleterre, je vous l'avais bien dit, hein ?

Mais quand même, c'était superdur.

Maintenant, j'ai vraiment envie de dormir...

23

David Holland avait le regard scotché sur le film loué par Sophie sans en saisir un traître mot. Il poussait des morceaux de lasagnes froids dans son assiette, il n'avait pas vraiment faim.

Il pensait à Tom Thorne.

Il n'était pas là le matin où Thorne était sorti avec fracas du bureau, à Edgware Road. Il récupérait encore de sa soirée de la veille où il avait beaucoup trop bu pour essayer de ne plus penser aux parents d'Helen Doyle. Ils s'étaient éclatés, Thorne et lui. Pourtant, même pété et endormi la plupart du temps, il se souvenait en grande partie des propos de l'inspecteur. Étendu sur le canapé jusqu'à une heure avancée de la nuit, les yeux clos, la tête lui tournant, tandis que Thorne parlait de sang et de voix. De choses que Holland n'était pas près d'oublier.

Personne ne semblait savoir où Thorne se trouvait en ce moment, ni même s'il allait revenir.

Ceux qui, présents ce matin-là, avaient constaté l'état de l'inspecteur lorsqu'il était monté dans l'ascenseur — « titubant », avait-on dit —, s'étaient empressés de rapporter les détails à Holland dès son retour au travail. « Ça devrait t'intéresser, avaient-ils ironisé. Il semblerait qu'une piste élaborée par l'inspecteur Thorne ait été officiellement discréditée. »

Apparemment, ça l'avait rétamé.

Holland avait gentiment repris le boulot. Depuis, toutes les demi-heures ou presque, il vérifiait s'il avait un message sur son portable.

Soudain, il remarqua que l'image sur l'écran télé était fixe. En mode PAUSE. Il tourna la tête et vit Sophie, télécommande à la main, qui lui parlait. Était-ce réellement utile qu'elle se rende au magasin de vidéo ? Ou qu'elle prépare le repas ? Ou qu'elle prenne le temps de discuter ?

Il la pria de l'excuser et lui dit qu'il se sentait toujours un peu vaseux, dans le coaltar après sa séance de beuverie avec les collègues, la veille au soir. Sophie lui avait fait une scène mais, secrètement, elle s'en fichait un peu. Elle ne lui tenait pas rigueur d'une soirée à la bière avec ses collègues. Du moment qu'il n'en faisait pas une habitude et savait où était son intérêt.

Du moment qu'il s'était enfin décidé à ne pas allier son destin à celui de ce perdant de Thorne.

Anne était agacée. Elle avait un sac rempli de provisions destinées au dîner qu'elle s'apprêtait à préparer pour Jeremy — il pleuvait à seaux et elle ne trouvait pas une seule place pour se garer. Elle finit par se coincer dans un petit espace à l'angle de la rue et courut en sens inverse en s'efforçant d'éviter les flaques grandissantes.

Elle fut étonnée de le voir assis dans sa voiture devant la maison.

Elle tapota vivement contre la vitre et rit en le voyant sursauter. La vitre électrique de la Volvo glissa vers le bas, et Anne pencha la tête par la portière.

— Qu'est-ce que tu fiches assis ici ?
— Je réfléchissais, c'est tout. Je t'attendais.

La pluie, qui s'engouffrait par la vitre baissée, lui fouettait le visage.

Anne grimaça, gênée.

— Il fait beaucoup plus chaud à l'intérieur.

Il ne dit rien, regardant dans le vide à travers un pare-brise ruisselant d'eau. Anne raffermit sa prise sur la poignée du sac en plastique. Il commençait à peser lourd.

— Tu entres ?

— Monte, s'il te plaît, Anne, tu veux bien ? Il faut que je te parle d'un truc. Ça ne prendra qu'une minute.

Anne aurait préféré rentrer. Elle était mouillée et frigorifiée. Elle avait envie de boire un thé ou, mieux encore, un grand verre de vin avant de se lancer dans la cuisine. Mais bon, il paraissait contrarié. Elle courut du côté passager et, posant le sac de provisions sur le tapis de sol, s'assit.

Il faisait très bon : le chauffage était apparemment mis depuis longtemps. Il ne la regardait pas. Elle commença à penser qu'il se passait quelque chose de grave.

— Tout va bien ? Qu'y a-t-il ?

Il ne répondit pas ; alors, instinctivement, elle regarda autour d'elle. La réponse qu'elle attendait se trouvait-elle près d'eux, dans la voiture ? Quelque chose était posé sur la banquette arrière, sous une couverture de pique-nique écossaise.

Elle se tourna vers lui.

— Qu'est-ce que... ?

Elle devina qu'elle n'obtiendrait pas de réponse et, en gémissant sous l'effort, se souleva de son siège, tendit le bras vers l'arrière de la voiture et tira la couverture.

Elle en eut le souffle coupé.

Elle ne sentit même pas l'aiguille s'enfoncer dans son bras.

Thorne s'efforçait de rester calme. La pluie avait ralenti la circulation comme à son habitude, et il lui avait fallu vingt-cinq minutes exaspérantes pour parcourir les quelque huit cents mètres séparant Queen Square de Waterloo Bridge. À présent, elle avait diminué d'intensité, et la Mondeo testait la fiabilité de chaque photo-radar qu'il dépassait tandis qu'il poussait la voiture sous le crachin, vers le sud, vers Battersea.

L'horloge du tableau de bord indiquait huit heures quarante-cinq et, au moment où Thorne passait devant l'hôpital St Thomas, Merle Haggard se plaignait que la bouteille l'ait trahie [1].

Il songea à l'expert médico-légal dont le talent, le sens de l'observation, la curiosité avaient tout déclenché. Il travaillait peut-être tard, en ce moment même, dans l'un de ces bureaux illuminés, ces grands carrés blafards que Thorne voyait au passage. Un peu fatigué à cette heure, sans doute, penché sur le microscope, puis son enthousiasme grandissant au moment où il repère un détail contradictoire, intrigant, qui pourrait bien changer à jamais le cours de l'existence de centaines de gens.

Thorne ignorait si, dût-il jamais rencontrer cet homme, il devrait le remercier ou lui cracher au visage. En tout cas, il était certain que, sans lui, il ne serait pas en ce moment même en route pour affronter un tueur. Il n'avait pas la moindre idée de ce qui se passerait

---

1. Chanson de Merle Haggard : *Tonight the bottle let me down and let your memory come around.* Ce soir, la bouteille m'a trahie, a laissé ton souvenir m'envahir. *(NdT)*

entre Bishop et lui. L'affronter, certes, et après ? L'arrêter ? L'intimider ? Le tabasser ?

Thorne le saurait une fois sur place.

Il pila trop tard aux imposants feux de Vauxhall Bridge. La voiture dérapa un peu et s'immobilisa, le crissement des pneus attirant l'attention de la troupe du cabaret des feux de signalisation. Ceux qui lavaient les pare-brise en échange de quelques pièces et d'une bordée d'injures avaient été, bizarrement, remplacés par des amuseurs de rue. L'un d'eux, qui portait un grand chapeau multicolore de bouffon et jonglait avec trois balles, sautilla gaiement sous la pluie vers la voiture de Thorne, sourire jusqu'aux oreilles.

Le jongleur jaugea Thorne d'un coup d'œil et eut vite fait de repartir à reculons, lâchant ses balles dans la foulée. Le feu, reflété dans les flaques d'eau et d'huile de vidange, passa du rouge au vert, et la Mondeo démarra plein gaz.

Il eut tous les feux verts de Nine Elms Lane et de Battersea Park Road. À hauteur du pub The Latchmere, il tourna à gauche à l'orange, maintint le pied au plancher jusqu'à Lavender Hill et, quelques minutes plus tard, s'engageait presque mollement dans la rue tranquille de Jeremy Bishop.

Il baissa le volume de l'autoradio et respira à fond. Des voitures étaient garées des deux côtés de la rue, et Thorne roula au pas, en quête d'une place. La pluie avait redoublé, et en dépit du va-et-vient des essuie-glaces réglés au maximum, il devait se pencher vers le pare-brise et plisser très fort les yeux pour y voir quelque chose.

Soudain, à une cinquantaine de mètres devant lui, des phares s'allumèrent et l'éblouirent tandis qu'une grosse voiture sombre déboîtait du bord du trottoir et accélérait. Sur le coup, Thorne pensa avoir trouvé une place, mais l'instant d'après, il se vit en difficulté. La voiture lui fonçait dessus du mauvais côté de la route. Une main en visière pour se protéger les yeux, qu'il ferma à la dernière seconde en prévision de l'impact, il braqua brutalement sur la droite afin d'éviter la collision, et l'autre véhicule passa à toute vitesse en le frôlant de quelques centimètres.

Avec Anne Coburn sur le siège passager.

Thorne pila et vit dans son rétroviseur la Volvo ralentir au bout de la rue et tourner à gauche. Ils partaient vers l'ouest.

Il se trompait peut-être, mais il ne pensait pas qu'Anne ou Bishop l'ait repéré. Tous deux regardaient droit devant eux. Où allaient-ils ? Il manquait de place pour faire demi-tour. Sans réfléchir, il enclencha la marche arrière et mit le pied au plancher.

D'abord, après la partie nord de Clapham Common, Thorne se contenta de rouler à deux ou trois voitures de la Volvo, ne quittant pas des yeux ses feux arrière caractéristiques, ne la lâchant pas. À présent, il avait acquis la certitude que Bishop ne se savait pas suivi. Thorne, qui comptait bien ne rien y changer, maintenait une allure détendue. Les laisser atteindre leur destination. Suivre la procédure pour une fois dans sa putain de vie. Jouer la prudence, se dit-il.

Mais ne pas s'endormir.

S'endormir. Au moment où ce mot se formait dans son esprit, la voiture de devant tourna, lui permettant de voir nettement à travers le pare-brise arrière de la Volvo.

Quelque chose ne cadrait pas du tout dans l'image.

En une fraction de seconde, il comprit. Il ne voyait plus Anne.

La voiture ne s'était arrêtée à aucun moment, il en était certain. Anne était là quelques minutes plus tôt, la tête contre la vitre. Il n'y avait qu'une seule explication possible.

Elle devait être inconsciente.

Les choses s'accélérèrent, dans tous les sens du terme. Il y avait une autre voiture entre Thorne et la Volvo. Il tenta de la doubler au moment où le flot de la circulation vira à droite dans Clapham Park Road et, tandis qu'il la dépassait par la droite, la Volvo accéléra, creusant l'écart. Apparemment, Bishop s'était rendu compte de sa présence.

Thorne n'avait jamais été très doué pour ça. Il avait participé à beaucoup de poursuites, mais jamais avec le pied sur l'accélérateur. À quatre-vingts kilomètres à l'heure en agglomération dans des rues très fréquentées à neuf heures du soir sous une pluie battante, ça fichait une trouille bleue.

Pourquoi Bishop ferait-il du mal à Anne ? Pourquoi maintenant ? Thorne devrait lancer un appel, il le savait. Il n'y avait pas de radio dans la voiture. Il avait laissé son portable chez lui. Il envisagea de s'arrêter, de téléphoner d'une cabine. Le temps qu'une brigade coince la voiture de Bishop, il serait peut-être trop tard. Il devait continuer de le suivre.

À quatre-vingt-dix kilomètres à l'heure dans Acre Lane. Aveuglé par les feux anti-brouillard de la Volvo, assourdi par le concert d'avertisseurs des autres voitures.

Sans quitter la Volvo des yeux une seconde, Thorne changea la cassette et augmenta le volume. D'un genre de musique à l'autre. La chanson remplacée par du son. La mélodie par un rythme pulsé qui, instantanément, parut émaner de l'intérieur de sa tête. Le bruit, le rythme devenant un bourdonnement zen battant dans son crâne comme la musique d'ambiance d'une arcade de jeux vidéo.

Se concentrer. Les vibrations du volant sous ses doigts. La voiture devant lui. La cible. Accélération dans la descente vers le feu et le cinéma plus loin, et les cris des piétons, et les crissements des pneus dans le virage à gauche, pris beaucoup trop vite, dans Brixton Road.

Et, soudain, Thorne comprend où ils vont.

Brixton. SO2. Il revoit cette adresse notée dans son agenda. À la page intitulée ENFANTS. Thorne ne s'était jamais rendu à cette adresse, mais pourquoi l'aurait-il donc fait ?

Thorne sait à présent que, même muni d'un mandat, il n'aurait rien trouvé dans la maison de Battersea. Ils vont à l'atelier de Bishop. Un atelier où il avait dû emmener Helen et Leonie. Un atelier dont il avait forcément la clé. L'appartement dont il avait avancé la caution. Un lieu très certainement vide, le soir, lorsque son occupant travaille. Facilement vérifiable par un coup de fil...

Le rythme et la vitesse s'accélérant, la pluie fouettant le pare-brise et, sur le volant, les mains de Thorne guidées seulement par les mouvements des deux points rouges devant lui qui s'éclairent au moment où la Volvo freine brusquement, comme les yeux de quelque monstre luisant et sombre, qui s'élance et s'éloigne de lui très vite tandis que la Volvo brûle le feu, ne lui laissant d'autre choix que de faire de même.

Du coin de l'œil, il aperçoit sur sa gauche le bleu et le rouge de la voiture de patrouille et, une centaine de mètres plus loin, la deuxième se met en travers de sa route.

Il ne manquait plus que ça. Une paire de cons en noir, travaillant en tandem.

Tout en ralentissant et en tapant des poings sur le volant, Thorne regarda les yeux du monstre sombre devenir devant lui de plus en plus petits.

Lorsque le constable, un gros beauf au visage grêlé de marques de varicelle et à la moustache en guidon de vélo, finit par atteindre sans se presser la portière passager de la Mondeo, la première chose qu'il vit fut un insigne de police aplati contre l'intérieur de la vitre. La première chose que Thorne vit lorsqu'il le retira fut l'air suffisant du constable qui regardait son collègue d'un air de dire : Vise un peu *ça*.

Thorne prit une profonde inspiration. Ça promettait d'être intéressant.

Guidon-de-Vélo fit un vague geste de son index. *Baisser vitre*. Thorne compta jusqu'à trois et baissa la vitre en bon petit garçon.

— Inspecteur Thorne. SCG Ouest.

Pas de réaction. Thorne ne s'était certes pas attendu à un salut réglementaire et à un « Circulez, monsieur » poli, mais celui-là ne serait pas un facile.

Animosités ancestrales. Ceux en uniforme et ceux en civil. Police anonyme et police routière.

— Plus de quatre-vingts kilomètres à l'heure, non-respect d'un feu rouge, sous une pluie battante. Pas très futé, vous ne croyez pas ?

Faisant de son mieux pour nuancer de sarcasme son accent de Londonien d'adoption.

— Je suis à la poursuite d'un suspect, répondit Thorne d'un ton plat.

Le constable tourna mollement la tête et regarda la circulation disparaître au loin, puis sourit, la pluie gouttant de la visière de sa casquette. Thorne prit sur lui pour garder son calme.

— *J'étais* à la poursuite d'un suspect.

— Vous roulez comme un connard.

Thorne bondit de sa voiture, sa vision commençant à se teinter de rouge.

— C'est votre façon habituelle de vous adresser aux civils ?

Autre sourire en coin, autre coup d'œil à son collègue resté dans la voiture.

— Vous n'êtes pas un civil, hein ?

Thorne, debout sous la pluie qui ruisselait sur le dos de sa veste, regardait droit devant lui. Il repensa au premier mot du tueur. Il pensa à Anne étendue sur un siège en cuir, incapable de bouger. Bishop écoutait sans doute de la musique classique... Fait chier, ils devaient être arrivés à présent.

Putain de bordel de Dieu.

— Vous avez bu ?

— Pardon ?

Il pétait les plombs, ce constable.

— Question des plus simples. Vous autres abrutis, apparemment, vous vous croyez au-dessus des lois...

Thorne l'empoigna par le col de sa veste et le plaqua contre la voiture, envoyant sa casquette rouler dans le caniveau. Du coin de l'œil, il vit l'autre descendre de la voiture de patrouille. Sans même tourner la tête vers lui, il cria sous la pluie.

— Je suis inspecteur de police, alors vous remontez dans votre bagnole !

Le compère de Guidon-de-Vélo obtempéra. Thorne reporta toute son attention sur son homme, se pencha vers lui sous la pluie battante, tous deux nez contre nez au bord de la chaussée. Les automobilistes de Brixton klaxonnaient au passage pour marquer leur approbation, ravis de voir un flic recevoir une dégelée d'un conducteur innocent.

Thorne éleva la voix juste assez pour dominer distinctement le bruit de la pluie, nimbant de postillons le plastique fluorescent du ciré de l'agent.

— Écoute, gros con encroûté dans ta bêtise crasse, maintenant, je vais remonter en voiture et repartir, et si jamais tu bouges, ne serait-ce que ton sourcil, tu es bon pour pisser le sang pendant une semaine. Ça, c'était une menace. Maintenant, je vais te donner une instruction. Tu me suis ?

Guidon-de-Vélo acquiesça. Thorne relâcha son étreinte, mais à peine.

— C'est un ordre, tu comprends ? Tu retournes à ta voiture tout de suite et tu sautes sur ta radio. Je veux que tu contactes Opération Boomerang, dans Edgware Road, que tu joignes l'agent David Holland...

Dans mon rêve, je cours.

Pas dans un endroit extraordinaire. Pas dans un champ de maïs, pas dans les vagues sur une plage battue par la tempête, non. Et je ne cours pas vers quelqu'un. Il n'y a personne au loin, bras écartés, qui brûlerait d'envie de m'embrasser. Pas de militaire revenant de la guerre, ni une star de cinéma. Pas Tim. Que moi.

Qui cours.

C'est drôle, parce que j'ai toujours détesté courir, j'ai toujours tout fait pour y couper. Jambes maigrichonnes et genoux cagneux. J'ai toujours été nulle pour tous les sports, et je suis en très mauvaise condition physique. Courir pour attraper le bus, quand j'y suis absolument obligée, constitue ma limite, et je suis H.S. pour le restant de la journée. Mais voilà que...

Je cours, je sprinte, et ça me paraît facile.

Je ne sais pas ce que je porte, je ne sais pas le temps qu'il fait. Rien de tout cela ne me semble important. Le vent souffle dans mes cheveux, je crois, mais, franchement, je le remarque à peine. Ce que je remarque, en revanche, c'est que le vent s'engouffre par ma bouche ouverte et gonfle mes poumons. Je remarque que mes poumons renvoient l'air par ma bouche.

Je cours.

Je remarque que mes jambes me portent et que mes bras se meuvent, et je remarque que les muscles de ma bouche travaillent non-stop, merveilleux tous autant qu'ils sont, chacun en harmonie avec son voisin. Forçant ma bouche à s'entrouvrir, soulevant les commissures de mes lèvres, repoussant légèrement ma langue contre mes dents du haut. Me faisant sourire.

Je cours, je cours loin.

24

C'était une porte étroite et verte, non vitrée.

Facile à manquer, entre un marchand de primeurs et un chausseur dans une petite rue derrière l'animation de Brixton Road. Thorne ne voyait la Volvo nulle part. Peut-être y avait-il un autre accès. Ce serait logique, après tout. Une entrée de service par où il était plus facile de porter un corps sans être vu.

Oui, et peut-être se trompait-il du tout au tout. Peut-être était-ce une coïncidence qu'ils lui aient semblé se diriger vers cette adresse et en ce moment même, alors que Thorne, immobile sous la pluie, regardait fixement une porte étroite et verte, non vitrée, Bishop enlevait Anne vers un endroit où il ne la trouverait jamais.

Tout cela dans le seul but de *le* faire souffrir ?

Thorne colla son oreille contre le battant et écouta. Pas un bruit.

Il était certain que Bishop se savait suivi. Il s'attendait presque à ce que la porte s'ouvre, s'entrebâille de quelques centimètres, l'incitant à entrer. Pas un piège, rien d'aussi vulgaire.

Plus une invitation.

Il la poussa avec la main. Fermée à clé.

Repartir à présent, attendre que Holland arrive avec les troupes. Ce ne serait pas long, à supposer que les andouilles de la Circulation aient fait ce qu'il leur avait demandé. Retourner à sa voiture et patienter, ce serait le mieux.

Il colla de nouveau son profil contre la porte et, cette fois, ajouta la pression de son épaule. Pas un mouvement violent. Juste une pression continue.

La porte céda aussi aisément que s'il avait utilisé une clé. En silence, ou presque.

Devant lui, grâce à l'éclairage de la devanture d'une boutique en face, Thorne voyait un long couloir d'entrée menant à un escalier qui montait vers l'obscurité. Tout le reste semblait se trouver dans les étages supérieurs, au-dessus du marchand de primeurs.

Il entra sans hésiter et voulut refermer la porte derrière lui. Le pêne refusa de s'insérer dans la gâche là où il l'avait forcée, alors il le laissa tout contre. Puis il se retourna vers l'intérieur, aux aguets.

Rien, que le bruit de sa respiration, celui de la pluie au-dehors, et le ronronnement de la circulation dans la rue principale. Il chercha à tâtons un interrupteur et trouva une de ces minuteries conçues pour faire des économies. Il s'engagea dans l'escalier.

Sur le tapis déchiré étaient éparpillés divers prospectus et des lettres encore cachetées. Il sentit une odeur de fast-food, cuisine chinoise peut-être.

En haut des marches se trouvait la cuisine. Il repéra le bouton de l'interrupteur au moment où la lumière du hall d'entrée s'éteignait.

La pièce minuscule ne payait pas de mine. Le linoléum marron était fendillé et graisseux, les murs crasseux et suintants. Des sachets de thé datant de plusieurs jours s'entassaient dans l'évier, tels des excréments, et une tache de ketchup courait sur la paroi d'une poubelle à pédale en plastique autrefois blanche. Le fast-food valait sûrement mieux que n'importe quel plat cuisiné là.

Thorne sortit de la pièce à reculons. Cinq ou six autres marches menaient à l'étage supérieur. Il distinguait une porte devant lui, et deux autres sur la gauche. Il monta lentement, s'arrêtant à chaque pas, à l'écoute. Le doute qui l'avait assailli devant la porte d'entrée avait cédé la place à la certitude glacée et poisseuse qu'il n'était pas seul.

La fin approchait. Il le sentait. Quelque part dans cette maison, un mur attendait qu'il se retrouve dos à lui.

Thorne se dirigeait vers le haut, conscient d'approcher à coup sûr de là où Helen Doyle et Leonie Holden avaient été tuées. Le couloir était nu et poussiéreux, le papier peint décollé et sec comme des feuilles mortes ; le tapis de sol, taché et crotté. Il crut le sentir bouger sous ses pieds.

Personne ne devrait être emmené dans cet endroit pour mourir.

La première porte à sa gauche s'ouvrit sur une salle de bains à peine plus grande qu'un placard. Thorne passa la tête quelques instants par l'entrebâillement de la porte. Cela lui suffit. Pas de babioles. Rien que des installations d'un blanc douteux et une odeur nauséabonde.

Puis, une chambre. Un peu plus propre, peut-être, mais au comble du désordre, sentant le renfermé et la sueur. Des chaussures alignées devant la cheminée. Une planche à repasser calée dans un coin à côté d'un miroir en pied. Des magazines se déversant de sous le lit défait sur les dalles en liège du sol, et une haute pile de cartons dressée contre le mur du fond.

Pas ici.

Tandis qu'il reculait sur le palier, Thorne entendit un bruit au-dessus de lui. Il se figea. Le grincement paresseux d'une latte sous des pieds.

Sous des pieds.

Qu'il eût ou non entendu ce bruit, Thorne aurait de toute façon dédaigné la dernière pièce. Tout en faisant un pas dans sa direction et en lançant un coup d'œil sur sa droite, il jaugea la distance à parcourir. L'escalier qui menait à l'étage supérieur, le dernier sans doute, était décapé et récuré. Chaque marche, de même que la rampe avaient été méticuleusement recouvertes de polyéthylène épais et clair.

Stérile.

Thorne leva la tête. L'escalier, raide, montait sur cinq ou six mètres jusqu'à un grenier, sans doute, ou à des combles reconvertis. Droit dedans. Au-dessus de lui, il voyait tout juste un carré de lumière, un trou dans le sol de la pièce au-dessus de sa tête. Il évalua rapidement la situation. Il se rendait compte qu'il entrerait là-haut en aveugle. Il ne verrait rien de ce qui s'y trouvait jusqu'au moment où il passerait la tête par la trappe.

Il n'y avait nulle part ailleurs où aller.

On en arrive toujours à la dernière porte, Tommy...

Au-dessus, une latte du plancher gémit doucement. L'instant d'après, une voix humaine affaiblie fit de même.

Anne...

Thorne s'engagea dans l'escalier.

En dépit de son agression chez lui et du fait que Bishop avait tué au moins six femmes, Thorne ne le considérait pas a priori comme un homme violent. Tandis qu'il montait lentement, marche après marche, vers ce qui l'attendait au grenier, il n'envisagea pas une seconde l'éventualité de subir un dommage corporel.

Bishop aurait l'avantage de la surprise et de la topographie des lieux, mais Thorne ne l'imaginait pas attendre, une jambe repliée, que sa tête émerge petit à petit de l'ouverture pour lui flanquer un coup de pied dans les gencives, ou l'assommer avec une barre de fer.

Il approchait du sommet à présent. Plus que quelques pas...

Il ne sentait pas réellement l'imminence d'un danger physique, pourtant il n'avait jamais eu aussi peur de sa vie.

Les deux dernières marches.

Il ne s'inquiétait pas de ce qu'il allait ressentir...

Il posa le pied sur le dernier degré et se hissa vers le haut.

Il était terrifié à l'idée de ce qu'il allait voir.

Sa tête passa par la trappe et monta dans une lumière d'un blanc aveuglant. Il cligna des paupières rapidement pour ajuster sa vision, puis ouvrit les yeux. Sa dernière pensée, avant que son corps ne se glace et ne commence à trembler doucement, fut qu'il avait eu raison d'avoir peur.

Il se hissa sur le sol, tel un noyé grimpant à bord d'un canot de sauvetage plein de trous, et regarda, incrédule.

Les murs blancs, blanc de blanc, et le plancher poli et reluisant. L'éclairage d'une rangée de lampes halogènes fixées au mur se reflétait sur le métal luisant de la poubelle à seringues et de la table à instruments. Un élégant mélangeur en chrome alimentait deux bacs d'un blanc immaculé. D'un côté, une simple chaise noire, seul mobilier de la pièce. Tout le reste, froid et fonctionnel. Nécessaire à la procédure.

Bishop se tenait au milieu de la pièce. Affairé. Il releva la tête et adressa à Thorne un sourire un peu triste.

Thorne fixait les yeux de la jeune fille, exorbités tandis qu'elle luttait contre les gestes des doigts sur son cou avec le peu d'énergie qui lui restait et sans le moindre succès. L'anesthésiant qui coulait en Rachel Higgins rendait ses muscles aussi inutiles et peu coopératifs qu'ils le deviendraient irrémédiablement si Bishop parachevait la procédure qu'il s'apprêtait à suivre.

Thorne entendit un gémissement sur sa gauche. Il se retourna. Anne gisait, immobile, au pied du mur, les yeux écarquillés, de la bave coulait de sa bouche, soumise elle aussi aux effets du Midazolam, ne pouvant faire autrement que de regarder, impuissante, les mains travailler sur sa fille.

Au son de la voix, Thorne tourna brusquement la tête. Bishop caressait la nuque de Rachel.

— Bonjour, Tom. Venu gâcher notre petite fête, hein ?

Thorne, parfaitement immobile, ne quittait pas Bishop des yeux. Désireux de ne pas l'effrayer en bougeant. Incapable de bouger même s'il l'avait voulu. La gorge complètement sèche. La voix, guère mieux qu'un murmure.

— Bonjour, James...

Au bout du compte se poseraient des dizaines de questions difficiles, et devrait être dénoué un enchevêtrement complexe de motivations psychotiques mais, durant quelques secondes, dans le tableau saisissant et horrifiant devant lui, Thorne perçut tout, très nettement. Un bref instant, le temps de compter jusqu'à deux peut-être, il sut exactement le quoi, le pourquoi, le qui. Il comprit comment on l'avait manipulé, comment on l'avait utilisé. Comment James Bishop avait joué avec lui, l'avait aiguillonné, l'avait chahuté, exploitant ses points faibles et se jouant de ses points forts. En quoi il avait eu totalement raison et horriblement tort. Pourquoi Margaret Byrne était morte et pourquoi elle pourrait être toujours en vie — sans lui.

Comment on l'avait mené par le bout du nez, putain. Surpassé.

James Bishop était torse nu. Cinq ou six cicatrices rosées et boursouflées sillonnaient son ventre, tels des vers géants sous sa peau. Des entailles faites au couteau, songea Thorne. Auto-infligées.

Anne : « ... *il a été perturbé à l'époque.* »
Rebecca : « ... *James a un peu déraillé.* »

Les cicatrices étaient l'élément le moins remarquable. Ses cheveux courts grisonnaient. Spray teintant, nul doute. « *J'ai essayé de devenir comédien. N'importe quoi pour payer le loyer.* » Il portait des lunettes à verres neutres, c'était visible, même ici dans cette pièce fortement éclairée à quelques pas de lui. Le soir, à l'extérieur, à la seule clarté d'un réverbère, ou sans lumière du tout, on ne pouvait reprocher à personne d'avoir vu un homme paraissant dix ans de plus.

C'était Thorne qui avait vu Jeremy Bishop.

Thorne regarda Rachel, puis Anne.

— Mais à quoi bon tout cela, James ? Qu'est-ce que cela change ?

Bishop pouffa. N'était-ce pas évident ?

— Bah, étant donné que vous vous êtes si brillamment planté dans vos efforts pour arrêter et inculper celui qu'il ne fallait pas...

— Votre père...

— Mon père, oui. Je dois en finir un peu plus vite. Avec un peu moins de subtilité. Ce n'est pas ce que je voulais, mais cela aura l'effet escompté.

— À savoir ?

Bishop secoua la tête.

— Vous n'êtes pas l'homme que je croyais, n'est-ce pas, Tom ?

— J'en dirais autant de vous, James...

— Anne ayant sa propre fille comme patiente, c'est quand même pas mal, non ? Il ne sera peut-être pas capable de vivre avec ça.

Il faisait courir lentement son pouce de haut en bas sur la nuque de Rachel.

— Remarquez, il se supporte depuis assez longtemps...

Thorne ne quittait pas des yeux les longs doigts fins. Les mains engoncées dans les gants chirurgicaux. Des mains compétentes.

James chez lui. Prétentieux, immature et si transparent. *« J'ai perdu deux ou trois ans à la fac, ouais. Je ne suis pas le genre tour d'ivoire. »*

La question que Thorne n'avait, à aucun moment, pensé à lui poser. Cinq petits mots de rien du tout.

À la fac de quoi ?

Il était important de continuer à le faire parler.

— C'est donc là votre seule motivation, James ? Faire souffrir votre père ? Vous venger ?

Bishop lui décocha un regard haineux. Tombé, le masque de civilité.

— Putain, Thorne, ne soyez pas aussi con. Ma seule motivation ?

Il paraissait dégoûté à cette idée. Puis sa voix changea, se radoucit, presque gentille, soucieuse, affermie toutefois par la force de sa conviction.

— Ma motivation, c'est tendre à la perfection. Ma motivation, c'est prendre quelque chose de défectueux, de faible, de pourri et supprimer son inéluctabilité. Éliminer la dépendance à son égard. Permettre au cerveau, la seule part qui soit digne d'intérêt là-dedans, de s'épanouir sans le handicap du corps. Ma motivation, c'est la liberté.

Thorne lança un coup d'œil rapide à Anne. Un regard pour lui dire que tout irait bien. Il enfonça les mains dans ses poches, s'efforçant de prendre l'air décontracté tout en se retournant lentement vers Bishop. Décontracté, intéressé :

— La fragilité du corps humain. Une chose que votre père vous a enseignée ?

— Une des nombreuses choses...

Le ton avait encore changé. Décontracté, indifférent.

— Et le faire accuser ?

Bishop leva une main de la nuque de Rachel et caressa lentement le quadrillage de ses cicatrices abdominales. Son autre main, toujours en place, massait les muscles cervicaux. Thorne envisagea de lui foncer dessus — il l'atteindrait en une seconde. Mais il n'en faudrait pas plus à Bishop pour blesser Rachel. Thorne préféra lui suggérer une réponse à la question.

— Faire d'une pierre deux coups ?

— Il y a de ça. Mais sans aller jusqu'au coup de grâce, évidemment.

Thorne s'inscrivit en faux.

— Vous en avez porté plus d'un, James.

Bishop haussa les épaules.

Une arme rééquilibrerait un peu les choses. Le regard de Thorne glissa vers la table à instruments, vers les outils rutilants alignés les uns à côté des autres. Pinces, forceps, un scalpel.

Bishop surprit son regard.

— Je vous en prie, Thorne, ne compromettez pas la procédure.

Il sourit, et lança un coup d'œil au scalpel.

— Je pense que je l'attraperais avant vous.

Thorne acquiesça lentement. Il sentait le regard d'Anne sur lui. Suppliant.

Bishop caressa le muscle à la base du crâne de Rachel.

— Le sterno-cléido-mastoïdien, Tom. Vous connaissez ?

Thorne ne connaissait que trop bien. Il savait ce que Bishop cherchait. Palpait.

— Mais pourquoi m'avoir agressé, James ? Je ne le comprends toujours pas vraiment.

— Je savais que vous penseriez que c'était mon père. Que vous en seriez certain. C'était facile. Votre relation avec Anne a surgi à point nommé. Peut-être votre bite vous aura-t-elle un peu brouillé les idées. Ça a été si facile de vous doper, Tom, si facile de vous aiguillonner...

Thorne fit une légère moue à cette vérité : ramassant avidement chaque indice que Bishop laissait tomber devant lui ; se raccrochant aux leurres intentionnellement jetés en travers de sa route — les anesthésiants, l'heure des meurtres, la voiture...

— La Volvo ?

— Il ne jure que par elles. Quand il en a changé, je l'ai persuadé de me passer la vieille. Je lui ai donné cent livres, je crois, nettement moins que la reprise que lui aurait fait un garage, mais, bon... c'est mon père.

Tout était là. Thorne s'en rendit compte. Personne ne connaissait Jeremy Bishop mieux que son fils. James n'ignorait rien de ses faits et gestes, des mots qu'il employait. Il savait tout ce que son père savait d'Alison, de l'affaire. Comment voler son alliance.

— Navré que ça n'ait pas marché avec l'alliance, James. Scientifiquement inutilisable, je le crains.

— Ce sont des choses qui arrivent. Et moi, navré pour la mère Byrne. Navré pour toutes celles qui sont mortes, sincèrement navré, mais je vous l'ai déjà dit, non ? Elle n'était absolument pas destinée à mourir si vous n'aviez pas eu l'intention de débouler chez elle avec vos photos à la noix. Avez-vous réfléchi à ça, Tom ?

James venu chez lui. Voyant l'adresse de Margaret Byrne sur un bout de papier à côté du téléphone...

Thorne s'était trompé du tout au tout. Margaret Byrne n'était pas morte parce qu'elle aurait pu identifier Jeremy Bishop. Elle était morte parce qu'elle aurait pu affirmer formellement que Jeremy Bishop n'était pas l'assassin.

Thorne sursauta, et tous deux tournèrent la tête quand le bip se déclencha.

Il se souvint alors qu'Anne était de garde. Son bip se trouvait dans son sac par terre à côté d'elle.

Pendant le temps que dura la sonnerie, Thorne comprit autre chose. Le coup de téléphone que Margaret Byrne lui avait vu passer : Bishop avait appelé son père pour voir s'il était parti à l'hôpital. Vérifier sa disponibilité.

— Vous avez bipé votre père alors que vous étiez en route pour l'hôpital. Cette nuit-là, avec Alison. Vous avez sans doute attendu devant, attendu qu'il arrive pour lui donner un alibi pas tout à fait irréfutable, pour que son nom se retrouve sur une liste.

Bishop sourit modestement.

— Idem pour l'anesthésiant au Leicester...

— Oui, l'interrompit Bishop. Une erreur en quelque sorte, c'est évident. Vous aviez même compris ça ?

Thorne lança un regard à Anne. *Tout allait bien se passer.*

— Anne l'avait compris.

Bishop sourit.

— Je suis impressionné. Mais en effet, comme vous le disiez, cela a permis que le nom de mon père figure sur une liste. C'était l'hameçon. Vous y avez mordu...

Indéniablement.

— Mais cela n'aurait jamais marché, James. Il n'y avait que des preuves indirectes. Aucune preuve matérielle.

— Ça n'a pas eu l'air de beaucoup vous gêner, Tom, hein ?

Thorne ne put rien répondre, sa langue lui collait au palais.

Soudain, Bishop fit un large sourire. Thorne vit se figer ses doigts sur Rachel, et un air proche du ravissement se frayer un chemin sur ses traits.

— C'est mon moment préféré, Tom. Tout commence là.

Les pectoraux de Bishop frémirent quand il commença à serrer la carotide de Rachel. Thorne se souvint des mains de Hendricks contre son cou quand le légiste lui expliquait le processus. Plus que deux minutes avant qu'elle ne cesse de respirer.

Thorne lança un coup d'œil à Anne. Le désespoir avait envahi son regard. Un râle monta du tréfonds de son corps.

Sauve ma fille.

Thorne ne voyait pas comment. Bishop tuait lorsqu'il en éprouvait le besoin, cela, au moins, ne faisait aucun doute. Les mains qui, devant eux, étouffaient la vie en Rachel étaient aussi dangereuses que n'importe quelle arme. Il pourrait lui briser la nuque en un rien de temps...

Thorne se sentait empoté, inutile. Momifié.

Il s'était déjà écoulé dix secondes. La langue de Rachel pendait.

— En quoi cela lui fait-il du mal, James ? En quoi cela le fait-il souffrir ?

Bishop ne dit mot. Ses lèvres remuaient muettement comme s'il décomptait le temps dans sa tête.

— Cela ne ramènera pas votre mère, James.

Thorne criait à présent. Tout pour obtenir une réaction, pour le faire arrêter. James, perdu dans sa concentration, s'apprêtait à aborder le moment difficile, quand la fille cessait de respirer. La manipulation.

Le temps pressait. Thorne voyait les secondes défiler devant lui, sentait le souffle de Rachel palpiter autour de lui qui demeurait figé, impuissant.

Je t'en prie, Tommy...
Helen ?
C'est une enfant...
Que puis-je faire ? QUE PUIS-JE FAIRE ?

Puis, soudain, une voix au-dessous d'eux.

— James ?

Une réaction chez Bishop. Une réaction à la voix de son père. De la peur ? En tout cas, une tension dans le corps et dans le visage. De la tension dans ses doigts...

— James ? Je t'ai vu partir en voiture avec Anne — que se passe-t-il ? Tout va bien ? On a forcé ta porte.

Trente secondes de passées.

Il était impossible de savoir ce que James ferait face à son père, mais Thorne n'avait guère d'alternative.

Plus que quatre-vingt-dix secondes. Rachel était presque morte.

— Bishop ! cria Thorne. On est en haut !

Jeremy Bishop apparut dans le grenier tel un fantôme sortant d'une trappe de scène de théâtre. La comparaison fut instantanément parachevée tandis que son visage devenait livide et que son regard s'éteignait.

Thorne vit à quoi il ressemblerait mort.

— Mon Dieu... James ?

Il se pencha en avant et, un instant, Thorne crut qu'il perdait connaissance. Au dernier moment, Thorne se rendit compte qu'il allait s'élancer vers son fils et tendit le bras pour le stopper. Bishop le regarda avec colère puis, comme s'il se réveillait d'un rêve, opina lentement de la tête, mesurant pleinement les implications terrifiantes de ce qu'il voyait autour de lui.

Anne. Rachel. James.

Thorne regarda le fils décocher un regard furieux au père. Il ne devait rester guère plus d'une minute à présent...

La voix de James se fit enfantine, railleuse.

— Alors, c'est quoi, là, que tu ressens ? De l'horreur ? De l'indignation ? Ou tout bonnement de la surprise que je sache le faire ? Une procédure plutôt pointue, l'un dans l'autre, pour quelqu'un qui n'était pas taillé pour ça. Pour quelqu'un qui t'a tant déçu...

— Je t'en prie...

James se mit à hurler.

— Ta gueule ! Tu tais ta sale gueule, d'accord ?

Les yeux de Rachel se révulsaient. Soixante secondes, si ce...

— Il y a une chose que j'ai toujours eu envie de te demander. Quand exactement as-tu commencé à croire en ce que tu crois ? Il y a bien dû y avoir un moment où tu pensais comme eux. Au sujet du corps humain, je veux dire. Toutes ces conneries de miracle de conception et d'efficacité. Je te suis reconnaissant de m'avoir appris que c'était de la foutaise, tout ça. J'ai trouvé ta foi en la technologie très inspirante, tu le savais ? Vraiment inspirante. Je regrette seulement de ne pas avoir pu répondre à la foi que tu avais en moi sur le plan intellectuel. Mais alors même que je foirais tout, alors même que je me plantais si brillamment en essayant de devenir le médecin que tu voulais que je sois, je croyais encore en tout ce que tu faisais.

Il se mit à pleurer.

— Je me souvenais encore de tout ce que tu m'avais appris.

Les larmes cessèrent aussi soudainement qu'elles étaient venues, et la voix retrouva son tranchant.

— Alors, quand ? Quand as-tu commencé à penser que le corps humain est merdique et sans valeur ? Est-ce lorsque tu as vu qu'on peut le manipuler si aisément à coups de médicaments ? Qu'un corps peut être ralenti et remodelé quand on le gave de tranquillisants ? Était-elle la femme que tu souhaitais alors ? Après, Becks et moi l'appelions Blanche Neige — tu le savais ? Becks disait que, chaque fois qu'elle voyait Prof[1], elle se prenait pour Dormeur et Simplet...

La respiration de Rachel commençait à ralentir. Une demi-minute...

— Non, je crois savoir quand. C'est quand tu as vu qu'il s'esquinte facilement, hein ? Qu'il est fragile. Avec quelle facilité la peau peut être déchirée par du verre volant en éclats, ou le peu de temps qu'il faut pour qu'un torse soit écrasé ou tordu. Ou peut-être ces deux choses. Qu'un corps affaibli par des médicaments réagit d'autant plus lentement en cas d'urgence, en cas d'accident, et devient une cible plus facile. Oui, ce serait logique. J'appellerais ça un chemin de Damas,

---

1. Doc, en anglais, à savoir « docteur ». *(NdT)*

pas toi ? Dès lors, tu as vu tes patients se décomposer sous tes yeux. Se briser, pourrir, mourir, en moins de temps qu'il ne te fallait pour les recoudre ou les épauler ou les rapiécer. Tu avais appris une leçon précieuse. Une leçon magistrale. Une fois apprise, il a fallu que tu nous l'enseignes. Que tu nous l'enfonces, que tu nous l'enfonces...

Rachel n'inspirait plus. Plus que quelques ultimes expirations laborieuses.

— J'aurais tant aimé te voir en taule. Voir ta peau jaunir, tes os se briser et tes espoirs se dissoudre. Tu es veule et prétentieux, la prison t'aurait tué à petit feu. Alors, tu aurais découvert à quel point le corps est réellement fragile. Si fragile, papa...

Thorne n'entendait plus la respiration de Rachel.

James Bishop ferma les yeux et murmura :

— Bon-ne-nuit-belle-endormie...

Anne Coburn hurla — un rugissement monté du plus profond de ses entrailles — et, soudain, la pièce s'emplit de bruit et de mouvements. Jeremy Bishop se précipita en avant, criant le prénom de son fils comme s'il ordonnait à un chien de faire le mort. James recula avec l'obéissance instinctive d'un enfant apeuré et lâcha Rachel, la laissant retomber lourdement sur le visage.

Thorne se précipita pour la retourner et chercha son pouls.

Allez...

Il trouva. Elle respirait encore. Il la prit dans ses bras, la porta jusqu'à Anne et, doucement, la coucha en position latérale de sécurité à côté de sa mère. Anne tourna vers lui la lueur toujours forte de son regard, son soulagement évident dans chaque larme qui roulait sur ses joues.

Il y eut un moment d'accalmie.

Juste le martèlement de la pluie qui tombait, comme des clous, sur les tuiles juste au-dessus d'eux.

Thorne se retourna et vit Jeremy Bishop avancer lentement vers son fils, les bras écartés, le visage pareil à un masque mortuaire.

James recula et se cogna contre la table à instruments qui roula loin de lui avec fracas. Il s'immobilisa et sourit, la tête inclinée sur le côté, et alors son bras s'éleva dans l'air avec grâce.

Un peu comme s'il s'apprêtait à faire une révérence.

Ce fut un geste si naturel qu'il aurait pu vouloir se gratter une omoplate. Thorne vit la lueur de l'acier dans son poing une fraction de seconde avant que le sang jaillisse de sa carotide.

— Non...

La voix de Jeremy, un grondement qui aurait pu faire s'écrouler une maison.

Thorne s'adossa au mur blanchi à la chaux et James tomba à genoux par terre, imité par son père. Jeremy plaqua une main sur le cou de son fils, mais le sang gicla entre ses doigts, coulant le long de ses bras et formant une flaque sur le plancher blanc.

Une latte dans un sens... une autre dans l'autre sens.

Jeremy se tourna vers Thorne, son visage déjà tout éclaboussé, ses cheveux poisseux.

— Appelez une ambulance... prévenez quelqu'un.

Sa voix avait la consistance du désespoir. Son visage implorait.

Mais celui de son fils également.

James Bishop regardait Tom Thorne, ses yeux demandaient de mourir. Ils demandaient la permission de contempler le visage de son père, de voir ses traits se déformer pendant que son corps se vidait de son sang. Il voulait mourir en voyant son père souffrir.

Thorne fut tenté de le lui permettre.

La voix de Jeremy se fit rauque entre ses sanglots.

— Par pitié, Thorne...

Alors, tout en envisageant de rester assis là et regarder James Bishop saigner à mort, Thorne se représenta Margaret Byrne, et Bishop regardant la vie de cette femme se répandre sur un dessus-de-lit bon marché.

Et il se souvint d'une promesse qu'il avait faite à Alison Willetts.

Mourir serait facile. Il ferait en sorte que ce salopard soit jugé et emprisonné. Il regarderait se dissiper l'espoir en James Bishop.

Jeremy sanglotait sans pouvoir se contrôler, en serrant de ses bras le cou de son fils. Le sang les rendait glissants.

Avec un dernier regard à Anne, Thorne posa le pied sur la première marche, hors de la pièce blanche, s'engagea dans l'escalier et se précipita vers la rue où, espérait-il, Holland l'attendrait.

QUATRIÈME PARTIE

Le silence

Ne vous méprenez pas. Je suis ravie qu'il soit mort. Enchantée. La prison, c'est très bien, mais je n'aurais pas aimé me savoir allongée ici et penser à lui en me disant qu'il est en train d'écrire son autobiographie, en roi de sa putain de basse-cour, sans doute libéré avant ses cinquante ans. Ou alors dans un hôpital quelconque en train de tous les convaincre qu'il est fou, traînant des pieds dans de jolies pantoufles et s'adonnant à l'aéromodélisme en se souvenant des femmes qu'il a tuées.

En se souvenant de ce qu'il m'a fait.

Je t'en fous ! Je préfère de beaucoup qu'il soit mort. Si on pouvait m'emmener quelque part pour la journée, voyez, me charger dans une camionnette et m'emmener où je veux, j'aimerais voir sa tombe. Évidemment, danser dessus ne serait pas à l'ordre du jour, mais je me contenterais avec joie que l'on m'y allonge de tout mon long. Soulevée, puis allongée au-dessus de lui. Et je resterais ainsi, face contre terre, et nourrirais de sombres pensées qui s'infiltreraient dans le sol et rongeraient son cercueil comme de l'acide.

Je suis contente qu'il soit mort. Raide et immobile, comme moi.

Non, pas comme moi. Il ne gratte pas comme un fou

le bois de son cercueil, pas vrai ? Il ne fait pas des moignons de ses doigts à force d'essayer de sortir. On ne le nourrit pas. On ne le torche pas. On ne le fait pas respirer.

À ce sujet, d'ailleurs, aucune amélioration. Aucune réaction aux antibiotiques et aucune chance d'être débarrassée de ce respirateur dans un avenir proche. Apparemment, ma pneumonie se complique d'une mycose. Virus et champignons. J'ai bien l'impression d'être devenue un bouillon de culture...

Ce qui me reste sur l'estomac, c'est qu'il ait choisi. Pour moi, ça, et pour lui, la mort.

Je vais vous dire la véritable ironie de la chose. Je suis en fait une morte à l'esprit positif. Vraiment. Vous ne le croirez peut-être pas, et je sais que j'ai eu des hauts et des bas, mais on ne peut pas m'en vouloir. Essayez ça un moment. Allongez-vous sur le dos et fixez le plafond jusqu'à ce que les larmes commencent à vous monter aux yeux, et imaginez ça. Imaginez être à moitié mort et à moitié vivant, et que ces deux moitiés ne se réunissent jamais. Vous annulent.

Ce n'est pas facile d'être heureuse tout le temps.

Je suis quelqu'un de positif. Mais, couchée ici, je ne me considère plus du tout comme quelqu'un. Pas même comme quelqu'un de seul, sans personnes proches. Je ne m'en plaindrais pas, de toute façon, mais je ne le sens même pas. Je me sens tout bonnement comme une pièce de musée.

Je me sens tout bonnement comme la chose qu'il a créée.

Et je ne crois pas en Dieu ni en un au-delà. Désolée, vraiment pas, depuis toujours. Je crois en ce qui est. En ce que je suis. Je crois en la capacité des gens de commettre des actes terribles comme le sien, et je crois que certaines personnes peuvent faire le bien.

J'aimerais faire quelque chose de bien. Je veux faire quelque chose.

La plupart des gens n'ont pas le choix en de nombreux domaines. Ils ne choisissent pas d'être malheureux ou pauvres, ils ne choisissent pas de perdre des enfants ou d'attraper le cancer. C'est la vie, voilà tout, c'est la loterie, pas vrai ? C'est pareil pour tout le monde. Mais lui, il a choisi de tuer des gens et il a choisi de me faire ça, de me prendre ma vie et de me donner celle que, selon lui, je devais avoir. Puis, une fois cela accompli, il a choisi sa propre mort...

Anne reprend le travail la semaine prochaine, je crois. Il faudra qu'on parle toutes les deux.

Je ne peux pas faire grand-chose, mais moi aussi, je peux choisir. Je veux avoir mon mot à dire.

Je ne veux pas le laisser gagner.

25

Thorne n'avait pu s'acquitter de sa promesse d'une tribune. Hendricks en fut mécontent. Toutefois, la chaîne Sky diffusait la rencontre, alors il accepta de se rabattre sur cinq ou six canettes de bière bon marché et une livraison à domicile par Bengal Lancer.

Il n'y avait eu ni grande réconciliation, ni paroles d'acceptation ou d'excuses. Hendricks avait appelé dès qu'il avait su ce qui s'était passé, et ils avaient parlé un moment. Il n'en avait pas fallu davantage.

Bientôt un mois.

Lorsque James Bishop était mort en salle d'opération, Thorne s'en était voulu. Puis l'autopsie avait révélé la présence du médicament et il sut que, même s'il avait réagi plus vite, l'issue aurait été identique. Du Warfarin. Un anticoagulant. Prescrit en cas de maladie cardiaque ou pulmonaire et, ironie du sort, pour prévenir les attaques.

On ne pouvait en être certain, mais on supposait qu'il en prenait au moins depuis deux semaines. Avait-il tout prévu ? Ou l'avait-il pris pour le cas où ça en arriverait là ? À lui, à son père et à un scalpel.

On ne le saurait jamais.

On ne le saurait jamais, et pourtant Thorne était presque certain que l'informateur de la presse n'était autre que James Bishop lui-même. Divulguant l'histoire pour s'assurer une place parmi les canaux d'information. Après avoir déchiré de quelques jolis trous le voile du secret, il fut en mesure d'en apprendre beaucoup plus sur les avancées de l'affaire. Le pipeline complexe qui alimentait Bishop en informations allait et venait en de multiples directions et à différentes vitesses, partant de Thorne et passant par Jeremy Bishop, Anne et, bien entendu, Rachel que James fréquentait depuis quelque temps.

Elle ne passa pas la session de rattrapage.

Anne ne savait trop quand Rachel retournerait à l'école ni quand elle-même retournerait au travail. C'était ce qu'elle avait dit quelques semaines plus tôt. Thorne lui avait parlé fréquemment dans les jours qui avaient suivi la soirée dans le grenier de Bishop, mais plus depuis. Il pensait à elle très souvent, et jamais sans se demander si la bêtise dont il avait fait preuve avait, d'une certaine façon, contribué à ce qui s'était passé. Était-ce de sa faute si Anne et Rachel s'étaient retrouvées dans ce grenier ?

Une des nombreuses questions sans réponses avec lesquelles il aimait à se torturer.

Et il n'avait rien fait ce soir-là qui puisse mettre Anne en de meilleures dispositions à son égard. Il n'y avait pas eu d'acte d'héroïsme. Simplement ceux qui étaient morts, et ceux qui avaient failli mourir.

Un jour, peut-être, elle lui téléphonerait. Il fallait que ça vienne d'elle.

Assurément, il faudrait un moment pour que s'estompent les bleus invisibles, mais il se sentait mieux à ses yeux. Il s'était trompé, et cela se reproduirait sûrement. Cette pensée le réconfortait. Il s'était trompé de sublime et atroce manière et, en vérité, il lui semblait qu'une malédiction s'était levée.

Se planter l'avait peut-être bien sauvé.

Et Helen et Susan et Christine et Madeleine et Leonie ? Les filles se tenaient plutôt tranquilles. Non qu'elles soient « apaisées » ou « vengées », rien de tout cela, Thorne le savait. Il ne croyait pas en ce genre de connerie. Il était presque sûr que leur silence n'était que temporaire. Elles feraient pas mal de raffut, le moment venu. Elles, ou d'autres comme elles.

Pour l'instant, elles n'avaient tout bonnement rien à dire.

Il regarda, désarçonné durant quelques secondes, Hendricks bondir du canapé et se mettre à dansoter dans le salon. Il lança un coup d'œil à la télévision à temps pour voir le replay. Un but d'Arsenal. Trois autres points par la fenêtre et un clou de plus dans le cercueil de la saison.

Une chose parmi tant d'autres auxquelles Tom Thorne s'était résigné.

Épilogue

Alison et Anne avaient décidé d'accélérer un peu les choses.

La procédure fut établie et non remise en cause. C'était lourd, comme toujours lorsqu'il fallait que les décideurs se confortent dans leurs certitudes. Il n'y avait nulle place pour un jugement approximatif, des idées floues ou, par le ciel, une hâte inopportune. Le consentement, l'entérinement par un deuxième spécialiste puis, finalement, l'audition devant un juge. Telles furent les étapes nécessaires au processus.

Divorce, garde des enfants, violence conjugale. La Section des Affaires Familiales du Tribunal de première instance décidait du sort de nombreuses personnes et Alison n'était pas prioritaire. Au contraire, son cas pourrait bien être jugé moins important que d'autres. Alors, cela prenait du temps. Alison lui en avait parlé pour la première fois voilà près de deux semaines, et après les larmes, les discussions, les doutes, Anne Coburn s'était déterminée à faire ce qu'elle lui demandait.

Aider une amie.

Elle avait initié la procédure, mais c'était bien trop lent pour Alison.

Anne se dirigeait vers l'Unité de Soins Intensifs, se forçant à mettre un pied devant l'autre et à continuer d'avancer. Se blindant.

Jeremy allait beaucoup mieux, mais il lui faudrait du temps. Sa liaison avec une interne s'était achevée quelques jours à peine avant la mort de James, mais même s'il y avait eu quelqu'un près de lui pour le soutenir, pour le réconforter, Anne aurait tenu à être là aussi. En l'occurrence, il était seul et désespéré, et leurs vingt-cinq ans d'amitié impliquaient qu'elle serait toujours à proximité, disposée à l'aider.

De même, elle ne pourrait plus jamais revoir Tom Thorne.

C'était comme si tous deux avaient survécu au crash d'un avion piloté par Thorne. Soulagés, mais incapables de se regarder dans les yeux. Culpabilité, honte et mauvais souvenirs ne pouvaient tisser l'étoffe d'un avenir.

Son avenir, c'était Rachel.

Alison avait été installée dans une chambre du fond depuis deux ou trois semaines. On ne pouvait la voir directement du bureau des infirmières, et elles ne viendraient pas la déranger.

Anne ouvrit la porte. Alison parut réveillée, contente de la voir.

Anne gagna la fenêtre et baissa le store. La chambre était encore plus dépouillée et fonctionnelle que la précédente. Anne se souvint des fleurs à moitié fanées que Thorne avait rapportées d'une station-service et, un instant, elle se demanda où il était et ce qu'il pouvait bien ressentir. Elle ferma les yeux, essuya du bout des doigts l'image de Thorne et se retourna vers Alison.

Elles passèrent quelques minutes à rire et à pleurer avant qu'Anne se mette au travail. Ses gestes étaient rapides, précis, professionnels. Elle ôta le capteur de l'oxymètre du doigt d'Alison et le fixa, à un angle de quatre-vingt-dix degrés, à son propre câble. Cela ne se disait pas, mais tous les médecins le savaient : cette manœuvre court-circuiterait l'alarme et éviterait qu'elle se déclenche quand le respirateur serait débranché. D'ici une vingtaine de minutes, elle le fixerait de nouveau, lorsque tout serait fini, et qu'elle aurait rebranché le respirateur. C'était l'idée d'Alison. Ne pas prendre de risque, que cela ait l'air naturel.

Ne va pas foutre ta carrière en l'air, ma grande.

Anne traversa la chambre jusqu'au respirateur et souleva le plastique qui protégeait l'interrupteur comme si c'était le bouton qui déclenche les attaques nucléaires. Elle se retourna vers le lit.

Alison avait déjà fermé les yeux.

Quelle que soit la qualité de cette vie étrange et risible que menait Alison depuis ces derniers mois, elle l'avait vécue dans un bruit de fond perpétuel de bourdonnements, de chuintements, de bip, de goutte à goutte. Vingt-quatre heures sur vingt-quatre. Une vie définie par des bruits.

James Bishop l'avait condamnée à cela, mais Alison avait refusé de demeurer sa victime.

À présent, enfin, les bruits avaient cessé.

Anne Coburn espérait plus que tout qu'Alison puisse s'accrocher à la vie juste assez longtemps encore pour profiter du silence.

NOTE DE L'AUTEUR

Mes recherches sur le locked-in syndrome [1] m'ont permis de comprendre une chose : il n'existe pas de cas typique. Et assurément pas de guérison typique, à supposer que guérison il y ait.

Cela étant dit, les libertés concernant l'évolution dans le temps, le processus, etc. ont été prises uniquement dans l'intérêt de la fiction ou sont tout bêtement des erreurs de ma part.

Il ne faut voir dans ce roman nulle mise en cause du professionnalisme, du dévouement et des obligations du personnel soignant des services hospitaliers. Les commentaires ayant trait à l'état préoccupant des Services de Santé Publique britanniques n'ont pas pour but de donner une mauvaise image des personnes qui y travaillent, mais des politiciens et des bureaucrates qui, tout en adhérant gaiement à des assurances privées,

---

1. On compte actuellement en France près de 500 personnes touchées par ce syndrome d'enfermement, 350 sont connues de l'ALIS (association du locked-in syndrome), 225, boulevard Jean-Jaurès à Boulogne-Billancourt, alis@club-internet.fr (sources Le journal *Boulogne-Billancourt Informations*-mai 2004). (*NdE*)

refusent obstinément de financer correctement lesdits Services dans l'espoir qu'ils connaîtront une mort douce.

Mark Billingham, 2000.

REMERCIEMENTS

En matière de remerciements, je suis redevable à bon nombre de gens, et pour diverses raisons :

Au Dr Phil Coburn pour ses conseils de spécialiste, son esprit tordu et sa compulsion à boire du champagne ; à Carol Bristow pour son aide en ce qui concerne les procédures de police ; au professeur Sebastian Lucas de l'hôpital St Thomas ; à Nick Jordan, Bernadette Ford et David Holdstock des Services de Presse de la Police Métropolitaine ; à Hilary Hale, ma géniale éditrice et à tous ceux de chez Little, Brown pour leur enthousiasme sans bornes ; à Sarah Lutyens, mon agent, pour les meubles ; à Rachel Daniels de chez London Management ; à Peter Cocks pour les photos ; à Howard Pratt pour les sons ; à Mike Gunn pour les blagues ; à Paul Thorne pour sa lecture en vol.

Et à ma mère, Pat Thompson, depuis trente-neuf ans. Souviens-toi de ce que tu m'as dit quand on crie dans une librairie...

Table

Prologue 9

I. La procédure 13
II. Le jeu 139
III. Les mots 277
IV. Le silence 457

Épilogue 467
Note de l'auteur 473
Remerciements 475

Composition réalisée par P.C.A

Achevé d'imprimer en août 2006 en France sur Presse Offset par

BRODARD & TAUPIN

GROUPE CPI

La Flèche (Sarthe).
N° d'imprimeur : 37065 – N° d'éditeur : 73600
Dépôt légal 1re publication : septembre 2006
LIBRAIRIE GÉNÉRALE FRANÇAISE – 31, rue de Fleurus – 75278 Paris cedex 06.